HEYNE BÜCHER

D1923856

SCIENCE FICTION

Herausgegeben
von Wolfgang Jeschke

Von C. J. Cherryh erschienen außerdem in der Reihe
HEYNE SCIENCE FICTION & FANTASY:

Das Tor von Ivrel (06/3629)
Brüder der Erde (06/3648)
Der Quell von Shiuan (06/3732)
Weltenjäger (06/3772)
Hestia in: Science Fiction Jahresband 1982 (06/3870)
Die Feuer von Azeroth (in Vorb.)
Shon'jir – Die sterbende Sonne (in Vorb.)
Kutaht – Die sterbende Sonne (in Vorb.)

C. J. CHERRYH

KESRITH – DIE STERBENDE SONNE

Science Fiction-Roman

Deutsche Erstveröffentlichung

WILHELM HEYNE VERLAG
MÜNCHEN

HEYNE-BUCH Nr. 06/3857
im Wilhelm Heyne Verlag, München

Titel der amerikanischen Originalausgabe
THE FADED SUN: KESRITH
Deutsche Übersetzung von Thomas Schichtel
Das Umschlagbild schuf Gino D'Achille
Das Frontispiz zeichnete die Autorin
Die Illustrationen im Text sind von John Stewart

Redaktion: Wolfgang Jeschke

Printed in Germany 1982
Umschlaggestaltung: Atelier Heinrichs & Schütz, München
Gesamtherstellung: Mohndruck Graphische Betriebe GmbH, Gütersloh

ISBN 3-453-30787-9

Für Don Wollheim
mit besonderer Wertschätzung

1

Windkind, Sonnenkind, was ist Kath?
Kindergebärer, Freudenbringer, das ist Kath.

Es war ein Spiel, *Shon'ai,* das Spiel des Weiterreichens im Kel-Stil in der matt erleuchteten runden Halle des Kel im Mittelpunkt des Hauses – schwarzgekleidete Männer und eine schwarzgekleidete Frau, ein Zehnerkreis. Als Krieger spielten sie nicht wie Kinder in der Runde, mit ein paar Steinen, sondern mit den sich drehenden Klingen der *As'ei,* die verwunden oder töten konnten. Beim Namensschlag, dem Schnappen der Finger, flogen die *As'ei* über den Kreis der sitzenden Spieler, und geübte Hände faßten die Hefte in der mittleren Drehung, um die Zeit zu schlagen und beim nächsten Namensschlag die Klingen weiterzuschleudern.

Feuerkind, Sternenkind, was ist Kel?
Schwertträger, Sangesweber, das ist Kel.

Sie spielten ohne Worte, nur mit dem Rhythmus ihrer Hände und der Waffen, des Fleisches und des Stahles. Der Rhythmus war so alt wie die Zeit und so vertraut wie die Kindheit. Das Spiel hatte einc größere Bedeutung als die bloße Durchführung, größer als die Einfachheit der Worte. Es wurde das Spiel des Volkes genannt.

Dämmerungskind, Erdkind, was ist Sen?
Runenzeichner, Hausvorsteher, das ist Sen.

Ein Kel'en der zurückwich, dessen Auge versagte oder dessen Verstand wanderte, hatte im Haus keinen Wert. Die Jungen und Mädchen und Frauen des Kath spielten mit Steinen, um ihre Geschicklichkeit zu üben. Diejenigen, die Kel'ein wurden, spielten fortan mit geschärftem Stahl. Wie die Mütter und Kinder des freundlichen Kath lachte das Kel, während es spielte. Die Angehörigen der Kel-Kaste lebten kurz und hell wie die Motten. Sie erfreuten sich des Lebens, weil sie das wußten.

Dann-Kind, Jetzt-Kind, was sind wir?
Traumsucher, Lebensträger, das sind wir...

Eine Tür öffnete sich widerhallend, das Geräusch klang durch die Höhlen und die Tiefen des Turmes. Sen Sathell brach über sie herein, plötzlich und ohne Warnung oder Höflichkeiten.

Der Rhythmus endete. Die Klingen ruhten in den Händen Niuns, des jüngsten Kel'en. Das Kel insgesamt neigte die Köpfe respektvoll vor Sathell s'Delas, Oberhaupt der Sen-Kaste, der Gelehrten. Er war goldgekleidet und fiel wie Licht in die dunkle Halle des kriegerischen Kel, und er war sehr alt – der älteste Mann im Haus.

»Kel'anth«, sagte er ruhig, an Eddan gewandt, seinen Gegenpart im Kel, »Kel'ein – es sind Neuigkeiten eingetroffen. Es geht das Gerücht, daß der Krieg zu Ende ist. Die Regul haben die Menschen um Frieden ersucht.«

Es herrschte völlige Stille.

Eine plötzliche Bewegung. Die *As'ei* schwirrten und gruben Kerben in den bemalten Verputz der entfernten Wand.

Der jüngste Kel'en stand auf und verschleierte sich, schritt von den anderen weg und ließ den Schrecken in seinen Fußstapfen zurück.

Der Sen'anth und der Kel'anth sahen sich gegenseitig an, alte Männer und Verwandte, hilflos in ihrem Schmerz.

Und in den tiefsten Schatten regte sich eines der Dusei, eine braune Gestalt mit hängenden Schultern, größer als ein Mann, stand auf und schlenderte hervor ins Licht, in dieser düsteren, abwesenden Haltung der Dusei. Es bahnte sich respektlos seinen Weg zwischen den beiden Ältesten hindurch und drückte im Verlangen nach Trost seinen massigen Kopf an den Kel'anth, der sein Meister war.

Kel'anth Eddan tätschelte das Tier mit vom Alter weichen Fingern und blickte zu dem alten Gelehrten auf, der, abgesehen vom Unterschied der Kaste und Pflicht, sein Halbbruder war. »Ist diese Nachricht über jeden Zweifel erhaben?« fragte er, wobei noch eine letzte Spur von Hoffnung in seiner Stimme mitschwang.

»Ja. Die Quelle sind öffentliche Bekanntmachungen der Regul, keine Stadtgerüchte. Es scheint völlig glaubwürdig zu sein.« Sathell raffte seine Gewänder um sich, klemmte sie zwischen die Knie und ließ sich auf dem teppichbedeckten Boden zwischen den Kel'ein nieder, die gemächlich auswichen, um für ihn Platz in ihrem Kreis zu schaffen.

Diese zehn waren, abgesehen von einem, die Ältesten des Hauses.

Sie waren Mri.

Wenn sie in ihrer Sprache diese Äußerung machten, bezeichneten sie sich einfach als ›das Volk‹. Ihre Worte für andere Arten war Tsi'mri, was ›Nicht-Volk‹ bedeutete, und umfaßte gleichermaßen Philosophie und Religion der Mri sowie die persönlichen Einstellungen der Ältesten.

Als Art waren sie goldgetönt. Mri-Legenden besagten, daß das Volk aus der Sonne geboren war: Haut, Augen, die groben schulterlangen Mähnen, alles war bronzen und golden. Hände und Füße waren lang und schmal und gehörten zu einer großen, schlanken Rasse. Ihre Sinne waren selbst im hohen Alter noch sehr scharf, das Gehör im besonderen äußerst empfindlich. Ihre Augen besaßen gefaltete doppelte Lider, denn eine Nickhaut schützte reflexhaft die Sicht vor wehendem Staub.

Außenstehende glaubten, daß sie eine Art von Kriegern waren, von Söldnern – denn Außenstehende sahen das Kel, selten das Sen und niemals das Kath. Mri dienten Außenstehenden gegen Bezahlung – dienten als Regul, den massigen Tsi'mri-Kaufleuten, die von Nurag stammten, einem Planeten des Sternes Mab. Seit vielen Jahrhunderten hatten sich Mri-Kel'ein verdingt, um den Handel der Regul zwischen den Welten zu beschützen, im allgemeinen von einer Regul-Gesellschaft als Verteidigung gegen die Absichten und die Skrupellosigkeit eines Geschäftsrivalen angestellt, und demzufolge hatten Mri gegen Mri gekämpft. Diese Jahre und dieser Dienst waren gut für das Volk gewesen, dieses Kräftemessen zwischen Kel'ein in verschiedenen Diensten im richtigen und traditionellen Kampf, wie es immer gewesen war. Solche Waffengänge förderten die Kraft des Volkes, vernichteten die Schwachen und Untauglichen und ehrten die Starken. In diesen Jahren hatten die Tsi'mri-Regul sich selbst als kampfunfähig und ungeübt im Planen von Strategien erkannt und vernünftigerweise alle Konfliktfälle dem Mri-Kel überlassen, um sie nach Art der Mri beizulegen.

Aber in den letzten vierzig Jahren hatten die Mri den vereinigten Regul gegen alle Menschen beigestanden. Es war eine bittere und häßliche Auseinandersetzung, der die Ehre und jede Genugtuung von seiten des Feindes fehlte. Die Ältesten der Mri waren alt genug, um sich daran zu erinnern, wie das Leben vorher gewesen war, und wußten daher, welche Veränderungen der Krieg bewirkt hatte; und sie waren mit ihnen nicht einverstanden. Die Menschen kämpften in Massen, waren Herdentiere, und kannten ganz einfach keine andere Art der Kriegsführung. Die Mri, die einzeln kämpften, hatten dies schon früher vermutet, es mit ihrem Leben herausgefunden, es als bittere Wahrheit erkannt. Die Menschen wiesen das *A'ani,* den ehrbaren Kampf, zurück, akzeptierten keine Herausforderung und verstanden nichts außer ihren eigenen Methoden, die aus weitläufiger Vernichtung bestanden.

Die Mri hatten sich der Notwendigkeit gebeugt, von der Menschheit zu lernen, den Methoden des Feindes, und hatten begonnen, ihre Unternehmungen und ihren Dienst für die Regul entsprechend anzupassen. Die Mri waren Profis, wenn es zum Kampf kam. Jede Neuerung war bei den Yin'ein, den alten Waffen, die im *A'ani* benutzt wurden, ehrlos und undenkbar. Aber bei den Zahen'ein, den modernen Waffen, waren Neuerungen einfach eine Frage des Austauschens und der Anpassung von Methoden, eine Frage der Kompetenz in dem Beruf, den Mri ihr Leben lang ausübten.

Die Regul waren unglücklicherweise weniger fähig, neue Taktiken zu übernehmen. Sie besaßen gewaltige und genaue Erinnerungen. Sie konnten niemals vergessen, was immer geschehen war, aber umgekehrt konnten sie sich nichts vorstellen, was bislang noch nicht geschehen war, und sie machten keine Pläne, um es zu verhindern. In bezug auf ihre persönliche Sicherheit waren die Regul zuvor völlig von den Mri abhängig gewesen, und die Voraussicht der Mri – denn diese besaßen Vorstellungskraft – hatte sie beschützt und ihre Blindheit gegenüber dem Unerwarteten ausgeglichen. Aber als der Krieg später anfing, Regul das Leben zu nehmen und ihr Eigentum zu bedrohen, nahmen sie die Sache in ihre eigenen ungeübten Hände. Die Regul gaben Befehle aus, die ihrer Einschätzung nach klug waren, aber deren Durchführung militärisch unmöglich war.

Um der Ehre willen hatten die Mri versucht zu gehorchen.

Um der Ehre willen waren Mri zu Tausenden gestorben.

In diesem Haus auf dieser Welt lebten nur noch dreizehn Mri. Zwei waren jung. Die übrigen machten die Politik – ein Rat der Alten und Veteranen. Vor vielen Jahrhunderten hatte das Haus allein über zweitausend im Kel beherbergt. Im gegenwärtigen Zeitalter waren alle außer diesen wenigen ihren Weg in den Krieg und den Tod gegangen.

Und ihr Krieg war verloren worden, von den Regul, die die Menschen um Frieden ersucht hatten.

Sathell blickte sich um und machte sich Gedanken um diese alten Kel'ein, die ihren eigenen Dienstjahre überlebt hatten, deren Gedächtnis ihnen in einigen Angelegenheiten die Perspektive von Sen'ein gab. Sie waren Ehemänner der She'pan – Waffenmeister, solange es noch Kath-Kinder gegeben hatte, die zu unterrichten waren. Und es gab Pasev, die einzige Überlebende Kel'e'en des Hauses, die nach Eddan selbst am meisten an den Yin'ein Geübte. Da waren Dahacha und Sirain von Nisren; Palazi und Quaras und Lieth von Guragen, einem toten Haus, die Zuflucht bei der Mutter dieses Hauses gesucht hatten und von ihr als Ehemänner angenommen worden waren. Und aus einem weiteren toten Haus stammten die Wahrbrüder Liran und Debas. Sie waren Angehörige eines Zeitalters, das bereits vergangen war, einer Zeit, die das Volk nie mehr erleben würde. Sathell spürte ihre Trauer und deren Widerhall in den Tieren, die sich in den Schatten aneinander drängten. Eddans Dus, dessen Art angeblich nie mit einer anderen Kaste als den Kel-Kriegern gutgestanden hatte, schnupperte kritisch an den goldenen Gewändern des Gelehrten, erduldete eine Berührung und schob seine große Masse dann ein wenig dichter heran, runzelte dichtbepelzte Fleischmassen und akzeptierte schamlos die Zuneigung, wo sie angeboten wurde.

»Eddan«, sagte Sathell und streichelte die warme Schulter des Tieres, »ich muß dir auch mitteilen, daß die Meister sehr wahrscheinlich diese Welt abtreten werden, wenn die Menschen das als Teil des Friedens verlangen sollten.«

»Das wäre eine sehr weitgehende Regelung«, meinte Eddan.

»Nicht in bezug auf das, was wir gerade gehört haben. Es wird berichtet, daß die Menschen die gesamte Front kontrollieren, daß die Regul-Lords vollständig auf dem Rückzug sind, daß die Menschen sich in der Position befinden, alle umkämpften Gebiete erreichen zu können. Sie haben Elag genommen.«

Es herrschte Stille. Anderswo im Turm wurde eine Tür geschlossen. Schließlich zuckte Eddan die Achseln und machte mit seinen schlanken Fingern eine Geste. »Dann werden die Menschen ganz sicher diese Welt fordern. In ihrem Verlangen nach Rache werden sie nur sehr wenig auslassen. Und die Regul haben uns dem ausgeliefert.«

»Es ist unglaublich«, meinte Pasev. »Götter! Es war für die Regul nicht nötig, nicht im geringsten nötig, Elag zu verlassen. Das Volk hätte es halten können, hätte die Menschen zurückschlagen können, sofern die erforderliche Ausrüstung zur Verfügung gestanden hätte.«

Sathell machte eine hilflose Geste. »Vielleicht. Aber halten: für wen? Die Regul haben sich zurückgezogen, haben alles mitgenommen, was dort für die Verteidigung gebraucht wurde, haben Schiffe unter ihre Kontrolle gezwungen. Nun sind wir – Kesrith – die Grenze. Du hast recht; es ist sehr wahrscheinlich, daß die Regul auch hier keinen Widerstand leisten werden. In der Tat ist es für sie nicht vernünftig, das zu tun. Wir haben getan, was wir konnten. Wir haben Rat gegeben, wir haben gewarnt – und wenn unsere Auftraggeber es ablehnen, diesen Rat anzunehmen, so können wir wenig mehr tun, als ihren Rückzug decken, da wir sie von diesem nicht zurückhalten können. Gegen unseren Rat haben sie die Kriegsführung in die eigenen Hände genommen. Jetzt haben sie ihren Krieg verloren; wir nicht. Der Krieg hat vor einigen Jahren aufgehört, unser Krieg zu sein. Nun seid ihr schuldlos, Kel'ein. Davon könnt ihr ausgehen. Es gibt einfach nichts mehr, was noch getan werden könnte.«

»Es gab einmal etwas, das hätte getan werden können«, beharrte Pasev.

»Das Sen hat oft versucht, mit den Meistern zu reden. Entsprechend dem alten Abkommen haben wir unsere Dienste und unseren Rat angeboten. Wir konnten nicht ...« Im Sprechen hörte Sathell die Schritte des Jungen die Treppe hinab, und die Störung unterbrach seinen Gedankengang. Er starrte unwillkürlich in die Halle hinein, als die Tür unten an der Treppe gewaltsam zugeschlagen wurde. Er warf dem Kel einen kummervollen Blick zu. »Sollte nicht wenigstens einer von euch mit ihm reden?«

Eddan zuckte die Achseln, verlegen in seiner Autorität. Sathell wußte es. Er baute auf Verwandtschaft und Freundschaft und ging zu weit mit Eddan, als er diesen Protest vorbrachte. Er liebte Niun; das taten sie alle. Aber selbst wenn sie fehlgeleitet war, war die Autonomie des Kels betreffs der Disziplin seiner Mitglieder heilig. Nur die Mutter konnte in Eddans Bereich eingreifen.

»Niun hat doch seinen Grund, meinst du nicht?« fragte Eddan ruhig. »Sein ganzes Leben lang hat er sich auf diesen Krieg vorbereitet. Er ist kein Kind des alten Weges wie wir. Und jetzt ist ihm auch der neue verschlossen. Du hast ihm etwas genommen. Was erwartest du von ihm, Sen Sathell?«

Sathell erkannte die Wahrheit darin, und da er nicht in der Lage war, mit Eddan in dieser Angelegenheit zu streiten, senkte er den Kopf und versuchte, die Dinge so zu sehen, wie sie ein junger Kel'en sehen könnte. Man konnte dem Kel nichts erklären, man konnte es nicht in einer Debatte bezwingen noch von ihm Voraussicht erwarten. Als Kinder des Tages waren die Kel'ein kurz angebunden und leidenschaftlich, ohne Gestern und ohne Morgen. Ihre Unwissenheit war der Preis, den sie für die Freiheit bezahlten, das Haus zu verlassen und unter Tsi'mri zu gehen; und sie kannten ihren Platz. Wenn ein Sen'en sie mit Vernunft herausforderte, konnten sie ihrerseits einfach nur den Kopf senken und sich ins Schweigen zurückziehen: sie hatten nichts, womit sie antworten konnten. Und es war gewissenlos, den Frieden ihres Geistes zu zerstören. Wissen ohne Macht war die schlimmste aller Situationen.

»Ich denke«, sagte Sathell, »daß ich euch alles berichtet habe, was ich euch im Moment berichten kann. Ich werde euch unverzüglich benachrichtigen, sobald es weitere Neuigkeiten gibt.« Inmitten dieser Stille erhob er sich und glättete seine Gewänder, vermied behutsam das reflexhafte Zuschnappen des Dus. Das Tier faßte nach seinem Knöchel, harmlos in der Absicht, aber nicht in den Fähigkeiten. Niemand außer einem Kel'en durfte mit den Dusei vertraulich umgehen. Sathell hielt inne und blickte Eddan an, der das Tier mit einer Berührung zurechtwies und ihn so befreite.

Er entzog sich der massigen Tatze und warf einen letzten Blick auf Eddan; aber Eddan sah weg, täuschte vor, an Sathells Abschied nicht weiter interessiert zu sein. Sathell hatte nicht vor, öffentlich in dieser Angelegenheit Druck auszuüben. Er kannte seinen Halbbruder und wußte, daß der Schmerz genau seinen Grund in der gegenseitigen Zuneigung hatte. In der Öffentlichkeit gab es eine sorgsam gezogene Grenze zwischen ihnen. Das mußte so sein, wenn Verwandte durch Kasten getrennt waren, um den Stolz des Geringeren zu wahren.

Sathell verabschiedete sich mit formeller Höflichkeit von den anderen, zog sich zurück und freute sich, diese grimmige Halle verlassen zu haben, so schwer war dort die Luft mit dem Ärger enttäuschter Männer durchsetzt und dem der Dusei, deren Zorn langsamer, aber gewalttätiger war. Er war jedoch erleichtert darüber, daß sie allem zugehört hatten, was er zu sagen gehabt hatte. Es würde keine Gewalt geben, keine irrationale Handlung, die das Schlimmste war, was man vom Kel befürchten konnte. Sie waren alt. Die Alten konnten sich gruppenweise miteinander unterhalten, sich gegenseitig beratschlagen. In der Jugend war der Kel'en ein Einzelkämpfer, unbekümmert und ohne Perspektive.

Sathell erwog, Niun zu folgen, und wußte nicht, was er ihm sagen sollte, wenn er ihn gefunden hatte. Seine Pflicht war es, anderswo Bericht zu erstatten.

Und als sich die Tür schloß, zog die betagte Pasev, Kel'e'en, Veteranin der ersten Einnahme von Nisren und Elag, die *As'ei* aus dem abgesplitterten Verputz und zuckte nur die Achseln über den Sen'anth. Sie zählte mehr Jahre und hatte mehr vom Krieg erlebt als jeder andere lebende Krieger außer Eddan selbst.

Trotzdem spielte sie das Spiel, wie es alle taten, einschließlich Eddan. Es war ein ebenso ehrenwerter Tod wie der im Krieg.

»Laßt es uns zu Ende spielen«, sagte sie.

»Nein«, erwiderte Eddan fest. »Nein, nicht jetzt.«

Er hielt ihren Blick fest, während er sprach. Sie sah ihn offen an, den betagten Liebhaber, betagten Rivalen, betagten Freund. Ihre schlanken Finger streiften über die scharfe Kante des Stahls, aber sie verstand den Befehl.

»Aye«, sagte sie, und die *As'ei* wirbelten an Eddans Schulter vorbei und gruben sich in die gemalte Karte von Kesrith, die die östliche Wand schmückte.

»Das Kel hat die Neuigkeiten mit mehr Zurückhaltung aufgenommen, als ich von ihm erwartet hatte«, sagte Sen Sathell. »Aber sie haben sich auch nicht darüber gefreut. Sie fühlen sich betrogen. Sie empfinden es als Verstoß gegen ihre Ehre. Und Niun ging fort. Er wollte nicht einmal alles anhören. Ich weiß nicht, wo er hingegangen ist. Ich bin betroffen.«

She'pan Intel, die Lady Mutter des Hauses und des Volkes, lehnte sich in ihre zahlreichen Polster zurück und ignorierte einen stechenden Schmerz. Der Schmerz war ein alter Gefährte. Sie kannte ihn seit dreiundvierzig Jahren, seitdem sie gleichzeitig ihre Kraft und ihre Schönheit in den Feuern des brennenden Nisren verloren hatte. Selbst damals war sie nicht mehr jung gewesen. Selbst damals schon war sie She'pan der Heimatwelt gewesen, Herrscherin über alle drei Kasten des Volkes. Sie gehörte zur ersten Reihe des Sen, stand über Sathell, ebenso über den anderen She'panei, den wenigen, die noch lebten. Sie kannte die Mysterien, die den anderen verschlossen waren; sie kannte den Namen und das Wesen des Heiligen und der Götter; und die Pana, die Verehrten Gegenstände, befanden sich in ihrem Gewahrsam. Ihr Wissen umfaßte Tiefe und Weite, Geburt und Bestimmung ihrer Nation.

Sie war She'pan eines sterbenden Hauses, älteste Mutter einer sterbenden Art. Das Kath, die Kaste der Kindergebärer und Kinder, war tot, sein Turm dunkel und seit zwölf Jahren geschlossen. Die letzte der Kath'ein ruhte schon lange in den Felsen von Sil'athen, und die letzten Kinder, mutterlos, abgesehen von ihr, waren ihrer Bestimmung nach draußen gefolgt. Die Zahl ihres Kel war auf zehn gesunken, und das Sen . . .

Das Sen befand sich vor ihr: Sathell, der Älteste, der Sen'anth, dessen schwaches Herz ständig nur einen Schlag von der Dunkelheit entfernt war; und das Mädchen, das im Moment zu ihren Füßen saß. Sie, die Lichtträger, die Hochkaste, trugen die goldenen Gewänder. Intels eigene Gewänder waren weiß, unbeeinträchtigt durch die Kontraste des Schwarz, Blau und Gold in der Kleidung der geringeren She'panei. Deren Wissen war fast vollständig, während ihres umfassend war. Würde ihr Herz in diesem Augenblick stehenbleiben, wäre dem Volk so viel, so unberechenbar viel verloren. Die Überlegung, wieviel in jedem Herzschlag und jedem Atemzug auf ihr ruhte, war furchteinflößend inmitten solcher Qual.

Daß Haus und Volk nicht sterben!

Das Mädchen Melein blickte zu ihr auf – Melein s'Intel Zain-Abrin, die einmal Kel'e'en gewesen war, das letzte aller Kinder. Gelegentlich zeigte Melein noch die Heftigkeit des Kel, wenn sie auch äußerlich die Gewänder und die Kastenheiterkeit des gelehrten Sen angenommen hatte, wenn auch die Jahre ihr andere Fähigkeiten geschenkt hatten und sich ihr Geist weit über die Einfachheit einer Kel'e'en hinaus entwickelt hatte. Intel strich über Meleins Schulter, eine Liebkosung. »Geduld«, riet sie, als sie Meleins Angst sah, und sie wußte, daß der Rat in jeder Beziehung abgelehnt werden würde.

»Laß mich Niun suchen und mit ihm reden«, bat das Mädchen.

Bruder und Schwester, Niun und Melein – und sie waren eng verbunden, obwohl sie durch das Gesetz und den Erlaß der She'pan und die Kaste und die Gebräuche getrennt worden waren. Kel'en und Sen'e'en, dunkel und hell, Hand und Geist; aber in Herz und Blut waren sie dasselbe. Intel erinnerte sich an das Paar, dem diese beiden das Leben verdankten, ihren jüngsten und am meisten geliebten Ehemann und eine Kel'e'en von Guragen, beide jetzt verloren. *Sein* Gesicht, seine Augen, die sie durch die Augen Meleins und Niuns wieder anblickten, hatten sie die Keuschheit einer She'pan bedauern lassen, und sie erinnerte sich daran, daß er auch einen starken Willen gehabt hatte, heißblütig und klug gewesen war. Vielleicht haßte Melein sie; sie hatte den Befehl, das Kel zu verlassen und dem Sen beizutreten, nur unwillig entgegengenommen. Aber sie zeigte jetzt keinen Trotz, obwohl die She'pan danach suchte. Melein zeigte nur Angst, nur einen natürlichen Kummer um den Schmerz ihres Bruders.

»Nein«, erwiderte Intel scharf, »ich befehle dir, ihn allein zu lassen.«

»Er könnte sich etwas antun, She'pan.«

»Das wird er nicht. Du unterschätzt ihn. Er braucht dich jetzt nicht. Du gehörst nicht mehr zum Kel, und ich bezweifle, daß es ihm im Augenblick recht wäre, einer des Sen gegenüberzustehen. Was könntest du ihm auch sagen? Was könntest du ihm antworten, wenn er dir Fragen stellte? Könntest du schweigen?«

Das saß. »Vor sechs Jahren wollte er Kesrith verlassen«, sagte Melein, in deren Augen unvergossene Tränen schimmerten; und möglicherweise war es nicht nur die Sache ihres Bruders, für die sie jetzt sprach, sondern auch ihre eigene. »Du wolltest ihn nicht gehen lassen. Jetzt ist es zu spät, She'pan. Es ist auf immer zu spät für ihn, und was kann er für sich selbst erwarten? Was gibt es für ihn?«

»Denke darüber nach«, sagte Intel, »und teile mir deine Antwort mit, Sen Melein s'Intel, nachdem du einen Tag und eine Nacht damit zugebracht hast. Aber mische dich nicht mit deinem Rat in die Privatangelegenheiten eines Kel'en. Und betrachte ihn nicht als deinen Bruder. Eine Sen'e'en hat keine andere Verwandtschaft als das Haus als ganzes, und das Volk.«

Melein stand auf und blickte auf Intel herab, und ihre Brust hob und senkte sich unter mühevollen Atemzügen. Sie war schön, diese ihre Tochter: Intel sah sie in diesem Augenblick und war erstaunt darüber, wie sehr Melein, die nicht von ihrem Blut war, zu dem geworden war, was ihre eigene Jugend einmal versprochen hatte – erblickte ihr eigenes Spiegelbild vor dem Fall von Nisren, vor dem Niedergang des Hauses und ihrer eigenen Hoffnungen. Der Anblick wunderte sie. In diesem Augenblick verstand und kannte sie die Sen'e'en, die Melein war, und fürchtete und liebte sie gleichzeitig.

Melein, die ihren, Intels, Tod kaum bedauern würde.

Sie hatte sie selbst dazu gemacht, absichtlich, Ereignis auf Ereignis, Entscheidung auf Entscheidung, ihre nicht leibliche Tochter, ihr Kind, ihre Erwählte, bei Kath und Kel und Sen gebildete, Teilnehmerin an den Mysterien aller Kasten des Volkes.

Die sie haßte.

»Lerne Zurückhaltung«, forderte sie von Melein mit ruhiger, sanfter Stimme, die nur mühsam in Meleins Ärger vordrang. »Lerne, eine Sen'e'en zu sein, Melein, mehr als alles andere, das du dir wünschst.«

Die junge Sen'e'en stieß zitternd den Atem aus, und Tränen quollen aus ihren Augen. Da für den Augenblick ihre Pläne durchkreuzt waren, wurde sie wieder zum Kind; aber dieses Kind war gefährlich.

Intel zitterte, wußte im voraus, daß Melein sie überleben und die Welt auf ihre eigene Weise prägen würde.

2

Eine Trennungslinie durchzog die Welt, markiert durch einen Straßendamm aus weißem Fels. Auf der einen Seite und am unteren Ende lebten die Regul von Kesrith – Stadtleute mit langsamen Bewegungen und langem Gedächtnis. Die Tieflandstadt gehörte allein ihnen: flache, ausgedehnte Gebäude; einen Hafen; Handel mit den Sternen, Bergbau, der die Erde zernarbte; eine Anlage, die dem Alkalimeer Wasser entnahm. Das Land war die Dus-Ebene genannt worden, bevor es Regul auf Kesrith gab; die Mri erinnerten sich daran. Aus diesem Grund, aus Respekt vor den Dusei, hatten die Mri die Ebene gemieden. Die Regul hatten jedoch darauf bestanden, dort ihre Stadt zu errichten, und die Dusei waren dort weggegangen.

Im Hochland, in den zerklüfteten Bergen am anderen Ende des Straßendammes, erhob sich der Turm der Mri. Er wirkte wie vier verkürzte Kegel, die an den Ecken eines trapezförmigen Grundrisses standen – die schrägen Wände waren aus der bleichen Erde des Tieflandes gefertigt, die man behandelt und gehärtet hatte. Dies war das Edun Kesrithun, das Haus von Kesrith, das Heim der Mri von Kesrith, und wegen Intel das Heim aller Mri im weiten Universum.

Von dem Aussichtspunkt, den Niun in seinem einsamen Zorn eingenommen hatte, konnte man den größten Teil der Kesrithi-Zivilisation sehen. Er kam oft hierher zu diesem höchsten Teil des Straßendammes, zu diesem eigensinnigen Felsvorsprung, der die Regul-Straße abgewehrt und die Meinung der Regul über ihre Pläne geändert hatte, sie in die Berge und das Heiligtum von Sil'athen hinein auszubauen. Nuin mochte ihn deswegen, wie auch wegen der Aussicht. Unter ihm lagen die Regul-Städte und das Mri-Edun, zwei sehr kleine Narben auf dem Körper der weißen Erde. Über ihm, in den Bergen und dahinter und noch weiter dahinter, gab es nur noch Regul-Automaten, die der Erde Minerale entnahmen und Regul-Kesrith den Grund für seine Existenz lieferten; und wilde Dinge gab es dort, denen die Welt gehört hatte, bevor die Regul und die Mri gekommen waren; und die schwerfälligen Dusei, die einst Kesriths höchste Lebensform gewesen waren.

Niun saß brütend auf dem Felsen, der die Welt überblickte, und haßte die Tsi'mri mit mehr als nur mit dem üblichen Haß der Mri auf Fremde, der schon beträchtlich war. Niun war sechsundzwanzig Jahre alt, nach der Jahresrechnung des Volkes, die sich nicht nach Kesriths Orbit um Arain richtete und auch nicht nach dem Standard von Nisren oder einer der beiden anderen Welten, die das Volk in der Zeitspanne, an die die Lieder des Kel erinnerten, als Heimatwelt bezeichnet hatte.

Selbst nach den Maßstäben seines Volkes war Niun groß. Seine hohen Wangenknochen trugen die *Seta'al,* die Dreifach-Sterne seiner Kaste, blaugefärbt und unauslöschlich. Sie besagten, daß er ein voll-flügges Mitglied des Kel war, der Hand des Volkes. Und als Angehöriger des Kel war er vom Kragen bis zu den Stiefelspitzen in schlichtes Schwarz gewandet; und ein schwarzer Schleier und ein mit Quasten verziertes Kopftuch, *Mez* und *Zaidhe,* verbargen alles außer Stirn und Augen vor Außenstehenden, wenn er beschoß, ihnen zu begegnen. Das *Zaidhe* hatte außerdem noch einen dunklen, transparenten Sichtschutz, der die Verschleierung vervollständigen konnte, wenn Staub wehte oder das rote Licht Arains seinen unangenehmen Zenit erreichte. Niun war ein Mann: sein Gesicht und seine Gedanken wurden als private Identität erachtet, und es war ungebührlich, sie Fremden zu offenbaren. Die Schleier umhüllten ihn wie die Gewänder, ein entscheidendes Merkmal der einzigen Kaste des Volkes, die mit Außenstehenden verkehren konnte. Die schwarzen Gewänder, die *Siga,* wurden über Taille und Brustkorb von Gürteln gehalten, die seine verschiedenen Waffen trugen; ebenso hätten sie *J'tai* halten sollen, Medaillen, für seine Dienste am Volk errungene Ehrungen. Aber sie fehlten, und dieser Mangel an Status würde jedem Mri auffallen, der ihn sah.

Als Angehöriger des Kel konnte er weder lesen noch schreiben, aber er konnte numerierte Tastaturen bedienen und beherrschte die Mathematik, sowohl die der Regul als auch die der Mri. Die komplizierten Stammbäume seines Hauses, das das von Nisren gewesen war, kannte er auswendig. Es erfüllte ihn mit Melancholie, wenn er die Namenslieder sang; es war schwer, das zu tun und dann die brechenden Mauern des Edun

3·81·3

Kesrithun zu sehen und zu wissen, wie wenige Leute jetzt noch lebten, und dann nicht zu erkennen, daß ein Verfall stattfand, wirklich und bedrohlich. Er kannte all die Lieder. Er konnte voraussehen, daß er nie ein eigenes Kind zeugen würde, das sie singen mochte, nicht auf Kesrith. Er lernte die Lieder; er lernte Sprachen, die Teil des Kel-Wissens waren. Er beherrschte vier Sprachen fließend, von denen zwei seine eigenen waren, eine die der Regul und die vierte die des Feindes. Er war ein Experte in Waffen, sowohl der Yin'ein als auch der Zahen'ein. Neun Waffenmeister waren seine Lehrer gewesen; er wußte, daß seine Geschicklichkeit in all diesen Dingen groß war.

Und umsonst, alles umsonst.

Regul.

Tsi'mri.

Niun warf einen Stein den Berghang hinab in einen heißen Teich, dessen Dämpfe durcheinandergewirbelt wurden.

Frieden.

Es würde ein Frieden zu menschlichen Bedingungen sein. An jedem kritischen Moment des Krieges hatten die Regul die Mri-Strategen mißachtet. Die Regul würden uneingeschränkt Mri-Leben opfern und den Blutpreis an die Edunei zahlen, deren Söhne und Töchter des Kel fielen, und alles nur, weil ein Kolonialbeamter der Regul in Panik geraten war und der Handvoll Mri, die ihm persönlich dienten, einen selbstmörderischen Angriff befohlen hatte, um seinen Rückzug und den seiner Junglinge zu decken. Aber weit weniger willig würde derselbe Regul Leben oder Eigentum seiner Artgenossen aufs Spiel setzen. Denn der Verlust von Regul-Leben würde auch einen Verlust an Status bedeuten; er hätte diesem Regul sofortige Mißbilligung von seiten der Regul-Behörden eingebracht, den Rückruf zur Heimatwelt, eine Untersuchung seines Wissens und aller Wahrscheinlichkeit nach seinen Tod und den seiner Jungen.

Es war unvermeidlich, daß die Menschen diese grundlegende Schwäche der Partnerschaft zwischen Regul und Mri erkannten, daß die Menschen lernten, welch weit größeren Effekt es hatte, den Regul Verluste zuzufügen, als dieselben Verluste den Mri zuzufügen.

Es war vorhersagbar, daß daraufhin die Regul unter diesem

Druck in Panik gerieten, daß sie mit dem Rückzug reagierten, immer weiter, ohne auf die gegenteiligen Ratschläge der Mri zu hören, daß sie auf ihrem hastigen Rückzug in die völlige Sicherheit Welt auf Welt dem Angriff aussetzten. Folgerichtig konnte es diese völlige Sicherheit nicht geben.

Und daß die Regul anschließend ihre Dummheit durch direkte Verhandlungen mit den Menschen vervollständigen würden – auch das war bei den Regul zu erwarten gewesen, Krieg zu kaufen und zu verkaufen, und im Falle einer Bedrohung eher einen raschen Ausverkauf durchzuführen, als zu großen Verlust an notwendigen Besitztümern zu riskieren.

Die Regul-Sprache enthielt bezeichnenderweise kein Wort für Mut.

Und auch keines für Vorstellungskraft.

Der Krieg ging zu Ende, und Niun blieb an seine Welt gebunden, ohne jemals die Dinge, die er gelernt hatte, angewandt zu haben. Die Götter mochten wissen, welche Handelsmethoden die Kaufleute benutzten, welche Verfügung über sein Leben getroffen wurde. Er sah voraus, daß die Dinge in den Zustand vor dem Krieg zurückkehren konnten, daß Mri wieder einzeln Regul dienen würden – daß Mri wieder gegen Mri kämpfen würden, in einem Kampf, in dem Erfahrung eine Rolle spielte.

Und die Götter mochten wissen, wie lange es noch möglich sein würde, einen Regul zu finden, dem er dienen konnte, wenn der Krieg zu Ende ging und die Dinge in Fluß gerieten. Die Götter mochten wissen, wie wahrscheinlich es war, daß ein Regul einen unerfahrenen Kel'en zum Wächter seines Schiffes machte, wenn andere – kriegserfahrene – verfügbar waren.

Sein ganzes Leben lang hatte er trainiert, um gegen Menschen zu kämpfen, und die Politik dreier Arten verschwor sich, ihn davon abzuhalten.

Plötzlich stand er auf, als sein Geist auf eine Idee kam, die länger als nur an diesem Tag in ihm gegoren hatte, und er sprang auf den Boden und begann die Straße hinabzuschreiten. Er blickte nicht zurück, nachdem er am Edun vorbeigegangen war, ohne angerufen zu werden, ohne bemerkt zu werden. Er besaß nichts. Er brauchte nichts. Was er trug und was er an

Waffen mit sich führte, gehörte ihm durch Recht und Brauch, und er konnte von seinem Edun nicht mehr erbitten, selbst wenn er es mit ihrem Segen und ihrer Hilfe verlassen hätte, was nicht der Fall war.

Im Edun würde es Melein sicherlich Kummer bereiten, daß er so schweigend abtrünnig wurde, aber sie war lange genug selbst Kel'e'en gewesen, um auch um seinetwillen froh zu sein, daß er in Dienst ging. Ein Kel'en in einem Edun war so unbeständig wie der Wind und sollte nach der Kindheit keine festen Bindungen mehr haben, abgesehen an die She'pan und an das Volk und an ihn oder sie, der oder die ihn in Dienst nahm.

Er empfand auch eine gewisse Schuld gegenüber der She'pan, die ihn weit mehr bemuttert hatte, als es die Schuldigkeit einer She'pan gegenüber einem Sohn ihrer Ehemänner war. Er wußte, daß sie seinen Vater Zain besonders begünstigt hatte und immer noch dessen Tod betrauerte; und sie würde die Reise, die er jetzt antrat, weder gutheißen noch erlauben.

Es war in der Tat Intels hartnäckiger, besitzergreifender Wille, der ihn so lange auf Kesrith festgehalten hatte, ihn jahrelang an ihrer Seite gehalten hatte, weit über den angemessenen Zeitpunkt hinaus, ihre Autorität und die seiner Lehrer zu verlassen. Er hatte Intel einst geliebt, tief und voller Verehrung. Aber selbst diese Liebe hatte sich in den langen Jahren, seit er den anderen Kel'ein hätte folgen und sie verlassen sollen, in Bitterkeit verwandelt.

Er hatte es ihr zu verdanken, daß seine Fähigkeiten ungeübt geblieben waren, sein Leben unausgefüllt und jetzt vielleicht überhaupt nutzlos. Neun Jahre waren vergangen, seitdem die *Seta'al* des Kel in sein Gesicht geschnitten und gemalt worden waren, neun Jahre, in denen er jeweils mit vor Verlangen klopfendem Herzen dagesessen hatte, wenn ein Regul-Meister die Straße zum Edun heraufkam, um einen Kel'en als Wächter für sein Schiff zu suchen, sei es für den Krieg oder selbst den Handel. Immer weniger dieser Nachfragen waren in den vorüberziehenden Jahren gekommen, und jetzt kam überhaupt keine mehr zum Edun. Er war der letzte all seiner Brüder und Schwestern im Kel, das letzte Kind des Edun außer Melein. Die anderen hatten alle einen Dienst gefunden, und die meisten von ihnen waren tot. Aber Niun s'Intel, seit neun Jahren ein Kel'en, hatte die beschützende Umarmung der She'pan noch nicht abgestreift.

Mutter, laß mich gehen! hatte er sie vor sechs Jahren gebeten, als das Schiff seines Vetters Medai abgegangen war – es war die äußerste, niederschmetternde Schmach, daß Medai, der großtuerische, prahlerische Medai für die größte Ehre ausgewählt werden sollte, und er in Schande zurückgelassen wurde.

Nein, hatte die She'pan in absoluter Form gesagt, ihre Autorität hervorgekehrt und auf sein wiederholtes Bitten um ihr Verständnis und seine Freiheit geantwortet: *Nein. Du bist der letzte meiner Söhne, der letzte, den ich jemals haben werde, Zains Kind. Und wenn ich möchte, daß du bei mir bleibst, dann ist das mein Recht, und das ist meine endgültige Entscheidung. Nein, nein.*

Er war an jenem Tag in die hohen Berge geflohen und hatte wider Willen zugesehen, wie die HAZAN, das Schiff des Regul-Oberkommandos der Zone, zu der Kesrith gehörte, Medai s'Intel Sov-Nelan in die Männlichkeit trug, zum Dienst, zur höchsten Ehre, die jemals einem Kel'en des Edun Kesrithun zuteil geworden war.

An jenem Tag hatte Niun geweint, obwohl Kel'ein nicht weinen konnten. Und dann hatte er vor Scham über seine Schwäche das Gesicht mit dem rauhen, pulverigen Sand gereinigt und einen weiteren Tag und zwei Nächte fastend in den Bergen verbracht, bis er wieder hinabgestiegen war zu den anderen Kel'en und der ängstlichen und besitzergreifenden Liebe der Mutter.

Sie alle waren alt. Außer ihm gab es jetzt keinen Kel'en mehr, der in einen angebotenen Dienst treten konnte. Sie alle waren in großem Maß geübt. Er vermutete, daß sie die größten Meister der Yin'ein im gesamten Volk waren, obwohl sie sich selbst nicht mehr zumaßen als beträchtliche Kompetenz. Aber die Jahre hatten ihren tiefgründigen Raubzug durchgeführt und ihnen die Kraft genommen, ihre Künste im Krieg anzuwenden. Sie waren ein Kel aus acht Männern und einer Frau, die den Grund für ihr Leben überlebt hatten, ohne die Kraft zum Kämpfen oder – nach ihm – Kinder, die sie unterrichten konnten: Alte, deren Träume nur noch rückwärts gewandt sein konnten.

Sie hatten ihm neun Jahre gestohlen, ihn mit sich begraben, und dann selber Leben aus zweiter Hand durch seine Jugend gelebt.

Er folgte der Straße ins Tiefland hinab, ließ sich vom Straßendamm zu den Regul führen, da die Regul in dieser Zeit nicht zum Edun kamen. Es war nicht der direkte Weg, aber der leichteste, und er folgte ihm mit unverschämter Sicherheit, da die Alten des Kel ihn auf einem so langen Weg nicht einholen konnten. Er hatte nicht vor, zum Hafen zu gehen, zu dem der Weg querfeldein führte, sondern zu dem, was am Ende des Straßendammes lag: das Nom, ein zweistöckiges Gebäude, höchstes Bauwerk in Kesriths einziger Stadt und eigentliches Zentrum der Regul-Behörden.

Er fühlte sich unwohl, als seine Stiefel auf Beton traten und er überall um sich herum die häßlichen, flachen Gebäude der Regul erblickte. Dies war eine Welt, die sich von der Reinheit der hohen Berge unterschied, sogar mit einem anderen Geruch in der Luft, einer Abstumpfung des scharfen Geschmacks von Kesriths kalten Winden, einer feinen Ausdünstung von Öl und Maschinen und nach Moschus riechenden Regul-Körpern.

Regul-Junglinge beobachteten ihn – die Beweglichen, die Jungen der Regul. Ihre kauernden Körper würden beim Heranwachsen dicker werden, die grau-braune Haut dunkler und loser – Fett würde sich ansammeln, bis sie sich selbst so sehr von Gewicht umgeben finden würden, daß ihre schrumpfenden Muskeln sie nicht mehr heben konnten. Die Mri sahen nur selten ältere Regul. Niun selbst hatte noch nie einem Älteren gegenübergestanden, nur gehört, wie seine Lehrer im Kel sie beschrieben. Erwachsene Regul blieben in ihrer Stadt, umgeben von Maschinen, die sie trugen und ihre Luft reinigten; sie wurden von Junglingen versorgt, die ständig für sie da sein mußten, die selbst ein ungewisses Leben lebten, bis sie ihre Reife erreichten. Die einzige Gewalttätigkeit, die die Regul verübten, richtete sich gegen ihre eigenen Jungen.

Die Junglinge auf dem Platz betrachteten ihn jetzt mit seitlichen Blicken und unterhielten sich in verschwiegenem Tonfall, der sein empfindliches Gehör deutlicher erreichte, als ihnen bewußt war. Normalerweise hätte ihm diese Boshaftigkeit nicht im geringsten Sorgen bereitet: man hatte ihm beigebracht, sie seinerseits noch viel weniger zu mögen, und er verachtete sie und ihre ganze Brut. Aber hier war er der Bittsteller, verzweifelt und ängstlich, und sie besaßen, was er haben wollte, und hatten auch die Macht, es ihm zu verweigern. Ihr Haß umhüllte ihn wie die verseuchte Stadtluft. Er hatte sich verschleiert, lange bevor er die Stadt betreten hatte; aber mit nur wenig mehr Ermutigung hätte er auch den Sichtschutz des *Zaidhe* heruntergeklappt. Bei seinem letzten Besuch in dieser Stadt hatte er es getan, als er noch ein sehr junger Kel'en gewesen war und in den Eigentümlichkeiten des Verhaltens zwischen Regul und Mri nicht ganz bewandert. Aber jetzt, da er älter und ein Mann war, traute er sich, auf den Sichtschutz zu verzichten und die Blicke der Junglinge zu erwidern, die ihn zu kühn anstarrten; und die meisten konnten den direkten Blickkontakt mit ihm nicht ertragen und wichen vor ihm zurück. Einige wenige, älter und tapferer als die anderen, zischten leise vor Mißfallen, warnten ihn. Er mißachtete sie. Er war kein Regul-Jungling, der ihre Gewalttätigkeit fürchten mußte.

Er kannte seinen Weg. Er kannte den Haupteingang des Nom entlang einer Seite des großen Platzes, um den herum die Stadt in konzentrisch angelegten Vierecken errichtet war. Der Eingang war der aufgehenden Sonne zugewandt, wie es für Haupteingänge von zentralen Regul-Gebäuden erforderlich war. Niun erinnerte sich daran. Er war in Begleitung seines Vaters hier gewesen, als dieser in seinen letzten Dienst getreten war. Aber damals war er nicht mit drinnen gewesen. Nun kam er wieder zu der Tür, vor der er damals gewartet hatte, und von seiner Gegenwart alarmiert, erhob sich das Regul-Jungling, das in der Vorhalle Wache hielt.

»Geh weg!« sagte das Jungling mit flacher Stimme; aber Niun kümmerte sich nicht darum, betrat das widerhallende Hauptfoyer, auf einmal fast erstickt durch die Hitze und den Moschusgeruch in der Luft. Er fand sich in einem großen Raum wieder, umgeben von beschrifteten Türen und Bürofenstern. Ihm wurde rasch übel, und die Luft machte ihn benommen; er stand verwirrt und beschämt mitten in der Halle, denn von hier an war es eine Frage des Lesens, zu wissen, wohin er jetzt gehen mußte, und er konnte nicht lesen.

Es war das Regul-Jungling vom Schreibtisch in der Vorhalle, das mit kurzen schlurfenden Schritten über den Boden stampfte und in Niuns Verlegenheit drang. Das Jungling war vor Ärger oder Hitze dunkelrot angelaufen und atmete schwer unter der Anstrengung, Niun einzuholen. »Geh weg!« wiederholte es. »Du hast weder aufgrund des Abkommens noch des Gesetzes hier etwas zu schaffen.«

»Ich will mit euren Ältesten sprechen«, erklärte er dem Jungling. Man hatte ihm beigebracht, daß dies der äußerste und keinen Widerspruch duldende Appell bei den Regul war. Kein Jungling konnte eine endgültige Entscheidung treffen. »Sag ihnen, daß ein Kel'en hier ist, um mit ihnen zu sprechen.«

Das Jungling blies Luft durch seine bebenden Nasenlöcher. »Dann komm mit mir!« sagte es und warf Niun einen mißbilligenden Blick zu, ein Aufblitzen von rot geädertem Weiß aus dem Winkel des rollenden Auges. Es war – *es*, denn Regul konnten bis zur Reife ihr Geschlecht nicht voraussehen – wie alle Regul eine kauernde Gestalt, der Körper berührte selbst im Stehen fast den Boden. Es war auch sehr jung für einen Regul, dem man die für Regul beträchtliche Ehre erwiesen hatte, auf die Nom-Tür achtzugeben. Es hielt sich noch selbst aufrecht, die Knochen zeichneten sich unter der braunen, genarbten Haut ab, die noch fein gemasert war und eine feine Beige-Tönung und einen metallischen Schimmer aufwies. Es ging mit einer rollenden Gangart neben ihm her, die beträchtlichen Spielraum erforderte. »Ich bin Hada Surag-gi«, sagte es. »Sekretär und Hüter der Tür. Du bist zweifellos einer von Intels Leuten.«

Niun antwortete einfach nicht auf diese Grobheit von seiten des Tsi'mri-Wächters, der die She'pan mit solch unverschämter Vertrautheit beim Namen genannt hatte. Die Regul bezeichneten Ältere mit *der Verehrte, der Ehrenwerte, der Herr* . . . und Niun ging davon aus, daß die Vertrautheit als berechnete Beleidigung gedacht war, und merkte sie sich für einen späteren Zeitpunkt, wenn es dazu kam, daß er Hada Surag-gi das Gewünschte geben konnte. Im Moment tat das Jungling, was er von ihm wollte, und das genügte zwischen Mri und Tsi'mri.

Stählerne Schienen liefen an den gekrümmten Kanten der Wände entlang, und ein Fahrzeug flüsterte mit solch einer Geschwindigkeit an ihnen vorbei, daß es nur einen Augenblick lang überhaupt bemerkbar war. Die Schienen liefen an der Wand gegenüber den Türen in alle Richtungen, immer weitere Fahrzeuge kamen vorbei und verfehlten sich immer nur um Handbreite. Niun zeigte sich über diese Dinge nicht überrascht.

Er dankte dem Jungling auch nicht, als dieses ihn durch eine Tür in einen Warteraum gewiesen hatte, in dem ein anderer, offenbar erwachsener Regul an einem Metallschreibtisch saß. Niun drehte dem Jungling, als dieses ihm nicht mehr von Nutzen war, einfach den Rücken zu und hörte, wie es ging.

Der Beamte lehnte sich vom Schreibtisch zurück und wiegte sich in dem beweglichen Stuhl, der überraschenderweise von Energie angetrieben wurde. Wieder so ein Fahrzeug, ein glänzendes, stählernes Gerät, und Niun hatte gehört, daß die erwachsenen Regul sie benutzten, um sich zu bewegen, ohne aufzustehen.

»Wir kennen dich«, sagte der Regul. »Du bist Niun vom Berge. Deine Ältesten haben sich mit uns in Verbindung gesetzt. Sie haben angeordnet, daß du umgehend zu deinem Volk zurückzukehren hast.«

Niuns Gesicht begann zu glühen. Natürlich würden sie versucht haben, ihm zuvorzukommen. Er hatte nicht einmal daran gedacht. »Das spielt keine Rolle«, sagte er vorsichtig formell. »Ich bitte darum, auf einem eurer Schiffe dienen zu dürfen. Ich entsage meinem Edun.«

Der Regul – eine gefaltete und nochmals gefaltete braune Masse, sein Gesicht inmitten der Gewichtigkeit überraschend knochig und glatt – seufzte und betrachtete Niun mit kleinen Augen zwischen zerknittert wirkenden Winkeln. »Wir hören, was du sagst«, meinte er. »Aber unser Abkommen mit deinem Volk erlaubt es uns nicht, dich gegen den Protest deiner Ältesten anzunehmen. Bitte kehre sofort zurück! Wir wollen keinen Streit mit Ihnen haben.«

»Hast du einen Vorgesetzten?« fragte Niun rauh, ungeduldig und auch fast hoffnungslos. »Laß mich mit jemandem sprechen, der mehr Autorität hat.«

»Du möchtest den Direktor sprechen?«

»Ja.«

Der Regul seufzte und fragte über Interkom nach. Eine knirschende Stimme lehnte im flachen Tonfall ab. Der Regul sah auf und rollte seine Augen mit einem Ausdruck, der eher zufrieden und blasiert als entschuldigend war. »Du hast gehört«, sagte er.

Niun drehte sich auf den Fersen um, schritt aus dem Büro und dem Foyer hinaus, ignorierte den amüsierten Blick des Junglings Hada Surag-gi. Er fühlte, daß sein Gesicht brannte, daß sein Atem stoßweise ging, als er das warme Innere des Nom verließ und auf den öffentlichen Platz trat, wo der kalte Wind durch die Stadt fegte.

Er ging schnell, als hätte er ein Ziel und suchte es freiwillig auf. Er stellte sich vor, daß jeder Regul auf den Straßen von seiner Schmach wußte und insgeheim lachte. Das war nicht ganz ausgeschlossen, denn die Regul neigten dazu, über alles Bescheid zu wissen.

Niun verlangsamte seinen Schritt nicht, bis er die Stadtgrenze auf dem langen, zum Edun führenden Straßendamm hinter sich gelassen hatte, und dann ging er wirklich langsam und kümmerte sich wenig um das, was er auf seinem Weg sah und hörte. Selbst auf der Straße war das offene Land kein Ort, an dem es ungefährlich war, sich nicht um seine Umgebung zu kümmern. Aber genau das tat er und forderte die Götter und den Zorn der She'pan heraus. Es tat ihm leid, daß ihm nichts zustieß und daß er schließlich über den vertrauten irdenen Weg zum Eingang des Edun schritt und zwischen dessen Schatten und Echos trat. Düster und schweigsam stieg er die Stufen zum Kel-Turm empor, schob die Tür zur Halle auf und meldete sich als pflichtbewußter Gefangener bei Kel'anth Eddan.

»Ich bin zurück«, sagte er, ohne sich zu entschleiern.

Eddan besaß den Rang und die Selbstgerechtigkeit, Niuns Zorn ein nacktes Gesicht zuzuwenden, und die Selbstbeherrschung, reglos zu bleiben. *Alter Mann, alter Mann,* dachte Niun unwillkürlich, *die Seta'al sind eins mit den Falten deines Gesichtes, und deine Augen sind so getrübt, daß sie bereits in die Dunkelheit blikken. Du wirst mich hier festhalten, bis ich so geworden bin wie du. Neun Jahre, Eddan, neun Jahre, und du bist schuld daran, daß ich meine*

3·81·2

Würde verloren habe. Was kannst du mir in neun weiteren Jahren wegnehmen?

»Du bist zurück«, sagte Eddan, der sein erster Waffenmeister gewesen war, und der zwischen Niun und sich dieses Meister-Schüler-Verhalten eingeführt hatte. »Was ist damit?«

Niun entschleierte sich sorgfältig, ließ sich in der Nähe des warmen Dus, das in der Ecke schlief, mit gekreuzten Beinen auf dem Boden nieder. Das Dus wich aus und brummte eine rollende Beschwerde über die Störung seines Schlafs. »Ich wäre gegangen«, sagte Niun.

»Du hast der She'pan Sorgen bereitet«, sagte Eddan. »Du wirst nicht wieder in die Stadt hinabgehen. Sie verbietet es.«

Aufgebracht blickte Niun hoch.

»Du hast das Haus in Verlegenheit gebracht. Denke darüber nach!«

»Denke über *mich* nach!« rief Niun erschöpft aus. Er bemerkte, daß sein Ausbruch Eddan erschreckte, und stieß die Wörter mit rücksichtsloser Befriedigung hervor. »Was du getan hast, ist unnatürlich – mich hier festzuhalten. Ich schulde meinem Leben etwas – nicht zuletzt etwas Eigenständiges.«

»Tust du das?» Eddans sanfte Stimme klang scharf. »Wer hat dich das gelehrt? Einige Regul in der Stadt?«

Eddan stand ruhig, die Hände in seinem Gürtel, ein alter Meister der Yin'ein in der Haltung, die jeden Mann erschreckte, wenn er ihre Bedeutung kannte: *hier ist die Herausforderung, wenn du sie haben willst.* Niun liebte Eddan. Es erschreckte ihn, daß Eddan ihn so anblickte, veranlaßte ihn, seine Fähigkeiten gegen die Eddans abzuwägen, sich daran zu erinnern, daß Eddan ihn immer noch besiegen konnte. Es gab einen Unterschied zwischen ihm und dem alten Meister – wenn Eddan gezwungen würde, Farbe zu bekennen, würde Blut fließen.

Und Eddan kannte diesen Unterschied. Hitze stieg Niun ins Gesicht.

»Ich habe niemals darum gebeten, anders als all die anderen behandelt zu werden«, erklärte er und wandte sein Gesicht von Eddans Herausforderung ab.

»Was meinst du, bist du dir schuldig?« wollte Eddan wissen.

Niun wußte keine Anwort darauf.

»Es gibt einen Schwachpunkt in deiner Verteidigung«, sagte Eddan. »Ein klaffendes Loch. Geh und denke darüber nach, Niun s'Intel, und wenn du zu einer Entscheidung darüber gekommen bist, was das Volk dir schuldet, dann komm und erzähle es mir, und wir werden zur Mutter gehen und ihr deinen Fall vorlegen.«

Eddan verspottete ihn. Es war die bittere Wahrheit, daß er den Spott verdient hatte. Er begriff, daß es sein Übereifer gewesen war, der ihm vor den Regul Schande bereitet hatte. Er brachte den Schleier wieder an und stand auf, um hinauszugehen.

»Du hast Pflichten, die auf dich warten«, sagte Eddan scharf. »Wir haben ohne dich gegessen. Geh und hilf Liran beim Abwasch! Komm deinen eigenen Verpflichtungen nach, bevor du dir überlegst, was man dir schuldet.«

»Sir«, sagte er ruhig, wandte das Gesicht wieder ab und ging hinunter.

3

In das Schiff, das seit Elag/Haven eine lange Reise hinter sich hatte, war wieder dieselbe Langeweile eingekehrt, die auch schon vor der Transition geherrscht hatte. Sten Duncan warf einen zweiten Blick auf die Anzeige des Hauptraumes und stellte enttäuscht fest, daß sie die Veränderung noch nicht wiedergab. Sie hatten die längste Normalraumpassage hinter sich, die er je erduldet hatte, hinaus aus Havens militärisch empfindlicher Nachbarschaft, blind und unter ermüdender Bewachung. Dies war nun plötzlich alles verschwunden. Statt dessen würde es jetzt wahrscheinlich eine weitere, ebenso langweilige Passage geben. Er zuckte die Achseln und ging weiter. Es stank nach Regul. Er hielt den Atem an, als er an der Automatküche vorbeikam, deren Tür offenstand. Er hielt sich in der Mitte des Korridors und nahm kaum wahr, daß ein Schlitten an ihm vorbeihuschte. Die Korridore waren weiträumig gestaltet, in der Mitte hoch und an den Seiten tief, mit leuchtenden, in den Boden eingebetteten Schienen für die Transportschlitten, die die Regul benutzten, um die langen Korridore ihres Schiffes durchqueren zu können.

Es war unmöglich, auch nur für einen Moment zu vergessen, daß dies ein Regul-Schiff war. Die Flure winkelten und krümmten sich nicht wie in den von Menschenhand gefertigten Schiffen, sondern wanden sich in Spiralen, die für die Gleitfahrten der an den Wänden entlangfahrenden Schlitten geeignet waren. Nur in wenigen Korridoren konnte man zu Fuß gehen, und in ihnen gab es in der Mitte genügend Kopfraum für Menschen – oder für Mri, die die üblichen Pächter von Regul-Schiffen waren. Aber an den Seiten verliefen die Schienen für die Regul.

Und das ganze Schiff war erfüllt von fremdartigen Gerüchen, dem fremdartigen Aroma unschmackhafter Speisen und Gewürze, fremdartigen Geräuschen, dem polternden Tonfall der Regul-Sprache, die weder Menschen noch selbst Mri wohl jemals so ausgesprochen hatten, wie es die Regul konnten.

Er verabscheute es. Er verabscheute die Regul von ganzem Herzen, und er wußte, daß das in seiner Lage weder weise noch hilfreich war, und er kämpfte ständig gegen seine Instinkte. Es war nur zu deutlich, daß diese Reaktion bei den Regul auf Gegenseitigkeit stieß; sie gewährten ihren menschlichen Gästen nur sechs Stunden, in denen sie scheinbar frei und nach Herzenslust durch die Personalbereiche streifen durften. Danach kam eine zweiundzwanzig Stunden lange Periode des Arrestes.

Sten Duncan, Assistent des ehrenwerten George Stavros, des angehenden Gouverneurs der neuen Gebiete und gegenwärtigen Verbindungsmannes zwischen Regul und Menschheit, machte regelmäßig Gebrauch von dieser Sechs-Stunden-Freiheit; der ehrenwerte Mr. Stavros tat es nicht – wagte es in der Tat nicht einmal, seine eigene Kabine zu verlassen. Duncan ging durch die Korridore und sammelte die passenden Materialien und Leihgaben der Bibliothek, die der ehrenwerte Gentleman lesen wollte, und er brachte alle Nachrichten, die Stavros seinem Regul-Gegenpart, Bai Hulagh Alagn-ni, zukommen ließ, zur Rohrpost.

Das war Regul-Protokoll. Kein Regul-Ältester mit Würde führte seine Aufträge selbst aus. Nur den verurteilten Unfähigen fehlten Dienstjunglinge. Also durfte auch kein Mensch von Stavros Rang so etwas tun, und deshalb hatte sich Stavros einen Assistenten von offensichtlicher Jugend und recht fortgeschrittenem Rang ausgesucht. Das waren Kriterien, die auch Regul anwandten, wenn sie ihr Personal aussuchten.

Duncan war tatsächlich ein Diener. Er verlieh Stavros ein bestimmtes Ansehen. Er führte Aufträge aus. Bei der Aktion, die zur Einnahme Havens geführt hatte, hatte er einen militärischen Rang innegehabt. Die Regul wußten das, und diese Tatsache erhöhte Stavros Ansehen noch mehr.

Duncan sammelte die Nachrichten des Tages auf, stapelte die für Stavros auf dem entsprechenden Tisch und steckte die Essensbestellung in den Schlitz, von wo aus sie in die richtige Abteilung befördert wurde. Ein automatischer Träger würde die bestellte Mahlzeit an ihre Tür bringen – soweit die Regul die Speisen eben zu deuten vermochten, gefertigt aus menschlichen Nahrungsmitteln, die sie mitgenommen hatten.

Wie bei exotischen Haustieren, überlegte Duncan verärgert, denen die Regul so weit wie möglich eine authentische Umwelt zur Verfügung zu stellen versuchten. Wie bei den meisten Ausstellungen von wilden Tieren war die Bühne offensichtlich künstlicher Natur.

Er nahm die Papiere und Info-Bänder und suchte sich seinen Weg durch die Halle zurück, durch den Haupterholungsbereich und die Bibliothek. Er hatte noch keinen Regul gesehen, abgesehen von den Junglingen, die diesen zentralen Entspannungsbereich besuchten. Merkwürdig genug war, daß auch Stavros noch nicht mit Hulagh zusammengetroffen war. Wiederum Protokoll. Sie konnten davon ausgehen, daß sie in der ganzen Zeit, die sie noch bei den Regul verbringen mochten, dem ehrenwerten und verehrten Bai Hulagh Alagn-ni niemals begegnen würden, sondern nur den Junglingen, die ihm als Mannschaft, als Assistenten und Boten dienten.

Regul-Älteste waren im Grunde genommen unbeweglich. Das war sicher. Und Hulagh sollte extrem alt sein. Duncan vermutete insgeheim, daß diese Hilflosigkeit für den älteren Regul beim Umgang mit Nichtregul eine Quelle der Verlegenheit war, und daß sie demzufolge darauf achteten, sich vollkommen von Außenstehenden abzuschließen.

Oder vielleicht hielten sie Menschen und Mri für unerträglich häßlich. Ganz sicher gab es wenig an den Regul, das Menschen schön finden konnten.

Er öffnete die nicht abgeschlossene Tür zu der Doppel-Suite, die er mit Stavros teilte. Der Vorraum war für ihn bestimmt und diente als Schlafquartier und auch für alles andere, von dem man vermutete, daß ihn während der langen Reise danach verlangen würde. Die Vergeltung der Regul, dachte er bitter, für das Beharren der Menschen auf dem langen, langsamen Geleitschutz. Der Empfangssalon und eigentliche Schlafraum gehörten beide Stavros, ebenso die sanitären Einrichtungen, die sich im anschließenden Schlafzimmer befanden und ebenfalls nicht den Kriterien menschlicher Bequemlichkeit entsprachen. Er fragte sich, wie Stavros in seinem Alter damit fertig wurde. Aber es war nicht als weise erachtet worden, aus den Unterschieden zwischen Regul und Menschen selbst in diesem Detail einen Streitfall zu machen. Die Theorie besagte, daß die Regul ihre Gäste *ehrten*, wenn sie sie genau wie Regul behandelten, bis hin zu der Tradition, nur durch Jungling-Vermittler mit ihnen zu verkehren, und der Tradition, daß Duncans Unterkünfte unbequemerweise nur aus dem winzigen Vorraum zwischen Stavros und dem äußeren Flur bestand.

Hübsche Ermutigung zum Vertrauen in die Regul-Zivilisation, dachte Duncan bitter, während er überlegte: er hatte den ehrenwerten menschlichen Gentleman vor Schaden zu bewahren, vor dem Kontakt mit ungehobelten Außenstehenden, vor allen Unannehmlichkeiten. Es schien keine Beleidigung der Regul-Gastfreundschaft zu sein, wenn man vermutete, daß solche Grobheiten voraussehbar waren. Und Stavros blieb eigentlich ein Gefangener seines hohen Ranges, auf einen Raum beschränkt und ohne Kontakt zur Außenwelt, außer durch Duncan.

Dieser verschloß die äußere Tür und klopfte an die innere, eine notwendigerweise bewahrte Formalität – erstens, weil lauschende Regul (vorausgesetzt, die Regul lauschten, was sie beide fest glaubten) auf diese Weise keinen Informationsaustausch zwischen Ältestem und Jungling verstehen konnten, und zweitens, weil sie schon zu lange auf engstem Raum beisammen lebten und beide Wert auf jedes Stückchen Privatsphäre legten, das sie voneinander erhalten konnten.

Die von Stavros Apparaturen bediente Tür ging auf – es war ein widersinniger Anblick: ein Mensch, noch dazu ein zerbrechlich gebauter und schlanker Mensch in einem für Regul-Älteste gebauten massiven Schlittenstuhl. Schreibtisch, Kontrollzentrum und Fortbewegungsmethode in einem: Stavros verschmähte es, ihn durch die ganze Kabine zu steuern. Duncan trat zu ihm, legte ihm die Bänder und Papiere vor, und Stavros nahm sie entgegen und begann sofort damit, sie zu bearbeiten, ohne ein Lächeln oder ein Wort oder einen Gruß oder auch nur einen Wink der Entlassung. Stavros hatte zu Beginn ihrer Zusammenarbeit gelegentlich gelächelt; jetzt tat er es nicht mehr. Sie standen unter fortdauernder Beobachtung durch die Regul. Duncan nahm an, daß er behandelt wurde, als sei er wirklich ein Regul-Jungling, ohne Höflichkeit und ohne als Individuum erachtet zu werden. Zumindest hoffte er, daß das die Ursache für Stavros Kälte ihm gegenüber war.

Er wußte, daß er weit davon entfernt war, solch einen Mann

begreifen zu können. Er erblickte an Stavros einige Eigenschaften, die er respektierte: Mut, zum Beispiel. Er dachte, daß es ein großes Stück Mut erforderte, in Stavros' Alter noch solch eine Mission anzutreten. Ein älterer Mensch war dazu erforderlich, ein Diplomat, der, neben seinen Pflichten als Administrator der neuen Gebiete, einen größeren Respekt von seiten der Regul gewinnen konnte, die die Nachbarn der Menschheit sein würden. Stavros war aus dem Ruhestand zurückgekehrt, um diesen Auftrag anzunehmen, kein starker oder physisch beeindruckender Mann. Er war, wie Duncan bei ihrem einzigen vertraulichen Gespräch noch vor der Einschiffung erfahren hatte, ein Eingeborener von Kiluwa, das zu den schwerwiegenden Verlusten in den ersten Kriegsjahren gehörte. Das mochte einiges erklären. Die Kiluwaner waren legendär exzentrisch, entstammten einer Randgebietkolonie, die zu lange sich selbst überlassen gewesen war, besaßen merkwürdige Ansichten auf den Gebieten der Religion, der Philosophie und den Umgangsformen. Wie die Regul glaubten sie nicht an das Geschriebene. In den Jahren nach dem Fall von Kiluwa war Stavros im XenBüro tätig gewesen und erst neuerdings ins akademische Leben zurückgekehrt. Er hatte Kinder, hatte einen Enkel im Kampf um Elag/Haven verloren. Wenn Stavros die Regul haßte, entweder wegen Kiluwa oder wegen seines Enkels, so hatte er das nie gezeigt. Er legte nur selten irgendein Gefühl an den Tag, abgesehen von einem quälenden Interesse an den Regul. Alles an Stavros war ruhig, und unter dieser Gelassenheit gab es zahlreiche Tiefen.

Die blassen Augen des alten Mannes blitzten auf: »Guten Morgen, Duncan«, sagte er und wandte sich sofort wieder seinen Studien zu. »Setzen Sie sich!« fügte er hinzu. »Warten Sie!«

Enttäuscht nahm Duncan Platz und wartete. Er hatte sonst nichts zu tun. Wäre er nicht in der Lage dazu gewesen, lang andauernde Stille und Untätigkeit zu ertragen, wäre er schon längst wahnsinnig geworden. Er sah Stavros bei der Arbeit zu und fragte sich, warum der alte Mann so darauf aus gewesen war, die Regul-Sprache zu erlernen, was viele Stunden in Anspruch genommen hatte. Es gab Regul, die idiomatisch perfektes Basic sprachen. Es gab immer welche. Aber Stavros hatte im Verlauf der Reise solche Fortschritte gemacht, daß er nun dem

Band des Regul-Schiffsmeisters zu folgen vermochte, das einen Überblick über Pläne und Informationen des Tages gab, ohne daß er oft auf die schriftliche Übersetzung blicken mußte. Es handelte sich um Regul-Propaganda, die die Ältesten der Heimatwelt Nurag pries, ebenso wie das richtige Management des Schiffsdirektors. Für Duncans Geschmack war das alles äußerst trocken, abgesehen von den kleinen Hinweisen auf das Vorankommen des Schiffes.

Aber aus solchen Dingen lernte Stavros und sprach zumindest einfache Höflichkeitsfloskeln flüssig – lernte mit einer Geschwindigkeit, die Duncan zu verwundern begann. Stavros konnte diesen Geräuschwirrwarr tatsächlich verstehen, der für Duncan einfach ein Wirrwarr blieb.

Solch ein Mann, ein Gelehrter, ein intelligenter Mensch mit Enkeln und Urenkeln, hatte alles Menschliche und Vertraute hinter sich gelassen, alles, was sein langes Leben hervorgebracht hatte, und unternahm nun mit dem Feind eine Reise in unbekannten Raum. Obwohl der Gouverneursposten ein beachtlicher Beweggrund war, so waren die Gefahren für Stavros doch mehr als beachtlich. Duncan wußte nicht, wie alt der Mann war. Auf Haven hatte es ans Unglaubhafte grenzende Gerüchte gegeben. Aber er wußte, daß einer seiner Urenkel im Begriff stand, in den Militärdienst zu treten.

Wenn es zwischen Duncan und Stavros irgendeine Vertrautheit gegeben hätte, dann hätte Duncan gerne gefragt, warum er diese Reise unternahm; aber er wagte es nicht. Doch immer dann, wenn er dazu neigte, dem Druck ihrer Eingeschlossenheit nachzugeben, der Furcht vor der sie umgebenden Fremdartigkeit, kam ihm der alte Mann in den Sinn, wie er geduldig über seinen Lektionen saß, und fand sich damit ab, alles auszuhalten.

Duncan glaubte nicht, daß er Stavros etwas einbrachte, sei es nun Gefährtenschaft oder Dienste, außer den erforderlichen Anschein der Schicklichkeit in den Augen der Regul. Gemessen an der Beachtung, die er ihm widmete, hätte Stavros auch ohne ihn auskommen können. Ein halbes Dutzend Männer waren zum Gespräch mit ihm ausgewählt worden, und auf ihn, Duncan, einen der Offiziere für Oberflächen-Taktik auf Haven, war die letzte Wahl gefallen. Er wußte immer noch nicht, warum. Er hatte seinen Mangel an Qualifikation für solch einen Posten zugegeben: *Um so mehr wird ihm bewußt sein, daß er Befehle entgegenzunehmen hat,* war Stavros' Einschätzung in seiner Anwesenheit gewesen. *Freiwilliger?* hatte Stavros ihn dann gefragt, als sei dies ein Grund, auf Wahnsinn zu schließen. *Nein, Sir,* hatte er wahrheitsgemäß geantwortet: *Sie haben jeden ObTak im Bereich von Haven herbeigerufen. – Pilotenzeugnis?* hatte Stavros wissen wollen. – *Ja,* hatte er geantwortet. – *Hegen Sie einen Groll gegen die Regul?* fragte Stavros. – *Nein,* war seine einfache und wiederum der Wahrheit entsprechende Antwort. Er mochte die Regul nicht, aber das war kein Groll, sondern eben Krieg, alles, was er kannte. Und Stavros hatte seinen Bericht in seiner Gegenwart ein zweitesmal gelesen und ihn angenommen.

Damals hatte es sich noch gut angehört, phantastisch begehrenswert: von einem Krieg, in dem die Lebenserwartung in geflogenen Einsätzen gemessen wurde und in dem er kurz davor stand, sein statistisches Limit zu erreichen, zu einem leichten Pöstchen auf einem diplomatischen Flug unter Geleitschutz, mit garantierter Rückkehr nach Hause und Entlassung nach fünf Jahren, Entlassung mit weniger als dreißig Jahren und einer Pension, die größer war, als sie sich irgendein ObTak vernünftigerweise erträumen konnte, oder – und das war die Sache, der Duncan mit größtem Interesse begegnete – permanente Zuweisung zu einem neuen Kolonialdirektorat, permanente Zuweisung zu Stavros' Gebieten, Wohlstand und Berühmtheit auf einer sich entwickelnden Welt. Das war ein Preis, für den Menschen töten oder sterben würden. Er mußte nur in jedem Fall die Gegenwart von Regul eine Zeitlang ertragen und Stavros' Anerkennung durch seine Dienste erwerben. Er hatte fünf Jahre, um letzteres zu erreichen. Er hatte vor, es zu tun.

Er war nicht sehr furchtsam gewesen, als er an Bord des Regul-Schiffes gegangen war. Er hatte die über die Regul bekannten Daten gelesen, kannte sie als nichtkämpferische, vorzugsweise nicht gewalttätige, grundsätzlich scheue Art. Die kriegerischen Mri hatten für sie gekämpft und weitere Konflikte verursacht, und schließlich hatten die Regul die Mri zurückgezogen, sie unter feste Kontrolle genommen. Neue Regul waren jetzt auf deren Heimatwelt an der Macht, eine pazifistische Partei, der auch das Schiff unterstand, auf dem sie reisten, und die Welt, zu der sie unterwegs waren.

Aber im Verlauf der langsamen Reise hatte Duncan eine andere Furcht kennengelernt, eine düstere, beißende Art von Furcht; und er hatte zu vermuten begonnen, warum man nach einem ObTak als Begleiter für Stavros gesucht hatte: er war für fremde Umwelten trainiert, an Einsamkeit und Ungewißheit gewohnt, und vor allem hatte er keine Ahnung von hoher Politik. Wenn etwas schiefging, und er begann zu vermuten, auf welche Weise etwas schiefgehen konnte, dann war Stavros der einzige ins Gewicht fallende Verlust; aber Sten Duncan war nichts, militärisches Personal, ohne nennenswerte Verwandtschaft, ein Verlust, der ohne Sorge abgeschrieben werden konnte. Seine niedrige Klassifikationsnummer besagte, daß er alles, was er wußte, an einen Feind weitergeben konnte, ohne daß eine Einrichtung von wesentlicher Bedeutung dadurch Schaden nehmen konnte; und Stavros selbst war lange Zeit in der Universitätsgemeinde von Neu Kiluwa isoliert gewesen.

Vielleicht – der Gedanke kam ihm – war Stavros selbst fähig dazu, ihn sofort fallenzulassen, wenn er sich als unbequem erwies. Stavros war ein Diplomat von der Sorte, der Duncan instinktiv mißtraute, die über Leute wie Sten Duncan im Krieg zu Hunderten und Tausenden verfügte. Vielleicht war Stavros deswegen nicht mehr dazu bereit, mit ihm zu reden, als sei er mehr als ein Möbelstück. Regul bestraften rebellische Junglinge, ja sogar unbequeme Junglinge, sofort und gnadenlos, als seien sie ein leicht ersetzbares Verbrauchsgut.

Es war eine nachtgeborene Furcht, von der Art, die in der Dunkelheit wuchs, in den langen Stunden, in denen er auf seinem Bett lag und überlegte, daß jenseits dieser Tür eine fremde Wache stand, deren Lebensprozesse er nicht verstand, und jenseits der anderen Tür ein Mensch war, dessen Geist er nicht begriff, ein alter Mann, der lernte, wie ein Regul zu denken, deren Ältere ein Schrecken für die Jungen waren.

Aber wenn sie während des Tageszyklus beisammen waren, wenn er Stavros von Angesicht zu Angesicht gegenüberstand, dann konnte er nicht ernsthaft an die Dinge glauben, die er sich nachts überlegte und sich vorstellte. So lange eingepfercht, so lange unter Streß, war es kein Wunder, daß sein Geist sich namenlosen und irrationalen Befürchtungen zuwandte.

Er hätte nur gerne gewußt, was Stavros von ihm erhoffte, oder was er von ihm erwartete.

Die Bandschleife drehte sich zum drittenmal. Duncan verstand zumindest die Grußformel – es waren die wenigen Wörter der Regul-Sprache, die er kannte. Stavros hörte zu und prägte sich alles ein. Binnen kurzem würde er in der Lage sein, das ganze Palaver aus dem Gedächtnis zu zitieren.

»Sir«, unterbrach er vorsichtig Stavros' Gedanken. »Sir, unsere . . .« Das Band war zu Ende. »Die uns zugeteilte Freiperiode ist fast vorüber. Wenn Sie noch etwas aus der Bibliothek oder dem Labor benötigen . . .«

Er hoffte, daß Stavros etwas einfallen würde, was er noch brauchte. Ihn verlangte danach, diese kostbare Zeit außerhalb ihres Quartiers mit Gehen, mit Bewegung auszufüllen. Stavros hatte ihm jedoch verboten, irgendwo im Blickfeld der Regul herumzulungern oder zu versuchen, mit einem Mannschaftsmitglied ein Gespräch zu beginnen. Duncan verstand die Überlegung hinter diesem Verbot, das eine vernünftige Vorsichtsmaßnahme war, eine Aufrechterhaltung der menschlichen Mystik, so weit sie die Regul betraf. *Sie sollen sich fragen, was wir denken,* pflegte Stavros zu vielen Situationen zu sagen. Aber es war unerträglich, hier zu sitzen, während die Freiheit sich dem Ende zuneigte und das Schiff wieder den Regul-Raum erreicht hatte.

»Nein«, sagte Stavros und zerschmetterte damit Duncans Hoffnungen. Dann reichte er ihm, vielleicht aufgrund eines Nachgedankens, eines der Bänder. »Hier. Eine Entschuldigung. Machen Sie den Eindruck, als hätten Sie eine wichtige Aufgabe und kämen ihr konsequent nach. Holen Sie mir das nächste aus dieser Reihe und bringen Sie mir beide zurück. Viel Spaß bei Ihrem Spaziergang.«

»Ja, Sir.« Er stand auf und war geneigt, dem alten Mann für das Verständnis seines Elends zu danken. Aber Stavros verleidete es ihm, indem er das Band neu einlegte und woanders hin blickte. Duncan zögerte und ging dann durch seine eigene Kabine hindurch nach draußen.

Er tat ein paar tiefe Atemzüge, um sich an das Aroma der Luft zu gewöhnen, und fühlte sich trotz der engen Hallen sofort weniger eingesperrt. Die Wohnräume der Regul waren kleine, öde Orte, die nur Raum für die Bewegung eines Schlittens boten; Die meisten Dinge waren in Griffreichweite einer sitzenden Person angeordnet. Duncan unterdrückte das Bedürfnis, sich zu strecken, und setzte sich gemessenen Schritts in Richtung auf den Hauptraum in Bewegung, durch einen Korridor, in dem nicht die Spur eines Regul zu sehen war.

Der Hauptraum diente dem gesamten Personal zur Erholung und Bildung und verfügte auch über ein Terminal der Bibliothek. Es wäre einfacher gewesen, dachte Duncan, einen Anschluß an die Bibliothek bis in die Konsolen der Kabinen zu legen und damit der Notwendigkeit vorzubeugen, diese überhaupt verlassen zu müssen; er war allerdings auch verzweifelt froh darüber, daß sie das nicht getan hatten. Das bot Gelegenheit für eine Ausrede, wie Stavros gesagt hatte. Und vielleicht gab es sogar Restriktionen für Passagiere, die lesen und mehr begreifen konnten als sie. Er wußte es nicht. Er begutachtete die verschlungenen Regul-Nummern auf der Bandpatrone, die er mit sich führte, und lochte vorsichtig die in der Reihe als nächstes folgende Chiffre.

Die Maschine klickte, es gab eine winzige Verzögerung, und die gewünschte Patrone schoß in Position. Er gab Stavros' und seinen Spezialkode an die Bibliothek durch, die daraufhin das Alphabetmodul änderte und, nachdem sie zur Kenntnis genommen hatte, welche Patronen die Menschen haben wollten, und verwirrt durch die Autorisierung wahrscheinlich einen weiteren Entscheidungsprozeß durchlief, um zu entscheiden, daß der Patrone vermutlich ein Ausdruck beigefügt werden mußte – meist kamen mit der Patrone drei Ausdrucke, ein buchstäblicher, eine Transkription und eine Übersetzung –, und schließlich begannen die Mikrospeicher, die Ausdrucke herzustellen.

Duncan schritt durch den Raum, während die Maschine Bogen auf Bogen ausdruckte, und blickte auf die Uhr. Es wurde Zeit. Er trat wieder an die Maschine und stellte fest, daß sie immer noch arbeitete, langsamer als alle von Menschen gefertigten Verarbeitungssysteme, die er schon benutzt hatte. Sie hatte

Reaktionen, die so träge waren wie die der Regul selbst. Um die Sekunden auszufüllen, zählte Duncan die Veränderungen auf der Bildschirmattrappe, die in Wirklichkeit eine Projektionswand im Zentrum der Bibliothekswand war. Sie zeigte eine Simulation ihres Fluges durch den Menschenraum, verzichtete merkwürdigerweise aber darauf, das geringste Anzeichen von der Gegenwart der bewaffneten Geleitschutzschiffe zu vermitteln, die die Quelle von so viel Streit gewesen waren. Das Bild war genausowenig aktuell wie das vom Morgen. Mit jedem Pulsschlag wechselte es zu anderen Szenerien: durch ihren fremdartigen Charakter faszinierende Landschaften (sorgfältig zensiert, da war er sicher, damit sie nicht zuviel von den Regul lernten; die Bilder zeigten nichts Lebendiges, keine Städte und keine Strukturen), Sternenfelder und dann wieder die Kursattrappe. Sie beherrschte den ganzen Raum. Er hatte die Veränderungen einen langen Tag nach dem anderen beobachtet, während sie sich dem Sprung genähert hatten. Er hatte aufgehört, diese Reise als eine mit einem bestimmten Ziel anzusehen. Ihre seltsame Isolation war zu einer eigenständigen Umwelt geworden, die geistig nicht mit dem Leben verbunden werden konnte, das er zuvor gelebt hatte, und die es unmöglich machte, sich das Leben vorzustellen, das er nachher leben würde. Sie hatten nur das Wort der Regul dafür, wohin sie unterwegs waren.

Er sah sich drei solcher Bilderzyklen an und wandte sich dann wieder der Maschine zu, die mitten im Drucken aufgehört hatte, während das Prioritätssignal aufblitzte. Jemand mit der entsprechenden Autorität hatte sie unterbrochen, um etwas Wichtigeres zu erhalten. Duncans Materialien waren im Griff der Maschine festgefroren. Er drückte den Löschknopf, um die Patrone zurückzuführen, aber nichts geschah. Die Priorität blitzte nach wie vor, während die Bibliothek tat, was jemand anders ihr zu tun befohlen hatte.

Duncan fluchte und sah wieder auf die Uhr. Der Ausdruck lag zur Hälfte im Ausgabekasten, der Schwanz steckte noch in der Maschine. Er konnte jetzt gehen und sich gewissenhaft an den Zeitplan halten, oder er konnte bleiben und das bißchen Zeit abwarten, das die Maschine zur Klärung benötigte. Er entschied sich dafür, zu warten. Wahrscheinlich lag der Stillstand am Ausdruck, eine unbeholfene und ungeschickte Funktion des Bibliotheksapparates. Das Gerücht besagte, daß die Regul selbst überhaupt nicht schrieben, was aber, wie Stavros und er entdeckt hatten, nicht richtig war. Sie verfügten über eine fein strukturierte und komplizierte Schriftsprache. Aber die Bibliothek war für die Audioreplikation entworfen, und die Mehrzahl der Regul-Materialien war oral-auraler Natur. Man sagte, und nach seinen eigenen Beobachtungen schien das auch wahr zu sein, daß ein Regul ein Band nicht mehr als einmal anhören mußte.

Sofortige und totale Erinnerung. Eidetisches Gedächtnis. Das Wort *Lüge* war, wie Stavros ihm erklärt hatte, mit Assoziationen von Perversion und Mord beladen.

Als Art konnten die Regul weder vergessen noch verlernen.

Sollte das zutreffen, dann war es möglich, daß sie für alle Zeiten in bezug auf die exakte Wahrheit von den Regul abhingen.

Es war auch möglich, daß eine Art, die nicht lügen konnte, Methoden der Täuschung ohne Lüge entwickelt hatte.

Er mußte sich nicht groß fragen, was die Regul von den Menschen hielten, die dem geschriebenen Wort große Bedeutung beimaßen, die wiederholt mit besonderen Materialien versorgt werden mußten, um langsam verstehen zu lernen, was Regul mit einem einzigen Zuhören aufnahmen; die die Regul-Sprache nicht lernen konnten, während Regul die Menschensprache so schnell lernten, wie man ihnen die Wörter mitteilte, und denen niemals etwas zweimal gesagt werden mußte.

Wenn Duncan daran und an die Regul-Junglinge dachte, so hilflos langsam, so bedächtig in ihren Bewegungen, während die kleinen Schweinsaugen vor Gefühl glitzerten und sich in den Winkeln falteten, sobald sie einen Menschen erblickten, wurde ihm unwohl zumute, und er erinnerte sich daran, daß dieselben Junglinge, sofern sie nicht von ihren eigenen Eltern ermordet wurden, mehrere menschliche Zeitspannen lang existieren und sich an jeden Augenblick ihres Lebens erinnern würden; und daß Bai Hulagh, der sie und das Schiff und die Zone, zu der sie unterwegs waren, befehligte, das bereits tat.

Duncan widerstrebten sowohl ihre langen Lebensspannen als auch ihr exaktes Gedächtnis. Ihm widerstrebte die Sturheit ihrer allgegenwärtigen Maschinen, die Bigotterie und die Unverschämtheit, mit der sie Stavros und ihn einsperrten und zeitlich einschnürten, von Maschinen umgeben, die ihre Regul-Gastgeber zu mehr machten als nur dem physischen Ebenbild von Menschen. Und mit der ganzen angesammelten Frustration einer langen Gefangenschaft widerstrebten ihm all die kleinen Ablenkungen, die ihm seine Regul-Gastgeber fortwährend in den Weg legten, die Gastgeber, die die Menschen wegen ihrer mentalen Unzulänglichkeiten eindeutig verachteten.

Stavros' Bemühungen waren zum Scheitern verurteilt, wenn er die Anpassung an solche Narren anstrebte. Es war ein tödlicher Fehler, anzunehmen, daß ein Mensch zum Regul werden konnte, daß er irgend etwas gewinnen konnte, indem er die Verhaltensweisen von Lebewesen, die ihn verachteten, sklavisch nachahmte.

Das war der Wurm, der seit den ersten Tagen dieser verchromten, seidenweichen Gefangenschaft an Duncans Eingeweiden gezehrt hatte.

Überall um sie herum gab es Regul-Maschinen und Regul, kauernde Tiere, die ohne diese Automation hilflos waren, wie große gestaltlose Parasiten, die an Geräte aus Stahl und Chrom angeschlossen waren. Stavros huldigte einem totalen und gefährlichen Irrtum, wenn er glaubte, die Wertschätzung der Regul gewinnen zu können, indem er die wenigen Vorzüge aufgab, die die Menschen hatten. Die Regul blickten mit Verachtung auf die Art herab, deren Geist vergaß und deren Wissen auf Film und Papier gebannt werden mußte.

Er hatte vor, das Stavros zu sagen, aber er konnte nicht dicht genug an den Mann herankommen, um ihm Rat zu geben. Stavros war im Gegensatz zu ihm ein gebildeter Mann. Duncan war nur ein erfahrener Mann, und die Erfahrung schrie laut hinaus, daß sie sich in einer äußerst gefährlichen Lage befanden.

Er schlug mit der Hand auf die Verkleidung des Terminals, denn die Zeit war vorüber, und diese Monstrosität hatte ihn besiegt – unglaublich, daß das Ding so langsam sein konnte. Es war ebenso nutz- und gedankenlos, als hätte er einer von Menschen gebauten Maschine einen Knuff gegeben; aber im Nachhinein wußte er, daß er es nicht hätte tun dürfen, und als das

Prioritätssymbol plötzlich erlosch, war er für einen Augenblick erschrocken – dachte, er hätte das Erlöschen verursacht und sich damit gegen einen Regul von hohem Rang gestellt.

Aber die Maschine begann, das übrige Papier auszudrucken, lieferte in angemessener Reihenfolge die Patrone hinterher, und Duncan hielt inne, um alles aufzusammeln. Und als er beim Umwenden auf die Sichtanzeige blickte, sah er, daß sich das Bild geändert hatte, daß dies das Bild eines Sonnensystems mit sieben Planeten war und sich das Schiff dem zweiten davon näherte.

Ihr endgültiges Ziel.

Während er zusah, erblickte er in der Simulation ein zweites Schiff, das sich auf abgelegenem Kurs aus dem System hinausbewegte. Sie waren innerhalb eines Systems, in verkehrsreichem Gebiet und näherten sich Kesrith. Die Zeit setzte sich wieder in Bewegung. Duncans Herz beschleunigte sich mit der wachsenden Sicherheit, daß sie tatsächlich dort angekommen waren, wo sie hingehörten, daß sie sich in der Nähe ihrer neuen Welt befanden. Nach dem Diagramm zu urteilen, würde es zwar noch länger als eine Woche dauern, bis sie an der Station von Kesrith andockten, aber sie waren kurz vor dem Ziel.

Die Zeit der Gefangenschaft war beinahe vorüber.

Im Korridor zu seiner Linken waren Schritte zu hören. Einen Moment lang kümmerte er sich nicht um sie, denn er wußte, daß er seine Zeit überzogen hatte, und erwartete eine ernste Zurechtweisung durch ein Jungling. Den unheilvollen Charakter der Schritte erkannte er nicht sofort. Dann ging ihm auf, daß sie nicht hierher gehörten, dieser gemessene Tritt von Stiefeln auf dem Boden, der so ganz anders war als das langsame Schlurfen von Regul oder selbst Stavros' zerbrechlicher Schritt. Er drehte sich um, schon von dem Anblick erschrocken, durch die Gegenwart von jemandem, der weder Mensch noch Regul war.

Und Duncan erblickte eine Gestalt, die ebenfalls stehengeblieben war, in Schwarz gekleidet und mit vielen kleinen glitzernden Scheiben auf den Gewändern. Mri. Kel'en. Die goldenen Augen über dem Schleier blickten überrascht. Eine schlanke bronzene Hand fuhr zum Messer im Gürtel und zögerte dort.

Einen Moment lang bewegte sich keiner von ihnen, und man hörte nur die langsamen Veränderungen des Projektors.

Der Feind. Der Zerstörer von Kiluwa und Talos und Asgard. Duncan hatte noch nie zuvor einen von ihnen so nahe und in Wirklichkeit gesehen. Nur die Augen und die Hände waren unbedeckt. Die hochgewachsene Gestalt bewegte sich nicht, war von Drohung und Ärger umhüllt.

»Ich bin Sten Duncan«, fand er den Mut zu sagen. Er bezweifelte, daß der Mri ein Wort verstehen konnte, aber er hielt es für an der Zeit, daß Wörter zum Einsatz kamen, bevor es die Waffen taten. »Ich bin der Assistent des Gesandten der Föderation.«

»Ich bin Kel Medai«, sagte der andere in einwandfreiem Basic. »Wir hätten uns nicht begegnen dürfen.«

Und damit drehte sich der Mri auf den Fersen um und schritt in die Richtung davon, aus der er gekommen war, eine schwarze Gestalt, die hinter einer Biegung des Korridors in den Schatten verschwand. Duncan entdeckte, daß jeder Muskel an ihm zitterte. Aus solcher Nähe hatte er Mri bisher nur auf Fotos gesehen, und alle waren sie tot gewesen.

Fremdartig schön – so war der Eindruck, den der Mri-Krieger auf ihn gemacht hatte. Auch ein Tier hätte diesen Eindruck machen können, auf seine Art prächtig – und tödlich.

Er drehte sich um, und sein Blut, das irgendwie die normale Zirkulation wieder aufgenommen hatte, drohte ein zweitesmal zu gerinnen, denn mitten im Hauptraum stand ein Regul-Jungling, dessen Nasenlöcher in der Hast der Erregung flatterten und sich schlossen.

Mit schriller Stimme rief es ihm eine Warnung zu; Angst oder Schrecken, das konnte er nicht genau feststellen. Die Farbe des Junglings wechselte in graublaue Blässe über. »Gehen Sie in Ihr Quartier!« forderte es. »Es ist Zeit. Gehen Sie in Ihr Quartier. Sofort!«

Duncan setzte sich in Bewegung, eilte um den Regul herum und davon, ohne zurückzublicken. Als er das Heiligtum seiner eigenen Tür erreichte, zitterten seine Hände. Noch während die Tür aufging, warf er sich geradezu hindurch und schloß sie sofort wieder, wartete ängstlich darauf, daß sich das Siegel zischend schloß. Dann sank er auf sein Bett und wußte, daß er nur zu rasch Stavros gegenübertreten und ihm einen Bericht über das erstatten mußte, was er getan hatte. Die Materialien aus der Bibliothek glitten ihm aus den klammen Fingern, und einige der Papiere fielen zu Boden. Er beugte sich hinab, um sie mit gefühllosen Fingern wieder aufzusammeln.

Er hatte einen großen Fehler begangen und wußte, daß dessen Konsequenzen erst noch eintreten mußten.

Sie waren zu der Welt unterwegs, die man die Heimatwelt der Mri nannte, zu Kesrith, das um die Sonne Arain kreiste.

Die Regul beanspruchten sie jedoch, und ebenso das Recht, sie an die Menschen abzutreten. Sie beanspruchten die Autorität, den Mri Befehle zu erteilen und für sie zu unterzeichnen.

Sie verrieten die Mri und nahmen doch einen Kel'en auf dem Schiff mit, das die Befehle überbrachte, mit denen Kesrith den Menschen übergeben wurde.

Wir hätten uns nicht begegnen dürfen, hatte der Mri gesagt.

Es war offenkundig, daß zumindest die Regul und möglicherweise auch der Mri das Zusammentreffen nicht beabsichtigt hatten. Jemand wurde getäuscht.

Er riß sich zusammen und stieß einen langen Atemzug aus, klopfte an Stavros' Tür und trat diesmal ohne Erlaubnis ein.

4

Ein weiteres Schiff hob an diesem Abend ab, eines der zahlreichen Shuttle, die Passagiere und Güter von Kesriths Oberfläche zu Station brachten – und von dort zu den Sternenschiffen: Frachtern, Fahrgastlinern, Kriegsschiffen, zu allem, was geeignet war, den Menschen die in Panik geratenen Regul aus dem Weg zu schaffen.

Wie an jedem Abend sah Niun auch diesmal von dem hohen Felsen aus zu, von wo man das Meer und die Ebenen und die Stadt überblickten konnte. Es stimmte. Er hatte die Tatsache, daß der Krieg zu Ende war, schließlich akzeptiert, wenn ihn auch beim Zuschauen immer noch ein Gefühl der Unwirklichkeit bewegte, wie da die Schiffe abhoben, so zahlreich wie niemals zuvor in seinem Leben und auch dem, so dachte er, seiner Ältesten. Es war eine Tatsache, daß die Regul-Stadt im Sterben lag, ihr Leben mit jedem abgehenden Schiff mehr verebbte. Er gehorchte dem Befehl der She'pan, nicht in die Nähe der Stadt oder des Hafens zu gehen, aber er überlegte sich, daß er, wenn er jetzt zu dem Platz hinabginge, viele der Gebäude verlassen und ihrer Wertgegenstände beraubt vorfinden würde. Und jeden Tag konnte er auf der Straße, die sich an der Küste entlangwand und von seinem Aussichtsposten aus gerade noch als bloße Linie sichtbar war, den Verkehr in die Stadt fließen sehen, der Regul aus den äußeren Städten und Stationen brachte; auch Flugzeuge landeten in der Stadt, und die, die auch wieder abflogen, wurden immer weniger. Niun hatte die Vision einer enormen Menge verlassener Regul-Fahrzeuge am Rande der Stadt und von Schiffen im Hafen. Man würde sie auf Haufen schleppen und verrosten lassen müssen.

Es wurde berichtet – so hatte Sathell es aus dem Nachrichtenverkehr der Regul geschlossen –, daß der Hauptpreis, den die Regul für den Frieden zahlten, die Übergabe jeder Kolonie im Bereich von Kesrith war.

Tsi'mri-Wirtschaft hatte sich schließlich mächtiger als die Waffen des Kel erwiesen und nach Meinung der Regul sicherlich wichtiger als die Ehre der Mri. Sicher war Kesrith als weitreichend automatisiertes Bergbau- und Transportgelände ein

3·81·3

Verlust für die Regul. Zweifellos war der Verlust einer solchen Kolonie für die Regul-Ältesten bestürzend, zweifellos auch schädlich für ihre Wirtschaft und ihren Handel; zweifellos vergrößerte sich die Unbequemlichkeit für die Regul in den fliehenden Schiffen zu einer Tragödie. Regul maßen zahlreichen merkwürdigen Gegenständen Wert bei; Verschiedenartigkeit in deren Qualität und Menge, ihrer Kleidung und ihrer Bequemlichkeit stellte in ihren Augen einen persönlichen Wert dar. Der Verlust ihrer Heime und wertvoller Gegenstände, die nicht mit auf die Schiffe genommen werden konnten, würde schmerzlich für sie sein. Aber sie besaßen nichts wie die Verehrten Gegenstände, nichts, dessen Verlust sie in dem Ausmaß treffen konnte, wie der Verlust der Heimatwelt das Volk traf. Und die Ehre, nach der Regul trachteten, konnten sie neu erwerben, wenn sie genug Erfolg hatten – anders als die Ehre der Mri, die gewonnen werden mußte.

Deswegen konnte Niun nicht viel Symathie für irgendeinen Regul empfinden. Sein persönlicher Verlust war groß genug: sein ganzes Leben lang hatte er geplant und danach verlangt, eine Möglichkeit zu finden, diese Welt mit der Gewalt und Geschwindigkeit dieser abgehenden Schiffe zu verlassen. Die Auswanderung war zu einer wilden Flucht geworden, Tag und Nacht. Und die Ereignisse erwiesen klar, daß die persönlichen Pläne von Niun s'Intel Zain-Abrin nichts waren im Vergleich zu den Mächten, die Welten bewegten. Aber die Bedrohung für das Haus war etwas, das über sein Vorstellungsvermögen hinausging. Und daß die Mächte, die Welten bewegten, sich nicht um das Schicksal des Volkes kümmerten, das ging über sein Begriffsvermögen.

Er hatte versucht, sein Denken dieser Veränderung des Schicksals anzupassen.

Wo sollen wir unsere Verteidigung aufbauen? hatte er Eddan und die anderen Kel'ein in der Annahme gefragt, daß es noch eine Verteidigung der Heimatwelt und des Edun des Volkes geben würde, wie er auch annahm, daß der Geisteszustand seiner Leute noch intakt war.

Aber Eddan hatte sein Gesicht von dieser Frage abgewendet und mit seinen Gesten die Antwort verweigert. Und nachdem

Niun mit seiner Frage beim Kel gescheitert war, hatte er gewagt, sich mit ihr an Intel zu wenden. Und Intel hatte ihn voll befremdeter Sorge angeblickt, als sei das Begriffsvermögen ihres letzten Sohnes grundsätzlich mangelhaft. Sie hatte ihm jedoch freundlich Allgemeinplätze über Geduld und Mut vermittelt und es dabei vorsichtig vermieden, seine Frage irgendwie direkt zu beantworten.

Und Tag für Tag gingen die Regul-Schiffe ab, ohne Mri-Kel'ein an Bord. Die She'pan hatte es verboten.

Er beobachtete das Ende. Schließlich hatte er zumindest das begriffen. Er war sich nicht sicher, was zu Ende ging; aber er kannte den Geschmack von Endgültigkeit und wußte, daß ihm von all den Dingen, die er sich ein Leben lang ersehnt hatte, nichts blieb. Die Regul gingen, und nach ihnen kamen die Menschen.

Jetzt wünschte er sich verzweifelt, sich mit noch mehr Leidenschaft dem Studium menschlichen Verhaltens gewidmet zu haben, so daß er jetzt vermuten könnte, was die Menschen voraussichtlich tun würden. Vielleicht wußten die älteren Kel'ein, die so viel Erfahrung mit ihnen hatten, etwas darüber; und vielleicht gingen sie deswegen davon aus, daß auch er es wissen sollte, und wollten Unwissenheit nicht mit Erklärungen belohnen. Oder vielleicht waren sie hilflos wie er und lehnten es ab, das Offensichtliche ihm gegenüber zuzugeben. Das konnte er ihnen nicht übelnehmen. Es war nur so, daß er einfach nicht zugeben wollte, daß nichts getan werden konnte, daß keine Vorbereitungen getroffen werden konnten, während die Regul so verzweifelt und ängstlich in Sicherheit flohen. Er wußte mit all dem Glauben, der bei seinem kleiner werdenden Vorrat an vertrauenswürdigen Dingen geblieben war, daß das Kel letztlich Widerstand leisten würde; aber sie würden sterben müssen, wenn das der Fall war. Ihr Geschick war groß, größer als das aller anderen lebenden Kel'ein – so glaubte er wenigstens. Aber die neun waren auch zu alt und zu wenige, um den massierten Angriffen der Menschen lange standhalten zu können.

Die Vorstellung überkam ihn immer wieder, so schrecklich und unwirklich wie der Fortgang der Regul aus seinem Leben – die Vorstellung von der Ankunft der Menschen, von menschlicher Sprache und menschlichem Schritt, die in der Heiligkeit des Edun-Schreins widerhallten, von Feuer und Blut und zehn verzweifelten Kel'ein, die versuchten, die She'pan mit der Waffe gegen eine Horde schändender Menschen zu verteidigen.

Brüder, Schwestern, wollte er die Kel'ein fragen, *ist es möglich, daß es noch eine Hoffnung gibt, die ich nicht zu erkennen vermag?* Und dann dachte er wiederum: *Oder, o Götter, ist es möglich, daß unsere She'pan wahnsinnig geworden ist? Brüder, Schwestern, seht, seht doch die Schiffe! Unser Weg führt fort von Kesrith. Bringt die She'pan zur Vernunft. Sie hat vergessen, daß es hier noch welche gibt, die leben wollen.* Aber so etwas konnte er den Ältesten und Eddan nicht sagen; und letztlich würde er sich für solche Worte vor Intels Angesicht verantworten müssen, und das würde er nicht ertragen können. Er konnte nicht mit ihnen argumentieren, konnte mit ihnen nicht diskutieren, wie sie es im geheimen unter sich taten. Die Ältesten und Intel – alle außer Melein und ihm – erinnerten sich noch an Nisrens Tage, an das Leben vor dem Krieg. Damals hatten sie die Hilfe der Regul angenommen, waren dem Untergang von Nisren entkommen – und jetzt lehnten sie diese Hilfe ab, wie sie es in Besprechungen beschlossen hatten, von denen er, der nicht zu den Ehemännern gehörte, ausgeschlossen war. Er beharrte auf dem Glauben, daß die Ältesten vernünftig waren. Sie waren zu ruhig und zu sicher, um verrückt sein zu können.

Vor dreiundvierzig Jahren war so etwas auf Nisren geschehen. Ein Regul-Schiff, das She'pan Intel rettete, hatte die heiligen Pana und die Überlebenden des Edun nach Kesrith gebracht. Die Ältesten sprachen nicht von jenem Tag, sogar die Lieder schenkten ihm kaum Beachtung. Es war ein Schmerz, der mit ihren sichtbaren Narben geschrieben war und im Geheimnis ihres Schweigens.

Scham? fragte er sich mit einem Stich im Herzen, weil er schlecht von ihnen dachte. *Scham über etwas, was sie auf Nisren taten oder nicht taten? Scham darüber, daß sie überlebt hatten, und der Wille, den Fall einer weiteren Heimatwelt nicht zu überleben?* Manchmal vermutete er, daß das der Fall war, und der Schrecken wuchs und biß in ihm wie ein fremdartiger Parasit. Schrecken darüber, daß er zu einer She'pan gehörte, die des Fortlaufens müde war, und zu einem Edun, das sich bewußt darauf vorbereitete, zu sterben.

Das Edun, das die Pana aufbewahrte, die Verehrten Gegenstände der Ehre und Geschichte der Mri, die anzusehen dem Sen allein vorbehalten war, die ungebeten zu berühren den Tod bedeutete; sie zu verlieren ...

Die Reliquien des Volkes zu verlieren ...

Das würde den Tod bedeuten, nicht nur des Edun, sondern des Volkes als einer Rasse. Er bedachte dies einen Augenblick lang, wendete den Gedanken im Geist, warf ihn hastig beiseite und griff ihn furchtsam wieder auf.

O Götter, dachte er mit allein durch die Vorstellung erstarrtem Geist. Ein weiteres Shuttle startete. Er sah es steigen, immer weiter, ein Stern, der sich bewegte.

O Götter, o ihr Götter.

Es war *Shon'ai,* das Spiel des Weiterreichens. Es war das Aufblitzen von Klingen in der Dunkelheit, das tödliche Spiel von Rhythmus und Bluff und Drohung und unbekümmertem Risiko.

Das Spiel des Volkes.

Die Klingen wurden geschleudert. Die Existenz hing von der eigenen Schnelligkeit ab, dem eigenen Verstand und den Nerven, aus keinem anderen Grund als dem, das Überleben zu verdienen.

Er fühlte, wie ihm das Blut aus dem Gesicht in den Bauch sackte, als er begriff, warum sie durch ihn hindurchgesehen hatten, als er ihnen seine vergeblichen Fragen gestellt hatte.

Passe dich dem Rhythmus an, Kind des Volkes! Sei ein Teil des Volkes! Akzeptiere es! Akzeptiere es!

Shon'ai!

Er schrie laut auf und verstand auf einmal alles. Im ganzen bekannten Weltall würden Mri auf den Wurf der She'pan von Kesrith reagieren. Sie würden kommen, sie würden kommen, aus allen Richtungen des Weltalls würden sie kommen, um zu kämpfen und Widerstand zu leisten.

Die Pana waren dem Edun Kesrithun zur Verwahrung anvertraut.

Es war ein großer Kreis, und die Klingen flogen anscheinend

zufällig, aber jedes Spiel neigte dazu, sein eigenes Muster zu entwickeln, und am weitesten war der Spieler, der nicht von ihm hypnotisiert wurde.

Intel hatte geworfen. Nun lag es an anderen, den Wurf zurückzugeben.

Der erste von Kesriths Zwillingsmonden war sichtbar geworden. Die Sterne bildeten einen staubigen Gürtel über den Himmel. Die Luft war kalt, aber Niun fühlte keinen Anstoß, ins Edun zurückzukehren, die weltliche Routine seiner Existenz wieder aufzunehmen. Nicht heute abend. Nicht mit solchen Gedanken im Kopf. Letzten Endes würden die Kel'ein ihn vermissen, ihn suchen, ihn an seinem Lieblingsort entdecken und dort sitzenlassen. Er verbrachte hier viele Abende. Im abendlichen Edun gab es außer Schlafen, Essen und dem Studium von Dingen, die nicht mehr zutrafen, nichts zu tun. Keiner hatte mehr die Lieder gesungen seit dem Tage, an dem die Nachricht vom Ende des Krieges gekommen war. Sie saßen oft zusammen und unterhielten sich, und er blieb dabei ausgeschlossen. Wahrscheinlich, dachte er, war es eine Erleichterung für sie, daß er weggegangen war.

Der Geysir Sochau spie Dampf über die Ebenen aus, einen hohen Helmbusch, so vorhersehbar wie die Stunden auf einer Regul-Uhr. Durch solche Rhythmen lebte die Welt, und mit solchen Rhythmen maß sie die Tage, bis die Menschen kommen sollten.

Aber zum erstenmal in all den Tagen, seit er vom Ende des Krieges gehört hatte, empfand Niun eine Andeutung von Glück, eine wilde Ahnung davon, daß dem Volk noch etwas zu tun bleiben könnte und die Menschen herausfinden würden, daß ihr Sieg keineswegs schon eine vollendete Tatsache war.

Am Himmel wurde ein Stern größer, kaum daß der andere verschwunden war, schnell und mit Omen behaftet. Niun beobachtete ihn mit rasch wachsendem Interesse, durch etwas zum Leben erweckt – auch wenn es trivial sein mochte –, das nicht üblich war. Normalerweise landeten die Shuttles nicht vor dem Morgen.

Er sah zu, wie der Stern größer wurde, hegte sowohl furchtbare als auch hoffnungsvolle Vorstellungen, ein bloßes Kinderspiel, denn er glaubte nicht wirklich, daß es mehr als eine bloße Änderung in Regul-Plänen, getroffen aus Regul-Gründen, war, so normal wie etwas in der organisierten Routine von Kesriths Tod sein konnte.

Er sah, wie es herabkam und wie plötzlich im entferntesten Bereich des Hafens Lichter aufflammten, erkannte plötzlich, daß es nicht auf die Liegeplätze der Frachter und Shuttles niederging, daß es kein Raumtransporter war und auf einen Bereich herabsank, der allein militärischen Landungen vorbehalten war. Es handelte sich um ein Schiff von einer Größe, wie sie seit vielen Jahren nicht mehr auf dem planetaren Hafen gesehen worden waren.

In der Dunkelheit und der Ferne war das Schiff nicht mehr als eine Gestalt aus Licht, ohne Kennzeichen, ohne Namen. An nichts konnte man erkennen, was es war. Plötzlich wußte Niun, daß seine Leute davon erfahren haben mußten, daß sie zweifellos bereits davon alarmiert gewesen waren, nur er nicht.

Er sprang vom Felsen herab und fing an zu laufen, mit Füßen, die schnell die Richtung änderten, hier und da, wo die schroffe Erde Gefahren in sich barg. Er benutzte nicht die Straße, sondern rannte querfeldein eine alte Mri-Spur entlang und erreichte atemlos und mit stark schmerzender Brust die Tür des Edun.

Es war still in den Hallen. Er hielt nur einen Augenblick lang inne, dann erstieg er die Treppe zum Turm der She'pan, wobei er die erste Windung fast rannte.

Und dort begegnete ihm ein Schatten – der alte Dahacha, der mit seinem großen, mürrischen Dus die Stufen herabschlenderte. Alle blieben ruckartig stehen, und das Dus nahm noch eine Stufe und grollte eine Warnung.

»Niun«, sagte der alte Mann, »ich habe dich gesucht.«

»Da ist ein Schiff«, begann Niun atemlos.

»Das ist hier keine Neuigkeit«, erwiderte Dahacha. »Die HAZAN ist zurück. Yai! Komm rauf, Junge, du wirst vermißt!«

Niun folgte ihm voller Freude. Die HAZAN – das Kommandoschiff der Zone; und es war höchste Zeit, daß sie kam, zu den Regul, die sich panisch und unordentlich zurückzogen. Also gab es bei den Regul noch Entschlossenheit, noch eine gewisse

Autorität, um in dieser Situation der Auflösung die Kontrolle zu behalten.

Und die HAZAN! Mit der HAZAN kam Medai, sein Vetter, sein Kel'en-Gefährte, zurück von den Menschenkriegen mit all der Erfahrung und dem gesunden Verstand, der dem an der Front kämpfenden Kel eigen war.

Bei Medai erinnerte er sich auch an andere Dinge, die weniger schön waren; aber nach sechs Jahren spielte das keine Rolle mehr, wenn die Welt ins Chaos stürzte. Niun folgte Dahacha die sich windende Treppe hinauf, und ein Hochgefühl durchströmte ihn.

Ein weiterer Kel'en.

Ein Mann, dem die anderen zuhören würden, wie sie es niemals bei Niun tun würden, der die Welt noch niemals verlassen hatte.

Medei, der unter den Anführern der Regul gedient hatte, der ihren Geist kannte, wie nur wenige Kel'ein die Gelegenheit gehabt hatten, ihn kennenzulernen – er, Kel'en auf dem Schiff des Bai der Zonen von Kesrith.

5

Die Tür war verschlossen, wie immer während der Arrestperiode. Trotzdem versuchte es Sten Duncan erneut, schlug in dem Bewußtsein, daß es nutzlos war, mit der Faust dagegen und ging dann zu dem alten Mann zurück.

»Sie haben es abgelehnt, eine Antwort zu geben«, sagte Stavros. Er saß auf dem Schreibtischstuhl, der Bildschirm der Konsole an seinem linken Ellenbogen zeigte ein eintöniges Grau. Er machte einen unsicheren Eindruck, was für ihn selbst zu einer so schlimmen Zeit unüblich war.

Sie waren auf dem Planeten gelandet. Das war klar.

»Wir hätten andocken sollen«, sagte Duncan schließlich, womit er dem geringsten Teil der in seinem Geist brodelnden Betroffenheit Ausdruck verlieh.

Stavros reagierte nicht auf diese Beobachtung, sondern blickte ihn nur leidenschaftslos an. Duncan las Scham aus diesem Blick.

»Wenn die Pläne geändert worden sind, muß entweder auf der Station oder auf dem Planeten etwas nicht in Ordnung sein«, sagte Duncan. Er versuchte, dem alten Mann wenigstens eine kleine Beruhigung zu entlocken, ein Zurückweisen seiner Auffassungen – sogar ausgesprochenen Zorn. Damit konnte er umgehen.

Und als Stavros ihm überhaupt keine Antwort gab, sank er auf einen Stuhl am Tisch, den Kopf in die Hände gestützt, erschöpft von der Anspannung des Wartens. Für sie war es Nacht, und sie war halb vorbei.

»Vielleicht schlafen sie«, kam es unerwartet von Stavros, der Duncan mit dem völligen Fehlen von Verbitterung in der Stimme überraschte. »Falls sie sich entschlossen haben, auch nach der Landung den Schiffszyklus aufrechtzuerhalten, oder wenn wir in der örtlichen Nacht gelandet sind, könnte es sein, daß Bai Hulagh schläft und seine Befehlsempfänger nicht bereit sind, unabhängig von seiner Autorität eine Antwort zu geben. Die Regul belästigen einen Älteren seines Ranges nicht.«

Duncan blickte ihn wieder an. Er glaubte diese Erklärung nicht, war aber über diese Geste von Stavros froh, egal, ob er noch eine andere im Hintergrund seines Geistes hegte, die er nicht aussprach, oder nicht. Es hob Duncans Gefühle nicht im mindesten, daß Stavros ihm nichts über das Zusammentreffen mit dem Mri gesagt hatte, daß er ihm nur ruhige Fragen über das gestellt hatte, was im Hauptraum geschehen war. Es gab keine Zurechtweisung, keine Spur von dem, was in Stavros' Geist vor sich gegangen war. Auch dann hatte Stavros nichts gesagt, als ihnen wenig später ein neuer Zeitplan mitgeteilt worden war, in dem die Zahl ihrer freien Stunden um die Hälfte gesenkt worden war, ein Regul-Jungling ständig an ihrer Tür Wache hielt und Duncan in einigem Abstand folgte, wenn er den Raum verließ.

Die Vergeltung traf ihn natürlich am schwersten, indem sie ihn noch mehr einschränkte, während Stavros kaum davon betroffen war; aber in bezug auf ihre Sicherheit und die Zukunft der Zusammenarbeit zwischen Regul und Menschen war es als schlechtes Omen genug. Immer noch herrschten die formellen Verhaltensweisen, immer noch enthielten die Tagesbotschaften Grüße. Wie es für die Regul charakteristisch war, hatte man den Zwischenfall in der Halle nicht direkt erwähnt. Ohne alle Erklärungen waren sie lediglich davon in Kenntnis gesetzt worden, daß ihr Stundenplan geändert worden war.

»Es tut mir leid, Sir«, sagte Duncan schließlich aus seiner Frustration heraus.

Stavros sah plötzlich überrascht aus, runzelte dann die Stirn und zuckte die Achseln. »Wahrscheinlich handelt es sich lediglich um Regul-Verhaltensweisen und eine geringfügige Änderung der Pläne. Machen Sie sich keine Sorgen darüber.« Und dann mit einem zweiten Achselzucken: »Gehen Sie schlafen, Duncan! Im Moment ist nicht viel anderes zu tun.«

»Ja, Sir«, erwiderte Duncan, stand auf und ging in den Vorraum, setzte sich auf seine Koje und schlug die Beine unter. Er stützte die Ellenbogen auf die Knie und massierte seine schmerzenden Schläfen.

Seinetwegen waren sie Gefangene.

Stavros war besorgt. Er wußte zweifellos, wovon sie betroffen waren, und er war besorgt. Wenn die Regul das Angebot angenommen hätten, hätte Stavros vielleicht den Menschen-

3·81·4

jungling, der die Schwierigkeiten hervorgerufen hatte, demonstrativ bestrafen können. Vielleicht hatte er das nicht getan, weil sie beide Menschen waren und Stavros eine unausgesprochene Zuneigung zu Duncan empfand. Oder vielleicht hatte er abgelehnt, es zu tun, weil ein Regul-Ältester unter denselben Umständen es auch nicht getan hätte.

Es war jedoch deutlich genug, daß sie unter dem schweren Schatten des Mißfallens der Regul standen, und das seit vielen, vielen Tagen; und daß sie jetzt nicht da waren, wo zu landen man ihnen beim Start versichert hatte.

Ein Geräusch drang an seine Ohren, ein Geräusch von jemandem, der im Korridor vorbeikam, in einem der Schlitten, die draußen in ihren Schienen entlanghuschten. Duncan blickte auf, als der dort draußen anzuhalten schien, und hoffte gegen alle Hoffnung, daß das Ding stehengeblieben war, um Nachrichten zu überbringen.

Die Tür ging auf. Er sprang sofort in korrekter Haltung auf. Der Schlitten war tatsächlich vor der Tür stehengeblieben, und in ihm saß der älteste und massigste Regul, den er je gesehen hatte. Rolle auf Rolle von gerunzeltem Fleisch und eine krustige Haut verbargen jede Andeutung einer Struktur, die es in dem graubraunen Körper geben mochte, abgesehen von den Knochenplatten des Gesichtes, in denen die Augen zwischen kreisförmigen Runzeln verborgen lagen, schwarze, glitzernde Augen. Die flache Nase und der geschlitzte Mund vermittelten eine täuschende Illusion von Menschenähnlichkeit.

Es war das Gesicht eines Menschen im Körper eines Tieres, und dieser Körper wurde von braunen schimmernden Gewändern mit silbernen Kanten umhüllt, feine Gaze, die eine grobe und von Runzeln durchzogene Haut umgab. Die Nasenlöcher waren geschlitzt, konnten flattern und sich schließen. Duncan wußte, daß diese Bewegung bei Junglingen ein Anzeichen von Gefühlen war, einer der wenigen Ausdrücke, zu denen ihre knochengeschützten Gesichter fähig waren – ein Rollen der Augen, ein Öffnen und Schließen der Lippen, ein Flattern der Nüstern. Aber hätte er nicht gewußt, daß dieses Wesen zu derselben Art gehörte wie die Junglinge, er hätte es nicht geglaubt.

Erstaunlicherweise erhob sich der Älteste, richtete seinen Körper auf und stand dann auf krummen und fast unsichtbaren Beinen im Schlitten.

»Stavros!« sagte es – er – in einem polternden Baß.

Menschen konnten den Ausdruck von Regul nicht nachahmen; vielleicht waren auch die Regul nicht dazu in der Lage, Höflichkeit oder das Fehlen derselben bei Menschen zu erkennen. Trotzdem wußte Duncan, daß jetzt Höflichkeit gefordert war. Er verneigte sich. »Gnade«, sagte er in der Regul-Sprache, »ich bin der Jungling Sten Duncan.«

»Rufe Stavros!«

Aber die Tür war schon offen. In der Absicht, dem Befehl nachzukommen, drehte sich Duncan um und erblickte Stavros, der unter der Tür stand und nicht näher kam.

Es fand ein polternder Austausch von Regul-Höflichkeiten statt, und Duncan zog sich, vom Fluß der Sprache verwirrt, an die Wand des Raumes zurück. Er erkannte, was er bereits geahnt hatte, daß dies der Bai selbst sein mußte, der gekommen war, um mit ihnen zu sprechen, Bai Hulagh Alagn-ni, Hoher Befehlshaber der HAZAN, Nachfolger des Holn und provisorischer Gouverneur der Zonen von Kesrith während der Übertragung der Macht von Regul auf Menschen.

Duncan verhielt sich unauffällig; er wollte kein zweitesmal gegen Regul-Verhaltensweisen verstoßen und Dinge komplizieren, die er nicht begriff.

Der Austausch war kurz. Er wurde mit einer Reihe von Floskeln und Gesten abgeschlossen, der Bai ließ sich wieder in seinen Schlitten sinken und fuhr davon. Stavros schloß selbst die Tür, bevor Duncan sich aus seiner Verwirrung lösen und dies tun konnte.

»Sir?« wagte Duncan daraufhin zu fragen.

Stavros ließ sich für seine Antwort Zeit. Schließlich blickte er mit düsterer und besorgter Miene um sich. »Wir sind auf Kesrith gelandet«, erklärte er. »Der Bai versichert uns, daß es für ein Schiff dieser Art ganz normal ist, direkt auf der Planetenoberfläche zu landen, daß es eine Entscheidung in letzter Minute war und aus Gründen, die uns nicht betreffen. Aber ich konnte auch entnehmen, daß es hier eine gewisse Unstabilität gibt, die ich nicht begreife. Der Bai will, daß wir im Schiff bleiben. Vorübergehend, sagt er.«

»Handelt es sich«, fragte Duncan, »um Ärger wegen dieser Sache mit dem Mri?«

Stavros schüttelte den Kopf. »Das weiß ich nicht. Ich weiß es nicht. Ich glaube, daß von der gesamten Mannschaft erwartet wird, das Schiff nicht zu verlassen, bis die Dinge sich selbst geregelt haben. Dies zumindest . . .« Stavros Augen wandten sich zur Decke, zur Ventilation, zum Licht, zu Einrichtungen, die sie nicht verstanden und denen sie nicht vertrauten. Der Blick warnte, enthielt eine Befürchtung, die er ausgesprochen hätte, wäre er sicher genug dazu gewesen. »Der Bai versichert uns, daß wir am Morgen zum zentralen Hauptquartier gebracht werden. Im Moment herrscht draußen Nacht. Wir unterliegen bereits der Hauptzeit von Kesrith. Der Bai gibt uns bekannt, daß das Wetter gut und die Unbequemlichkeiten gering sind, und man erwartet, daß wir uns unserer Nachtruhe erfreuen und spät aufstehen werden, in der Erwartung einer angenehmen Ankunft auf Kesrith.«

›Der Bai ist höflich und förmlich‹, brachte Stavros' Miene durch die Wörter hindurch zum Ausdruck. Man durfte nicht mit Glaubwürdigkeit rechnen. Duncan nickte verstehend.

»Dann gute Nacht«, sagte Stavros, als sei der Gedankenaustausch laut vor sich gegangen. »Ich glaube, wir können uns darauf verlassen, daß wir für eine beträchtliche Anzahl von Stunden an Bord festgehalten sind und wahrscheinlich genug Zeit für den Nachtschlaf haben werden.«

»Gute Nacht, Sir«, sagte Duncan und sah dem alten Mann zu, wie er zurück in sein Quartier ging. Die Tür schloß sich hinter ihm.

Er wünschte sich nicht zum erstenmal, daß er den alten Mann offen fragen könnte, was er über die Angelegenheit dachte, und daß er erfahren könnte, was der ehrenwerte Stavros von dem glaubte, was man ihm gesagt hatte.

Während der Zeit, in der sie sich geringfügig in der Gunst der Regul befunden hatten, hatte Duncan angefangen, sich dem Studium der Regul-Sprache mit derselben inbrünstigen, verzweifelten Hingabe zu widmen, wie einst den ObTak-Waffen und Überlebensfähigkeiten. Er hatte mit dem Auswendiglernen von Sätzen begonnen und erreicht, sie hinterher mit einer Leichtigkeit bilden zu können, die er sich zuvor nicht hatte vorstellen können. Er war kein Gelehrter, sondern ein erschrockener Mann. Er begann mit der alptraumhaften Konzentration, die die Furcht in ihrer Einsamkeit erreichte, zu denken, daß Stavros wirklich sehr alt war, daß es noch beträchtliche Zeit dauern würde, bis Menschen nachkamen, und daß die Regul, die über ihre eigenen Junglinge so leichthin verfügten, sich nichts dabei denken würden, einen Menschenjungling zu töten, der seinen Ältesten überlebt hatte, falls ihnen dieser Menschenjungling nutzlos erschien.

Stavros' Alter, das der Grund für seinen Auftrag gewesen war, sprach gleichzeitig gegen einen Erfolg. Wenn dem ehrenwerten Mr. Stavros etwas widerfuhr, würde Ducan hilflos zurückbleiben, unfähig, mit der Masse der Junglinge in Verbindung zu treten – und, wie Stavros einmal gesagt hatte, würden die Junglinge es ihm nicht erlauben, mit Regul vom Rang Bai Hulaghs Kontakt aufzunehmen, die als einzige fließend mit der Menschensprache umgehen konnten.

Er dachte nicht gern über diese Möglichkeit nach, über den Tag, an dem er beim Umgang mit den Regul auf sich allein gestellt sein könnte.

Da es bis zum Verlassen des Schiffes auf Kesrith noch Stunden dauern würde, und da seine angespannten Nerven keinen Schlaf ermöglichten, griff er nach seinen Unterlagen und begann, mit einem Stein im Magen und voller Hingabe zu lernen.

Dag – Gnade, bitte, Beachtung. Dieselbe Silbe bedeutete, wenn sie im Tonfall einer Dampfpfeife ausgesprochen wurde: Ehrenwerter. Und schrill: Blut. *Dag su-gl'inh-an-ant pru nnugk* – Darf ich in direkten Kontakt mit dem Verehrten . . .*Dag nuc-ci:* Gnade, Sir.

Er studierte, bis ihm die Unterlagen aus den nervösen Händen fielen. Er brach zusammen, um eine hübsche Zeitlang zu schlafen, bis Regul-Befehlsempfänger ohne Ankündigung die Tür öffneten und anfingen, mit schriller Stimme Befehle zu rufen und schroff, ohne die frühere Höflichkeit, Stavros' und sein Gepäck aufzunehmen.

Ihm gegenüber gebrauchte keines der Junglinge eine Höflichkeitsform, auch nicht, als er gegen den rauhen Umgang mit seiner Habe protestierte. Sie übten sich ihm gegenüber in bitterem Schweigen und einer fiebrigen Hast, durchsetzt mit Gerede untereinander, während sie das Gepäck auf den Transportschlitten luden, der es fortbringen sollte. Ein weiteres Fahrzeug, ein Fahrgastschlitten, wartete.

»Jetzt, jetzt«, sagte eines – wahrscheinlich der Gesamtumfang des menschlichen Vokabulars, den aufzunehmen es sich bemüht hatte –, drängte zur Eile. Erst als Stavros selbst erschien, übten sich die Junglinge in Etikette.

Selbst einem älteren Menschen erwiesen die Regul seine Ehre: sie schienen Stavros mit heilsamer Furcht zu betrachten.

Aber als Duncan zurückblickte, während sie einstiegen, sah er direkt in das Gesicht eines Junglings, das sich bückte, um ihnen in den Schlitten zu helfen – die Nasenlöcher waren zugeschnappt, die Lippen zusammengepreßt, ein Ausdruck des Hasses, der die Grenzen der Arten überschritt.

Sie waren auf Kesrith und unter Regul, die ihre Begleiter und Berater bei der Evakuierung anderer Regul sein würden, die hier seit Jahrhunderten heimisch waren. Stavros und er waren als Eroberer auf diese Welt gekommen, Eroberer, die zumindest für dreißig Tage nur zwei sein würden, und obendrein verwundbar. Diese Welt hatte Regul und Mri gehört. Und es war nur wahrscheinlich, daß auch Mannschaftsangehörige der HAZAN Kesrith ihre Heimat genannt hatten.

Plötzlich dämmerte es Duncan, daß es bei den Regul mehr als nur einfachen rassischen oder politischen Haß gegen Stavros' und seine Anwesenheit auf Kesrith geben mochte.

Und vielleicht hatten viele der Einwohner Kesriths dem Vertrag, der ihre Welt an die Menschen abtrat, nie zugestimmt.

Nur geringfügige Unbequemlichkeiten, hatte Stavros die Zusicherung des Bai übersetzt. Vielleicht waren sie in den Augen des Bai gering; man nahm an, daß Regul nicht lügen konnten. Aber auch in den Augen der Regul-Junglinge, die sie versorgten, gab es keine Lüge, und sie erzählten eine andere Geschichte.

Während sie sich auf Kesrith aufhielten, würde man sie in einem *das Nom* genannte Gebäude unterbringen, im Zentrum der Regul-Hauptstadt, und auf diese Weise würden sie an den ersten kritischen Tagen gegen Verwirrung durch Kesriths Atmosphäre und andere geringfügige Unbequemlichkeiten des örtlichen Klimas geschützt sein. Man erwartete von ihnen, sich anzupassen.

Und er sah Stavros' Gesicht, als sie das erstemal aus der Wärme des Schiffes auf die weite Welt hinauskamen und zum erstenmal die Umgebung erblickten: Hügel, Berge, weiße Ebenen, fremdartig von einer rosaroten Sonne beleuchtet.

Für Stavros war dies die Heimat, für immer. Sein Auftrag war es, die Ankunft anderer Menschen vorzubereiten, sie dann einzuweisen, die Zivilisation neu aufzubauen, und Duncan dachte bereits daran, daß fünf Jahre hier eine sehr lange Zeit sein konnten.

Regul, alkalische Ebenen, Geysire, Staub und Minen und eine Sonne, die kränklich aussah und zu groß am Himmel stand. Auf seinen Dienstreisen war Duncan auf zehn verschiedenen Welten gewesen, deren Natur teils aus bloßem Felsen, teils aus blühender Wildnis bestand, aber noch nie zuvor war er auf einer so unmittelbar fremd wirkenden Welt wie Kesrith gewesen.

Verboten, unfreundlich zu Menschen. Die Luft roch giftig und wie mit Reizstoffen durchsetzt.

Falls Stavros Bedauern empfand, zeigte er es nicht. Er ließ sich wie einen Regul-Ältesten behandeln, spielte bereits seine Rolle, und die Junglinge reichten ihn zum Bodenschlitten hinab, der unten wartete. Die Dämmerung lag bereits geraume Zeit zurück, die Sonne hatte ein Viertel ihres Weges über den Himmel zurückgelegt. Anstelle des Willkommens, das sie erwartet hatten – wie die meisten Regul-Zeremonien sorgfältig kontrolliert und durchgeführt –, herrschte auf dem Hafen eine reglose und geisterhafte Stille, als wären sie und die Junglinge in der Umgebung der Gebäude die einzigen lebenden Wesen.

Und weit entfernt auf den Höhen war etwas sichtbar, das Duncans Herzschlag beschleunigte und seinen Bauch mit einer Furcht umklammerte, die nichts mehr mit Vernunft zu tun hatte, denn dort erhob sich die seltsame Silhouette von vier

Türmen mit schrägen Wänden, die eine unregelmäßige Pyramide mit flacher Spitze bildeten.

Ein Mri-Edun. Er hatte nicht gewußt, daß es eines auf dem Planeten gab. Er hatte Bilder von den Ruinen des Edun auf Nisren gesehen. Er war nicht darauf vorbereitet, hier eines in solcher Nähe zu erblicken. Es erhob sich in einer Weise über die Stadt, daß nichts, was auf den Ebenen geschah, vor ihm verborgen bleiben konnte.

Da dräute es, eine geheimnisvolle und fremde Gegenwart, erinnerte ihn daran, daß es bei dieser Transaktion des versprochenen Friedens noch eine dritte Partei gab.

»Jetzt, jetzt!« wiederholte das Regul, ungehalten entweder über die Verzögerung oder wegen des Objektes von Duncans Aufmerksamkeit. Duncan wollte jetzt nicht widersprechen, senkte den Kopf und betrat den Schlitten, in dem die Luft gefiltert und von dem beißenden und sauren Geschmack befreit war, der die Luft von Kesrith verunreinigte.

Der Schlitten rumpelte in Richtung auf die Stadt los, über ein Pflaster hinweg, das Sandverwehungen von den Ebenen uneben machten. Die Fahrt führte zu einem Ziel, von dem Duncan mit zunehmender Gewißheit annahm, daß es ein Gefängnis von lediglich größerem Umfang als ihr letztes sein würde.

6

Im Osten ging die Sonne auf, ein weiterer von den Tagen begann, an denen Niun in den Hügeln war, um zu wandern, zu jagen und mit den Waffen zu üben, und zu anderen Dingen, die ihn beim Ausfüllen der einsamen Stunden halfen und dabei, die Eintönigkeit seiner Tage zu mildern.

Heute jedoch konnte ihn nichts dazu bringen, die Nähe des Edun zu verlassen. Er suchte die Funkstation oben im Sen-Turm auf; in einem Edun, in dem die starre Formalität durch seine geringe Größe aufgelockert worden war, erlaubte man es ihm, sich gelegentlich dort aufzuhalten. Er trieb sich auch am Haupteingang herum und suchte schließlich, von seiner Ungeduld getrieben, den Felsen am Gipfelpunkt des Straßendammes auf, um in den zunehmenden Glanz der weißen Ebenen zu starren und mit angestrengten Augen nach jedem Anzeichen einer Bewegung aus Richtung des Hafens Ausschau zu halten.

Schon so lange hatte er nichts Gutes mehr zu erwarten gehabt. Jetzt genoß er die Erwartung, haßte das Warten und fand doch auch wieder Geschmack an diesem Gefühl; er blickte der Begegnung mit gemischten Gefühlen entgegen und verlangte gleichzeitig verzweifelt nach der Kameradschaft, die sie versprach. Er hatte Medai nicht geliebt. Er erinnerte sich an die Rivalität mit seinem Vetter, an seine – nach so vielen Jahren konnte er mit sich selbst ehrlich sein – Eifersucht auf ihn. Er bemühte sich, diese von ihm früher gepflegten Gefühle zu vergessen. Er sehnte sich nach Medais Anwesenheit, wünschte sie sich verzweifelt und inbrünstig. Alles war besser als diese langandauernde Einsamkeit, dieses Wissen über den langsamen, unwiderruflichen Niedergang des Edun.

Am Grund all seiner Gedanken gab es auch noch eine leise Regung der Hoffnung – die Annahme, daß Medai herbeigerufen worden war, daß er der erste von vielen war, die noch kommen würden, daß die She'pan die Aktion angeregt hatte und es in der Zukunft des Volkes noch Bewegung gab.

Schon an tausend vorangegangenen Tagen hatte er da gesessen, wo er jetzt wieder saß und nach der winzigen Ablenkung suchte, die seinen Geist beschäftigen konnte: das Zappeln eines

Insektes, das langsame und gefährliche Erblühen einer Anemone, der Start oder die Landung eines Schiffes auf dem Hafen; er wünschte diesen Schiffen Schlechtes, stellte sich Katastrophen und wichtige Landungen vor, die irgendwie das Muster seiner Existenz verändern würden. Schon so oft hatte er das getan, daß ihm jetzt die Erkenntnis schwerfiel, es mit der Wirklichkeit zu tun zu haben, daß das Spiel an diesem Morgen, der tausend anderen Morgen so sehr ähnelte, Substanz besaß. Selbst die Luft schien lebendig zu sein. Sein Herz klopfte so heftig und seine Muskeln waren so verkrampft, daß ihm Brust und Bauch schmerzten und er beinahe das Atmen vergaß, wann immer ihm seine Augen die Illusion einer Bewegung vorspiegelten.

Aber im vollen Mittagslicht erhob sich in der Ebene am Anfang des Straßendammes ein Federbusch aus Staub, zeigte sich eine Reihe dunkler Gestalten, die langsam emporkamen. Niun saß auf dem Felsen am Gipfelpunkt des Straßendammes und senkte seinen Sichtschutz, um sich vor dem Dunst des Tageslichts zu schützen und die Gestalten einzeln erkennen zu können.

Vor Jahren hatte er schon einmal zugesehen, wie Fahrzeuge die Straße heraufgekommen waren. In Anbetracht der Entfernung, der Größe des Objekts und der Staubmenge schien diesmal genau dasselbe zu geschehen. Ein Empfinden von Falschheit wuchs in ihm, ein Klumpen in seinem Magen bildete ein Gegengewicht zum Schlagen seines Herzens. Er preßte die Glieder zusammen, schlang die langen Arme um die Knie und beobachtete. Er hatte keine Lust, loszulaufen und den anderen Bescheid zu sagen. Regul. Regul kamen herauf.

Früher einmal hätte er sich über solch einen ungewöhnlichen Besuch gefreut, aber an diesem Morgen war das anders. Jetzt freute er sich nicht. Nicht, wenn Mri-Angelegenheiten im Gang waren, wichtiger als alle Regul.

Nicht, wenn Mri-Angelegenheiten im Gang waren und die Regul sich vielleicht einmischen würden.

Plötzlich fiel ihm ein, daß die She'pan unbedingt erfahren mußte, was da den Hügel heraufkam. Er erkannte sechs Fahrzeuge und einen sich bewegenden Punkt weiter in der Ferne, von dem er noch keine Einzelheiten erkennen konnte – aber es schien ein siebtes Fahrzeug zu sein.

Soweit er sich erinnern konnte, hatte noch nie zuvor eine solche Zahl von Regul das Edun besucht.

Er glitt von dem Felsen herunter und lief mit langen Schritten, die sich schnell in unkontrolliertes Rennen verwandelten, bergabwärts; würdelos zwar, aber er war zu alarmiert, als daß er sich um Äußerlichkeiten gekümmert hätte. Atemlos rannte er auf das Edun zu.

Bevor er jedoch mit seiner Warnung dort ankam, kamen bereits andere zur Tür heraus – nur schwarze Gewänder des Kel, keine goldenen. Niun verlangsamte seinen Schritt und erreichte sie atemlos, wobei er versuchte, seine Schmerzen zu verbergen. Schweiß bedeckte seine Haut und trocknete rasch wieder, als ihn die feuchtigkeitshungrige Luft aufsog. Auf Kesrith rannte man nicht, das hatte man Niun schon hundertmal beigebracht. Die düsteren Notwendigkeiten der Welt wogen schwerer als die Natur der Jugend.

Niuns Lungen schmerzten; die Luft, die er atmete, wies den scharfen Geruch des Blutes auf. Keiner der Kel'ein wies ihn wegen seiner Hast zurecht; er spürte ihre Stimmung und fand sie auch in der Haltung der Dusei wieder, die mit dem Kel aus dem Edun gekommen waren. Eines der Dusei erhob sich auf die Hinterbeine und schnupperte im Wind. Schwer fiel es wieder auf alle viere herab, wirbelte dabei den weißen Staub auf und schnaubte vor Schmerz.

»Yai, yai!« rief Kel Dahacha den Dusei jenes bedeutungslose Wort zu, das zwischen Dus und Kel'en tausend verschiedene Bedeutungen besaß. Alle neun scheuten unter der Abweisung zurück und liefen dann mit gespitzten Ohren neben dem Edun eine Schleife. Einige setzten sich. Hin und wieder stand eines von ihnen auf und lief den Kreis der Dusei-Gruppe ab, jedesmal ein anderes, und ständig beobachtete dieses eine die herankommende Karawane von Regul-Fahrzeugen und stieß leise Warnlaute hervor.

Das Kel war verschleiert, da es Außenstehende treffen wollte. Niun schob seinen *Mez* einen angemessenen Grad höher und nahm seinen Platz in der schwarzen Reihe ein, als einer unter vielen. Kel'anth Eddan jedoch faßte ihn am Ellenbogen und führte ihn an die Spitze der Gruppe.

»Hier«, sagte Eddan, kein Wort mehr. Niemand würde dem Kel in solcher Stimmung belanglose Fragen stellen. Niun schwieg, und sein Herz krampfte sich angesichts von Eddans Geste vor Angst zusammen. Selbst in seinem Alter war er noch ein Novize und gehörte nicht hier zwischen Eddan und Kel Pasev, die ältesten Meister des Kel, in die vorderste Reihe des Frage-und-Antwort-Spieles mit Regul.

Solange er nicht persönlich betroffen war.

Oder ein Verwandter.

Plötzlich wußte er, daß durch den Sen-Turm eine Botschaft ins Edun gelangt sein mußte, daß das Edun von Ereignissen erfahren hatte, während er an diesem Tag alleine dasaß und eine vergebliche Erwartung von Freude gehegt hatte.

Irgend etwas schrecklich Falsches mußte passiert sein, da Regul zwischen Mri-Verwandte getreten waren.

Die Regul-Karawane, deren Motorengeräusch jetzt hörbar war, suchte langsam ihren Weg bergauf. Die blaßrote Sonne sank dem Horizont entgegen. Draußen in der Ebene spie ein Geysir: Elu, einer von denen, die mit gefährlicher Zufälligkeit ausbrachen, die keinen Plan einhielten. Der Ausbruch dauerte eine Zeitlang an, erreichte in seiner charakteristischen Schrägneigung die zehnfache Größe eines Mannes und zerteilte sich dann rasch. Es war möglich, jeden der Geysire auf den Ebenen an seinem charakteristischen Muster und seiner Örtlichkeit zu erkennen. Niun rechnete damit, daß nun, nachdem Elu ausgebrochen war, Uchan nur wenig später dasselbe tun würde. Es war ein wunderbarer Moment der Ablenkung, an dem es nicht nötig war, über die bedrohliche Reihe der dunklen Fahrzeuge nachzudenken, die sich den Hang heraufarbeiteten.

Eines – zwei – drei – vier – fünf – sechs.

Sechs Landschlitten. Niemals zuvor waren mehr als zwei auf einmal zum Edun gekommen. Niun traf diese Feststellung schweigsam. Das Kel umstand ihn vollkommen steif, wie Statuen, an denen Gewänder im heftigen Wind flatterten. Jeder Kel'en hielt die rechte Hand mit den Fingern in den Gürtel geklemmt, an dem die *As'ei* in der Scheide steckten. Andere

Kel'ein würden dies als Warnung erkennen. Als bloße Tsi'mri hatten die Regul wahrscheinlich nicht den Sinn dafür. Nichtsdestotrotz war es eine Frage der Höflichkeit, Eindringlinge darauf hinzuweisen, daß sie unerwünscht waren, ob der Eindringling nun den Verstand dazu hatte, die Warnung zu erkennen, oder nicht.

Die Schlitten hüpften über die letzten Unebenheiten der ansteigenden Straße und hielten schließlich gegenüber dem Kel und auf gleicher Höhe mit dem Vordereingang des Edun in einer Staubwolke an. Die Motoren wurden abgeschaltet und hinterließen eine plötzliche Stille. Regul öffneten die Türen und stiegen geschäftig aus: volle zehn Junglinge, finster und freudlos, sogar ohne ein sichtbares Zeichen von Arroganz. Eines von ihnen war der Nom-Wächter Hada Surag-gi. Niun erkannte ihn an den Abzeichen und an den Gewändern, was die beste Methode war, einen einzelnen Regul zu identifizieren. Auch war es wahrscheinlich, überlegte Niun bitter, daß der Regul Hada Surag-gi seinerseits ihn am sichtbaren Fehlen von Abzeichen erkannte. Aber das Jungling trat Eddan – und damit zwangsläufig auch Niun – gegenüber, ohne ein Zeichen des Erkennens zu geben. Hadas Augen verweilten nicht einmal auf ihm. Es gab auch kein Zeichen von Überheblichkeit. Hada Surag-gi sog Luft ein und wiegte sich nach vorne – bei Regul eine Höflichkeitsbezeugung.

Es gab eine angemessene Mri-Antwort darauf, eine Geste des guten Willens auch auf ihrer Seite. Aber Eddan machte sie nicht, und demzufolge regte sich keiner der Mri. Die Hände blieben in der Nähe der *As'ei.*

»Gnade«, sagte Hada Surag-gi. »Wir überbringen äußerst tragische Nachrichten.«

»Wir sind darauf vorbereitet, deinen Worten zuzuhören«, erwiderte Eddan.

»Wir gehen davon aus, daß unser Ältester euch informiert hat . . .«

»Bringt ihr uns Medai?« fragte Eddan rauh.

Mit einem Heben der Füße, einer für Regul merkwürdigen Bewegung, drehte sich Hada um. Er schloß die Hände zu einer Geste, die seine Assistenten zur Ausführung ihrer Pflichten aufforderte. Sie schlurften um den zweiten Schlitten herum, öffneten seinen Laderaum und hoben auf einer Bahre eine weiße, in Plastik gehüllte Gestalt heraus. Sie trugen sie herbei und setzten sie zu Füßen von Hada Surag-gi vor dem Kel vorsichtig auf den Boden.

»Wir bringen die Überreste von Medai«, sagte Hada.

Niun wußte es bereits, wußte es schon nach Hadas ersten Worten. Er bewegte sich nicht, senkte nicht einmal seinen Sichtschutz. Diese Reglosigkeit hätten einige seiner Brüder als Selbstbeherrschung auffassen können, aber es war nur Betäubung. Er lauschte ihren Bewegungen um sich herum, als würden sie und er sich an verschiedenen Orten befinden – als ob er dem Geschehenen aus der Ferne zuschaute und dabei das Fleisch von Niun s'Intel ohne Wahrnehmung und ohne Teilnahme zurückließ, wie das von Medai s'Intel.

»Sind die Menschen denn schon so nahe?« fragte Eddan, denn es war Brauch, daß die im Krieg gefallenen Toten des Volkes dem kalten Weltraum übergeben wurden, in dem sie gestorben waren – oder noch besser in die Feuer der Sonnen, als Erinnerung an die Entstehung des Volkes. Man tat dies lieber, als sie in einer langen und unbequemen Reise von der Front fortzubringen, um sie in der Erde zu vergraben. Wenn sie die Wahl hatten, würden alle Angehörigen des Volkes ein Erdbegräbnis ablehnen. Es war seltsam – sogar mit ihrer geringen Kenntnis der Mri –, daß Regul dies mißverstanden und den Fehler gemacht haben sollten, einen toten Mri zu seinem Edun zurückzubringen.

Die Regul-Junglinge – die in ihrem ganzen Verhalten jetzt überhaupt keine Arroganz an den Tag legten – ließen ihre Nasenlöcher flattern und zeigten auch auf andere Weise Unwohlsein über ihren Auftrag.

Schuldig, das war der bittere Gedanke, der Niun kam, während er sie betrachtete. Er kehrte in seinen Körper zurück und fixierte die Augen von Hada Surag-gi, wollte, daß das Jungling seinen Blick erwiderte. Einen Moment lang tat Hada dies und schreckte zurück.

Die Regul fühlten sich schuldig und unbehaglich bei dieser Begegnung und versuchten, weniger als die Hälfte von dem zu sagen, was sie wußten. Niun zitterte vor Zorn. Sein Atem ging heftig. Das Kel bewegte sich nicht. Völlig still stand es da, eins mit dem Geist Eddans, der es führte, der es mit einem Wort zu etwas veranlassen konnte, was kein Mri jemals getan hatte.

Hada Surag-gi verlagerte das Gewicht auf den krummen Beinen und wich ein wenig von dem verhüllten Leichnam zwischen ihm und dem Kel zurück. »Kel'anth Eddan«, sagte es, »sei gnädig. Dieser Kel'en verwundete sich selbst und wies Hilfe durch unsere medizinischen Möglichkeiten zurück, obwohl wir ihn vielleicht hätten retten können. Wir bedauern dies, aber wir haben niemals versucht, euren Glauben zu verletzen. Wir überbringen euch auch das Bedauern von Bai Hulagh, in dessen Dienst sich dieser Kel'en einen großen Ruf erwarb. Bai Hulagh bedauert tief, bedauert zutiefst, daß dieses Zusammentreffen so unglücklich ist, daß er die Bekanntschaft des Volkes in solch einem traurigen Moment macht. Er läßt euch sein Beileid ausrichten und drückt seinen äußersten persönlichen Schmerz über diesen Zwischenfall aus . . .«

»Dann ist Bai Hulagh der neue Befehlshaber dieser Zone. Was ist mit Bai Solgah? Was ist mit den Holn?«

»Sie sind weg.« Hada verschluckte das beinahe, gewann seinen Impuls aber schnell zurück. »Und der Bai möchte dir, Kel'anth, versichern . . .«

»Ich nehme an«, sagte Eddan, »daß Kel Medai erst vor kurzem ums Leben gekommen ist.«

»Ja«, bestätigte Hada, von seiner vorbereiteten Rede abgebracht. Sein Mund arbeitete, versuchte, Wörter zu bilden.

»Selbstmord.« Eddan benutzte das gewöhnliche Regul-Wort, obwohl die Regul die Bedeutung des Mri-Wortes *Ika'al,* kannten, wo es den rituellen Tod eines Kel'en bezeichnete.

»Wir protestieren . . .« Durch den direkten Blickkontakt mit dem Kel'anth schien dem Jungling der Faden seiner Gedanken zu reißen, was bei den eidetischen Regul eigentlich völlig unmöglich war. »Dieser Kel'en befand sich in tiefer Melancholie, und wir weisen energisch die Vermutung zurück, daß sie etwas mit der Übertragung der Befehlsgewalt auf Bai Hulagh oder dem Machtverlust der Holn zu tun hatte. Wir fürchten, daß du die falschen Schlüsse ziehst. Wenn du vermutest, daß . . .«

»Ich habe mit meiner Äußerung keinerlei Schlüsse gezogen«, sagte Eddan. »Meinst du, daß welche gezogen werden könnten?«

Der nun schon mehr als nur einmal unterbrochene Regul war von einem Argument, das keines war, bestürzt – so verwirrt, wie es Regul beim Umgang mit Mri leicht wurden. Er blinzelte rasch und versuchte, sich wieder zu sammeln. »Kel'anth, ich protestiere, sei gnädig, wir haben nur gesagt, daß sich dieser Kel'en vor seiner Tat in tiefer Melancholie befand, daß er auf eigenen Wunsch hin in seinem Quartier eingeschlossen worden war und alle Versuche zurückwies, ihn über seine Not zu befragen, und dies hatte nichts mit der Ernennung von Bai Hulagh zu tun, in keiner Weise, Sir, in keiner Weise. Bai Hulagh wurde Dienstherr dieses Kel'en, und dieser Kel'en erwarb sich bei verschiedenen Aktionen in seinem Dienst einen großen Ruf. Alles war in Ordnung. Aber nachdem der Frieden angekündigt worden war, zeigte sich Kel Medai in zunehmendem Maße melancholisch.«

»Du bist vom Nom«, unterbrach Niun, der es nicht länger ertragen konnte, und Hada Surag-gi blickte ihn mit geweiteten schwarzen Augen an, die vor Überraschung das Weiße zeigten. »Wie kommt es, daß du einen genauen Bericht vom Geisteszustand eines Kel'en geben kannst, der sich auf einem weit entfernten Schiff befand?«

Es war nicht an ihm gewesen, zu sprechen. Für einen jungen Kel'en war ein solches Verhalten vor Fremden ein Ausbruch, kein akzeptables Benehmen. Aber das Kel stand reglos, während Hada Surag-gi den Mund aufriß und wieder zu einem Strich zusammenpreßte.

»Ältester«, protestierte es gegenüber Eddan.

»Vermag der Sprecher des Bai die Frage zu beantworten?« wollte Eddan wissen. Es war eine Rechtfertigung, für die Niun tiefe Dankbarkeit verspürte.

»Nur zu gerne«, erwiderte Hada. »Ich kenne diese Tatsachen, weil sie mir der Bai selbst genau so berichtet hat, von Angesicht zu Angesicht, mit seinen Worten. Wir hatten keine Ahnung davon, daß der Kel'en eine solche Tat erwog. Es lag nicht an irgendeiner Abneigung seinem Dienst gegenüber.«

»Aber es ist vollkommen eindeutig«, sagte Eddan, »daß Kel Medai davon ausging, genügend Grund für ein Ausscheiden aus seinem Dienst zu haben, und zwar einen solch schwerwiegenden Grund, daß er *Ika'al* wählte, um euch loszuwerden.«

»Das lag zweifellos am Ende des Krieges, das dieser Kel'en nicht wünschte.«

»Es ist merkwürdig«, meinte Eddan, »daß er *Ika'al* gewählt hat, wo er doch wußte, daß er zur Heimatwelt zurückkehrte.«

»Er war verzagt«, sagte Hada Surag-gi, ein unlogischer Gedanke, den der Regul nicht als unlogisch zu begreifen schien. »Er war für sein Tun nicht verantwortlich.«

»Du sprichst zu seinem Verwandten«, sagte Eddan scharf. »Er war ein Kel'en, kein Dus, das verrückt wird. Er war zur Heimatwelt unterwegs. Was du sagst, ist nicht vernünftig, es sei denn, der Bai hat gegen seine Ehre verstoßen. Ist es möglich, daß das geschehen ist?«

Unter dem Stich von Eddans rauher Stimme zog sich der Regul etwas zurück.

»Fragen allein genügen nicht«, sagte Eddan und bannte Hada Surag-gi mit seinem Blick. »Sag uns, wo und wann Kel Medai starb!«

Der Regul wollte das keineswegs beantworten. Er sog Luft ein und veränderte sichtbar seine Farbe. »Gnade, Kel'anth. Er starb am gestrigen Abend auf dem Schiff des Bai.«

»Auf dem Schiff von Bai Hulagh.«

»Kel'anth, der Bai protestiert . . .«

»Hat zwischen dem Bai und dem Kel'en irgendeine Art von Diskussion stattgefunden?«

»Sei gnädig. Der Kel'en war verzagt. Das Ende des Krieges . . .«

»Der Bai machte diesen Mri verzagt«, sagte Eddan und brachte damit das Jungling vollkommen aus der Fassung.

»Der Bai«, sagte Hada, dessen Nasenlöcher sich unter raschen Atemzügen dehnten und verengten, »forderte von diesem Mri, auf dem Schiff und in Dienst zu bleiben. Der Kel'en lehnte ab und wollte sofort gehen, ein Privileg, das der Bai allen verweigert hatte, sogar sich selbst. Es waren bestimmte Umstände zu beachten. Es ist möglich . . .« Die Haut des Junglings wurde immer blasser, während er sprach. Die Lippen brachten die Worte nur zögernd hervor. »Kel'anth, ich erkenne, daß deine Augen möglicherweise eine Schuld sehen. Aber wir haben die Handlungen dieses Kel'en nicht verstanden. Der Bai befahl ihm, zu warten. Aber der Kel'en nahm diesen Befehl zum Anlaß, so etwas zu tun. Wir wissen nicht, warum. Wir versichern dir, daß wir über diesen traurigen Vorfall äußerst bekümmert sind. Kesrith befindet sich in einer Zeit der Krise, in der dieser Kel'en für den Bai und sicherlich auch für euch von großem Wert gewesen wäre. Der Bai schätzte den Dienst von Kel Medai. Wir unterstreichen wiederum, daß wir die Quelle seiner Bitterkeit uns gegenüber nicht verstehen.«

»Vielleicht habt ihr nicht gefragt und nicht zugehört«, sagte Kel'anth Eddan.

»Sei gnädig. Kesrith ist an die Menschen abgetreten worden. Wir sind dabei, alle Bewohner Kesriths zu evakuieren. Auch für die Mri von Kesrith werden Vorkehrungen getroffen. Der Bai wünscht, daß das Schiff ständig bemannt ist, und er wünscht natürlich, daß die Mannschaft . . .« Das Jungling bewegte sich verlegen und sah Eddan an, der sich nicht bewegte. »Das sind Angelegenheiten, über die wir keine Kontrolle haben. Wenn der Kel'en doch nur den Bai über seinen dringenden Wunsch informiert hätte, daß in seinem Fall eine Ausnahme gemacht würde . . .«

»Kel Medai hatte beschlossen, aus seinem Dienst zu scheiden. Er hat recht getan. Wir wollen über diese Sache nicht weiter mit Jungling-Regul sprechen. Verlaßt uns jetzt.«

Dies war deutlich gesagt, und die Regul zogen sich Schritt für Schritt zurück, immer schneller, je näher sie ihren Schlitten kamen. Hada war weder das erste noch das letzte, das sich setzte. Die Luken wurden geschlossen, die Motoren angeworfen; die Landschlitten drehten rumpelnd auf der engen und verfallenen Straße eine ungeschickte Kurve und zogen sich so langsam, wie sie gekommen waren, den langen Abhang hinunter zurück.

Niemand regte sich. Nun, da die Regul fort waren und das Kel mit seinem Toten zurückgelassen hatten, standen die Kel'ein wie erstarrt.

Und plötzlich erschienen im Eingang – mit goldenen und

weißen Gewändern – der Sen'anth und Melein und, auf ihre Arme gestützt, die She'pan selbst.

»Medai ist tot«, sagte Eddan, »und die Welt wird bald an die Menschen übergeben, wie wir angenommen haben.« Er hob seine gewandeten Arme, um die She'pan von dem Anblick abzuschirmen. Melein trat einen Schritt vor, nur einen Schritt: es war ihr verboten. Sie verschleierte sich, senkte den Kopf und wandte das Gesicht ab; und ebenso verschleierten sich die She'pan und der Sen'anth, was sie nur in Gegenwart von etwas Nichtannehmbarem taten.

Sie kehrten ins Edun zurück. Der Tod war die besondere Domäne des Kel – sowohl ihn zuzufügen, als auch ihn zu erleiden; und am Kel lag es, die Anstandsformen zu wahren.

Für einen Verwandten aus seinen Reihen war das eine persönliche Verpflichtung.

Niun wußte, daß man von ihm erwartete, diese Aufgabe zu übernehmen. Er erkannte, daß es die anderen danach verlangte, ihm zu helfen, etwas zu tun, und er öffnete die Hände und erlaubte es ihnen. Bisher hatte er den Riten nur zugehört, sie noch nie selbst durchgeführt, und er wollte weder sich selbst noch Medai durch seine Unwissenheit beschämen. Er und alle, die Platz zum Anfassen hatten, hoben die Bahre auf und gingen durch die Tore des Edun zum Pana'drin, dem Schrein, um den zurückgekehrten Medai dort vorzustellen, wo er sich zu allererst selbst vorgestellt hätte, hätte er noch gelebt.

Niuns Hände fühlten die Wärme der Bahre; er blickte auf den weißen Gegenstand hinab, der sein Vetter gewesen war, und der Schock, der ihn bis jetzt betäubt gehalten hatte, fing an, sich in ein anderes Gefühl umzuwandeln, in einen tiefen und hilflosen Zorn.

Es war nicht richtig, daß so etwas geschehen war. Es gab keine Gerechtigkeit, wenn so etwas geschehen konnte. Er entdeckte, daß er vor Wut zitterte – einer Wut, die ihn zum Töten verleiten konnte, wenn es jemanden oder etwas gab, wogegen er diese Wut hätte richten können.

Aber da war niemand. Er versuchte, gar nichts zu empfinden; das war leichter, als eine Richtung für den Groll zu finden, der in ihm kochte. Er hatte gehofft, er versuchte, von nun an nicht mehr zu hoffen. Die Welt war verrückt, und Medai hatte sich zu dieser Verrücktheit gesellt.

Mein letzter Sohn, hatte die She'pan Niun genannt. Nun stimmte es.

7

Im Schrein des Edun des Volkes gab es einen aus Metall und kostbaren Steinen gefertigten Schirm, der mit altertümlichen Zeichen beschriftet war. Niemand wußte, wie alt er war, und er hatte in jedem Schrein, den es jemals gegeben hatte, zwischen den Bronzelampen gestanden, die ebenso alt waren wie er selbst.

Im Leben markierte er die Trennung von Kel und Sen, den Punkt, den das Kel nicht überschreiten durfte, und im Tod war er gar nicht mehr überquerbar.

Vor dem unteren Rand des Schirmes legten sie den weißumhüllten Leichnam von Medai s'Intel Sov-Nelan nieder, so nahe an die Trennungslinie, wie ein Kel'en überhaupt nur kommen konnte. Aus den Brennern zu beiden Seiten des Schirmes kräuselte sich schwerer und übersättigender Weihrauch empor, erfüllte den ganzen Raum und verbarg die Decke wie ein immaterieller Baldachin.

Für Niun, der seinen Vetter begleitete, enthielt dieser Duft von Weihrauch seine eigenen Erinnerungen – Erinnerungen an das Kath und das Beobachten der heiligen Riten von jenem letzten, äußersten Zimmer aus, als sie alle, Melein und Medai und andere, die nicht mehr lebten und von deren Tod er wußte, noch Kinder gewesen waren. Von diesem Außenzimmer aus war ihnen der Schrein des Kel geheimnisvoll und glanzvoll erschienen, ein Territorium, in das sie sich noch nicht wagen durften und in dem sich Krieger in ihren *Sigai* bewegen und das Kath verachten mochten.

Sein Geist bewegte sich weiter zu einem späteren Tag, als sie drei unter die schwarzen Gewänder aufgenommen wurden, eins mit dem Kel wurden, und man ihnen zum erstenmal erlaubt hatte, den mittleren Schrein zu betreten und zu erkennen, daß zwischen ihnen und den Pana – den Mysterien – noch eine weitere Barriere lag; und zu einem noch späteren Tag, an dem sie für das Wohlergehen Medais gebetet hatten, der das Edun verließ und in Dienst trat, in höchstem Maße geehrt . . . und Niun war in jener Nacht vor Eifersucht und Bitterkeit innerlich gestorben, seine Gebete waren unehrlich und haßerfüllt gewesen und mit Gedanken durchmischt, die jetzt wie Geister der Schuld zurückkehrten.

Jetzt empfand er nichts anderes als damals. Wieder war Medai fortgegangen und hatte ihn der Häßlichkeit und Einsamkeit von Kesrith überlassen.

Medai hatte niemals die Dinge durchgemacht, die er durchgemacht hatte – hier zurückgelassen als letzter Hüter des Hauses, ein Diener der anderen.

Medai hatte man für das, was er getan hatte, als großen Kel'en erachtet.

»In der schwach sichtbaren Heiligkeit jenseits des Schirmes raschelten Gewänder, dort, wo sich das Sen versammelte und sich um die Heiligen Gegenstände kümmerte. Melein und Sathell würden dort sein.

Vor einem Zeitalter hatten drei Kinder in der äußeren Kath-Halle gestanden und sich nach Ehre gesehnt, und ihre Gebete hatten sich auf seltsame und verschlungene Weise erfüllt: für Niun im Kel-Schrein, nach dem sie sich alle gesehnt hatten; für Medai in den Ehren eines Krieges, der neuerdings in der Dunkelheit wanderte; und Melein, Melein die Leichtherzige, war durch den Kel-Schrein hindurch an den dahinterliegenden Ort gegangen, zu den Mysterien, die ein Kel'en niemals sehen durfte.

Zitternd vor Zorn und Enttäuschung beugte Niun sich tief herab und verblieb so für einige Zeit, wobei er versuchte, den Atem zurückzuhalten und sich zu sammeln.

Eine Hand berührte seine Schulter. Ein dunkles Gewand streifte ihn wie ein Schatten, als Eddan neben ihm niedersank. »Niun«, sagte der Kel'anth mit weicher Stimme, »die She'pan ruft nach dir. Sie möchte nicht, daß du hier Wache hältst. Sie will, daß du zu ihr kommst und diese Nacht bei ihr sitzt und nicht zum Begräbnis gehst.«

Niun brauchte einen Moment, um sich seiner Stimme sicher zu sein. »Ich glaube nicht«, sagte er nach einem Augenblick, »daß sie nicht einmal hierzu auf mich verzichten kann. Was hat sie gesagt? Hat sie keinen Grund genannt?«

»Sie möchte, daß du kommst, jetzt.«

Er war durch diese Haltung wie betäubt. Zwischen ihm und

Medai hatte es keine Liebe gegeben, was die She'pan nur zu gut wußte. Aber was sie jetzt öffentlich von ihm forderte, war nicht anständig. »Nein«, sagte er, »nein, ich werde nicht zu ihr gehen.«

Finger gruben sich in seine Schulter. Er erwartete eine Zurechtweisung, als er aufblickte. Aber der alte Mann entschleierte sich vor ihm, und sein nacktes Gesicht zeigte keinen Zorn. »Ich habe erwartet, daß du das sagen würdest«, meinte Eddan. Für Niun war das unglaublich, denn er selbst hatte es nicht gewußt, sondern impulsiv gesprochen. Der alte Mann kannte ihn jedoch gut genug. »Tu, was du für richtig hältst«, fuhr Eddan fort. »Bleib hier. Ich verbiete es dir nicht.«

Und der alte Mann stand auf und gab den anderen, die mit ihren verschiedenen Aufgaben beschäftigt waren, Anweisungen. Einer brachte die vom Sen überreichten Ritualgefäße für das Begräbnis und setzte sie vor Medais Füßen ab. Pasev brachte Wasser und Dahacha Tücher zum Waschen; und Palazi füllte die Lampen für die lange Wache. Debas pfiff sanft nach den Dusei und führte sie aus der äußeren Halle weg in den Turm des Kel, damit sie die Feierlichkeiten nicht störten. Inmitten all dieser Aktivität saß Niun und bemerkte schließlich, daß er sich bei dem hastigen Abstieg von den Hügeln das Gewand zerrissen hatte, daß er staubbedeckt war und seine Hände vor Schmutz starrten. Um ihn herum tappten Füße. Sirain kam, der halbblinde Sirain, und reichte ihm ein feuchtes Tuch, und Niun entschleierte sich und wusch sich Gesicht und Hände und verschleierte sich wieder, dankbar für Sirains Aufmerksamkeit. Liran brachte ihm ein Gewand, und mitten im Schrein wechselte er sein *Siga,* denn es wäre respektlos gewesen, die Wache unordentlich zu verbringen. Er setzte sich wieder und beruhigte sich langsam durch das ruhige, wirksame Zelebrieren der anderen.

Als dann das geflüsterte Wort von Eddan kam, begannen sie, das häßliche weiße Leinentuch von Medai zu ziehen, und geduldig, geduldig zogen der eine und der andere von ihnen an dem Gewebe, das so enggesponnen war wie ein Kokon und beinahe undurchdringlich – wie *Cho*-Seide war es und mußte mit den Fingern entwirrt werden. Aber Pasev wußte, wie man den

Regul-Stoff mit einem brennenden Docht berührte und so das merkwürdige Gewebe auftrennte. Das Material war nur schwer brennbar, aber es zerteilte sich, und sein chemischer Geruch bildete mit dem darüberschwebenden Weihrauch eine Übelkeit erregende Mischung.

Sie alle stimmten schweigend darin überein, daß sie ihn nicht in einem Regul-Leichentuch begraben würden, in welcher Verlegenheit sie sich auch befänden. Und allmählich befreiten sie Medai von dem Stoff – ein Gesicht, an das sie sich alle erinnerten, die Gesichtszüge ruhig und bleich. Im Tode war der Körper mitleiderregend klein und dünn, wog kaum etwas, obwohl Medai ein kräftiger Mann gewesen war. An seinen Gürteln entdeckten sie zahlreiche Ehrenabzeichen; in seinem Gesicht waren die *Seta'al* zu mattem Blau verblaßt. Medai s'Intel war ein stattlicher junger Mann gewesen, an helleren Tagen vom Leben und der Hoffnung des Edun erfüllt. Selbst jetzt noch war er schön anzuschauen. Die einzige Beeinträchtigung seines Aussehens war der blutbefleckte Stoff unterhalb seiner mittleren Rippen, wo er sich selbst die tödliche Wunde zugefügt hatte.

Selbstmord.

Niun arbeitete, ohne in Medais Gesicht zu blicken, versuchte, nicht an das zu denken, was seine Hände taten, damit sie nicht zitterten und ihn im Stich ließen. Vergeblich versuchte er, sich an bessere Tage zu erinnern. Er kannte Medai nur zu gut. Im Sterben war sein Vetter genauso, wie er im Leben gewesen war: selbstsüchtig, arrogant – um der Arroganz der Regul standzuhalten – und in allem stur. Es war pietätlos und falsch, einen Groll gegen Tote zu hegen. Aber Medai war in seinem Ende ebenso nutzlos für sein Volk gewesen wie schon immer zuvor. Medai hatte für sich selbst gelebt und war aus seinen eigenen Gründen gestorben, ohne zu erwägen, was andere von ihm benötigen mochten. Und für einen kalten Leichnam gab es herzlich wenig Ehre, auch nicht in den hohen Traditionen des Kel.

Sie waren im Zorn auseinandergegangen. Sechs Jahre lang hatte Niun sich jeden Tag daran erinnert, und er wußte jetzt, warum die She'pan wollte, daß er zu ihr hinaufging, und welche Gedanken seine Kel'ein-Brüder hegten, die bei ihm saßen. Es war zum Streit gekommen, zum *Av'ein-Kel,* und die langen Klingen waren gezogen worden. Es war Niuns Schuld gewesen, weil er zuerst gezogen hatte, draußen in der Halle des Schreins. Es war an dem Tag gewesen, an dem Medai Hand an Melein gelegt hatte.

Und Melein hatte keinen Einwand erhoben.

Die She'pan selbst hatte diesen Streit beendet. An jenen Tagen vor sechs Jahren war sie noch reger gewesen, war die Treppen des Turmes herabgekommen und eingeschritten. Sie hatte Niun als *Eshai'i* bezeichnet, als jemanden, dem die Ehre ermangelte, und als *Tsi'daith',* als Nichtsohn, und weil er sie damals geliebt hatte, war er daran zerbrochen.

Für Medai jedoch hatte es kein Wort, kein einziges Wort der Zurechtweisung gegeben.

Und innerhalb einer Handvoll von Tagen erreichte Medai die Ehre, dem Bai der Regul zu dienen, eine Ehre, die auch einem der Ehemänner hätte zuteil werden können; und zu Melein kam die Keuschheit des Sen.

Nur für Niun s'Intel gab es nichts außer der Rückkehr zum Lernen und ein langes, langes Warten, an der Seite der Mutter festgehalten und ohne jede Hoffnung, Kesrith verlassen zu können.

Es hatte niemals eine Möglichkeit gegeben, diesen einen üblen Tag ungeschehen zu machen. Intel war nicht bereit, ihn ziehen zu lassen. Er hatte auf Frieden mit Medai gehofft, auf eine Veränderung in den Angelegenheiten des Volkes.

Aber Medai hatte ihn auch dessen beraubt. Für ihn gab es nur den Dienst auf der Heimatwelt, und das war niemals gerecht gewesen.

Wenn du dir darüber klargeworden bist, was das Volk dir schuldet, hatte Eddan gesagt, *komm und sage es mir.* Er wäre mit der Hälfte von dem zufrieden, was Medai gehabt hatte.

Aber jetzt sprach das Kel von Medai; beginnend mit Eddan pries ihn jeder. Es war das Ritual der *Lij'aiia,* mit dem die Totenwache begann. Die Stimmen der alten Kel'ein bebten beim Sprechen.

»Das Schlimmste ist«, sagte Liran, »daß die Alten den Jungen begraben.«

Und als letzte von allen, außer Niun, sagte Pasev, als sie die Medaillen berührte, die im goldenen Lampenschein glänzenden *J'tai,* die Ehrungen, die Medai im Dienst gewonnen hatte: »Gewiß ist er weit gereist und hat viel vom Krieg erlebt, obwohl er noch jung war. Hier finde ich den Dienst an Shoa, an Elag, an Soghrune, an Gezen und Segur und Hadriu; es ist sicher, daß er dem Volk gedient hat. Und ganz sicher hat er genug getan, unser Bruder, dies Kind unseres Hauses. Ich glaube, daß er sicherlich sehr müde war. Ich glaube, daß er des Dienstes an den Regul sehr müde gewesen sein muß, und er wäre heimgekommen, so schnell er konnte, mit all der Kraft, die ihm geblieben war. Das begreife ich. Auch ich bin des Dienstes an Regul sehr müde; und wenn ich erfahren hätte, daß er zu Ende ging, hätte ich denselben Weg wie er gewählt.«

Und jetzt wäre es an Niun gewesen, zu sprechen und seinen Vetter Medai zu preisen. Er hatte sich zornige Worte zurechtgelegt, aber nach dem, was Pasev gesagt hatte, konnte er sie nicht aussprechen oder Pasevs Gefühlen zuwider zu reden, denn er liebte sie tief. Zitternd sank er nieder und beugte den Kopf auf die gekreuzten Arme.

Das Kel schien dies für den Kummer eines Verwandten zu halten und gestattete es ihm. Aber es verspürte einen echten, selbstlosen Kummer um ein verlorenes Kind, während Niun sich nur um sich selbst sorgte.

Darin fand er einen Maßstab für sich selbst, daß er zu Niedrigkeit und ausgesprochenem Egoismus fähig war, und daß er selbst jetzt nicht Medai gleich war.

Nachdem klargeworden war, daß er nicht auch in dem Ritual sprechen würde, unterhielten sich die anderen flüsternd. Schließlich sprachen sie von den hohen Bergen, dem Begräbnis, das sie durchführen mußten, und in ihre Worte und ihre Pläne war eine stille Verzweiflung hineingewoben, eine Scham, denn sie waren alt, während die Berge weit entfernt waren und der Weg steil.

Unglücklich erörterten sie untereinander, ob die Regul ihnen auf Anforderung Motorfahrzeuge zur Verfügung stellen würden; im Herzen jedoch empfanden sie, daß sie Medai mit einer solchen Bitte um Regul-Hilfe entehren würden. Deshalb würden sie sie nicht vorbringen. Sie fingen an zu überlegen, wie sie es bewerkstelligen konnten, ihn zu tragen.

»Sorgt euch nicht«, sagte Niun und brach sein langes Schweigen. »Ich kann das allein schaffen.«

Er erblickte Zweifel in ihren Gesichtern, und als er an den steilen Pfad und die hochgelegene Einöde dachte, zweifelte er selbst.

»Die She'pan wird es nicht erlauben«, sagte Eddan. »Niun, wir könnten ihn hier in der Nähe begraben.«

»Nein«, sagte Niun. Er dachte an die She'pan und sagte erneut: »Nein.« Danach wurden ihm keine weiteren Vorschläge mehr gemacht. Schweigend signalisierte Eddan den anderen, ihn gewähren zu lassen.

Und als er sie ruhig und gemessen darum bat, ließen sie ihn allein. Geordnet, mit raschelnden Gewändern und den Ringen von Ehrenabzeichen daran, gingen sie hinaus. Der feine hohe Klang der Medaillen traf Niuns Herz. Er dachte über seinen Egoismus nach, den er gerade erkannt hatte, und über den Mut seiner Ältesten, die in ihrem Leben schon so viel getan hatten, und er war zu Tode beschämt.

In dem sich ausdehnenden Anfang dieser nachtlangen Wache, in der Stille des Edun, in dem anderswo andere für sie trauerten, begann er nachzudenken – und er wußte, daß er nicht wegen der Tradition seiner Kaste sterben wollte und daß er vor allem nicht so sterben wollte, wie Medai gestorben war. Diese Gedanken fraßen an ihm, denn sie waren das Gegenteil von dem, was man von ihm erwartete.

Medai war fähig gewesen, diese Tradition zu akzeptieren, und die She'pan hatte Medai akzeptiert. Und das hatte er nun davon.

Es war Gotteslästerung, vor dem Schrein und in der Gegenwart der Götter und der Toten solche Gedanken zu hegen. Er schämte sich vor sich selbst und wollte fortlaufen, wie er es als Kind getan hatte, hinaus in die Berge, um alleine nachzudenken und sich den Elementen auszusetzen, bis er die Kleinheit der Sterblichen und seiner selbst vergessen konnte.

Aber diese Freiheit hatte er schon lange nicht mehr, denn er wurde jetzt zu den Männern gezählt. Die Zeiten waren gefährlich und schwer für das Edun, und sie erlaubten es Niun s'Intel nicht, das Kind zu spielen.

Es war eine Frage der Pflicht und des Anstandes. Unter diesem Gesetz hatte Medai gelebt und war er gestorben. Niun konnte im Innersten nicht mit sich ins reine kommen, aber er konnte zumindest äußerlich versuchen, das zu tun, was er denen, die sich auf ihn verließen, schuldig war.

Selbst wenn es eine Lüge war.

»Niun.«

Er hatte die Bewegung und das Flüstern jenseits des Schirmes dem ständig durch den Schrein blasenden Wind zugeschrieben. Er sah auf, erblickte jenseits der komplizierten Konstruktion eine verschwommene goldene Gestalt und erkannte die Stimme seiner Schwester. Andächtig überquerte sie den Boden bis zu dem Schirm, der sie religiös voneinander trennte, obwohl sie sich anderswo im Edun und außerhalb seiner Grenzen von Angesicht zu Angesicht treffen konnten.

»Geh zurück!« bat er Melein, denn sie verletzte das Gesetz ihrer Kaste, indem sie in die Gegenwart eines Toten trat, sei es auch ein toter Verwandter. Ihre Kaste hatte keine Verwandtschaftspflichten, die sie zurückwies wie andere Verpflichtungen ähnlicher Art. Aber Melein ging nicht. Steif vom Knien auf dem Boden stand Niun auf und trat an das Gitterwerk. Er konnte sie nicht genau erkennen, sondern sah nur den Schatten ihrer Hand auf den Tressen des Schirmes liegen. Er brachte seine Sympathie zum Ausdruck, indem er seine Hand auf diesen Schatten legte – unfähig, Melein direkt zu berühren. Er war unrein und befand sich in der Gegenwart eines Toten, und er würde unberührbar bleiben, bis er diesen Verwandten begraben hatte.

»Ich durfte kommen«, sagte Melein. »Die She'pan hat es mir erlaubt.«

»Wir haben alles getan«, versicherte er ihr, und die Erinnerung an die Zuneigung, die zwischen Melein und Medai geherrscht hatte, traf sein Herz. »Wir werden ihn nach Sil'athen bringen – wir werden alles tun, was wir können.«

»Ich habe nicht gewußt, daß du hier Wache halten würdest«, sagte sie und fügte voll tiefster Bitterkeit hinzu: »Oder machst du das nur, weil man dir ausdrücklich befohlen hat, es nicht zu tun?«

Ihr Angriff verwirrte ihn. Er benötigte einen Moment, um seine Antwort zu finden, denn er wußte nicht, gegen welche Art von Vermutung sie sich zu richten hatte. »Er ist mein Verwandter«, sagte er. »Alles andere spielt jetzt keine Rolle mehr.«

»Du wolltest ihn einst töten.«

Das stimmte. Er versuchte, durch den Schirm hindurch Meleins Gesicht zu erkennen, konnte aber nur ihren Umriß ausmachen, ein goldener Schatten hinter Gold. Er wußte nicht, was er ihr antworten sollte. »Das ist lange her«, sagte er, »und ich hätte meinen Frieden mit ihm gemacht, wenn er noch am Leben wäre. Ich habe das vorgehabt. Ich habe es mir so sehr gewünscht.«

»Ich glaube dir«, sagte sie schließlich.

Darauf herrschte Schweigen. Niun fühlte es wie ein unbequemes Gewicht auf sich ruhen. »Ich war eifersüchtig«, gestand er Melein. Der Gedanke, über dem er gebrütet hatte, nahm Gestalt an und wurde schmerzvoll geboren, jedoch nicht so schmerzvoll, wie er erwartet hatte. Melein war sein anderes Selbst. Einmal war er ihr so nah wie ihre Gedanken gewesen, und er konnte sich diese Nähe zwischen ihnen immer noch vorstellen. »Melein, wenn es in einem Kel nur zwei junge Männer gibt, dann ist es unmöglich, daß sie sich nicht miteinander vergleichen und von anderen nicht miteinander verglichen werden. Er erreichte zuerst all die Dinge, mit denen ich mich auszeichnen wollte, und ich war eifersüchtig und verärgert. Ich bin zwischen euch getreten. Es war das armseligste, was ich jemals getan habe. Ich habe sechs Jahre lang dafür bezahlt.«

Sie schwieg einen Moment lang, und Niun war sich jetzt sicher, daß sie Medai geliebt hatte. Für die einzige Tochter eines Edun, die anderenfalls im Alter erlöschen würde, war es unvermeidlich, daß sie und Medai einmal das natürliche Paar gewesen zu sein schienen – Kel'e'en und Kel'en, in jenen Tagen, an denen auch sie noch zum Kel gehört hatte.

Vielleicht – dieser Gedanke quälte ihn schon lange – wäre sie glücklicher gewesen, würde sie noch zum Kel gehören.

»Die She'pan hat mich geschickt«, sagte sie schließlich, ohne auf seine Offenbarung ihr gegenüber einzugehen. »Sie hat von der Absicht des Kel erfahren. Sie will nicht, daß du gehst. In der Stadt gibt es Unruhen, und es herrscht Ungewißheit. Es ist ihr fester Wille, Niun, daß du bleibst. Andere werden sich um Medai kümmern.«

»Nein.«

»Diese Antwort kann ich ihr nicht überbringen.«

»Sag ihr, daß ich nicht zugehört habe. Sag ihr, daß sie Medai mehr als nur ein Loch im Sand schuldet, und daß diese alten Männer ihn nicht nach Stil'athen bringen können, ohne dabei umzukommen.«

»So etwas kann ich ihr nicht sagen!« zischte Melein zurück. Furcht klang in ihrer Stimme, und diese Furcht bestätigte Niun in seinen Absichten.

Intels Wunsch ergab nicht mehr vernünftigen Sinn als ihre anderen Wünsche. Diese She'pan konnte mit den Leben ihres Volkes spielen, konnte die Leben ihrer Kinder in völliger Mißachtung ihrer Wünsche und Hoffnungen beugen und brechen. *Sie hat mir ihre Tugenden vererbt,* dachte er in plötzlicher und bitterer Einsicht. *Eifersucht, Egoismus, Besitzstreben . . . ah, Besitz von mir, von Melein, den Kindern Zains. Sie schickte Melein zum Sen und Medai zu den Regul, als sie erkannte, wie sich die Dinge zwischen ihnen entwickelten. Sie hat uns ruiniert. Eine große She'pan, wirklich eine große – aber fehlerbehaftet, und sie stranguliert uns, preßt uns an sich, bis unsere Knochen brechen und unser Fleisch schmilzt, um uns dann ihren Atem einzuhauchen.*

Bis nichts mehr von uns übrig ist.

»Tu, was du tun mußt«, sagte er. »Was mich angeht, ich werde Medai die Pflicht des Verwandten erweisen. Wahrschwester. Aber du bist Sen'e'en und hast keine Verwandten mehr. Geh zurück und sage der She'pan, was du willst!«

Er hatte verzweifelt gehofft, sie zu erzürnen, ihre Furcht vor Intel zu durchbrechen. Dazu hatte er sie treffen wollen. Aber sie zog ihre Hand vom Schirm zurück, und ihr Schatten bewegte sich von ihm fort, vereinigte sich mit dem Licht auf der anderen Seite.

»Melein«, flüsterte er, und laut rief er: »Melein!«

»Wirf mir keinen Mangel an Pflichtgefühl vor«, erreichte ihn ihre entfernt und körperlos klingende Stimme. »Solange er lebte, war ich seine Verwandte, während du ihm alles, was er besaß, geneidet hast. Jetzt habe ich andere Verpflichtungen. Sag über ihm, daß die She'pan mit seinem Tod zufrieden ist. Das ist ihr Wort in dieser Angelegenheit. Was mich angeht, so habe ich keine Kontrolle über das, was du machst. Vergrab ihn! Tu, was du für richtig hältst!«

»Melein«, sagte er. »Melein, komm zurück!«

Aber er hörte nur, wie ihre Schritte auf verborgenen Stufen verschwanden, hörte, wie sich eine Tür nach der anderen schloß. Er blieb, wo er war, eine Hand am Schirm, und glaubte bis zuletzt, daß sie ihre Absicht ändern und zurückkommen würde, um die Antwort zu widerrufen, die sie ihm gegeben hatte. Aber sie war fort. Er konnte nicht einmal wütend sein, denn genau dazu hatte er sie aufgefordert.

Intels Schöpfung. Und seine.

Er hoffte, daß Melein irgendwo im Sen-Turm ihren Stolz ablegen und über Medai weinen würde; aber er bezweifelte es. Die Kälte, die sorgfältige Kälte in ihrer Stimme war allem Bedauern abhold, die geschulte Gleichgültigkeit des Sen.

Schließlich trat er vom Schirm zurück und setzte sich neben Medais Leiche nieder. Er verschränkte die Hände hinter dem Nacken, beugte den Kopf auf die Knie und fühlte sich doppelt einsam. Die Lampen knisterten und die Feuer züngelten, denn das Tor des Edun war diese Nacht offengelassen worden – eine altertümliche Überlieferung der Ehrfurcht vor den Toten. Schatten hüpften und ließen die Schrift auf den Wänden sich voll eigenständigem Leben winden. Von dieser Schrift sagte die She'pan, daß sie Geschichte und Weisheit des Volkes enthielte. Sein ganzes Leben lang war er von solchen Dingen umgeben gewesen: Schriften bedeckten jede Wand der Haupthalle und des Schreines und des Turmes der She'pan, ebenso der Anbauten des Kath und des Kel – Schriften, von denen die She'pan sagte, daß sie in jedem Edun des Volkes, das je bestanden hatte, in exakter und unveränderter Form genauso geschrieben standen. Aus solchen Schriften lernten die Sen'ein. Die Kel'ein konnten das nicht. Niun wußte nur, was in seinem Leben und in seiner Sicht geschehen war oder was er aus den Erinnerungen der Älteren gehört hatte.

Melein jedoch konnte die Schriften lesen und wußte wie die She'pan, was der Wahrheit entsprach, und wurde mit diesem Wissen kalt und fremd. Einstmals, als man Melein ins Sen geholt hatte, hatte er gefragt, ob man nicht auch ihn nehmen könnte – denn niemals zuvor in ihrem Leben waren sie getrennt gewesen. Aber die She'pan hatte nur seine Hände in die ihren genommen und die schwieligen Handflächen nach oben gedreht. Das sind nicht die Hände eines Gelehrten, hatte sie gesagt und sein Ersuchen abgelehnt.

Draußen in der Halle bewegte sich etwas, ein langsames Scharren, ein Klicken von Tatzen auf Stein – eines der Dusei, das vom Kel-Turm weggelaufen war. Im allgemeinen gingen sie, wohin sie wollten; niemand verbot es ihnen, selbst wenn sie lästig oder aggressiv waren. Es war nicht einmal sicher, ob man ihnen überhaupt etwas verbieten konnte, denn sie waren so stark, daß es keinen Zwang für sie geben konnte. In der ureigensten Art der Dusei spürten sie, ob sie erwünscht waren oder nicht, und selten blieben sie, wenn man sie nicht brauchte.

Sie verstanden die Kel'ein, wie man glaubte, deren Gedanken furchtlos und unkompliziert waren, und daher suchte sich jedes Dus Kel'en oder Kel'e'en und blieb sein Leben lang dort. Nie hatte eines Niun s'Intel gegenüber Zuneigung gezeigt, obwohl er einmal – in schändlicher Verzweiflung – versucht hatte, ein junges einzufangen und abzurichten. Es war aber seinen kindischen Plänen entkommen, hatte die Falle zerschmettert und ihn bewußtlos geschlagen.

Und seither hatte er es niemals mehr vermocht, eines hinter sich herzulocken, als hätte jenes, das er verraten hatte, alle anderen vor Niun s'Intels Charakter gewarnt.

Die älteren Kel'ein sagten, es läge daran, daß er einem Dus nie wirklich sein Herz geöffnet habe, daß er in seinem Inneren zu verschlossen war.

Er glaubte das nicht, denn er hatte es versucht; aber er nahm auch an, daß die empfindsamen Dusei ihn verbittert und unzufrieden wahrnahmen und dies nicht ertragen konnten.

Das glaubte er, und er hoffte, daß es sich ändern würde. Aber in der Tiefe seines Herzens fragte er sich, ob es vielleicht daran läge, daß er kein normaler Kel'en war. Einer Frau aus dem Volk standen alle Kasten offen; für einen Mann gab es nur die Kel-Kaste und Sen; beide waren ihm in einer Hinsicht fern und andererseits wieder viel zu nah, einfach weil er der letzte Sohn des Hauses war. Dies bedeutete, daß er die gesamten Bemühungen all seiner Lehrer empfangen hatte, daß sie mit ihm gearbeitet hatten, bis er verstand, bis seine Geschicklichkeit ausreichte. Aber in einem Edun voller Söhne und Töchter hätte er vielleicht gar nicht überlebt; sein Starrsinn hätte ihm manch frühe Herausforderung eingebracht, und die Leute im Haus hätten sich dann seine Reizbarkeit schnell vom Halse geschafft. Er dachte, daß er vielleicht ein besserer Kel'en hätte sein können, wenn sich die Mutter nicht eingemischt hätte; aber vieles wäre anders gewesen, wenn er nicht der letzte wäre; und auch sie wäre es.

Medai hatte der Mutter gefallen; und Medai war tot; aber Niun saß hier und lebte, ein Sohn, der sich gegen die Mutter aufgelehnt hatte. Sie würde irgend etwas zu ihm sagen müssen, nach Medais Begräbnis in den Bergen, wenn er zurückkommen und ihr ins Angesicht schauen mußte. Danach würden sehr bittere Worte fallen, er würde keine Einwände finden, und Melein würde auf der Seite der She'pan sein. Er scheute sich vor dem, was die She'pan zu ihm sagen könnte.

Aber sie würde es sagen müssen. Und er würde nichts zurücknehmen, was er gesagt hatte.

Wieder das Kratzen von Klauen. Es war ein Dus. Das explosionsartige Schnauben des Atems und der schwere Tritt zeigten an, daß der Eindringling näher kam, und Niun wünschte ihn weg vom Schrein, denn Dusei waren hier nicht willkommen. Es kam dennoch. Er hörte, wie es den äußeren Raum betrat, drehte sich um und sah es in der Dunkelheit, ein großer Schatten mit schrägen Schultern. Wieder gab es diesen seltsamen verlorenen Laut von sich und kroch langsam näher.

»Yai!« rief er, drehte sich auf einem Bein herum und wünschte es energisch fort.

Und dann sah er, daß das Dus staubbedeckt war und sein Fell mit verkrusteten Wunden übersät, und sein Herz fror ihm in der Brust, und der Atem stockte, denn er erkannte, daß es keines ihrer eigenen zahmen Tiere war, sondern ein fremdes.

Gelegentlich kamen wilde Dusei von den Hochebenen herab, blieben in den Ländern des Edun und richteten die zahmen Dusei übel zu. Soweit er sich erinnern konnte, waren alle Kel'ein gestorben, die versucht hatten, sich einem solchen Tier zu nähern, auch wenn sie bewaffnet gewesen waren. Dusei spürten Absichten mit unheimlichem Vorauswissen; nur bei wenigen Tieren war das Anpirschen noch gefährlicher.

Dieses stand mit gesenktem Kopf da, seine massigen Schultern füllten den Gang, es schaukelte hin und her und stieß dabei diesen kläglichen Laut aus. Es drängte sich herein, wobei an einigen Stellen der Verputz abbröckelte, obwohl die Tür absichtlich klein und unbequem für Dusei gemacht worden war, um die Mysterien vor ihrer gedankenlosen Mißachtung zu schützen.

Es kam unaufhaltsam, da es dünner als die gut gefütterten Tiere des Edun war. Eine der Lampen zerbrach, als es sie mit den Schultern streifte, und Niun wich aus. Das Dus winselte und hustete, und glücklicherweise erlosch das ausgelaufene Feuer, wenngleich das heiße Öl die Füße des Tieres verbrannte und es beiseite scheuen ließ. Dann näherte es sich Medais Körper und tastete darüber mit Klauen so lang wie eine Männerhand – giftig: die Klaue des Daumens enthielt Kanäle für Schlangengift –, die mit einem zufälligen Hieb einem Mri oder Regul die Eingeweide herausreißen konnten. Niun kauerte sich in den Schatten der umgeworfenen Lampe, unbeweglich wie ein Möbelstück. Der Körper des Tieres füllte den größten Teil des Raumes aus und versperrte den Ausgang. Es verströmte einen gräßlichen, kränklichen Gestank, der selbst das Räucherwerk erstickte, und als es den massigen Kopf bewegte und den schwachen Mri anstarrte, der in der Ecke hockte, rann Eiter aus seinen Augen und tropfte auf den heiligen Boden.

Miuk! Es war wahnsinnig. Die Ausscheidungen seines Körpers waren aus dem Gleichgewicht geraten, und das *Miuk,* der Wahnsinn dieser Art, war für sein Verhalten verantwortlich und hatte es in ein Mri-Heim geschickt. Niun kannte nichts, weder Tiere noch Menschen, das mehr zu fürchten war als dies. Und wenn die Dusei des Edun in dieser Nacht nicht oben eingeschlossen gewesen wären, hätten sie nie ein *Miuk-ko*-Dus so nahe herangelassen. Sie wären eher bei der Verteidigung des äußeren Gangs gestorben, als dieses Tier hereinzulassen.

Und Niun s'Intel bereitete sich auf einen entsetzlichen Tod vor, auf so kleinem Raum, daß das Dus seinen Körper nicht einmal unter den Tatzen hinwegschleudern konnte. Seine Brüder würden ihn zerstückelt vorfinden. Wie um dies vorwegzunehmen, stieß das Dus jetzt Medais Körper an, zögerte aber noch. Grotesk und furchteinflößend zugleich schaukelte das Tier hin und her, stand mit gespreizten Beinen über dem Leichnam, und die Augen verströmten eine wässrige Flüßigkeit. Irgendwo im Kel-Turm erhob sich tiefes Stöhnen, ein Dus, das auf die ungewohnte Einsperrung und die Stimmung der trauernden Kel reagierte. Oder es spürte den Eindringling unten und versuchte verzweifelt, herauszukommen. Andere fielen ein und wurden dann plötzlich wieder still, vielleicht durch den Befehl eines Kel'en zum Schweigen gebracht.

Niun hielt den Atem an, während das wütende Tier seine vom Eiter geblendeten Augen diesem Laut entgegenhob und die beweglichen Lippen nervös arbeiteten. Es schaukelte. Dann schnaubte es wieder explosionsartig und verlagerte sein Gewicht, lehnte sich zur Seite. Die Schulter stieß gegen den Schirm. Dieser kippte mit metallischem Krachen um, das Tier wirbelte herum und wurde vom glühenden Schimmer übergossen, der vom inneren Schrein ausging. Niun preßte die Arme vor die Augen, damit er das Verbotene nicht sah, und dann griff er mit Gewißheit im Herzen zum Gewehr, das gegen ein Dus nutzlos war.

Er mußte alles angreifen, was das Verbotene bedrohte, um nach Möglichkeit ein Eindringen in den Sen-Schrein zu verhindern. Er zielte auf das Gehirn, das erste von zwei Gehirnen, obwohl er genau wußte, daß die nachfolgenden Erschütterungen ihn mitsamt dem Dus vernichten mußten.

Aber das Dus tat diesen weiteren Schritt nicht. Es senkte den tränenden Kopf und schnüffelte an der Leiche, verschob den Schleier. Dann stöhnte es, und langsam und fast verwirrt schwang es den Kopf herum, brachte die Schulter zwischen diesen und das Gewehr und fing an, sich vom Schrein zurückzuziehen.

Und als es das getan hatte, als es aus der Halle ging und immer noch diesen Laut eines verlassenen Kindes von sich gab, da erkannte Niun es zum erstenmal.

Es war Medais Dus.

Es gab keinen Mri, der von sich behaupten konnte, irgendein Dus außer dem eigenen erkennen zu können, wenn man alle anderen Hinweise entfernte, ja, nicht einmal dies, wenn viel Zeit verstrichen war. Dusei waren sich alle zu ähnlich und zu wandelbar, und man konnte nur sagen, daß ein bestimmtes Dus dem anderen *gliche,* das man kannte.

Aber daß dieses hier ihn nicht getötet, sondern sich vor allem für den Toten interessiert hatte, um sich dann unzufrieden wieder zurückzuziehen – das begriff Niun. Der Tod bekümmerte die Dusei. Andere Tiere kannten ihn einfach nicht, aber Dusei begriffen und akzeptierten ihn nicht. Sie trauerten und suchten und grämten sich und starben schließlich in den meisten Fällen selbst. Selten überlebten sie ihren Herrn, sondern vergingen vor Sehnsucht.

Auch dieses suchte nach etwas, das es nicht fand.

Medais Dus, das gekommen war, um nach ihm zu sehen.

Ein Dus, das krank war und von Wunden bedeckt und tief in den Klauen eines Wahnsinns, der nicht schnell entstand, obwohl die Regul gesagt hatten, daß Medai nur eine Nacht zuvor gestorben war.

Ein Dus, das dünn und halb verhungert war wie sein Herr.

Ein Frösteln entstand in Niun und wuchs an, bis er körperlich zitterte, nicht nur von dem Schrecken des Dus. Er steckte sein Gewehr zurück und warf einen furchtsamen Blick auf den ungeschützten inneren Schrein, den er nie hätte ansehen dürfen.

Es hätte nicht passieren dürfen. Er wusch die Hände im Wasser der Opfergaben, und ohne einen Fuß über die verbotene Linie zu setzen, stellte er den Schirm wieder auf; voller Ehrfurcht berührten seine Finger das leblose Metall. Er hatte es überlebt. Die Götter konnten ebenso wie Sterbliche die Respektlosigkeit eines Dusei verzeihen; und er hatte in den Sen-Schrein geschaut und fühlte sich erschüttert, aber nicht auf den Tod. Er hatte Helligkeit gesehen, aber keinen von den Gegenständen und nichts, das er als das Allerheiligste erkennen konnte. Er versuchte, nicht mehr daran zu denken. Es war nicht dazu da, um von einem Kel'en gesehen zu werden. Er wollte sich nicht mehr daran erinnern.

Und Medai ...

Niun stellte die Lampe wieder auf, füllte sie erneut und entzündete sie, so daß ihr tröstender Schein wiederhergestellt wurde. Dann wischte er auf Knien das ausgelaufene Öl auf, das durch die Gnade der Götter nicht weitergebrannt hatte. Und während der ganzen Zeit, die er arbeitete, erschöpft und zitternd von der Nachtwache, dachte er nach und nährte das kalte Gefühl, das sich unter seinem Herzen eingenistet hatte.

Schließlich wusch er sich aus Achtung vor Medai die Hände und legte sie auf ihn für die Respektlosigkeit, die er begehen mußte. Der Gedanke, der sich in seinen Verstand bohrte, hätte ihm sonst keine Ruhe gelassen. Er tat es rasch, nachdem er seinen Mut zusammengenommen hatte, löste vorsichtig den Stoff und untersuchte die Wunde. Sie erwies sich – er schämte sich für sein Mißtrauen und seine Tat – als genauso, wie die Regul es beschrieben hatten.

Ika'al.

»Vergib mir«, sagte er zu Medais Geist. Ehrfürchtig schloß er wieder die Gewänder, wusch das Gesicht und rückte den Schleier zurecht. Dann warf er sich vor dem Schrein auf das Gesicht und sprach die angemessenen Gebete zu den verschiedenen Ahnengöttern seiner Kaste, die der Seele Medais Ruhe geben sollten, und er tat dies mit größerer Aufrichtigkeit, als er sie Medai gegenüber jemals gezeigt hatte, solange dieser noch lebte.

Sich dem zu widmen, was richtig und ehrenhaft war, hätte ihm Erleichterung und Frieden schenken sollen. Aber das war nicht der Fall.

In ihm wuchs die Gewißheit, daß – was immer seine Augen ihm zeigen und die Regul bezeugen würden – Medai sein Leben nicht freiwillig aufgegeben hatte.

Das Dus, das dem Geist eines Kel'en so nahe stand, war *Miuk-ko* geworden und so dünn, daß es durch Schrein-Türen paßte, und Medais einst kräftiger und muskulöser Körper war dünn wie eine Mumie.

Die Kel-Quartiere waren unabhängige Einheiten im Aufbau der Regul-Schiffe, wegen der Dusei, vor denen die Regul trotz aller Logik Angst hatten, und wegen der strengen Kastengesetze, die ein Kel'en beachten mußte, wenn er mit Außenstehenden in Berührung kam.

Aber im Grunde war ein solcher Kel'en den Regul ausgeliefert, die diese Abteilung mit Nahrung, Wasser und sogar Atemluft versorgten. Alles, was ein Kel'en tun konnte, um seine Unabhängigkeit zu wahren, bestand darin, die Tür zu verschließen.

Hätten sie ihn töten wollen, so hätten sie nur die Luftzufuhr unterbrechen und ihn anschließend in den kalten Weltraum hinauswerfen brauchen. Aber diese waren Tsi-mri, und darüber hinaus waren sie Fremde für das Volk, ein unbekannter neuer Zweig der Regul. Und sie mochten noch nicht genug darüber gewußt haben, wie man einen Kel'en behandelte. Regul waren keine Kämpfer.

Jedenfalls nicht direkt.

Erfüllt von dem Gedanken, der in ihm Gestalt angenommen hatte, erhob sich Niun und verließ den Schrein, nahm ein Opfergefäß mit Wasser mit und ein Kännchen und ging durch die äußere Halle zur Tür, wo das wahnsinnige Dus noch immer vor dem Edun kauerte.

Er hatte gewußt, daß es dort wartete. Es war dem Ziel seiner Wünsche nahe und konnte es doch nicht finden. Er war sich sicher gewesen, daß es noch hier war, ebenso wie er nun mit Sicherheit wußte, wie es in den Wahnsinn getrieben worden war. Obwohl es einst zahm gewesen war, war es nicht weniger gefährlich; es konnte sich immer noch erheben und plötzlich zum Töten getrieben werden. Aber als er das Wasser vor das Tier hingestellt hatte, schnupperte es neugierig an diesem Angebot und raffte sich schließlich auf, seine Nase in das Wasser zu stecken. Der Inhalt des Kännchens verschwand. Niun füllte es ein zweitesmal und ein drittes- und viertesmal, und erst bei der vierten Füllung wandte das Tier auf einmal ablehnend seinen Kopf zurück.

Er ließ sich auf die Fersen nieder und musterte die Kreatur eingehend, dünn, wie sie war, mit zerfetztem Pelz. Eine große offene Wunde an der Seite war noch ganz frisch.

Medais Dus, das der Aufsicht der Regul, der Gewalt und dem Hunger entkommen war. Freiwillig hätte es Medai selbst nach dessen Tod nie verlassen.

Regul verhielten sich nicht so wie Mri. Sie waren fähig zu Betrug, Bestechung, Heimtücke, sogar ihre eigenen Jungen abzuschlachten, jedoch niemals dazu, einen Erwachsenen zu ermorden. Weder töten noch lügen konnten sie in kaltblütiger Haltung. Sie heuerten Mri an, um ihre Feinde zu bekämpfen.

So hatten sie es ihm immer gesagt, jene, die die Regul besser kannten als er, jene, die ihr Leben lang mit den Regul zu tun hatten.

Folglich hatte er es auch geglaubt.

So wie Medai.

Er erhob sich und ging wieder hinein, zurück zum Schrein, wo er sich neben dem Körper seines Vetters niederließ, die Arme um sich schlang und verständnislos auf die verschlungenen Schriften starrte, die die Geschichte des Volkes aufzeichneten und verbargen.

Ein Mord war geschehen, auf die eine oder andere Art, wie die Regul das auch bezeichnen mochten. Ein Kel'en war von seinen eigenen Auftraggebern umgebracht worden und sein Dus so geschwächt, daß sie es zu einem natürlichen Tod fortjagen konnten – ein Leichnam, den unwissende Regul zurück zum Kel gebracht hatten. Ein anderer Leichnam, den sie Raubtieren und Aasfressern überlassen hatten oder zumindest denen, die das Geschehene nicht verraten konnten. Hände und Gewissen der Regul waren zweifellos rein. Medai hatte schließlich getan, was sie wollten.

Niun hatte den verzweifelten Wunsch, nach oben zu gehen und jemandem zu erzählen, was er wußte. Er wäre am liebsten zu Eddan gelaufen, um Rat einzuholen und die She'pan zu alarmieren. Aber er hatte keinen Beweis außer einem Tier, das da draußen vor der Tür lag. Er hatte nichts, worauf er solch eine Anklage gründen konnte, keinen konkreten Hinweis für seinen Verdacht, kein Motiv, von dem er annehmen konnte, daß es den Regul ausreichte, um einen Kel'en zu solch einer Tat zu zwingen.

Es ist eine seltsame Ironie, dachte er, daß unter allen, denen

Medai zugetraut hätte, für seine Rache zu sorgen, diese ausgerechnet seinem ältesten Rivalen zufallen sollte. Und der einzige mögliche Zeuge war ein *Miuk-ko.*

Dusei, so sagte man, lebten in der Gegenwart. Sie erinnerten sich an nichts, was geschehen war, nur an Personen und Orte. Dieses hatte sein Heim gesucht, das Haus, wo es zuerst gelebt hatte. Es hatte Medai gesucht. Das eine hatte es gefunden, aber nicht das andere.

8

Noch bevor die anderen sich überhaupt gerührt hatten, hatte Niun bereits begonnen, sich auf die Reise nach Sil'athen vorzubereiten. Er hatte Wasser geschöpft und den rituellen Nahrungsvorrat eingepackt, eine rein symbolische Menge, und den eigentlichen Proviant, der zum Leben diente.

Mit großer Anstrengung holte er den Leichnam Medais aus dem kleinen Schrein und befestigte ihn mit Seilen an der Regul-Trage, auf der er angekommen war. Das Dus, das am Eingang wartete, sah es, schenkte ihm aber gar keine Aufmerksamkeit.

Dann begannen die anderen einzutreffen: Eddan und Pasev und Dahacha und das übrige Kel. Auch die Dusei kamen herunter, und das *Miuk'ko* am Eingang entfernte sich ein Stück. Dort sank es im Sonnenlicht in sich zusammen, den massigen Kopf zwischen den Pranken, mit geweiteten Flanken. Es befand sich in einem tiefen Schock.

»*Miuk*«, murmelte Debas, erschrocken darüber, was vor ihren Toren saß.

Pasev jedoch, die ein sanftes Gemüt hatte, obwohl sie schon viele Menschen getötet hatte, ging zu ihm hin und versuchte es anzurufen, wobei sie sich außerhalb seiner Reichweite hielt. Es zog sich jedoch mit einem ärgerlichen Klagelaut zurück und ließ sich ein Stückchen weiter nieder, erschöpft vor Anstrengung. Die Dusei der Edun wichen zur Seite, beunruhigt von der Verzweiflung ihres Artgenossen, die sie spürten, und durch die Gefahr, die er darstellte. Sie bildeten ein festes Knäuel um das Kel und begannen mit jener kreisenden Bewegung des Wächter-Dus, mit der sie das Kel vor der Bedrohung durch den Einzelgänger schützten.

Und die Augen ruhten fragend auf Niun. Er zuckte die Achseln und hob die Taue von Medais improvisiertem Schlitten an. »Es tauchte letzte Nacht im Schrein auf«, sagte er. Er schaute Eddan an. »Es jagte jemanden.«

Und er sah das häßliche Mißtrauen in die Augen des Kel'anths springen: ein weiser Mann, Eddan, wenn er kein Kel'en gewesen wäre. Ruhig drehte Eddan sich um und winkte

Pasev, Liran, Debas und Lieth. »Bleibt hier«, sagte er, »und bewacht die She'pan!«

»Eddan«, sagte Pasev. »Die She'pan hat verboten . . .«

»Jeder, der außer diesen noch bleiben will, mag bleiben. Beschützt die She'pan, Pasev!«

Niun wartete nicht auf sie, sondern brach auf. Schon am Widerstand des Schlittens merkte er, daß er für seine Hartnäckigkeit teuer würde bezahlen müssen, wenn die She'pan und alle anderen ihm eine Möglichkeit gegeben hätten, dieser familiären Pflicht zu entgehen.

Langsam und schmerzerfüllt stemmte das *Miuk'ko* sich hoch und versuchte, dem Schlitten zu folgen. Es kam nur bis zur Straße und sank dort nieder, erschöpft und am Ende seiner Kräfte.

Die anderen Dusei hielten sich an seiner Seite, eines hielt sich zwischen dem Dus und dem zurückbleibenden Kel und beobachtete das kranke Tier. Sie folgten dem Trauerzug nicht. Sie waren dort nicht erwünscht, sondern hatten das Edun zu beschützen.

Und Eddan und die anderen Kel'ein holten Niun am Hang ein, der zu den Bergen führte, und boten ihre Hilfe am Seil an. Er lehnte sie nicht ab. Es schmerzte ihn, daß sie diese Geste machen mußten, um ihm ihre Kameradschaft zu beweisen, als ob sie ihm das zeigen mußten!

Er verschleierte sich mit einer Hand und senkte den Sichtschutz, schon um die Feuchtigkeit zu erhalten, die er mit seinen schweren Atemzügen sonst verschwendet hätte. Er hatte mehr als die übliche Menge Wasser mitgenommen, wohl wissend, welchen Verlust das für sie bedeutete. Auf Kesrith arbeitete man nicht, denn Arbeit war für Regul-Junglinge und Regul-Maschinen. Anstrengung würde die Feuchtigkeit aus dem Körper wringen und ohne angemessene Vorsichtsmaßnahmen zu Blutungen führen.

Niemand von ihnen sprach jedoch das Offensichtliche aus, daß die Reise schlecht beraten war.

Niemals hatten sich die Kel der Mutter widersetzt, nicht direkt.

Niun kam es in den Sinn, daß die Mutter ein Mittel gehabt

hätte, daß sie Eddan direkt hätte einen Befehl geben können. Das hatte sie nicht getan.

Herzlos führte Niun das nicht auf Liebe zurück, sondern darauf, daß sie wieder *Komal* getrunken hatte und deshalb nicht aufwachen konnte, als Melein ihr seine Ablehnung überbracht hatte. So war Intel, die She'pan von Kesrith. Es war schon vorher geschehen.

Er blieb bei seinem unehrerbietigen Zorn, lehnte es ab zu glauben, daß sie sich hatte erweichen lassen, denn dies war schließlich noch niemals zuvor geschehen, nicht in all den Jahren, in denen er Anliegen an sie gerichtet hatte.

Er glaubte nicht, daß sie jetzt damit beginnen würde, daß er sie bezwungen hatte.

Er weigerte sich, seine Sturheit zu bedauern, selbst als der Weg steiler wurde und die Steine seine Füße quälten und die Luft wie kaltes Feuer in seine Lungen drang.

Im Himmel setzten die Regul-Schiffe ihr Kommen und Gehen fort. Ihre Geschwindigkeit verhöhnte die Agonie der kleinen Gestalten von Mri. Die Schiffe brachten mehr und mehr Regul in Sicherheit, bevor die Menschen kamen und die Welt für sich beanspruchten.

Die Spur nach Sil'athen war keine Spur, sondern ein Weg, an den sich alle Mri erinnerten, die ihn jemals gegangen waren. Zwischen den Felsen gab es keinen wirklichen Pfad, abgesehen vom Fehlen der größten Hindernisse und vom Vorhandensein von Orientierungspunkten. Niun kannte den Weg, denn Begräbnisse waren in seinem Leben üblich genug, wenn er auch niemals die Zeremonien gesehen hatte, die eine Geburt begleiteten; für die von Melein war er zu jung gewesen. Er zog jetzt allein an den Seilen des Schlittens und folgte Eddans hoher, schlanker Gestalt, zerrte den Schlitten allein zwischen den kleinen Felsen hindurch, bis er seine mitgenommenen Hände mit Falten seiner Gewänder umwickeln mußte, um sie zu schützen. Sein Atem ging schwer, und die Lungen schmerzten; an den Umgang mit Waffen war er gewohnt, aber nicht daran, wie Tsi'mri zu arbeiten. Jeder Höhengewinn von wenigen Schritten machte das Atmen um soviel schwieriger.

»Niun«, sagte der eine oder andere seiner Brüder immer wieder, »laß es mich für eine Weile nehmen.« Aber hier schüttelte er ihre angebotenen Hände ab. Nur die Ältesten, abgesehen von Pasev, der Eddan den Befehl im Edun übertragen hatte, begleiteten ihn auf diesem Weg. Sein Gewissen quälte ihn jetzt, daß seine Sturheit zum Tode eines dieser tapferen alten Männer führen konnte; und sicherlich, dachte er, hatte die She'pan das vorhergesehen, und er war im Bewußtsein seiner eigenen Bedeutung zu blind gewesen, um sich zu überlegen, daß ihre Gründe ihn vielleicht gar nicht betrafen. Er hatte das Schlechteste von Medai gedacht und bereute es jetzt; und es begann ihm zu dämmern, daß er sich auch in anderen Dingen geirrt haben könnte.

Aber jetzt, nachdem sie den Weg begonnen hatten, würde es diese Männer beschämen, zurückzukehren. Er hatte sie mit seinem sturen Stolz hier herausgebracht; er hieß den Schmerz willkommen, der die klaren Gedanken aus seinem Geist vertrieb, eine Sühne für seine Kleinlichkeit ihnen und dem Toten gegenüber. Medai war kein Feigling gewesen, kein Mann mit leichtfertigen Gedanken; dessen war er sich jetzt sicher, daß sein Vetter lange Zeit standgehalten hatte, gegen die Niedertracht seiner Meister, gegen die Götter mochten wissen, was sonst noch.

Und den Grund für all diese Dinge kannte er immer noch nicht.

»Eddan«, sagte er ruhig, als sie sich im Schatten einer hohen Klippe ausruhten und der Sand unter ihnen sich im rötlichen Licht von Arains Zenit kräuselte. Ein Gräber lagerte auf der Ebene unterhalb von ihnen. Niun sah, wie er die Oberfläche aufrührte und Sand hinabrieseln ließ, als er auf den Wind reagierte in dem Glauben, Beute ausgemacht zu haben.

»Ai?«

»Ich denke, du glaubst, daß Medais Tod nicht das war, wofür die Regul ihn ausgegeben haben.«

Eddan, der verschleiert war, machte mit der Hand eine zustimmende Geste.

»Ich denke«, fuhr Niun fort, »daß das Kel bereits darüber gesprochen hat, und daß ich wahrscheinlich der einzige im Kel war, den es überraschte, das herauszufinden.«

Eddan blickte ihn lange an. Die Membrane blinzelte über seine Augen und ließ sie wieder klar aufblitzen. »Niun«, sagte er, »es ist lieblos von dir, anzunehmen, daß wir dir unsere Gedanken in einer solchen Angelegenheit absichtlich verschweigen.«

»Aber vielleicht ist es trotzdem so, Sir, daß ihr Gründe dazu hattet.«

Eddans Hand umklammerte Niuns Handgelenk mit hartem Griff. Eddan hatte ihn in den Yin-ein unterwiesen; niemand war geübter als Eddan oder Pasev darin, eines Menschen Seele geschickt vom Körper zu trennen; ein Zuschauer würde die Bewegung der Klinge nicht wahrnehmen. Und in Eddans Hand wohnte immer noch die Kraft. »Versuche nicht, Regul zu dienen, Niun s'Intel Zain-Abrin. Du dienst der She'pan, und eines Tages wirst du meine Stelle einnehmen. Ich denke, daß dieser Tag bald kommen wird.«

»Falls ich Kel'anth werden sollte«, sagte Niun, den diese Worte der Vorbedeutung mit Kälte erfüllten und der sich nicht sicher war, was sie bedeuteten, »wird es ein sehr kleines Kel sein. Jeder andere ist älter als ich.«

»Du wirst deine Ehre haben, Niun. Das haben wir niemals bezweifelt, nur du. Es wird so kommen.«

Die tödliche Dringlichkeit dieser Aussage verwirrte ihn zutiefst, dieses Drängen Eddans. »Ich habe noch nie gekämpft«, entgegnete er, »wie kann ich da für irgend etwas geeignet sein?«

Wieder zuckte Eddan die Achseln. »Wir sind die Hand, die Planung liegt bei anderen. Aber du kannst gewiß sein, daß du einen Nutzen hast und die She'pan ihn eingeplant hat. Vergiß das nicht. Medai war dafür in Erwägung gezogen und abgelehnt worden. Vergiß auch das nicht.«

Er saß völlig überrascht da, alle seine Überlegungen hatten sich als falsch und nutzlos herausgestellt. »Sir«, sagte er, aber Eddan wandte sich von ihm ab und stand auf, zeigte deutlich, daß er keine weiteren Fragen in dieser Angelegenheit wünschte. Auch Niun erhob sich, suchte eine Möglichkeit, weiter zu fragen, ließ hilflos die Hand fallen. Wenn Eddan nicht antworten wollte, würde er nicht antworten, und es war ziemlich wahrscheinlich, daß Eddan alles gesagt hatte, was er sagen konnte und was er zu sagen wußte.

Die She'pan ist mit seinem Tod zufrieden, hatte Melein gesagt; die Kälte dieser Äußerung hatte ihn erstarren lassen. Und: *Medai war in Erwägung gezogen und abgelehnt worden,* hatte Eddan ihm berichtet.

Zum erstenmal tat ihm sein Vetter leid, sah er alles von innen nach außen gekehrt.

Er selbst, in seiner jugendlichen Eifersucht ... Medai, dessen einziges Verbrechen darin bestanden hatte, einen Blick auf Melein geworfen zu haben, während die She'pan anderes für ihn geplant hatte. Kesrith war eine harte und unbarmherzige Welt. Die Mutter von Kesrith war wie ihre Welt, ohne Gnade.

Seine eigene Sturheit war ihrem Willen zuwidergelaufen. Er hatte ihr getrotzt, ohne ihre Gründe zu kennen. Er hatte etwas getan, was Kel'ein nicht taten, hatte ihre Fähigkeit geprüft, ihn aufzuhalten, zu einer Zeit, zu der das Volk sich Spaltung am wenigsten leisten konnte.

Es war möglich, dachte er, daß nicht allein die Regul Medai getötet, sondern daß die She'pan und sogar Melein ihren Teil dazu beigetragen hatten.

Er bedauerte Medai und fürchtete um sich selbst. Er wünschte sich, er hätte mit ihm gesprochen – jetzt, wo sie beide Männer waren, nicht nur einer von ihnen –, um von Medai zu erfahren, was Eddan ihm nicht sagen konnte. Er blickte auf die schwarzumhüllte Gestalt auf der Bahre, als er die Seile wieder aufnahm und entdeckte, daß er alles Vertrauen verloren hatte.

Er hätte in all diesen Jahren nicht allein sein müssen, dachte er plötzlich, und Medai hätte nicht sterben müssen, und so viele Dinge hätten nicht geschehen müssen, wenn er die She'pan nicht dazu gezwungen hätte, zwischen ihnen zu wählen.

Es waren nicht allein die Regul, die Medai getötet hatten.

Es war Abend, als sie den heiligen Ort erreichten, die Klippen, die windigen Winkel, in denen die Höhlen von Sil'athen die Toten des Volkes bargen, die vor dem Sonnenbegräbnis gestorben waren. Es gab dort viele, viele Gräber, deren älteste in die Zeit zurückreichten, bevor es Regul auf Kesrith gegeben hatte – und die letzten für jene, die auf Nisren geboren waren und hier Zuflucht gesucht hatten.

Das Tal war ein tiefer Einschnitt zwischen den Klippen, die eine neue Höhenstufe des Hochlandes markierten. Der Sand war hier rot, beginnend mit den Klippen, im Gegensatz zum blassen Tiefland, und die roten Felsen waren gelegentlich von weißen Streifen durchzogen. Wo die Felsen eine feste Kappe trugen, hatten die Winderosion und die brennenden Regenfälle seltsame Säulen und ungeschlachte Formen gebildet, die den Weg durch Sil'athen bewachten und im abendlichen Licht des roten Arain bizarre Schatten warfen. Auf einer der Felsspitzen wuchs eine Anemone, deren Fühler wie Glasfasern mit roten Flecken im Sonnenuntergang glitzerten. Zur Linken des Eingangs lauerte seit vielen Jahren ein Gräber. Die Kel'ein umgingen diesen Wächter in einem weiten Bogen.

Es war eine Schande, hier am Ende zu taumeln. Niun spürte die Bewegung des Sandes unter den Füßen und fing sich, fürchtete zuerst einen kleineren Gräber, den er zuvor nicht entdeckt hatte; aber es war nur ein altes Loch, das nur aus weichem Sand bestand. Er riß sich zusammen, klopfte den Staub von dem Knie, auf das er gefallen war, stemmte sich in die Seile und schüttelte verschiedene angebotene Hände ab. Ein schwarzer Schatten mit roter Tönung legte sich über sein Blickfeld; die nicht länger dem bewußten Willen folgende Membrane hatte sich halb geschlossen. Seine Atemluft schmeckte aufgrund seines eigenen verdampfenden Schweißes nach Salz.

Sie gingen an den alten Gräbern vorbei, den Tausenden des alten Kath aus den Tagen vor den Regul. Dann waren da die zwölf ihres eigenen Kath, entsprechend der Überlieferung mit den Gesichtern nach Westen begraben, der aufgehenden Sonne, der dämmernden Hoffnung zugewandt. Sie waren die Kindergebärer, und zusammen mit ihnen waren die wenigen traurigen Kinder begraben, die für Kesriths rauhe Winde zu empfindlich gewesen waren – Leben, die das Volk hätte bewahren sollen, hätte Intel nicht Kesrith als Heimatwelt gewählt. Die Regul hatten viele Welten angeboten, schöne, grüne Welten; aber Intel hatte Kesrith gewollt. Das hatte sie ihnen gesagt. *Die Schmiede ei-*

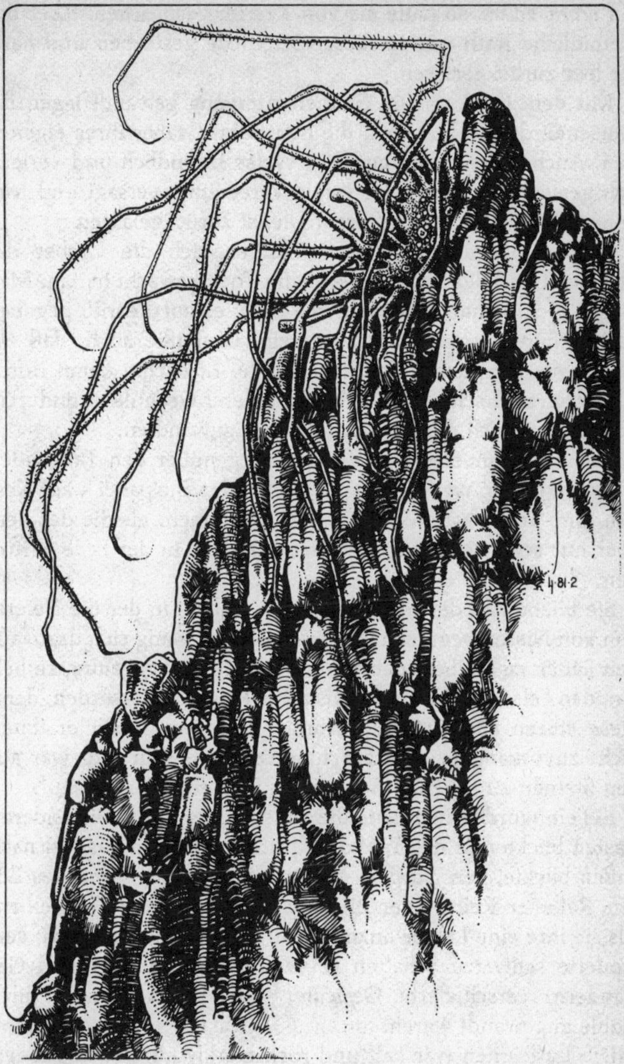
4·81·2

nes neuen Volkes, so hatte sie von Kesrith gesprochen. Aber das freundliche Kath war in dieser Schmiede gestorben und hatte sie leer zurückgelassen.

Mit dem Gesicht zum Sonnenuntergang gewandt lagen die Tausende des Sen, ebenso die neunzehn Gräber ihres eigenen Sen. Auch diese waren auf ihre Weise freundlich und verletzlich gewesen, hatten unter Intels Veredelung versagt und Melein und Sathell allein in ihrem Dienst zurückgelassen.

In den höchsten Klippen befanden sich die Gräber der She'panai und der Kel'ein, die sie im Tode bewacht hatten. Man wußte nicht genau, wie viele She'panei es auf Kesrith gegeben hatte. Niun kannte neunundfünfzig. Er wußte auch, daß ein Kel'en nie die ganze Wahrheit kannte. Er dachte daran durch den roten und schwarzen Schleier anderer Gedanken hindurch, während sie sich den Gräbern des Kel zuwandten.

Es waren nur ein paar Hundert, gegenüber den Tausenden anderen, fast so wenige wie die Gräber der She'panei – auf Kesrith. Ihre Toten waren um ein Vielfaches mehr als die des Sen, aber nur sehr, sehr wenige hatten ihr Grab in der Erde gefunden.

Sie blieben an der neuesten Höhle stehen, in der die Veteranen von Nisren begraben lagen; und Niun zwang sich dazu, auf den Füßen zu bleiben, den anderen bei der Entsiegelung zu helfen, den Felsen zu bewegen, bis seine Finger taub wurden, denn diese sturen alten Männer würden alles tun, wenn er ihnen nicht zuvorkam. Er spürte Schmerzen, und sein Blut war auf den Steinen zu sehen, mit denen er Platz für Medai schuf.

Kel'ein wurden nicht wie die anderen begraben. Die anderen Kasten blickten in das Tal von Sil'athen, während das Kel nach außen blickte, gen Norden, der überlieferten Richtung des Bösen. Reihe an Reihe lagen die anderen Toten in der Dunkelheit. Als sie ihre eine Lampe anzündeten, konnten sie sie sehen, vermoderte schwarze Schatten in verfallenen Schleiern und Gewändern, verschleierte Gesichter, die der Nordwand ihrer Höhle zugewandt waren.

Die Luft innen war kalt und roch merkwürdig nach Moder. Die Dunkelheit bedrückte. Niun stand da, einen Moment lang zufrieden damit, nur dazustehen, und ließ die alten Männer

Medai an seinen Platz unter den anderen legen. Dann hielten sie inne, blickten nach Norden und sprachen über ihm das *Shon'jir,* das Ritual des Vergehens. Niun wiederholte die Worte, die anläßlich von Geburten und Begräbnissen gesprochen wurden, die ein Leben des Volkes innerhalb der Welt und außerhalb von ihr verkündeten.

Zwischen der Dunkelheit am Anfang
Zur Dunkelheit am Ende,
Dazwischen eine Sonne,
Aber nach ihr Dunkelheit,
Und in dieser Dunkelheit
Ein Ende.

Die Worte hallten in der Höhle wider, in der sie einhüllenden Dunkelheit; und Niun blickte den Toten an, dann seine Gefährten, dachte über die Zerbrechlichkeit derjenigen nach, die von der Dunkelheit sangen, und über den dünnen Unterschied des Atems zwischen sich bewegenden Lippen und solchen, die es nicht mehr taten. Schrecken ergriff ihn, Auflehnung, der Wunsch, hinauszurennen, aber er gab dem nicht nach. Seine Lippen formten weiterhin die Worte.

Von Dunkelheit zu Dunkelheit
Geht eine Reise.
Von Dunkelheit zu Dunkelheit
Geht unsere Reise.
Und nach der Dunkelheit,
O Brüder, o Schwestern,
Kehren wir heim.

Er hatte die Worte niemals bedacht. Er hatte sie mit dem Mund geformt, aber niemals gefühlt. Jetzt fühlte er sie, als er sich umsah.

Heim.

Dies hier.

Er blieb reglos stehen, während die anderen hinausgingen, zwang sich dazu, der letzte zu sein, seine Furcht zu meistern.

Aber selbst als das Licht der Sterne und von Kesriths erstem Mond wieder über ihm schien, spürte er im Innern diese Kälte, die sich selbst unter vielen Sonnen nicht erwärmen würde.

»Verschließe sie«, sagte Eddan.

Er sammelte die Steine ein, einen nach dem anderen, und setzte sie wieder an Ort und Stelle, fügte sie fest zusammen, versiegelte sie zwischen sich selbst und Medai. Sein Atem ging schwer. Er spürte, daß Tränen über seine Wangen strömten, denn er schämte sich vor Medai.

Nicht wie du, Vetter, nicht wie du, dachte er fortwährend, während er jeden Stein an seinen Platz setzte, eine Bestimmung, eine Wand, die er baute, ein Schutz für die verehrten Toten, ein Schutz gegen den Wind und den Sand und die neugierigen Finger der Suruin, die durch die hohen Berge streiften – einen Schutz für sich selbst gegen die Wahrheit da drin.

Und es war getan, alle Schuld bezahlt. Die Brüder bliesen Staub in den Wind; auch er hob eine Handvoll hoch und tat dasselbe, sagte Lebewohl. Dann ruhten sie sich eine Weile aus, bevor sie den langen, harten Weg zurück ins Edun antraten.

Über ihnen gesellte sich Soah zum ersten Mond und machte ihren Weg sicherer, und sie brachen auf. Eddan ging an der Spitze, benutzte seinen Stab, um in der Dunkelheit Anemonen aufzuspüren, so wachsam, wie es die sein mußten, die ohne Dusei die Wildnis von Kesrith durchquerten; aber Niun begleitete Sirain, der halb blind und sehr gebrechlich war und zu stolz, um Hilfe zu akzeptieren. Oft gab er der Erschöpfung nach und verlangsamte ihr Vorankommen, als hätten die Wunden an seinen Händen und der lange Marsch und die Schlaflosigkeit ihn völlig zugrunde gerichtet. Plötzlich war Stolz für ihn nicht mehr wichtig; das einzig Wichtige war, daß Sirains Stolz gewahrt wurde, daß er nicht starb. Er prahlte nicht mehr vor den anderen mit seiner Jugend. Er entdeckte Kameradschaft mit ihnen, als ob sie und er schließlich etwas begriffen hätten, das er schon vor langer Zeit hätte begreifen sollen.

Sie teilten Wasser und Speisen miteinander – saßen alle sechs nach dem Untergang der Monde in der Dunkelheit und frühstückten. Und die Brüder sorgten sich um seine Hände und boten ihm aus ihrer eigenen Erfahrung vielfachen Rat an, wie sie zu heilen seien. Aber Eddan schnitt den Stengel eines jungen Luin und rieb seinen Saft auf die Wunden – was man als geeignetes Heilmittel für alle Wunden erachtete; es milderte den Schmerz.

Danach wurde die Marschgeschwindigkeit noch geringer, und vielleicht hatte Sirain Niuns sorgfältige Verstellung von Anfang an durchschaut, denn schließlich umklammerte er seinen Arm mit schwachem Griff und gab zu, daß diesmal er selbst eine Weile Ruhe benötigte.

Auf diese Weise kehrten sie heim.

Und es war wiederum Abend, als sie zurückkamen, und der Eingang des Edun wurde ihretwegen erleuchtet, und sie konnten die große Masse des kränkelnden Dus am Tor erblicken.

Am Schluß gab es keinerlei Eile. Niun hatte befürchtet, daß er Sirain würde hochheben und tragen müssen, was für den alten Krieger eine niederschmetternde Schande gewesen wäre. Und wegen Sirain und Eddan, der nun auch litt, gingen sie langsam, obwohl sie es eilig hatten, das Edun zu erreichen, aus Angst vor den Dingen, die in ihrer Abwesenheit passiert sein mochten.

Aber dort am Eingang wartete Melein und hieß sie freundlich willkommen, legte den Schleier ab, als die sich entschleierten, die heimgekehrt waren.

»Ist alles in Ordnung?« wollte Eddan von ihr wissen.

»Es ist alles in Ordnung«, sagte sie. »Kommt herein! Ruht euch aus!«

Mit wunden Füßen und durchfroren traten sie ein, durchquerten die lange Halle zum Schrein, dies zu allererst, um einzeln ihre Gebete zu sprechen und sich die Hände und das Gesicht zu waschen. Und als das getan war, wandten sie sich zu den Stufen des Kel-Turmes, denn sie waren erschöpft.

Aber außerhalb des Schreins wartete Melein.

»Niun«, sagte sie. »Die Mutter will dich immer noch sehen.«

Er war müde. Er fürchtete diese Begegnung. Er wandte ihr grob seine Schultern zu, verließ die Halle und ging zur Tür, um zu sehen, wie es dem Dus ging. Er gab ihm einen Brocken Fleisch, den er aus seinem Reiseproviant aufgespart hatte; aber das Kännchen hatte bereits jemand anders mit Wasser gefüllt.

Das Dus wandte sich von seiner Gabe ab, wollte nichts von

ihm. Er hatte das erwartet, trotzdem hatte er es versucht. Erschöpft sank er auf der Schwelle nieder und starrte das Dus hilflos an.

Niemals würden ihn die Tiere tolerieren, und diesem einen hinterbliebenen und leidenden Tier konnte er nicht helfen.

Er gab einen schweren Seufzer von sich, fast ein Schluchzen, und betrachtete im Licht seine blutigen Hände, so empfindlich, so geschickt im Führen der Yin'ein, und zu so etwas geworden. Hier gab es keinen Krieger, keinen, den das Dus erkennen konnte. Es hatte beschlossen zu sterben, wie Medai. Es entdeckte an Niun nichts, was es zum Weiterleben bewegen konnte.

Niun trug die *Seta'al* und die Waffen und die schwarzen Gewänder; er besaß die Fähigkeiten, aber sein Herz war von Schrecken und Zorn erfüllt, und das Dus, das solche Dinge spürte, wollte ihn nicht.

Er nahm *Mez* und *Zaidhe* ab, bündelte sie in der Armbeuge, hob mit der rechten Hand eine Handvoll Staub von der Schwelle und verwischte sie auf der Stirn als Buße für seine Eifersucht.

Dann ging er hinein und die Stufen des innersten Turmes hinauf, des Turms der She'pan. Vorsichtig öffnete er die Tür zur Halle der She'pan und sah, daß Melein zur Linken der She'pan kniete und die Polster zurechtrückte.

»Still«, sagte Melein und klagte ihn mit ihren Augen an. »Sie ist gerade eingeschlafen. Heute hast du dich verspätet. Sei still!«

Aber die She'pan regte sich, als er sich ihr näherte, ihre goldenen Augen öffneten sich, und die Membrane glitt zurück.

»Niun«, sagte sie sehr sanft.

»Kleine Mutter.« Er sank zu ihrer Rechten nieder und bot seinen gesenkten Kopf ihrer freundlichen Berührung an, eine Intimität, die das Kel keinem anderen anbot als nur der She'pan oder einem Gefährten. Ihre Hände ruhten warm auf seiner kalten Haut.

»Du bist in Sicherheit«, sagte sie. »Du bist sicher zurück.« Und als sei das die ganze Last dessen, was sie sich wünschte, sank sie wie ein Kind, das mit seinem Lieblingsspielzeug in der Hand schläft, in ihre Träume zurück.

Niun rührte sich nicht, lehnte den Kopf gegen eine Armstütze ihres Sessels und schlief selbst langsam ein, mit ihrer Hand immer noch auf seiner Schulter. Seine Träume waren unruhig. Manchmal wachte er auf und erblickte die Höhle und die Dunkelheit; und dann sah er das goldene Licht, das sie umgab, spürte die Hand der She'pan auf sich ruhen und wußte, wo er sich befand.

Die Mutter träumte und forderte ihn zurück; möglicherweise verwechselte sie ihn mit jemand anderem. Er wußte es nicht. Er war Kel'en, wie der andere. Er saß an ihrer Seite und schlief gelegentlich, und wußte, daß die Summe all seiner Pflicht ihr gegenüber war, zu leben, bei ihr zu bleiben. Sie hatte Medai abgewiesen, und niemals hatte sie ein Wort des Bedauerns oder des Kummers um ihn geäußert.

Du bist in Sicherheit, hatte sie gesagt.

Die Bande, denen er erst kürzlich entkommen war, umschnürten ihn wieder. Und schließlich gab er seinen Kampf auf und wußte, daß er sich dem Dienst unterwerfen mußte, der von ihm gefordert worden war.

Der *Su-she'pani kel'en a'anu.*

Der Kel'en der She'pan, wie die in den Klippen.

In den geflüsterten, lange zurückliegenden Tagen vor dem Krieg hatte es solche gegeben, als Mri gegen Mri kämpften und Haus gegen Haus, als She'pan mit She'pan rang.

Ihr letzter Kel'en, der eine – er sah es voraus mit etwas, das er für eine wahre Vision hielt –, der tatsächlich niemals die Dunkelheit der Höhlen des Sil'athen kennenlernen würde; er würde die Barriere für die anderen schließen und als Wächter draußen bleiben.

Er warf Melein einen Blick zu, sah, daß auch sie wach war und in die Schatten starrte; er erkannte, was es sicherlich für sie bedeutet hatte, hier allein zu sein mit Intel.

Auch für sie, befürchtete er.

9

Es war der zwanzigste Tag im Nom.

Den menschlichen Nerven war es letztlich möglich gewesen, sich an Kesriths längeren Tag anzupassen. Duncan stand auf und ging in das private Badezimmer – diesen Luxus, den ihnen schließlich ihre planetare Unterkunft bescherte, obwohl er sich mit einer Ration des im Nom erhältlichen Recycling-Wassers zufriedengeben mußte.

Das Nom hing vollständig von Lebenserhaltungssystemen wie die auf einem Schiff ab. Regul fanden das Leben auf der Oberfläche nicht bequem, aber sie ertrugen es.

Auch für Menschen war es, wie Duncan vermutete, nicht bequem.

Gefilterte Luft, Recycling-Wasser, das ursprünglich aus einem Meer gewonnen wurde, dessen Alkaligehalt kein Leben ermöglichte. Das wenige tierische Leben dieser Welt war auf die Hochländer begrenzt, und wie Duncan in dieser Beziehung aus den übersetzten Regul-Ratgebern erfuhr, war auf Kesrith nur wenig entstanden, das harmlos war.

Das Innere des Nom enthielt Gärten, die die Luft befeuchteten und Vergnügen spendeten, aber die fremdartige Rauheit der Blätter und der begleitende Duft von Regul machten die Gärten weniger vergnüglich, als sie hätten sein können.

Duncan hatte sich, wie er vermutete, an die Regul gewöhnt. Er lernte es, eine Reihe von Dingen zu ertragen, die zu akzeptieren er früher für unmöglich gehalten hatte – und das in zwanzig Tagen engen Kontaktes.

Es war ein enger Kontakt. Es gab keine Stunden der Beschränkung, keine Einschließung im Quartier, aber die Reguln verboten es ihnen, das Nom zu irgendeiner Zeit zu verlassen. Stavros würde das natürlich auch nicht tun, solange es noch Regul auf Kesrith gab – eine angemessene kurze Wartezeit: zehn Tage noch, bis die ersten menschlichen Schiffe ankommen und die Regul ersetzen sollten.

Duncan rechnete zumindest damit, daß ihre Zurechnungsfähigkeit so lange halten würde. Er hatte eine geistige Vorstellung davon, wie ihr erstes Zusammentreffen mit diesen ankommenden Menschen aussehen würde: die Landegruppe würde sie beide verändert vorfinden, durch ihren Aufenthalt auf Kesrith bizarr umgeformt. Er war nicht mehr der Mann, der die Reise angetreten hatte; der ObTak Sten Duncan auf Haven war zu einem viel impulsiveren Verhalten fähig gewesen als Sten Duncan, Assistent des neuen Gouverneurs von Kesrith. Er hatte Geduld entwickelt und die Fähigkeit, langsam zu denken; und er hatte etwas von den Verhaltensweisen der Regul übernommen, grüblerisch und unbeholfen, wie ihre Gewohnheiten eben waren. Sie fingen an, ihm so gewohnt vorzukommen, wie das *Ja, Sir* und *Nein, Sir*: *Gnade, Mylord,* und *Sei gnädig, Ältester.*

Man hatte ihm die Pensionierung nach fünf Jahren versprochen; aber fünf Jahre in dieser freudlosen Umgebung würden ihn der menschlichen Gesellschaft entfremden; in fünf Jahren mochte saubere Luft für ihn etwas Neues und das Tageslicht von Haven fremd für die Augen geworden sein – vielleicht würde er menschliche Verhaltensweisen als banal und obskur empfinden, nach der öden, überlebensorientierten Niederlassung, die die Menschen auf Kesrith zu begründen haben würden. Duncan befand sich im Prozeß der Anpassung: jede Welt, jedes Klima, jede Operation in feindlichem Gebiet, bei der die unmittelbare Arbeit menschlicher Hände erforderlich war, war der natürliche Job eines ObTak, und er war dabei, ein Gespür für Kesrith zu entwickeln.

Stavros tat auf seine intellektuelle Weise dasselbe, nahm jede Obskurität in seiner Reichweite auf – wie die Regul schien er niemals Notizen zu brauchen, sondern beobachtete einfach und hörte zu, wenn er einen seiner gelegentlichen Ausflüge von seinem Zimmer in die Gärten unternahm.

An diesem Morgen hatte er eine Verabredung in Hulaghs Büro. Es handelte sich um eine wichtige Angelegenheit.

Draußen rumpelte etwas, anders als der gewohnte Donner der abfliegenden Schiffe. Duncan schaltete die schwarzen Nom-Fenster auf Lichtdurchlässigkeit. Sein Blickfeld umfaßte den gesamten Horizont vom Meer zur Rechten bis zu den Bergen zur Linken, abgesehen davon, daß das Mri-Edun und der Hafen nicht sichtbar waren, die zwei Dinge, an denen Stavros und er am meisten interessiert waren. Das war natürlich nicht zufällig so eingerichtet worden. Im Verlaufe von zwanzig Tagen hatte sich in dieser Öde nichts verändert; aber jetzt gab es über den Hügeln etwas Neues. Ein Sturm kam heran, mit grauen, rotschimmernden Wolken, deren Schatten ein Viertel des Meeres bedeckte. Blitze zuckten mit unmöglicher Geschwindigkeit herab.

Das Wetter, hieß es in der vorbereiteten Stellungnahme aus dem Stab des Bai, *ist aufgrund der Jahreszeit nicht vorhersagbar und erzeugt gelegentlich ein Unwetter. Der Regen ist leicht ätzend, besonders dann, wenn im Gefolge von Staubstürmen Schauer auftreten. Es ist angebracht, zu baden, wenn man dem Regen ausgesetzt war. Vor allem ist es nötig, beim ersten Anzeichen eines Sturmes einen passenden Unterstand aufzusuchen. Die Winde können beträchtliche Heftigkeit erreichen. Wenn sich Richtung Meer und Gebirge Fronten überlappen, kommt es häufig zu Wirbelstürmen.*

Das rote Deckenlicht flatterte. Stavros war wach und rief Duncan. Dieser zog rasch eine Tasse Soi aus dem Wandspender. Soi war das flüssige Stimulanz der Regul und besaß anders als die meisten Regul-Speisen nur ein mildes Aroma. Es war eine der wenigen großzügigen Gesten der Regul, derer sie sich erfreuten. Etwas Süßstoff machte den Soi vollkommen schmackhaft. Duncan fügte zwei Tropfen davon hinzu, setzte die Tasse auf ein kleines Tablett, zog die Morgendepeschen aus dem Schlitz und brachte alles zusammen in Stavros' Quartier, das auch hier wiederum nur von seinem Appartment aus betreten werden konnte.

»Guten Morgen, Sir«, murmelte er, eine Höflichkeit, die regelmäßig nur mit einem bescheidenen Nicken beantwortet wurde, und selbst das manchmal verspätet. An diesem Morgen hatte Stavros eine ausgezeichnete Laune. Er lächelte sogar, eine Geste, die seinen dünnen Mund noch dünner erscheinen ließ.

»Das Fenster, bitte«, sagte Stavros. Es donnerte wieder.

Duncan schaltete und ließ das düstere Tageslicht herein.

Die ersten Tropfen prasselten gegen die staubigen Fensterscheiben. Ein Donnerschlag ließ das Glas dröhnen und klirren, und Stavros trat ans Fenster, um die Aussicht zu genießen. Duncan spürte, wie sich seine Sinne belebten, eine in dieser sorgsam kontrollierten Umwelt ungewohnte Stimulierung. Das war etwas, das die Regul weder planen noch zensieren konnten, die Gewalt der Natur. Er konnte den Regen auf das Wasser herabrauschen sehen, das Meer mit den weißen, leicht rosa gefärbten Schaumkronen. Der Tag war in rötliche Dunkelheit gehüllt und von Blitzen durchzuckt.

»Dies«, sagte Stavro, »wird eines der Haupthindernisse für eine Besiedlung hier sein.«

Duncan spürte, daß er dazu aufgerufen war, die Sache zu diskutieren. Er wußte nicht genau, wie; seine Ausbildung bezog sich nicht auf die Zivilisierung von Welten, sondern auf ihre Eroberung. »Die Regul haben uns einen Vorteil eingeräumt«, sagte er, »mit dieser Stadt hier als Basis.«

»Wie man mir berichtet hat, unterliegen Maschinen auf Kesrith einer beträchtlichen Abnutzung; und aus irgendeinem idiotischen Grund sind die Regul dem Beispiel der Mri gefolgt und haben eine Reihe von Außenposten aus Erde und Bindemittel errichtet, billig zwar, aber für das Klima bemerkenswert ungeeignet.«

»Wenn man genug Arbeitskräfte hatte, kann man sie fortlaufend wieder aufbauen, nehme ich an.«

»Menschen können nicht auf diese Weise eine Kolonie unterhalten.« Stavros wechselte auf eine andere Gedankenlinie und nippte an dem warmen Getränk. Wieder rüttelte der Donner an den Fenstern. Der Wind schlug mit einer Kraft zu, die eine alles verbergende Sturzflut von Wasser zwischen ihnen und der Welt herabsandte. Duncan fluchte vor Überraschung und Furcht. »Die Sturmschilde«, riet ihm Stavros. Es hagelte jetzt, ein schnelles Prasseln, das die Fenster bedrohte. Es kam aus ihrer Richtung.

Duncan aktivierte rasch die Fensterläden, die über die Scheibe huschten und das Tageslicht ausschlossen. Die Innenbeleuchtung glich aus. Dann ging er zurück, um sich um die Fenster in seinem eigenen Quartier zu kümmern. Er war erschrocken und hatte sogar Angst, sich der Scheibe zu nähern wegen der Gewalt, die sie erschütterte.

Es donnerte über ihm, als er nach dem Schalter griff, und sein Herz hämmerte, während sich der Sturmschild vor das Fenster schob. In der Ferne hörte er den Alarm im Gebäude, und einen

Moment lang hörte man kein Zischen von Luft mehr in den Röhren, und er verspürte in seinen Ohren einen Druck wie beim Aufsteigen eines Flugzeuges.

Er ging zur Tür und öffnete sie. Regul huschten in völliger Verwirrung mit ihren Schlitten durch die Korridore. Dann ließ der Druck wieder nach. Duncan hörte einen Ton, der zu tief war für einen Ton und der durch das Gebäude dröhnte.

Nai chiug-ar?« – Was ist los? – fragte er den ersten Regul, den er auf seinen Füßen erblickte. *»Nai chiug-ar?«*

»Sak noi kanuchdi hoc-nar«, gab der Regul zurück, und die Wörter hatten etwas mit dem Hafen zu tun, aber Näheres konnte Duncan nicht verstehen. *»Sa-ak toc dac«*, zischte ihm der Regul dann zu. Im Quartier bleiben, Gnade.

Er zog sich wieder zurück, schloß die Tür und forderte über das Hauptpult Informationen an. Niemand wollte ihm jedoch antworten. Schließlich schien draußen alles ruhig zu werden, nur das Rauschen des Regens gegen die Sturmschilde war noch zu hören. Er traute sich schließlich die Schilde wieder zu öffnen, sah aber nicht mehr als einen Wasserfall, der alles draußen verzerrt wirken ließ. Er schloß die Schilde wieder.

Und aus Stavros' Zimmer kam nur ein andauerndes Schweigen.

Er riß sich zusammen, schalt sich für seine Panik, und ging, um nach dem alten Mann zu sehen, erwartete zynische Belustigung über einen ObTak, der Angst vor Stürmen hatte.

Eine Tasse lag in einem braunen Flecken auf dem Teppich. Duncan sah den alten Mann halb über seinem Bett liegen, immer noch im Schlafanzug.

»Sir?« rief er aus, ging hin und berührte ängstlich Stavros' Schulter, drehte ihn dann um und beobachtete eine schwache Bewegung, ein Schnappen nach Luft, ein Flattern des rechten Auges. Das linke blieb zugekrampft und diese Seite des Mundes seltsam verzerrt. Stavros versuchte, ihm etwas zu sagen, aber er blieb unverständlich.

Im nächsten Moment rannte Duncan aus dem Zimmer, aus seinem eigenen Quartier in die Halle hinaus zum Dienstpult, versuchte mit jedem Wort, das ihm in den Sinn kam, seine Not auszudrücken.

»Stavros«, sagte er schließlich, »Stavros!« Und dies schien das Jungling letztlich zu beeindrucken. Es stand auf und folgte Duncan in seiner schwerfälligen Art.

Es stand eine geraume Weile am Fußende des Bettes. »Ältester«, sagte es schließlich mit dem Regul-Äquivalent eines Achselzuckens. Hier war ein Ältester, der anscheinend nicht fähig war, aufzustehen, was für einen Ältesten natürlich war. Duncan ergriff den mächtigen Arm des Junglings und hob seine Stimme.

»Krank«, beharrte er.

Langsam, mit großtuerischer Langsamkeit drehte sich das Jungling um und trat an die Konsole, gab einen Anruf ein und sprach mit einer übergeordneten Autorität.

Die Autorität antwortete in einem verwirrenden Muster von Wörtern. Duncan sank nieder und stützte den Kopf in die Hände, während die Verzweiflung seinen Magen verknotete.

Und als ein Aufgebot wichtiger Regul eintraf und anfing, Stavros in einen Transportschlitten zu laden, blieb Duncan dabei stehen und beharrte mit eindringlichen Gesten darauf, daß er die Absicht hegte, Stavros zu begleiten.

Ein Regul ergriff ihn, fest, aber ohne Gewalt, und hielt ihn fest, während der Schlitten sich in Bewegung setzte und wegfuhr. Dann ließ der Regul Duncan wieder los. Das war schon der ganze Aufwand, der erforderlich war, denn es war Duncan nicht möglich, diesem Schienennetz zu folgen.

Er sank in einen Sessel seines Quartiers, zitterte vor Wut und Angst und war vollkommen unfähig dazu, irgend etwas für Stavros zu tun.

Draußen trommelte der Sturm gegen die Schilde, tat dies noch eine Stunde oder länger. Während dieser Zeit verließ Duncan viermal das Zimmer, um am Dienstpult Auskunft über Stavros' Befinden zu verlangen, rüstete sich jedesmal dazu mit nützlichen Sätzen aus dem Wörterbuch und seinen Unterrichtsbögen aus. Der diensthabende Regul hatte rasch herausgefunden, daß Schweigen nicht ausreichte, um Ablehnung auszudrücken; er mußte Duncan nur mit Wörtern überschütten, so rasch er nur sprechen konnte, um ihm so seine Begriffsunfähigkeit vor Augen zu führen.

»*Dak*«, sagte er schließlich, »*seo gin.*«

Geh weg! Das wurde mehrere Male wiederholt.

Duncan wandte sich ab, aber nicht zu seinem Quartier, sondern zur Rampe der ersten Ebene, vo Bai Hulagh sein Büro hatte. Worte schallten hinter ihm. Drei Regul traten zu ihm und drängten ihn mit Bestimmtheit zu seiner Tür, schubsten ihn, um ihn zum Eintreten zu bewegen.

»Stavros krank«, sagte schließlich einer.

Das war alle bis zum folgenden Morgen erhältliche Information, für eine ganze Nacht in schlafloser Furcht.

Aber mit der Dämmerung kamen sie zu mehreren, trugen ein braun eingewickeltes Bündel vom Schlitten zum Bett; und Duncan, der sich grob zwischen sie stürzte, sah, daß Stavros zwar bei Bewußtsein, seine linke Seite aber immer noch wie tot war.

Und dann legten die Junglinge reichlich Ehrerbietung an den Tag, denn ein Summen ertönte an der Tür, ein Schlitten kam durch den breiten Eingang und blieb in ihrer Mitte stehen.

Bai Hulagh.

Stavros brachte einige Worte hervor, verzerrt, in keiner der beiden Sprachen erkennbar.

»Ehrenwerter Stavros. Ruhen Sie jetzt.« Der Bai erhob sich mit großer Anstrengung in seinem Schlitten und blickte Duncan direkt an. »Jungling, das Unglück betrifft das Nervensystem.«

»Bai«, sagte Duncan, »helfen Sie ihm!«

Der Regul zuckte die Achseln. »Der menschliche Körperbau ist uns fremd. Wir bedauern es. Wir befinden uns mitten in einer außerordentlichen Katastrophe. Das Unwetter hat im Hafen einen Turm umgestürzt. Es gab viele Tote. Unsere Möglichkeiten sind durch diese Notlage in Anspruch genommen. Unser Wissen über das menschliche System ist sehr gering.«

»Ich kann es ihnen liefern – ich kann mich selbst Ihnen zur Verfügung stellen, Bai, falls Ihre Ärzte . . .«

»Jungling«, sagte der Regul in einem tiefen Baß, der vor Geringschätzung vibrierte, »wir haben das Wissen nicht. Wir experimentieren nicht mit Lebewesen. Wir konnten diese bescheidene Wiederherstellung von Funktionen bewirken, mehr nicht. Dies ist ein Ältester deines Volkes. Wir werden ihm Bequem-

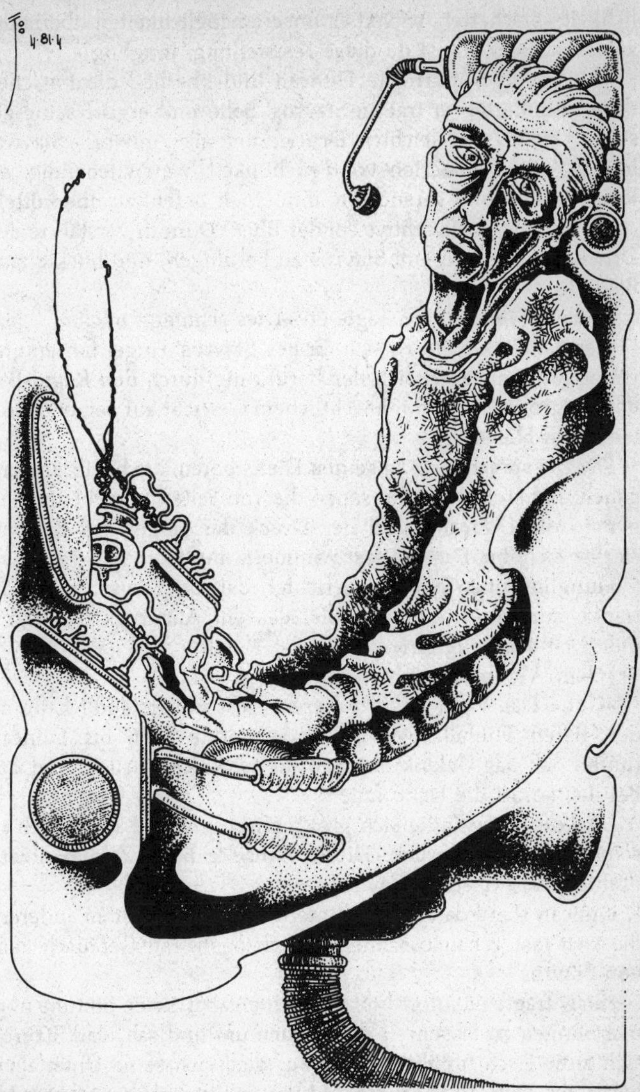

lichkeit verschaffen, soweit es unsere Möglichkeiten überhaupt zulassen. Bezweifelst du diese Feststellung, Jungling?«

»Sei gnädig«, murmelte Duncan und überließ die Entscheidungen anderen; er trat an Stavros' Seite und ergriff seine gesunde Hand. Ein leichter Druck kam als Antwort. Stavros' blasse Augen glitzerten vor Feuchtigkeit, waren lebendig, erkannten alles und versuchten, ihm einen Befehl zu übermitteln – ein fester und zurechtweisender Blick. Duncan verstärkte den Druck seiner Hand, um Stavros zu beruhigen, und blickte zum Bai auf.

»Gnade, Verehrung«, sagte er. »Dies schmerzt mich.«

Der Bai winkte ihn zu sich. Er ließ Stavros' Finger fahren und gehorchte, unterwarf sich der Berührung durch den Regul-Bai, dessen grobe Finger mit beachtlichem Gewicht auf seiner Schulter ruhen blieben.

Der Bai sprach kurz zu seinen Dienstboten, die bei ihren Aufgaben umhereilten. Dann sahen die von Falten umgebenen Augen in die Duncans, und der Druck der Finger des Bai verstärkte sich, bis Duncan fast wimmern mußte.

»Jungling, man hat mir berichtet, daß du Speisen und Getränke zurückgewiesen hast. Ist das ein Ausdruck des Kummers? Ist das Religion?«

»Nein, Verehrung, ich werde essen.«

»Gut.« Das Wort polterte hervor, fast unverständlich durch den tiefen Tonfall. Der Druck verstärkte sich, bis Duncan fühlte, daß das Gelenk nachgab. Er schreckte zurück, und der Bai ließ sofort die Hand fallen.

Und der Bai wandte sich großtuerisch um und setzte sich in seinen Schlitten zurück. Dieser winselte beim Zurücksetzen, drehte sich und schoß davon.

Duncan stand da und sah hinterher, auch hinter den anderen, die sich fast genauso schnell zurückzogen. Ein Geräusch kam von Stavros.

»Sir?« fragte er sofort und versuchte dabei, seine Stimme normal klingen zu lassen. Er drehte sich um und sah, daß Stavros sich zum Tisch hinüberbeugte, auf dem sich seine Unterlagen befanden. Duncan nahm sie und bot sie ihm an, aber Stavros tastete nur mit seiner rechten Hand nach dem Tablett. Duncan begriff und reichte ihm den Stift. Er kniete nieder und hielt das Tablett fest, während Stavros schrieb, mühsam und mit kindlicher Unbeholfenheit.

Regul nicht aus der Fassung, las er. *Vorgang bei ihnen in dem Alter normal. Vielleicht kehrt die Beweglichkeit zurück. Kein Grund zur Panik.* Die unbeholfene, schräge Schrift kam an die erreichbare Grenze der Seite. Duncan drehte das um, hielt es höher.

Menschen sind bald fällig, fuhr Stavros fort. Katastrophe am Hafen wahr. Regul-Evakuierungsprogramm behindert; HAZAN beschädigt. Regul sehr betroffen. Mri – müssen herausfinden, was die Mri tun. Äußerst wichtig. Regul-Gesprächen zuhören, von Mri lernen, nicht provozieren.

»Selbst das Nom verlassen, falls es nötig ist?«

ObTak – werden Sie jetzt Diplomat. Vorsichtig. Beachten Sie meine Anweisungen. Regul töten hier Junglinge – reichlich. Immer erst konsultieren. Bewegen Sie mich. Jetzt, an die Konsole.

Er wollte ihn nicht bewegen; aber Stavros fluchte schwer und befahl es ihm laut, war offensichtlich entschlossen. Duncan hob den alten Mann sorgfältig und sanft auf und setzte ihn in den Konsolenschlitten in der Ecke, half ihm, paßte die körpergeformten Polster an, so daß Stavros sicher saß. Stavros' rechte Hand griff zur Konsole und vollführte weitere Einstellungen. Die Schlittenkonsole drehte sich. Der Schirm drehte sich unabhängig davon, und eine handverschlüsselte Botschaft erschien auf ihm.

Kann sogar das lernen.

»Ja, Sir«, sagte Duncan mit einem Kloß im Hals. Er war plötzlich dieses Mannes wegen betroffen, wegen Stavros persönlich.

Die Botschaft kroch weiter. *Bestellen Sie sich Mahlzeit. Ausruhen.*

»Und was ist mit Ihnen, Sir?«

Stavros drehte den Schlitten und manövrierte ihn ruckartig neben das Bett. Über die Konsole ließ er das Licht matt werden. *Ich warte,* sagte der Schirm. *Keine Bedürfnisse.*

10

»WAHRBRUDER.«

Auf der Schwelle neben dem Dus blickte Niun über seine Schulter. Es war jetzt selten, daß er seine Schwester zwanglos traf, Bruder und Schwester, *daithen* und *daithe,* wie sie es zuvor gewesen waren. Sie überraschte ihn mit dem Dus. Er war bestürzt, in seinem Mitleid entdeckt zu werden; es hatte eine Entfremdung zwischen ihnen stattgefunden, obwohl sie in der Halle der She'pan viel beisammen gewesen waren. Er mochte es nicht, mit ihr zusammen und nicht länger allein zu sein. Es war schmerzlich, daß ihre Verbundenheit vergangen war.

Einen Moment lang setzte er seine Bemühungen fort, versuchte, das Dus mit einem Brocken Futter zu verlocken, denn bevor Melein gekommen war, hatte er sich vorgemacht, in den dunklen Augen des Dus ein leichtes Aufflackern von Interesse zu entdecken. Es würde jetzt nicht kommen. Aber seit der Ankunft des Dus im Edun hatte sich Niun schon so oft selbst getäuscht. Er zuckte die Achseln und warf dem Dus wie beiläufig das Futter zu, ließ es zwischen den mächtigen klauenbewehrten Vorderpranken landen. Manchmal fraß es schließlich doch. Es nahm gerade genug an, um am Leben zu bleiben, und manchmal konnte Niun den Brocken verschrumpelt und zurückgewiesen sehen, während das Dus sich anderswo herumtrieb, bis das Stück fortgenommen wurde. Denn das Dus war sehr stolz und wollte eigentlich nicht fressen.

Jemand anders kümmerte sich darum, daß der Wassernapf an der Schwelle ständig gefüllt war. Das war auf Kesrith eine große Verschwendung. Normalerweise beschwerte sich ein krankes Dus einfach, wenn es durstig war, und erhielt dann, was es brauchte; und ein gesundes Dus entnahm alle Feuchtigkeit dem Futter, das es fraß. Niun verdächtigte Kel Pasev dieses verschwenderischen Mitgefühls. Sie besaß ihr eigenes Dus, war jedoch zu solchen Gefühlen einem guten Tier gegenüber fähig. Niun selbst war in seinen Angeboten nicht so geschickt wie Pasev. Zweifellos wußte jeder im Edun, wie verzweifelt er sich bemühte, die Kreatur zu füttern und für sich zu beanspruchen, und wie stur sie ihn zurückwies.

Zweifellos würde ein anderer Kel'en das Tier füttern, wenn er es nicht tat. Das Dus beschämte sie alle mit seiner Treue und seinem Kummer. Es fand keinen von ihnen wert, sich ihm anzuschließen – und Dusei übertrugen ihre Zuneigung sowieso nur selten. Aber Niun hoffte immer noch verzweifelt auf das Überleben dieses einen.

»Manchmal«, sagte Melein, »kann man sie einfach nicht retten.«

Sie setzte sich neben ihn auf die staubige Schwelle, ohne dabei auf die Gewänder ihrer Kaste zu achten. Der körnige Sand des Edunbodens haftete jedoch auch nicht so stark wie das weiße Tieflandpuder. Nur draußen trug sie den leichten Schleier über ihrer seidigen Mähne, denn das Sen verachtete die Bedeckung.

Der Körper eines Kel'en ist selbst ein Mysterium des Volkes, besagten die Lehren, *und deshalb verschleiert sich das Kel. Der Körper eines Sen'en ist ein Schleier für sein Inneres, das ein Mysterium des Volkes ist, und deshalb verschleiert sich das Sen nicht.*

Es sei denn vor dem, was nicht akzeptiert werden konnte.

Das Wetter war schön nach dem Sturm der vorangegangenen Tage, der Zerstörung und Katastrophen die Gebirgspässe herabgeblasen und in der Regul-Stadt Verwüstungen angerichtet hatte. Selbst durch den Regen hindurch war der Rauch der Zerstörung im Tiefland sichtbar gewesen, und nachdem der schlimmste Sturm vorüber war, hatten die Kel'en mit neuer und bitterer Befriedigung von der Spitze des Sen-Turmes Ausschau gehalten.

»Ah«, hatte Eddan gesagt, als sie den Rauch und das Feuer bemerkten, »Kesrith hat selbst jetzt noch ihre Umgangsweise mit den Meistern.«

Wahrscheinlich waren zahlreiche Regul in der Feuersbrunst umgekommen. Diese Befriedigung war etwas, das einstmals kein Mri gedacht oder gefühlt hätte. Aber das war vor dem ungeklärten Tod eines Kel'en auf einem Regul-Schiff und bevor bekannt geworden war, daß die Welt den Menschen gehören würde.

Jetzt begannen die Abendsterne am klaren Himmel zu leuchten, und es gab keinen Wind, der den Sand aufrührte und das

Anlegen des *Mez* ratsam erscheinen ließ. Nach den größten Stürmen waren solche kristallenen Abende häufig, als ob die Welt selbst nach dem kürzlichen Unwetter erschöpft daläge.

Niun senkte seinen Schleier und befestigte ihn unter seinem Kinn. Aller Wahrscheinlichkeit nach gab es hier keine Tsi'mri, und so brauchte er ihn nicht.

»Sollen wir einen Gang machen?« schlug Melein vor.

Das hatte er nicht im Sinn gehabt; aber nur selten fragte ihn Melein überhaupt noch nach etwas. Er stand auf und bot ihr seine Hand an, um ihr aufzuhelfen. Danach gingen sie Seite an Seite in die von Melein gewählte Richtung, auf dem schmalen Pfad, der von der Ecke des Edun zu den Felsen am Gipfelpunkt des Straßendammes führte. Niun erinnerte sich an die Zeiten, in denen sie diese Strecke gerannt waren, alle drei, flink wie Eidechsen, Kinder ohne Schleier, kleine schlankgliedrige Jungen und ein kleineres Mädchen, die unerlaubterweise zu dem Aussichtspunkt rannten, von dem aus sie die herabkommenden und abfliegenden Schiffe auf dem Hafen sehen konnten.

Damals waren das Schiffe mit magischen Namen gewesen, Mri-Schiffe, Regul-Schiffe: MLEREINEI, KAMRIVE, HORAGH-NO, die von fernen Sternen und ruhmreichen Schlachten kamen. Als Kinder hatten sie Krieg und Zweikampf gespielt und sich als große Kel'ein vorgestellt, an denen die Ehrenzeichen glitzerten wie an den weitgereisten Kel'ein, die von den Schiffen aus zu Besuch kamen und dann wieder ihrer Wege zogen – wie ihre Wahrmutter und ihr Vater, die mit verschiedenen Schiffen abgeflogen waren und niemals wieder die Heimatwelt besucht hatten.

An diesem Abend gingen sie, er vom Kel und sie vom Sen, unter dem Gewicht der Gewänder ihrer Kasten und der unterschiedlichen Gesetze. Als sie den Felsen erreichten, der das Tal überblickte, sprang Niun als erster hinauf und zog Melein mit einem einzelnen Ruck ebenfalls hoch. In den goldenen Gewändern steckte immer noch das Mädchen Melein, flink und schnell wie eine Kel'e'en, zu der die Ernsthaftigkeit ihrer Kaste nicht paßte.

Sie saßen beisammen, während die rote Sonne versank, und beobachteten das gesamte Tal, den Schein der Lichter am Hafen und die Wunden, die der Sturm dort geschlagen hatte, eine Dunkelheit inmitten der Lichter in der Nähe der HAZAN.

»Warum hast du mich hierhergebeten?« fragte er sie schließlich.

»Um mit dir zu reden.«

Er mochte diese Art bei ihr nicht. Die letzten Sonnenstrahlen beleuchteten ihr Gesicht. Einen Moment lang war es das einer Fremden, an die er sich hätte erinnern sollen, was er aber nicht ganz tat. Es war nicht die Melein, die er kannte, sondern eine Sen'e'en, in der ruhige und geheime Gedanken abliefen. Plötzlich wünschte er sich, sie würde nicht die Eröffnung verfolgen, die er ihr gegenüber geäußert hatte. Er wußte im voraus, daß sie ihm seinen Frieden rauben und daß er sie nicht daran hindern konnte.

»Du lächelst nicht mehr«, sagte sie. »Du blickst nicht einmal mehr auf, wenn man dich beim Namen ruft.«

»Ich bin kein Kind mehr.«

»Du liebst die She'pan nicht.«

»Ich kam, setzte mich hin und wartete. Das scheint alles zu sein, was sie von mir wollte. Das ist ihr recht.«

»Du verläßt das Edun nicht oft.«

»Ich habe aufgegeben, Melein. Das ist alles.«

Sie blickte zu den glitzernden Sternen hinauf. Der Arm, der auf ihrem angezogenen Knie ruhte, deutete auf Elags Stern, der über den Bergen leuchtete und tanzte. »Dort sind jetzt Menschen«, sagte sie. »Aber hier ist es anders, auf Kesrith. Dies ist die Heimatwelt. Das Heiligtum des Volkes. Das Heilige.«

Traurig und erschreckt sah er sie an. »Vergiß nicht, daß ich ein Kel'en bin.«

»Das Kel muß ungebildet bleiben, weil es dorthin geht, wo unsere Feinde sind, und wo kein Wissen erlaubt werden kann, das dem Kel nicht dienlich ist. Für alle Überlieferungen, so klein sie auch sein mögen, gibt es Gründe. Du bist kein Kel'en der Heimatwelt, und du wirst erfahren, was für einen Kel'en anderswo nicht gut wäre zu erfahren.«

Er stand auf und lehnte sich mit gekreuzten Armen gegen den Felsen, und der sich erhebende Wind berührte ihn mit einer Kälte, die nicht mehr angenehm war. Es war jetzt Nacht, die

Sonne war vollständig untergegangen. Niun wußte nicht, warum Melein hatte hierherkommen wollen. Überall in den Bergen war es gefährlich. Man konnte den Ha-Dusei, den wilden Verwandten der gezähmten Gefährten der Kel'ein, nicht trauen. Es gab Anemonen und Gräber, und Schlangen verbargen sich zwischen den Felsen. Er schuldete einer Sen'e'en seinen Schutz; und es war eine ausgesprochene Dummheit, mit Melein unter seinem Schutz in der Dunkelheit hier draußen zu sein. Ihr Wert für das Edun war unkalkulierbar höher als seiner.

»Wir können uns anderswo unterhalten, später«, sagte er. »Ich finde, daß wir zu dieser Tageszeit nicht hätten hierherkommen sollen.«

»Hör mir zu!«

Ihre Stimme war scharf und grausam, wie ein betäubender Schlag. Melein war seine kleine Schwester, und sie hatte diesen Ton ihm gegenüber noch nie angeschlagen.

»Heute«, sagte sie, »hat die She'pan mich privat zu sich gerufen. Heute hat sie mir denselben Rang wie Sathell verliehen. Das verstehst du.«

Die Nachfolgerin der She'pan, ihre Erwählte.

In den tiefsten Schichten seines Geistes hatte er gewußt, daß es dazu kommen würde, da es der einzig vernünftige Grund dafür war, daß Intel Melein dem Kel entrissen und zum Sen befohlen hatte.

Nicht, um Kinder zu tragen, sondern um die Pana zu lernen, die Mysterien; nicht, um das Volk weiterzuführen, sondern es zu beherrschen.

Und Intel hatte auch ihn gewählt, um sie gegen Herausforderungen zu verteidigen, sie zu beschützen – wenn es sein mußte, jeden überängstlichen Nachfolger zu töten, ebenso den Kel'en, der hinter der Sache ihrer Herausforderin stand.

Er begriff und gab einen bitteren Fluch von sich; und er entdeckte einen schmerzlichen Ausdruck in Meleins Augen.

»Es tut mir leid, daß du es so auffaßt«, sagte sie.

»Warum mußte sie mich bei sich behalten und nicht Medai?«

»Sie hat dir vertraut, aber Medai nie.«

Er dachte über das und seine Gründe nach. »Sie hat dir vertraut«, sagte er sanft, »während ich ihren Schlaf bewachte. Während sie mich gegen dich setzen konnte.«

Der Schmerz verwandelte sich in Schrecken. Die Vorstellung schien sie zu überraschen. »Nein«, sagte sie, »Ich bin nicht in der Lage dazu, sie herauszufordern.«

»Nicht, solange du auf mich Rücksicht nimmst«, antwortete er. »Sie spürt ihre eigene Sterblichkeit, oder sie hätte dich jetzt nicht ernannt. Und ein Kel'en wird ihr Grab bewachen.«

»Sie würde dich nicht nehmen. Eddan – Sirain – sie wären auf diese Ehre aus. Aber nicht du.«

»Vielleicht hat diese Frage jetzt keine Bedeutung mehr, jetzt wo die Menschen kommen. Ich denke zeitlich voraus, und das liegt sonst nicht bei meiner Kaste. Du wirst das durchdenken müssen, Wahrschwester. Natürlich kenne ich die Zukunft nicht. Ich kann nur über das sprechen, was jetzt wahr ist.«

»Sie ist nicht dabei, die Heimatwelt im stillen abzutreten. Niun, ich bin jung, meine Erfahrungen sind nicht mit denen Intels zu vergleichen. Andere She'panei würden zögern, sie herauszufordern; denn ihr Wissen ist zu groß. Sie zu töten, würde dem Volk so viel rauben, du weißt gar nicht, wieviel. Es wäre eine Tat von ... ich weiß es nicht, Niun, ich weiß es nicht. Wenn ich ihre Nachfolgerin als She'pan der Heimatwelt werden sollte, hier bin ich – jung und unerfahren. Ich weiß, daß dann eine ältere She'pan kommen und mich herausfordern würde, und daß es dann an mir wäre zu sterben. Ich möchte, daß Intel lebt, ich wünsche mir das verzweifelt – und sie stirbt, Niun.«

Er entdeckte, daß er zitterte, sich gedrängt fühlte, sie zu beruhigen, und es gab keinen Trost. Sie sprach von Dingen, mit denen seine Kaste nichts zu tun hatte, und doch dachte er, daß sie ihm die ganze Wahrheit berichtet und ihm das gestohlen hatte, was von seinem Frieden und seiner Hoffnung verblieben war. Er hatte immer erwartet, daß sie ihn überleben würde.

»Wir haben Pech gehabt«, sagte sie, »daß wir die Letztgeborenen des Volkes sind – nicht nur auf Kesrith, Niun, sondern des Volkes insgesamt. Wir haben keine Wahl, einfach weil wir die letzten sind. Ich wünschte mir, es wäre anders.«

Was sie sagte, zerstörte noch mehr Zuversicht. Er betrachtete sie, während sie der Wind peitschte und seine Kälte ihnen bis auf die Haut drang und selbst das Zittern einfror. »Des Volkes insgesamt?«

»Edunei sind gefallen«, sagte sie, »und Kinder sind gestorben, und Kel'e'ein sind mit dem Krieg beschäftigt und nichts sonst. Ich hätte keine Antwort geben sollen«, fügte sie hinzu, »aber von unserer Generation ist wenig geblieben. Diese älteren – sie werden andere Kinder haben. Es ist noch nicht zu spät.«

Sie versuchte, ihn zu trösten. Er beruhigte sich damit, daß sie an ihre Zukunft glaubte, und das war genug. »Aber dann«, sagte er, indem er einen Gedanken aufgriff, »dann wird Intel nicht vorhaben, dich zu verlieren. Schließlich könntest du nach ihr die Fähigste sein; und wenn sie dir meinen Dienst überträgt – wenn du herausfordern oder eine Herausforderung erwidern solltest, Melein, kann ich dich verteidigen. Ich bin in der Lage dazu, dich zu verteidigen: ich bin in den Yin'ein geübt. Neun Jahre bin ich darin unterwiesen worden. Etwas muß ich ja können.«

Sie schwieg eine geraume Weile lang. Schließlich stand sie auf. »Komm!« sagte sie. »Kehren wir zum Edun zurück. Mir ist kalt.«

Und sie schwieg, während sie den Pfad hinabstiegen und zurückgingen. Sie weinte. Er sah es im Sternenlicht, nahm seinen Schleier ab und bot ihn ihr an, eine Geste tiefempfundener Zärtlichkeit.

»Nein«, sagte sie heftig. Er nickte und schwang den Mez über seine Schulter, während er neben ihr herging. »Du hast recht«, sagte sie endlich. »Ich werde auf keinen Fall verzichten und ohne Herausforderung sterben, wenn es dazu kommen sollte. Ich werde töten, um es zu behalten.«

»Es ist eine große Ehre für dich«, sagte er, denn er dachte, daß er etwas in dieser Art hätte sagen sollen, als sie ihm zuerst davon berichtete.

Sie stieß zischend den Atem heraus. »Welche Ehre – in ein fremdes Edun zu gehen, einen fremden Kel, und eine Frau zu töten, die mir nie etwas getan hat! Ich will diese Ehre nicht.«

»Aber Intel wird dich dazu fähig machen«, meinte er, »sie

wird es dir beibringen. Sicher plant sie es schon seit vielen Jahren.«

Sie sah zu ihm auf, ihr schattiges Gesicht entspannt und ruhig. »Ich glaube, daß du dich nicht sehr irrst, daß sie dich bei sich haben möchte, weil sie weiß, daß ich Unruhe im Haus stiften könnte. Sie vertraut dir. Mir vertraut sie nicht.«

Er zitterte, hörte in ihrer Stimme die Bitterkeit, die er immer in ihr vermutet hatte, und Schatten verzogen sich, die zwischen ihm und dem Sen-Turm und der She'pan gelegen hatten. Er erinnerte sich daran, wie Melein jeden Abend die Tasse vorbereitet hatte, die der She'pan zum Schlaf verhalf, erinnerte sich an die She'pan, wie sie trank, ohne Fragen zu stellen. Er ahnte, welche schlimmen Dinge durch Intels drogenverschleierten Geist gezogen sein mochten – eine She'pan, die ihren Tod voraussah und ihrer Nachfolgerin aus guten Gründen mißtraute.

Intel hatte Melein entwaffnen wollen, hatte Medai zum Dienst weggeschickt, hatte ihren Bruder nahe bei sich gehalten. Irgendein Kel'en würde Intels Grab bewachen, normalerweise einer ihrer Ehemänner, kein Sohn. Aber es mochte eine bestimmte Anweisung dafür geben, wenn sie aus Altersschwäche starb, und eine andere, sollte sie durch Meleins Hand umkommen.

Und Melein würde ihn herausfordern müssen, wenn sie Intel herausforderte – er würde sterben, bevor Intel es tat, aber Melein würde einen Kel'en finden müssen, der für sie kämpfte – und es gab keinen, der das tun würde.

Intel hatte richtig gehandelt, als sie Medai fortschickte.

Aber Melein war nicht fähig zu den Dingen, der Intel sie verdächtigte; Niun beharrte auf dem Glauben, daß es so war. Kaste und Lehre und die Bitterkeit der Gefangenschaft konnten seine Wahrschwester nicht in einem solchen Maß verändert haben. Er wollte nicht glauben, daß Intels Furcht berechtigt war.

Ich möchte, daß sie lebt, ich wünsche mir das verzweifelt, hatte Melein gesagt.

»Wieviel«, fragte er dann, »hast du mir ihrem Wunsch gemäß sagen sollen?«

»Weniger, als ich dir gesagt habe.«

»Ja«, meinte er, »das habe ich mir gedacht.«

Sie kehrten ins Edun zurück, und Melein trat vor ihm ein. Niun warf einen Blick zur Seite, auf das Dus, das seinen Kopf abwandte. Als er wieder aufblickte, war Melein in den Schatten verschwunden, in Richtung der Treppe zu ihrem eigenen Turm.

Sie blickte nicht zurück.

Niun ging zum Turm der She'pan, wo er hingehörte, um seiner Pflicht nachzukommen.

11

Stille lag über Kesrith. Nach so vielen Gefahren, nach zwei Tagen, in denen der Sturm es auf dem Hafen festgehalten hatte, war das letzte Shuttle mit seiner Last Flüchtlingen zu der Station abgeflogen, bei der der Frachter RESTRIVI die letzte reguläre Gruppe von Zivilisten, die den Planeten verließen, aufnahm. Danach blieb noch Zeit, die nötige Zeit, um die letzten Angelegenheiten in Ordnung zu bringen. Nur die HAZAN war im rötlichen Licht der Sonne von Kesrith zurückgeblieben – bewaffnet und, sobald die kleinen Reparaturen abgeschlossen waren, sternflugtauglich; das Schiff wartete mit der ständig kompletten Mannschaft. Es hatte Bänder an Bord, um sie nach Nurag zu bringen, der Heimatwelt der Regul, Sicherheit und Zivilisation für die wenigen hundert, die sich noch auf Kesrith aufhielten.

Zehnmal an jedem Tag blickte Bai Hulagh Alagn-ni, der in seinen beheizten Büros im Nom-Komplex arbeitete, aus den Fenstern und befaßte sich mit dem Zustand der HAZAN. Das Mehrzweckschiff, hinter seinen Schirmen stark genug für den Kampf, war doch nach der Landung eine gefährlich zerbrechliche Konstruktion. Bai Hulagh hatte zuerst gezögert, mit dem Schiff zu landen, hatte in den Stunden, als der Sturm sich näherte, Seelenqualen erlitten, sich schließlich dagegen entschieden, das Schiff in den Orbit aufsteigen zu lassen.

Und dann – dann einen törichten Flugzeugpiloten zu haben, der versuchte, dem Sturm davonzufliegen und die Kreuzwinde zu riskieren, eine bekannte Gefahr über Kesriths Hafen – durch dieses Ereignis wäre fast die ganze Mission verloren gewesen. Hulagh fluchte jedesmal, wenn er daran dachte, während der Jungling-Pilot und die Passagiere natürlich jeder Strafe entzogen waren. Er war erleichtert, daß der Schaden zumindest auf Tower und Verladeeinrichtungen begrenzt und am Rumpf der HAZAN nur geringfügig ausgefallen war. Er hatte Glück gehabt. Er setzte die HAZAN gegen ihm zuwiderlaufende mächtige Einflüsse auf der Heimatwelt. Er hatte alles riskiert, als er diesen Posten hier für sich und seine Interessen gesichert hatte, nach der Ablösung des alten Guran und von Solgah Holn-ni. Es war ein Auftrag, für den ihn sein Alter und seine Gelehrsamkeit qualifizierten, und so hatte er für Doch Alagn den lange fälligen Status gewonnen.

Aber sowohl beim Landen des Schiffes als auch bei anderen Entscheidungen, die er unterwegs getroffen hatte, war es unumgänglich gewesen, zu riskieren, um zu gewinnen. Es war erforderlich, der Heimatwelt seine und die des Doch Alagn behauptete Befähigung zu demonstrieren, um dem erhaltenen Einfluß Dauerhaftigkeit zu verleihen.

Das konnte er erreichen, indem er den größtmöglichen Gewinn von Kesrith rettete, nachdem Guran Holn-ni es verloren und er es gewonnen hatte; und Solgah Holn-ni – er dachte mit Abscheu und Verachtung an die fruchtbare Frau, die Holns Niederlassung auf Kesrith regiert und so sorgsam darüber und über den Krieg, der ihr Werk war, geherrscht hatte – Solgah befand sich in völliger Verwirrung auf dem Weg zurück zur Heimatwelt, ihres Kommandos enthoben, die meisten ihrer Junglinge zurücklassend, deren Reihen durch Hulaghs Befehle dezimiert waren, die Überlebenden über viele verschiedene Kolonien verstreut, das Doch vollständig desorganisiert. Sie würde Glück haben müssen, wenn ihr Einfluß auf der Heimatwelt sie vor dem Durchsieben und der Exekution ihrer Junglinge bewahren sollte. Zumindest war Holn fällig für einige Jahre des Vergessens.

Noch immer gefiel Hulagh die Erinnerung, wie Solgah durch die unplanmäßige und unautorisierte Landung der HAZAN erschreckt worden war, wie aufgeregt sie war und mit Verboten und Beschwerden um sich geworfen hatte, bis er ihr seinen Auftrag der Heimatwelt gezeigt hatte, um die Kontrolle zu erlangen.

Nun war es seine Aufgabe, die Evakuierung, die Solgah begonnen hatte, zu Ende zu bringen, so viel wie möglich aus den Konzessionen zu retten, die ihr schwacher Verwandter Guran Holn-ni in den Verhandlungen bei Elag gemacht hatte, in dem Versuch, die inneren Bereiche des ungeheuren Holn-Imperiums zu retten. Es war seine Aufgabe, Kesrith auf die menschliche Besetzung vorzubereiten und vom Besitztum der Regul soviel wie möglich zu retten sowie sicherzustellen, daß die Menschen nur minimalen Gewinn aus dem ziehen konnten, was sie durch Krieg und Verhandlungen gewonnen hatten.

Hulagh hatte drei Heimatweltjahre lang indirekt mit Menschen Umgang gehabt und nach der Ablösung Gurans einige wenige getroffen, und er dachte an sie – einschließlich der beiden, die mit der HAZAN gekommen waren – mit stillem, aber nur leichtem Widerwillen, tatsächlich mit weniger Widerwillen, als er schon immer für Mri empfunden hatte, die den Regul dienten. Der Menschenkrieg war natürlich ein absoluter Irrtum gewesen, eine Fehlkalkulation, die nicht dem Doch Alagn zugeschrieben werden konnte. Für weisere Regul-Geister war es während des größten Teils der fünf Jahre vollkommen klargewesen, daß sich die Gesellschaften von Holn Doch einem totalen Fiasko ausgesetzt hatten, aus dem die Mri sie nicht mehr retten konnten, und der Fehler wäre damals schon korrigiert worden, wäre es möglich gewesen, so etwas wie die Hartnäckigkeit und die militärische Macht der Holn zu zügeln. Deren Mri-Söldner und das offensichtliche Eigeninteresse, die umkämpften Gebiete zu behalten, hatten alle Möglichkeiten der Politik verbaut.

Nun endlich, nachdem die Folgen des ursprünglichen Fehlers sich zu erheblichen Kosten vervielfacht hatten, nachdem Regul-Leben und -Eigentum und -Heimat verloren waren und das Holn-Imperium am Rand des Untergangs taumelte, jetzt hatten die Holn-Militärs die verworrene und gefährliche Situation – selbst jetzt noch zögernd – den älteren und weiseren Geistern auf Nurag überlassen.

Und die politische Entwicklung, deren schnelle Änderung von den Holn nicht vorhergesehen worden war, hatte dazu beigetragen, daß die Macht von Holn in die Hände von Alagn geriet, so daß Alagn in einen Status befördet wurde, wo es ihm leichtgefallen wäre, sofern der richtige Alagn an der Spitze stand, Doch Holn total zugrunde zu richten.

Holn hatte ein Chaos zurückgelassen. Bai Hulagh war alles andere als zufrieden über die Verhandlungsbedingungen, in deren Grenzen er operieren mußte, aber dies war das Erbe von Holn, besiegelt, rechtmäßig, aufgezeichnet und nicht mehr zu ändern. Wenn allerdings die Abtretung von drei Kolonialsystemen, so kostspielig sie gewesen sein mochte, eine dauerhafte und verläßliche Grenze zwischen menschlichen und Regul-Ansprüchen schaffen würde, könnte sich dies als einer der klügsten Schritte erweisen, die Doch Holn während seiner Verhandlungen getan hatte. Zweifellos, das fühlte Hulagh, wußten die Menschen jetzt genau, daß sie alles erreicht hatten, was sich durch dieses Abenteuer auf einigermaßen leichte Weise erreichen ließ, und daß die Regul sich hiernach mit größerem Nachdruck zur Wehr setzen würden. Die Menschen waren offensichtlich überrascht und verwirrt durch diesen plötzlichen Wechsel der Machtverhältnisse an der Front, und noch schienen sie eifrig bemüht, den Vertrag zu erfüllen. Kesrith war eine vielversprechende und sensible Grenze: der leere Raum der Tiefe machte jegliche weitere Erforschung in Richtung der Regul wenig aussichtsreich, wenn man nicht gerade einen beträchtlichen Umweg über Hesoghan machen wollte, ein alter und starker Regul-Besitz; und die Verlockung durch die Schleier-Sterne würde die Menschen rechtzeitig von Kesrith aus randwärts führen. Hierauf baute Hulagh seine Strategie auf, wohl wissend, daß er ganz neue Wege in der Regul-Politik in Erwägung zog. Die Menschen wurden durch den Reichtum angezogen, den Kesrith zu erwerben im Begriff war; aber auch die Regul-Sterne hatten den Mineralienreichtum, mit dem man eine Industrie versorgen konnte ohne den beträchtlichen Luxus von Doch Holns äußersten Kolonien. Es würde wirtschaftliche Auswirkungen geben, die aber auf der Heimatwelt nur gering wären, und solange die Ältesten der Heimatwelt in ihren Bedürfnissen hinreichend versorgt wurden, würde man das Vorgehen von Alagn mit Wohlwollen betrachten.

Und zu guter Letzt war es nur ein Arm der Regul-Expansion, den man verloren hatte. Zwei andere blieben. Einer davon war der gegenwärtig etwas kärgliche Besitz von Doch Alagn.

Den Kurs zu bestimmen, zu planen, zu herrschen, sich für immer in der Erinnerung zu halten, nicht nur bei Doch Alagn, sondern im Zentrum von Nurag – das war der Traum, den Hulagh auskostete. Mit seinem hohen Alter hatte er seine Rivalen überlebt, hatte gesehen, wie sie zu Staub wurden; und er erinnerte sich und baute weit vor. Die Junglinge seiner schärfsten

Feinde hatte er vernichtet. Jetzt riskierte er alles, um persönlich die Befehlsgewalt über Kesrith zu erhalten. Wenn etwas schiefging, würde man sich erinnern, daß Hulagh von Alagn die Verantwortung hatte; aber hier auf Kesrith gab es auch Reichtümer, nach denen er sich verzweifelt sehnte.

Die Formulierungen des Menschen-Regul-Vertrages bezogen sich nur auf den nackten Boden der abgetretenen Welten. Es gab kein besonderes Anrecht auf Wertgegenstände, Städte, Bodenschätze. Nackte Erde – das war alles, was die anmaßenden Menschen zu finden brauchten, wenn sie ankamen. Und die widerspenstige Wildnis von Kesrith wieder urbar zu machen, würde sie Zeit genug kosten, um den Regul eine Atempause zu gönnen – während die ganze Beute in den Lagern von Doch Alagn landete, rechtmäßiges Bergegut, auf das Holn keinen Anspruch hatte.

Und all das genau unter den Augen der menschlichen Gesandten.

Dies befriedigte Hulagh nicht weniger: die Menschen zu beschämen, die die Machtübertragung beaufsichtigen sollten. Die plötzliche Krankheit des Menschen-Ältesten und die natürliche Ängstlichkeit seines einzigen Junglings waren dabei von unschätzbarem Nutzen. Ein Regul-Ältester hätte von seinen Gastgebern ständige und detaillierte Berichte über die Vorgänge gefordert; ein fähiger hätte sie in einem Umfang und einer Häufigkeit verlangt, daß nichts seiner Aufmerksamkeit entgangen wäre; mit einiger Erfindungsgabe hätte man durch die Augen der Junglinge gesehen, was man nicht sehen sollte. Aber nichts davon hatte der Menschen-Gesandte in größerem Umfang geschafft. Der Mensch konzentrierte sich auf die falschen Dinge, lernte eifrig ihre Sprache und ließ sich Berichte wiederholen, die er schon in seiner eigenen Sprache bekommen hatte, hielt sich mit alten Informationen auf, als ob er den Verdacht hätte, daß er durch sie etwas Neues erfahren könnte, als ob es Unstimmigkeiten oder Unwahrheiten in den schlichten Feststellungen gäbe. Solche Irreführungen mochten menschliche Methoden sein, aber nicht die der Regul. Alles, was geschah, war so umfangreich wie der Hafen und so gewöhnlich wie die Schiffe, die sich jeden Tag erhoben, und wenn die Menschen in ein paar

Tagen kamen, würden sie einen entblößten und zerstörten Besitz vorfinden, und ihr Gesandter würde nur noch eine unfruchtbare Wildnis kommandieren, die nicht in der Lage war, auf längere Sicht Leben zu erhalten.

Dies war an sich schon ein Coup, den der Rat auf Nurag genießen würde, wenn er davon hörte.

Hulagh war anfangs erstaunt gewesen, daß die beiden Menschen nichts versucht hatten, um die lästigen Einschränkungen, die man ihnen auferlegt hatte, zu umgehen. Nur einmal hatten sie die Quarantäne durchbrochen, die ein Regul prinzipiell niemals von vornherein akzeptiert hätte; und dieser eine Erfolg schien gar nicht beabsichtigt gewesen zu sein und war von dem Gesandten verlegen verschwiegen worden. Er war nur gelungen, weil er nicht typisch für die Menschen war, ein kleinerer Sieg, was die unglücklichen Folgen anbelangte, aber offensichtlich ohne mögliche Vorteile für sie. Am Ende hatte nur der Kel'en darunter zu leiden gehabt, und auch das noch unnötigerweise, so unpraktisch wie bei allen von seiner Art. Der Mri war unter seinen primitiven und sturen Artgenossen ein bedeutsamer Mann gewesen. Er hätte sich wahrscheinlich als brauchbar erwiesen, aber er war umgekommen. Die Menschen blieben ahnungslos, selbst in bezug auf diesen kleinen Racheakt, den sie an ihren alten Feinden begangen hatten. Hilflos und gehorsam saßen sie da.

Und anschließend blieb nicht mehr auf Kesrith zurück als das, was aufs Verladen wartete, jetzt, wo die Arbeitsmannschaften frei waren, den Schutt an den Docks zu säubern. Noch ein paar Ladungen mußten angebracht werden, noch ein paar Leitungen gelegt werden, um die Minen zu verschließen, aber die wertvollste Fracht wartete bereits auf den Docks.

Vom Personal blieben nur noch diejenigen, die bei der Evakuierung zuletzt kamen. Sie würden auf der HAZAN mitfliegen.

Berichte, die ihm von Doch Holn überlassen worden waren, gaben an, daß es zu Beginn des Evakuierungsprozesses etwa achtzehn Millionen erwachsene Regul auf Kesrith gegeben hatte, eine einstmals blühende Kolonie, die eine Universität und einige wenige erstrangige Älteren-Geister unterhalten hatte (ausschließlich der Holn, die er als überschätzt verachtete). Er kannte die exakte Zahl und die Aufstellung, die Holn gemacht hatte, und ebenso seine eigene Aufstellung der verbliebenen Bewohner und der Güter von dem Moment an, an dem er seinen Posten übernommen hatte, und der Waren, die er zum Verbrauch unterwegs auf die Evakuierungsschiffe hatte verladen lassen, außerdem die Menge des erlaubten persönlichen Gepäcks und dessen, was er zu seinem eigenen Gebrauch barg, bis hin zu Gewichtsbruchteilen und Raumbedarf für die Verschiffung. All diese Daten kannte er bis ins kleinste Detail. Gelegentlich hatte er geschriebene Berichte angefertigt, für den Fall seines plötzlichen Todes und der Übergabe des Alagn Doch an seine unmittelbaren Erben – er traute den Menschen nicht ganz – oder seiner plötzlichen Invalidität; aber diese Berichte waren wirklich nur für einen solchen Fall gedacht. Beim normalen Verlauf der Transaktion griff er nicht auf geschriebene Berichte zurück. Für einen geistig und körperlich gesunden Regul war es physisch unmöglich, irgend etwas zu vergessen, an das sich zu erinnern er jemals vorgehabt hatte, und ebenso war es ziemlich wahrscheinlich, daß er sich auch an das erinnerte, was er nur zufällig gehört hatte. Hulagh glaubte stillschweigend an die Genauigkeit des Berichtes, den er von seiner Feindin Solgah Holn-ni erhalten hatte, genau wie er stillschweigend an ihre geistige Gesundheit glaubte. Es war unvorstellbar, daß Solgah, trotz ihres Mangels an Scharfsinn und ihrer Selbstüberschätzung betreffs ihrer Fähigkeiten als Administrator, sich nicht genau zumindest an die Anzahl von Regul auf ihrer Welt, deren Vermögen und dessen Verteilung erinnert hätte.

Hulagh wußte demzufolge, daß sich außer ihm noch 327 Regul außerhalb des Schiffes aufhielten, das für die Durchführung der Demontage absolut notwendige Minimum, und drei dieser Regul waren bereits erwachsen. Die Mehrheit bestand aus Junglingen von weniger als fünfundzwanzig Jahren und noch ohne bestimmbares Geschlecht – das würde sich etwa mit dreißig herausbilden –, und weit beweglicher, als es für sie noch möglich sein würde, sobald sie anfingen, ihr Erwachsenengewicht zu erreichen. Sie waren ihm bei Aufträgen oder schwerer Arbeit nützlich, ebenso wegen ihrer Beobachtungen bei der

Evakuierung, die später von gelehrten Experten auf Nurag ihrem Gedächtnis entnommen werden würden. Abgesehen von ihren jüngsten und einzigartigen Erfahrungen und ihrem Wissen über die Ereignisse um sie herum, hatten ihre Erinnerungen noch nicht die Daten gespeichert, die sie für jeden Älteren wirklich wertvoll machen würden, einfach weil sie noch nicht lange genug lebten und noch nicht weit genug gereist waren, um es an Erfahrung oder der Fähigkeit vergleichender Beobachtung mit einem Älteren aufnehmen zu können. Sie gehörten einfach zu dem Doch, in das sie hineingeboren waren, und wußten noch nicht, was sie erreichen konnten, und da sie sich noch mehrere Jahre lang nicht fortpflanzen würden, wurden sie auch noch nicht durch solche Überlegungen abgelenkt.

Nur die Vollreifen und die durch Erwachsenenwahl eines Doch (sogar Holn) Beschützten waren bei der Hauptevakuierung in Sicherheit gebracht worden – sie und solche Kinder, die für die Dauer der Reise noch in den Beuteln ihrer Mütter bleiben und am Leben erhalten werden konnten, ohne die Vorräte der überfüllten Flüchtlingsschiffe unangebracht zu belasten.

Diese letzten Junglinge, glücklicher als die Massen der Holn, die in keine Kategorie gepaßt hatten, wußten, daß sie immer noch ersetzbar waren und warum, und sie waren wegen der Ankunft der Menschen entsprechend nervös und wegen ihrer Verluste gereizt. Es war eine normale Eigenschaft der Jungen, daß sie in ihrer Angst abgrundtief dumm waren und, irregeleitet durch ihre beschränkte Erfahrung, glaubten, sie seien die ersten und wichtigsten Junglinge in der Geschichte der Rasse, da sie solche Dinge erleiden mußten.

Draußen ärgerte sich jetzt eines und bat zum fünften Mal um Einlaß, zweifellos mit einer dringenden Botschaft, die dagegen protestierte, unter welchen Bedingungen sie im Nom eingesperrt waren und daß es ihnen verboten war, in freien Stunden auf den Platz zu gehen, oder dagegen, daß sie seit der Krise so viele Stunden im Hafen hatten arbeiten müssen. Vielleicht brachten sie dadurch auch ihre zunehmende Furcht vor den herannahenden Menschen zum Ausdruck oder wandten ein, daß sie noch nicht in Sicherheit an Bord der HAZAN waren, was zweifellos die Wurzel von allem war. Hulagh hatte genug solcher Bitten um seine Aufmerksamkeit beantwortet, sowohl von Regul-Junglingen als auch geistig lahmen Menschen. Er war beschäftigt.

Das besagte Jungling hatte keine Beschäftigung irgendwo in der Nähe des menschlichen Gesandten, also konnte es sich um keinen Notfall in dessen Quartier handeln – und das wäre das einzige im Nom gewesen, das Hulagh interessiert hätte. Er kümmerte sich nach bestem Vermögen um die Zerstörung durch den Sturm, verhüllte den Fehler, den er begangen hatte, als er es versäumte, Solgah nach dem Verhalten der Jahreszeiten und des Klimas auf Kesrith zu fragen. Für gereizte und verängstigte Helfer hatte er nur wenig Zeit.

Das Jungling war hartnäckig. Hulagh seufzte schließlich, drückte einen Knopf und ließ das Jungling herein, das außerordentlich erregt war.

»Sei gnädig, Bai.« Es war Suth Hara-ri von der Universität Bai-dach, und es gab ein höfliches Atemholen von sich.

Hulagh erwiderte den Gruß. Zumindest besaß Suth etwas Takt, während es zu Beginn seines Dienstes derartig ohne Manieren und furchtsam gewesen war, wie es keinem Alter gerecht wurde. Diese frühere, allgemeine Taktlosigkeit der Kesrith-Junglinge entsprang sicherlich den Kriegsjahren, die die gesamte Erfahrungswelt der Junglinge gewesen waren. Die in Hulaghs Dienst verbliebenen Kesrith-Junglinge gewannen nun etwas an Umgangsformen. Hulagh achtete ständig darauf, sie zurechtzuweisen, so daß sie nicht beschämt und ungeeignet auf den inneren Welten ankommen würden. Auch dies war für ihn ein Teil seiner Verpflichtung, von Kesrith zu retten, was er nur konnte – und es prädestinierte auch die besten der Junglinge, als Erwachsene zu Alagn zu gehören, von ihm ausgebildet, um seinen privaten Stab zu dem eines Koloniegouverneurs zu vergrößern.

Er erreichte eine Stelle, an der anzuhalten ihm nicht übermäßig schwerfiel, aber er ließ das Jungling mit dem Anliegen noch ein Weilchen länger warten, während er eine Tasse Soi genoß. Als er sie halb geleert hatte, gab er mit einem Wink seine Bereitschaft zu verstehen, zuzuhören.

»Sei gnädig«, hauchte Suth, und platzte dann mit verzweifelter Hast heraus: »Bai, die Station berichtet, daß ein Mri-Fahrzeug im Anflug ist.«

Dies wog schwerer als alle Höflichkeiten oder auch ihr Mangel und erforderte Hulaghs Aufmerksamkeit. Er lehnte sich zurück, vergaß die Tasse auf der Konsole und blickte das Jungling mit unverhohlener Bestürzung an. Die Kel-Söldner – in dieser Lage, wo die Menschen nur noch wenige Tage von Kesrith waren! Hulaghs Herzen beschleunigten sich auf einmal, und Zorn erhitzte sein Gesicht. Es sah den Mri ähnlich, lästig zu sein.

Immer dann aufzutauchen, wenn andere Gegebenheiten ihre größte Verletzlichkeit erreicht hatten.

»Haben sie ihre Absichten geäußert?« wollte Hulagh von Suth wissen.

»Sie sagen, daß sie landen werden. Wir haben sie dazu gedrängt, von den Möglichkeiten der Orbitalstation Gebrauch zu machen, aber darauf haben sie nicht geantwortet. Sie haben gesagt, daß sie wegen ihrer Leute auf dem Planeten gekommen sind und daß sie landen werden.«

»Mri lügen niemals«, sagte Hulagh als Information für das Jungling, falls es noch nie zuvor mit den Söldnern direkt zu tun gehabt haben sollte. »Aber sie sagen auch nicht immer die Wahrheit. Darin ähneln sie Regul.«

Suth blinzelte und sog Luft ein. Bei ihm waren die Feinheiten verschwendet. Hulagh runzelte die Stirn und blies erhitzte Luft durch seine Nasenlöcher.

»Sollen sie die Landeerlaubnis erhalten?« fragte Suth. »Bai, was sollen wir ihnen sagen?«

»Sag mir das, Jungling: wo sind unsere Stationsschiffe?«

»Wie, sie sind weg, gnädiger Herr, seit der Evakuierung, alle außer dem Frachter und den Shuttles.«

»Dann können wir unsere Anweisung, nicht zu landen, auch nicht durchsetzen, nicht wahr? Du bist entlassen, Jungling.«

»Gnade«, murmelte Suth und zog sich hastig und würdelos zurück. Hulagh war bereits tief in Gedanken versunken und reagierte nicht auf die Provokation.

Mri. So lästig wie der sture Kel'en, den er von Guran geerbt hatte, mit grausamen Händen, impulsiv und nicht in der Lage, zusammenhängenden Argumenten zu folgen.

Seine Erinnerungen informierten ihn darüber, daß es ständig einige Mri auf Kesrith gab, und das traf auf keine andere Welt zu, seit Nisren vor dreiundvierzig Jahren vor den Menschen gefallen war. Hier lebten dreizehn Mri. Es war nicht zu erkennen, warum Kesrith so begünstigt war, abgesehen davon, daß Mri dazu neigten, sich die eine oder andere Welt als ständige Basis auszusuchen und sie als Heimatwelt zu bezeichnen – und sich anschließend so irrational und emotional zu verhalten, als ob sie tatsächlich das wahre Land ihrer Geburt wäre. Bis jetzt hatte es während des Regul-Mri-Bündnisses drei solcher Heimatwelten gegeben, alle innerhalb des Bereiches der Holn, da Mri immer nur in den Bereich der Holn-Rechtsprechung gekommen und in den Heimatterritorien der Regul unbekannt geblieben waren. Diese Beschäftigung von Söldnern war merkwürdigerweise keine von den Regul gesuchte Einrichtung, sondern eine, die die Mri den Regul vor 2202 Jahren angeboten hatten – aus keinem erkennbaren Grund, unter keinem erkennbaren Zwang, nur daß es ein tiefes emotionelles Bedürfnis der Mri zu befriedigen schien. Regul hatten versucht, diese Eigentümlichkeit der Mri zu erforschen, aber nichts herausgefunden. Es gab einen Regul-Witz über Mri, daß Mri Berichte über ihre Heimat und ihren Ursprung angefertigt hatten und dann vergaßen, wo sie sie gelassen hatten – dies bezog sich auf ihre Nomadeneinstellung. Die Tatsache, daß die Mri keine Erinnerung besaßen, war lachhaft für jemanden, der mit den halsstarrigen Mri nie persönlichen Umgang gehabt hatte.

Man konnte mit ihnen nicht diskutieren und ihnen keine Gründe begreiflich machen, konnte sie nicht überreden, von alter Treue abzulassen, und konnte sich vor allem nicht in ihren Sinn für Anstandsformen einmischen. Hulagh erinnerte sich mit einem Schauder an Medais Selbstmord; stur; ohne Erinnerungen und zur Gewalt neigend. Es sah den Mri ähnlich, Blutvergießen der Vernunft vorzuziehen, selbst wenn es das eigene Blut war, das vergossen wurde. Medai, kesrithgeboren, wollte keinen Kompromiß schließen: das Mri-Abkommen galt nur solange, wie die Regul eine Heimatwelt für die Mri bereithielten, solange diese Heimatwelt unverletzt durch Invasionen blieb. Medai hatte gesehen, was er gesehen hatte, es gab für ihn keine anderen Gründe, und deshalb hatte er sich entschlossen, sich gegen seine rechtmäßigen Auftraggeber zu stellen.

Sein Selbstmord sollte, wie Hulagh sich erinnerte, eine Last der Schande oder ein soziales Stigma dem Mann aufbürden, der den fraglichen Mri beleidigt hatte. Die Selbstzerstörung war ein Akt des Vorwurfs oder der vollständigen Zurückweisung, der eine vernichtende Wirkung auf die Gefühle des eigenen Vorgesetzten haben sollte.

Ein Mri-Kel'en würde so etwas tun, selbst wenn er wußte, daß Regul nicht beeindruckt wären, würde lieber sein kostbares Leben wegwerfen als einen Kompromiß in einer so kleinen Angelegenheit der Pflicht zu schließen, die für ihn persönlich letztlich keinen Unterschied machen konnte. Zweifellos glaubten die Mri, daß dieser Unterschied vorhanden war.

Es war diese Wildheit der Mri, die die Regul ursprünglich angesprochen hatte, eine Verwunderung darüber, daß diese wilde, furchtbare Art friedlich zu den Regul-Docha gekommen war und ihre Dienste angetragen hatte – Dienste, ohne die es vielleicht niemals zur Kolonisierung der der Menschheit zugelegenen Welten und dem Aufstieg der Holn gekommen wäre, nicht auf die Weise, die den Holn ein Monopol verschafft hatte. Und gerade diese Wildheit hätte eigentlich die sensiblen Regul vor der Natur der Mri warnen sollen. Söldner durch Aufzucht und Wahl – ihre strengen, stumpfsinnigen Kodices machten sie zu Anfang als Wächter im Handel der Außenwelt-Docha absolut zuverlässig. Sie wechselten nicht ihre Bündnisse mitten im Dienst; man konnte sie nicht bestechen; es war sogar unmöglich, sie zu entlassen, außer durch Ableistung ihres Dienstes oder durch Selbstmord. Sie hatten nicht genug Verstand, um sich zurückzuziehen, sie besaßen keinen ausgeprägten Selbsterhaltungstrieb, eine Tatsache, die ihre Fruchtbarkeit ausbalancierte, in der alle Männer des Kel das Recht hatten, sich mit den Frauen der niederen Kaste zu paaren, neben den Gefährtinnen ihrer eigenen Kaste. Deshalb neigten sie in den Friedensjahren dazu, sich beängstigend zu vermehren, gäbe es nicht den durch ihre Lebensweise bewirkten Ausfall, ihre Ablehnung der medizinischen Wissenschaft und ihre dauerhafte Begeisterung für Duelle. Wie sich diese wilden Krieger selbst unterhalten hatten, bevor sie die Regul fanden, die sie in Dienst nahmen, war ein weiteres Geheimnis für die Regul, welches zu klären die Mri nie bereit gewesen waren. Sie leisteten keine Arbeit mit den Händen, nicht einmal genug, um sich mit Nahrung zu versorgen. Ein Mri würde eher hungern als Lasten zu tragen oder für jemand anderen den Boden zu bearbeiten. Sie brachen diese Regel nur, um ihre Türme zu bauen und zu erhalten und die wenigen Schiffe zu unterhalten, die sie selbst besitzen durften. Aber abgesehen von diesen zwei Ausnahmen würden sie keine Hand rühren, solange Regul für die Übernahme der knechtischen Aufgaben verfügbar waren. Hulagh erinnerte sich daran, daß einmal ein bestimmtes Schiff mit einem Kel'en an Bord Schwierigkeiten hatte, die nicht mit den Menschen zusammenhingen, sondern einer navigatorischen Fehlfunktion, die die Mannschaft in Panik versetzte; sie hatte den Schiffskel'en herbeigerufen – es handelte sich um eine alte Kel'e'en –, die sich die Schwierigkeit gemächlich angeschaut, sich an die Konsole gesetzt und die entsprechenden Einstellungen vorgenommen hatte; dann war sie mit vollendeter Arroganz in die Einsamkeit ihres Quartiers zurückgekehrt, ohne zu sprechen oder höflich zu sein oder Dank zu akzeptieren.

Aber diese Kel'e'en konnte nicht einmal ein einfaches Zeichen lesen, um in der Freizeit auf einer Station die Messe zu finden, sondern war darauf angewiesen, daß ihre Regul-Auftraggeber ihr den Weg wiesen.

Es gab nichts, was sowohl der Arroganz als auch der Ignoranz der Kel-Mri gleichkam; sie waren empfindlich, begingen Selbstmord, wenn sie von Regul beleidigt wurden, kämpften, wenn andere Mri sie beleidigten – man wußte einfach nicht, was diese Spezies in Wahrheit motivierte. Hulagh glaubte, die Menschen besser zu kennen als die Mri, obwohl er nur drei Jahre lang mit Menschen Kontakt gehabt hatte, seine Vorfahren aber seit 2202 Jahren die Mri kannten. Die Menschen waren einfach gebietsbezogen eingestellt, wie die Regul, und obwohl sie Geschöpfe mit kurzem Gedächtnis und kleinem Gehirn waren wie die Mri, besaßen sie eine Industrie, die für sie arbeitete, und glichen mit Hilfe einer bewundernswerten Technologie die Mängel ihrer Talente aus.

Es war seltsam, daß im Verlaufe der dreiundvierzig Jahre des Krieges die Regul gelernt hatten, den Menschen weit mehr zu trauen als den Mri; sie fürchteten die Menschen jetzt weniger als die Mri. Ständig mußten die Regul die Mri dazu zwingen, die Anstandsformen der Zurückhaltung zu wahren, hatten tatsächlich einschreiten müssen, um die Mri daran zu hindern, den Krieg aus der territorialen Konfliktzone heraus in Bereiche weit außerhalb der Regul-Grenzen hinein auszuweiten,auf einen Maßstab, in dem es der Regul-Technologie nicht mehr möglich gewesen wäre, Verteidigungslinien um Heimatwelten von vitaler Bedeutung aufrechtzuerhalten. Obwohl sie Experten des Krieges waren, hatten die Mri das nicht verstehen können; aber selbst die Holn hatten das getan und den Krieg eingeschränkt, weil es anderenfalls unglaubliche Verwüstungen und einen wirtschaftlichen Zusammenbruch gegeben hätte. Die Mri konnten vielleicht eine Heimatwelt nach der anderen verlieren und weiterziehen, aber sie waren Nomaden – was vielleicht, wie Hulagh vermutete, die Quelle ihrer Verachtung nationaler Grenzen war. Regul konnten den Verlust auch nur einer Welt des Heimatraumes mit ihren Kunstwerken, ihrer Technologie, ihren Handelslinien nicht in Betracht ziehen; sie hatten zu keiner Zeit im Sinn, sich dem Krieg so ausschließlich zu widmen wie die Mri.

Die schwerwiegendsten Verluste hatten letztendlich die Mri selbst erlitten. Nach Regul-Zählung hatten sie zu Beginn des Krieges eine Million neunhundertsiebenundfünfzig Kel'ein umfaßt; und doch war diese Zahl ein großer Zuwachs zu vorher gewesen und spiegelte das Gedeihen wider, das sie in Regul-Diensten über den Zeitraum von 2202 Jahren hinweg erlebt hatten. Sie waren nur etwa Hunderttausend gewesen, als ihre Anführer das erstemal zu den Regul gekommen waren und darum gebeten hatten, der Spezies der Regul zu dienen. Jüngste Berichte gaben jedoch an, daß im bekannten Weltall nur 533 Mri aller Kasten überlebt hatten.

Wenn man diese kleine Zahl und die nicht zu zügelnden wilden Neigungen der Mri erachtete, dann war es unmöglich, daß ihre Art auf diesem niedrigen zahlenmäßigen Niveau überleben konnte – ironischerweise –, wenn die Regul sie nicht für die

Zeit der Erholung beschützten. Mit dem Niedergang der Grundlage für die Holn-Macht und dem Niedergang der Kel'ein war eine Epoche zu Ende gegangen. Einige wenige konnten durch Alagn erhalten werden, sofern die Mri soweit gehen konnten, Vernunftgründe einzusehen. Hulagh konnte sich vorstellen, daß sie von Nutzen waren, wenn auch nur aus der Regul-Furcht vor der Wildheit des Kel. Aber sie mußten den vorrückenden Menschen aus dem Weg geräumt werden, oder die Mri würden sich wie Automaten weiterhin gegen das Unvermeidliche in den Tod stürzen.

Und inmitten des sonstigen Durcheinanders mußte ein Mri Selbstmord begehen und mußte jetzt ein Mri-Schiff sich in die Evakuierung der Mri-Heimatwelt einmischen. Es würde ein bewaffnetes Schiff sein. Die Schiffe der Mri, zumindest solche, die ausschließlich ihnen gehörten, waren zwar klein, aber Mri gingen nirgendwo unbewaffnet hin.

Auch die Menschen, die kamen, um Kesrith in Besitz zu nehmen, würden bewaffnet sein.

Einen wilden Augenblick lang erwog Hulagh den würdelosen Rückzug von seinen Pflichten auf Kesrith, die überlebenden Junglinge und sich selbst in der kommenden Nacht an Bord der HAZAN zu packen und die Mri und die Menschen der gegenseitigen Gnade zu überlassen.

Aber die Hazan war noch nicht bereit, noch nicht ganz repariert, und auch ihre wichtige Fracht konnte noch nicht verladen werden, solange die Dock-Einrichtungen nicht repariert worden waren.

Und er würde sich nicht auf diese Weise zurückziehen, die ihn auf der Heimatwelt diskreditieren würde, soweit konnte er den Mri-Drang begreifen, standzuhalten, wenn man gestoßen wurde.

Er streckte die linke Hand aus, drückte einen Knopf und stellte eine Verbindung zu Hade Surag-gi her, Kosaj des Nom, der ihm schon persönlich bei genügend wichtigen Aufträgen bedient hatte: der zwanzigjährige Hada war für seinen gehobenen Posten außerordentlich kompetent. »Hada«, sagte er, »schick mir die Berichte über die Mri-Niederlassung auf Kesrith!«

»Sei gnädig«, kam Hadas Stimme zurück. »Solche Berichte reichen bis zu 2202 Jahre zurück. Kesrith gehörte zu den ersten Welten im Besitz der Mri, und man glaubt hier, daß sie schon vor dem ersten Kontakt hier waren. Welche Information möchte der Bai im besonderen haben? Ich könnte abrufen, was hilfreich ist.«

Das war pure Frechheit, daß solch ein Jungling sein persönliches Wissen für ausreichend hielt, um das Bedürfnis eines Älteren befriedigen zu können.

»O jugendliche Unwissenheit«, sagte Hulagh vergrämt. Er erinnerte sich daran, daß er auf Kesrith der einzige Ältere war und das Angebot des Junglings, obwohl unverschämt und überheblich, wahrscheinlich gut gemeint war, um ihm kostbare Zeit und Mühen zu ersparen. Dies war schließlich nicht Nurag; für jedermanns Zeit und Geduld, besonders Hulaghs, gab es eine Grenze. »Hada, was glaubst du, könnte zum jetzigen Zeitpunkt ein Mri-Schiff nach Kesrith führen?«

»Dies ist«, sagte Hada, »die augenblickliche Mri-Heimatwelt. Vielleicht wollen sie sie verteidigen. Sie sind nicht gewohnt, sich zurückzuziehen.«

Das war keine beruhigende Vermutung, und es war genau die, die Hulagh selbst angestellt hatte. Jedoch hatten die Mri das Abkommen, das die Regul mit den Menschen geschlossen hatte, akzeptiert; auf jeder Stufe der Verhandlungen waren die Mri darüber informiert worden, daß sie nicht weiter Krieg gegen die Menschen führen konnten.

»Hada, wie viele Mri gibt es augenblicklich auf Kesrith?«

»Bai, es sind dreizehn, fast nur die Ältesten des Edun und völlig unfähig zum Kämpfen.«

Das überraschte ihn. Er hatte sich nicht für das kleine Edun interessiert, da es sich ihm nicht bemerkbar gemacht hatte. Er hatte die Zahl seiner Mitglieder genau gekannt, aber nicht ihre Kampfesunfähigkeit.

»Schicke trotzdem die Berichte, alles, was du über die Anführer persönlich hast und über die hiesige Geschichte ihrer Art.« *Verdammnis,* dachte Hulagh schlecht gelaunt, *die Mri sind schon so lange hier, daß ich das nicht völlig durchsichten kann. Ich habe keine Zeit. Der Umfang der Berichte wird gewaltig sein.* »Hada!«

»Gnade?«

»Nimm mit ihrem Kel'anth Verbindung auf! Sag ihm, daß ich ihn sofort in diesem Büro sprechen will!«

Es gab eine lange Pause. »Sei gnädig, Bai«, traute Hada sich dann zu sagen. »Dem Kesrithi Edun steht eine She'pan vor, eine gewisse Intel. Auf einem Planeten muß sich ein Kel'anth einer She'pan beugen. Er ist nicht der Anführer der Mri auf Kesrith.«

Hulaghs Fluch schnitt dem Jungling das Wort ab. Eine Weile unterbrach Schweigen das Gespräch, willkommenes Schweigen. Hulagh verarbeitete die neue Information, überrascht durch sein Vertrauen auf das Wissen eines Jungling, sich dessen bewußt, daß niemand genau die Befehlsabfolge in der Gemeinschaft der Mri kannte. Hada behauptete, darin Bescheid zu wissen. Vielleicht hatte es sein Wissen von Älteren des Holn Doch erhalten, die die Mri generationenlang befehligt hatten. *Seuche und Verdammnis,* dachte Hulagh, *ich habe keine Zeit, ich habe keine Zeit. Verdammnis über alle Mri*! Aber niemand konnte eine She'pan herbeizitieren, soviel war ihm bekannt. Niemand außerhalb der Kel-Kaste würde auf eine Aufforderung, ihre Gemeinschaft zu verlassen und Außenstehende zu treffen, antworten. Es war notwendig, die Durchsicht der Berichte zu umgehen, oder anderenfalls das näherkommende Schiff zu ignorieren, mit all den häßlichen Möglichkeiten, die daraus erwachsen konnten.

Oder es war erforderlich, daß er seinen Schreibtisch und seine Arbeit verließ und seine wichtigen Aufgaben in solch einer Krise der inkompetenten Betreuung durch Jungling-Assistenten überließ, während er gemächlich Höflichkeiten mit einer religiösen Mri-Anführerin austauschte, deren Gedächtnis unzuverlässig war und deren Umgangsformen wahrscheinlich zu wünschen übrigließen, die die klaren Beziehungen zwischen Regul-Doch und Mri-Kel'anth störte. Er und der Kel-Anführer hätten die Dinge mit einem einfachen Austausch regeln können; aber wenn eine der zeremoniellen Anführerinnen der Mri beleidigt war, deren Macht nebulös war und deren Autorität und Zwänge irgendwie mit der Mri-Religion zusammenhingen, wie auch immer die aussah –, mußte sich ein Regul-Antragsteller ermüdenden und inhaltlosen Diskussionen unterziehen, die nur vielleicht das erbrachten, was er wollte.

»Hada«, sagte Hulagh resignierend, »besorge mir meinen Wagen und einen höchst zuverlässigen Fahrer, ein Jungling, das vor Mri nicht zurückweicht!«

Beim Umgang mit den eindringenden Menschen hatte er viele Demütigungen hingenommen, bei Verhandlungen über Arrangements, beim Akzeptieren zweier unbequemer Beobachter, deren Anwesenheit, sofern sie bekannt wurde, die unmöglichsten Komplikationen für das Mri-Abkommen hervorrufen konnte. Beim Umgang mit den Menschen hatte er Erfolg gehabt, was als äußerst schwierige Sache erachtet worden war; er hatte sie auf eine Weise ausmanövriert, die ihm Ansehen verschaffen würde. Und nun passierte so etwas, daß er die Rettung von Regul-Leben und Regul-Eigentum unterbrechen mußte, um sich mit Mri-Söldnern zu beraten, um ein undankbares Volk zu retten, das ihn aller Wahrscheinlichkeit nach nicht wegen seiner Mühen höflich behandeln würde.

Plötzlich fiel ihm etwas ein. »Hada!« sagte er.

»Gnade?«

»Ist es möglich, oder ist es nicht möglich, daß die Mri von ihrem anfliegenden Schiff wissen?«

»Die Information ist von diesem Amt nicht freigegeben worden«, sagte Hada, und weiter: »Sei gnädig, Bai; schon vordem haben Mri von Dingen erfahren, die dieses Amt nicht freigegeben hatte. Sie haben ihre eigenen Möglichkeiten.«

»Ohne Zweifel«, meinte Hulagh, unterbrach die Verbindung und machte sich an die mühsame und schmerzliche Aufgabe, aufzustehen. Seit 290 Jahren war er dem Junglingsalter entwachsen. Seine Beine waren im Verhältnis kürzer, seine Sinne schwächer, sein Körper um ein Vielfaches schwerer. Seine runzlige Haut neigte zum Aufbrechen und zu Entzündungen, wenn er sie direkt der trockenen Kälte von Kesriths Luft aussetzte. Seine beiden Herzen litten unter der Mühe, seinen Erwachsenenkörper zu erheben, und die Muskeln zitterten unter der ungewohnten Anstrengung. Als Regul-Ältester bestand seine Hauptaufgabe im Benutzen von Geist und Verstand.

Und er war dazu gezwungen, Mri zu besuchen.

12

Das Mri-Edun schob sich ins Blickfeld, ein Gebilde aus stumpfen Kegeln auf einem Fundament, bedrohlich fremdartig – und unvermeidlicherweise unter allen verfügbaren Orten dort eingerichtet, wo es am unbequemsten und schwersten erreichbar war. Hulagh lehnte sich unbehaglich in seine Polster hinten im Landschlitten und sah das Edun größer werden: aus der Erde der mineralischen Ebenen errichtet, zementiert und mit stumpf wirkender Oberfläche von der Farbe der Erde, für das Auge erschreckend und mit abweisend sterilen Linien. Mit seinen geneigten Wänden verschwendete es Platz – aber Mri taten ja nie etwas auf einfache Weise. Es war, überlegte er, kennzeichnend für den Geist der Mri, unpraktisch, fremdartig im Entwurf, gewollt abgeschieden. Der Schlitten hatte Mühe, den Straßendamm hinaufzufahren, den der Regen, diese andere von Kesriths einheimischen Plagen, in schlechtem Zustand hinterlassen hatte, indem die gelösten Salze in dicken Lagern darauf umherlagen und beängstigende Kanäle in die Erde und das Gestein des Straßendammes gruben. Zu beiden Seiten gab es tödliche Abstürze zur dünnen Kruste des Flachlandes, vulkanisch und ständig aus dem einen oder anderen Loch Rauch ausstoßend. Hulagh versuchte, nicht daran zu denken, welche Tiefen es neben der Spur des Schlittens gab, der seinen Weg über eine Reihe von Furchen suchte, die die Straße beinahe verzehrt hatten. Die Mri hatten nicht vor, sie zu reparieren. Alt mochten sie zwar sein, aber selbst wenn sie körperlich dazu in der Lage gewesen wären, hätten sie abgelehnt, es zu tun – auf jeden Fall solange, wie es noch einen einzigen Regul auf der Welt gab, dem sie die Verantwortung hätten zuschieben können. Die Straße würde weggewaschen werden, bevor Mri sich regen würden, um sie wiederherzustellen, und Hulagh hatte nicht im geringsten vor, dies zum Nutzen der Menschen zu tun.

Er hoffte nur, daß die Straße ihn noch zum Edun und wieder zurückfahren lassen würde, nur dieses eine Mal.

Der Wagen holperte die letzten paar Fuß der Steigung hinauf und erreichte den Haupteingang des Edun. Dieser befand sich in einem der Straße ähnlichen Zustand, beugte sich bereits den

Regenfällen, die es letztendlich für sich beanspruchen würden, die es wieder in weiße Erde verwandeln würden. Die schrägen Wände wiesen noch einige matte Spuren von Farben auf, die es einstmals aufgehellt haben mußten.

Hulagh hatte schon Bilder von Edunei gesehen, aber noch nie eines von ihnen in Wirklichkeit, und niemals eines in solch einem Zustand. Sicherlich war es ein altertümliches, traurig heruntergekommenes Bauwerk. Üblicherweise waren Mri stolzer. Selbst die Vorderwand war von Erosionskanälen zerfurcht, und während der Schlitten knirschend anhielt, blickte Bai Hulagh diese unregelmäßige Oberfläche voller Schrecken an. Es war ein langer Weg, auf dem weichen Untergrund ein schwieriger Weg. Und dort bewachte ein Dus den Eingang, eine massige braune Gestalt nur aus Runzeln und Falten von Fleisch, die sich an den Schultern zu einem Buckel erhob und zu beiden Enden hin abfiel. Es schien zu schlafen, war im Ruhezustand mit seinem Rücken ein Viertel so hoch wie die Tür – höher wurde es noch, sobald es sich regte, und Hulagh wünschte sich inbrünstig, daß das nicht geschehen würde. Dusei gab es überall, wo auch Mri hinkamen, aber auf Schiffen blieben sie ganz in der Kabine des Kel'en, und es wurde ihnen nicht erlaubt, in den Räumlichkeiten umherzustreifen. Hulagh hatte noch nie eines aus solcher Nähe gesehen und ließ sein Jungling sich um diese unangenehme Sache kümmern. Er wußte nur, was er gehört hatte: während die Mri rechtlich als Klasse-Zwei-Sapientes auf der Skala galten, auf der die Regul Klasse Eins waren, hatte man die Dusei versuchsweise in Klasse Zehn eingestuft, obwohl viele, die sich mit diesen entmutigenden Geschöpfen befaßt hatten, meinten, daß die Dusei beträchtlich höher oder tiefer eingestuft werden sollten. Sie waren Kesriths dominierende eingeborene Lebensform; auch das wußte er, obwohl es sie überall dort wild gab, wo sich jemals Mri längere Zeit aufgehalten hatten, als auf jeder Welt, die jemals den Mri zugestanden worden war – glücklicherweise keine in den inneren Bereichen des Regul-Raumes –, aber hier lag ihr Ursprung. Sie waren eine Plage in der Wildnis jeder Welt, auf der sie eingeführt worden waren, und sie waren gefährlich. Sicherlich gab es fruchtbare wilde Dusei in den Bergen und Ebenen – langsame, geduldige Allesfresser, ein Geschenk von der Art, wie die Regul sie freudig den Menschen überließen. Mit ihrem Dienst erwarben Mri sich das Futter für ihre Dusei, die dementsprechend ihre Wohnungen heimsuchten und sie in den Weltraum begleiteten. Aber Dusei taten nichts, trugen zu nichts etwas bei und kämpften erst, wenn sie in die Enge getrieben worden waren, und sie wurden niemals verzehrt. Ihr einzig sichtbarer Gewinn war, daß es den Mri gefiel, sie in ihrer Nähe zu halten, und sie offenbar durch den Unterhalt solch nutzloser und teurer Geschöpfe bei ihrer eigenen Art einen gewissen sozialen Status erhielten. Hulagh sammelte selbst Juwelen, Steine und geologische Kuriositäten. Er versuchte, die Mentalität der Mri zu verstehen, die solch lebendigen und gefährlichen Exemplaren Wert beimaßen.

Dies hier sah krank aus. Sein Fell war fleckig und seine Haltung noch schleppender, als es selbst für ein Dus normal war. Es hatte nicht einmal den Kopf gehoben, als das Gefährt den Pfad heraufkam.

Der Anblick der häßlichen Kreatur trug mehr dazu bei, Hulaghs Sinn für Ästhetik zu verletzen, als der Zerfall des Edun. Er sah es an und wollte gar nicht hinsehen, als er seine eigene beträchtliche Körpermasse aus der Verbindung mit dem Schlitten löste und darauf wartete, daß sein Fahrer, ein Chul Nag-gi, ihm den Weg hinauf half. Auch Chul schien das Dus mit Abscheu zu betrachten, und als sie zusammen zu der Stufe gingen, hielt sich Chul pflichtbewußt auf der Seite, die dem Geschöpf am nächsten lag, und ließ es nicht aus den Augen. Als sie den Eingang erreichten, hob das Dus den Kopf und musterte sie. Seine Augen tränten und sahen ungesund aus.

Verdammt! dachte Hulagh unbehaglich, *Das Ding liegt todkrank vor ihrer Tür, und sie wollen es nicht vernichten? – Wenn nicht als Gnadenakt, dann wenigstens der Hygiene wegen.*

Das Dus betrachtete sie eingehend, schnaubte feucht, und gab einen eigenartigen Laut von sich, ein tiefes Rumoren und Kollern, das nicht freudig klang, aber auch nicht ganz drohend. »Fort!« rief Chul. Seine Stimme klang scharf vor Panik. Hulagh schleppte sich vorüber, so schnell er konnte, während Chul das Tier mit einem kräftigen Tritt beiseite scheuchte. Genau unter der dunklen Tür hatte er Hulagh wieder eingeholt und bot ihm seinen Arm an, worauf sie sich zusammen auf den langen Weg machten.

Ein Mri erblickte sie und verschwand, ein schwarzer Schatten unter Schatten, und niemand bot sich an, sie zu führen. Hulagh brauchte keine Führung. Noch bevor er das Nom verlassen hatte, hatte er sich mit dem Bauplan der Edunei vertraut gemacht, der immer derselbe war. Er wußte, wie das Erdgeschoß konstruiert war und wo der vierte Konus der She'pan liegen mußte, und dorthin wandte er sich langsam, keuchend und mühselig, als er beim Näherkommen zu seinem Schrecken bemerkte, daß es Stufen gab, die sich immer höher bis zum Gipfel wanden.

Ein Schrei hallte von oben her wider. Doch er sah niemanden, setzte seinen qualvollen Marsch fort, Stufe für Stufe, vorbei an schlammverschmierten Wänden, die primitiv geschmückt waren mit groben Mustern oder Symbolen, so unregelmäßig und stilisiert gepinselt, daß es unmöglich schien, sie zu enträtseln, selbst wenn man das System der Mri kannte. Figuren in Schwarz und Gold und Blau wanden sich an Decke und Wänden die Biegung des Korridors entlang. Sie mochten religiöser Natur sein: wieder etwas, das die Mri nie erklärt hatten – böse Geister abzuschrecken oder sie auf Eindringlinge zu hetzen; oder vielleicht fanden sie das einfach schön. Es ließ sich nur schwer mit der modernen Beleuchtung vereinbaren und mit den anderen Anzeichen dafür, wie gut die Mri mit den Regul-Maschinen umgehen konnten – ein Volk, das den Flug zu den Sternen beherrschte und doch so primitiv lebte. Die Türen, welche die Halle schützten, von wo aus die She'pan regierte, waren aus Stahl wie die meisten Türen im Edun. Sie stammten aus der Regul-Produktion, und der Stahl betonte noch die Schlamm- und Binder-Architektur.

»Sie schrecken nicht davor zurück, ihre Schlammlöcher mit gutem Regul-Metall auszustatten«, sagte Chul mit gesenkter Stimme. Aber das Jungling sparte sich weitere Kommentare, als Hulagh es scharf anblickte, denn das scharfe Gehör der Mri war legendär.

»Öffne die Tür!« sagte Hulagh.

Als Chul das getan hatte, sog er zischend die Luft ein, denn genau vor ihnen stand ein Mri, ein schwarzverschleierter Kel'en, selbst noch ein Jungling. Zumindest schloß Hulagh das aus der makellosen klaren braunen und goldenen Haut. Er war grausam, unverschämt, barbarisch, ein goldener Mann, geschmückt mit schwarzer Farbe und Waffen, kriegerische Werkzeuge, zu denen sogar ein altertümliches langes Messer am Gürtel gehörte. Sofort dachte Hulagh schmerzvoll an Medai, der genauso ausgesehen hatte. Es war, als wäre er einem Geist begegnet.

Die beiden Junglinge standen sich gegenüber, und es war der Regul, der einen Schritt zurücktrat, eine Schwäche, die Hulaghs Kopf mit einer Welle zorniger Hitze erfüllte.

»Wo ist die She'pan?« fragte Hulagh scharf, verlegen durch die Niederlage seines Fahrers und bemüht, die Regul-Würde wiederzufinden. »Junger Mri, komm aus der Tür und rufe jemanden, der etwas zu sagen hat. Du wärest gut beraten, wenn du mich der She'pan melden würdest.«

Der Mri drehte sich geschickt auf dem Absatz und entfernte sich, still, würdevoll, ohne Ehrfurcht. Ein Mri-Krieger. Hulagh haßte die ganze Sippschaft. Sie waren als Volk total ungehobelt, und ihre Junglinge bestärkten sie noch darin. Die Jugend stank nach Weihrauch, wie der ganze Edun. Der Geruch hing in der Luft, und Hulagh kämpfte gegen den Niesreiz an, das Bedürfnis, seine vergewaltigten Atemwege zu reinigen. Seine Beine bebten vom langen Aufstieg. Er ging hinein, beugte die Knie und senkte seinen Körper um den geringen Betrag, der nötig war, um sich ganz auf den Teppich zu setzen. Die Möbel der Mri, von denen es ohnehin nur den Ehrenstuhl der She'pan gab und zwei Bänke am Eingang, waren zu hoch und zu zerbrechlich für einen erwachsenen Regul, noch konnte ein Regul stehenbleiben und sein Körpergewicht eine Zeitlang tragen.

Bei Beachtung der richtigen Höflichkeitsregeln hätte der Jungling zusammen mit einigen Artgenossen geeignetes Mobiliar heranschaffen müssen. Aber dies war allem Anschein nach ein armes Edun und vielleicht gar nicht gewohnt, mit Regul-Besuchern umzugehen. Wenigstens waren die Teppiche sauber.

Rufe hallten durch die Tiefe der Halle jenseits der Trennwand, die den privaten Bereich der zentralen Kammer abschirmte. Hulagh zuckte innerlich zusammen über die Ungehörigkeit dieses Verhaltens, und Chul bewegte sich unbehaglich. Kurze Zeit später füllte sich der Raum mit weiteren Kriegern, ebenfalls verschleiert und bewaffnet.

»Bai«, sagte Chul. Furcht lag in seiner Stimme. Hulagh bedachte ihn mit einem verächtlichen Blick. Dieses ahnungslose Jungling! Auch wenn sie noch so schamlos und anmaßend waren, so blieben die Mri doch Untergebene der Regul, und sie hatten sich freiwillig unterworfen, nicht durch Zwang. Mri hatten viele Eigenschaften, vor allem waren sie unhöflich, aber sie waren nicht gefährlich, zumindest nicht persönlich – nicht für Regul.

Mehrere Dusei trotteten herein; sie hielten ihre schweren knochigen Köpfe zum Boden gesenkt, und das sah aus, als hätten sie etwas verloren und vergessen, was das war. Sie ließen ihre Körpermasse in der Ecke nieder, legten den Kopf zwischen die Pranken und sahen zu, wobei ihre winzigen, fast unsichtbaren Augen glitzerten. Eines von ihnen brummte unheilvoll und schwieg, als ein Kel'en sich an ihn schmiegte, um die breite Schulter als Rückenlehne zu benutzen.

Das Niesen kam unerwartet und voller Gewalt. Hulagh hielt es zurück, so gut er konnte. Keiner der Mri kümmerte sich um diesen furchtbaren Bruch der Etikette. Er zählte die Anwesenden. Es waren elf, neun davon verschleiert, Männer und wahrscheinlich ein weiblicher Kel; eine junge Frau war unverschleiert und in Gold gekleidet, und bei ihr war einer der Ältesten, ein vermutlich männlicher Angehöriger der goldgekleideten Kaste. Dies waren für Hulagh die einzigen Mri, deren Gesichter er jemals gesehen hatte. Er konnte nicht verhindern, daß er sie anstarrte und die anmutige Zartheit des jungen Weibchens bewunderte.

Eigenartig, dachte er, daß diese zurückgebliebene Rasse sich in zwei Geschlechter aufspaltete, wenn sie jung waren, und im Alter wieder gleich wurden. Er stellte den Gedanken für spätere Überlegungen zurück, für den Fall, daß die Mri diese Zeit überlebten und ihre Bedeutung für die Lebenden behielten.

Und mit leisem Rascheln erschien die She'pan selbst, auf den Arm eines jungen Kel'en gestützt; unverschleiert setzte sie sich

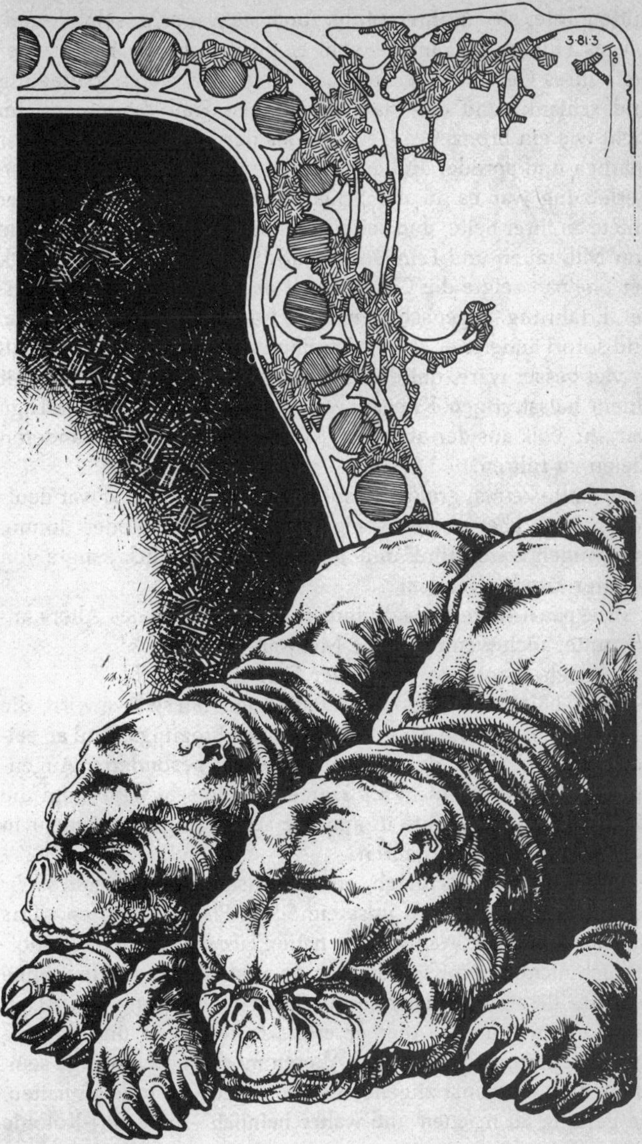

mitten unter sie auf ihren Stuhl. Auch sie war sehr, sehr alt und, wie es Hulagh vorkam, obwohl er nicht sicher war, auf einer Seite ihres Gesichtes verunstaltet. Junge Mri waren glatthäutig und schlank; und das Haar der jungen Frau schimmerte im Licht wie ein bronzenes Gewebe, das der She'pan dagegen war spärlich und spröde, und auf der Seite mit der offensichtlichen Verletzung war es an der Schläfe dunkel. Der junge Krieger kniete an ihrer Seite, und seine goldenen Augen schossen Pfeile von Mißtrauen und Feindschaft auf die Besucher ab. Der Blick der She'pan zeigte die Gelassenheit des Alters und langer, langer Erfahrung, Eigenschaften, die Hulagh zu schätzen wußte, und sofort änderte er seine Meinung und rechnete sich aus, daß es viel besser wäre, mit dieser alten Frau zu verhandeln als mit einem halsstarrigen Krieger, wenn sie tatsächlich in der Lage war, ihr Volk aus der obskuren Mri-Religion heraus zu anderen Zielen zu führen.

Sie hatte keinen großen Respekt vor den Regul, das war deutlich genug; aber ebensowenig war sie feindlich oder dumm. Ihre Augen waren flink und abschätzend. Ihr Blick zeugte von höherer Empfindsamkeit.

»She'pan«, sagte Hulagh, indem er die Würde des Alters anerkannte, auch wenn sie eine Mri war.

»Hulagh«, sagte sie, ihn seiner Titel entblößend.

Seine Nüstern schnappten zusammen, bliesen verwirrt die Luft aus. Ihm fiel die Anwesenheit seines Junglings Chul an seiner Seite ein, Chul, den er sich in diesem besonderen Augenblick ganz und gar nicht als Zeugen gewünscht hätte, und die Hitze des Ärgers kochte in ihm wie schon lange nicht mehr in vielen wohlbehüteten Jahren.

»She'pan«, sagte Hulagh, seinen Anstand bewahrend. »Wir haben für euer Volk auf unserem Schiff Platz geschaffen.« Das war im Grund die Wahrheit: er hatte Platz vorgesehen, der hoffentlich nicht zu groß werden würde, und er hatte auf Junglinge gehofft, die man zivilisieren und unter der Führung von Alagn neu formen konnte. Aber er erblickte nur zwei und änderte seine Meinung schnell. Diese Älteren mochten in der Lage sein, junge Mri, die sonst zügellos wären, unter Kontrolle zu halten, sie gefügig zu machen und wahrscheinlich – eine Mri-Kolonie im Gebiet von Alagn zu gründen. Wieder dachte er an den jungen Kel'en, der Selbstmord begangen hatte, und daß das wahrscheinlich nicht passiert wäre, wenn ein älterer Mri dabeigewesen wäre, der dem Jungling die richtigen Folgen seines Tuns klargemacht hätte.

Wenn selbst die Älteren wie diese hier nicht genug Zurückhaltung und Verstand haben sollten, daß sie ihn davon hätten abbringen können, dann mußte die gesamte Mri-Kultur ein Fehlschlag sein, dann konnte man sie nicht mehr vor sich selber retten.

»Wir würden uns freuen«, sagte er zur She'pan, »wenn ihr kommende Nacht an Bord des Schiffes gehen könntet.«

Die She'pan starrte ihn an, weder erfreut noch bestürzt über diese kurze Frist. »Tatsächlich, Bai?«

»Sobald wie möglich. Wir sind schon soweit mit unseren Verladearbeiten.«

Die She'pan sah ihn weiter an und dachte darüber nach. »Und unsere Dusei?« fragte sie.

»Und die Dusei, für jeden eines«, gestand Hulagh widerwillig zu und überschlug im Geist, daß damit die doppelte Menge Vorräte nötig wäre, um die Mri zu versorgen. Er hatte gehofft, keine Dusei mitnehmen zu brauchen; aber als er die Sache überdachte, kam er zu dem Schluß, daß die häßlichen Tiere die Mri zufriedenhalten würden, da sie deren Reichtum bedeuteten, und es war sehr wünschenswert, daß die Mri ruhig blieben.

»Wir werden darüber beraten«, sagte die She'pan, ihre Hand auf der Schulter des jungen Kriegers, der neben ihr saß, und auf der anderen Seite hockte schweigend die goldgekleidete junge Frau.

»Wir haben keine Zeit für lange Beratungen«, widersprach Hulagh.

»Ah«, sagte die She'pan. »Dann hast du von diesem Schiff gehört.«

Das Blut wich aus Hulaghs Gesicht und nahm nur langsam seinen normalen Kreislauf wieder auf. Er schaute das Jungling nicht an, in der Hoffnung, daß dieses nicht genug Verstand hatte, diese Beleidigung und Demütigung woanders wiederzugeben, bei seinen anderen Junglingen. Es gab jedoch nur wenig Hoffnung dafür.

»Ja«, sagte Hulagh, »natürlich haben wir davon gehört. Trotzdem sorgen wir dafür, daß unsere Abreise beschleunigt wird. Wir sind mit dem eintreffenden Schiff nicht vertraut, aber zweifellos ... Er stockte über der Unwahrheit, die er aussprechen mußte, das erstemal in seinem Leben war er gezwungen zu lügen, im Interesse der Regul, für das Wohl der Junglinge, die unter seinem Schutz standen, und am allermeisten wegen seiner eigenen Ambitionen und damit sein Wissen erhalten blieb. Aber er kam sich ekelhaft und schmutzig dabei vor. »Nachdem ihr an Bord seid, werden wir bestimmt dieses Schiff von euch aufhalten und es ebenfalls in die Sicherheit unserer inneren Gebiete geleiten.«

»Das würdet ihr erlauben?« Die trockene alte Stimme, bedeutungsschwer und vorsichtig, enthielt keinerlei Schwankungen, die Emotionen und versteckte Bedeutungen verraten hätten. »Sollen die Mri letztendlich doch zur Regul-Heimatwelt gehen? Ihr habt uns niemals ihre Lage verraten, Bai.«

»Dennoch ...« Er konnte nicht auf dieser Lüge aufbauen. Er war nicht in der Lage, sie zu vollenden, die allerhöchste Unmoral: fälschen, die Unwahrheit in das Gedächtnis lassen, die nie mehr vergessen werden konnte. Er hatte diese Methode bei Fremdweltlern kennengelernt. Er hatte ihnen dabei zugesehen, verwundert und erschrocken; er hatte erfahren, daß Menschen regelmäßig logen. Er fühlte, wie seine eigene Haut angesichts dieser Ungeheuerlichkeit kribbelte, seine Kehle zog sich zusammen, als er versuchte, seine Behauptung zu konkretisieren, und er wußte, wenn er es ablehnte, darauf aufzubauen, würde er keinen Glauben finden. Und dann wäre er gefangen, hätte seine Glaubwürdigkeit verloren, mit fatalen Folgen für die Mri, mit unglücklichen Konsequenzen für die Regul unter seinem Kommando und für seine eigene Zukunft.

Wenn man auf Nurag davon erfuhr ...

Aber dies hier waren nur Mri, minderwertiges Volk. Sie hatten nicht so ein Gedächtnis wie Regul, und in ihnen würde die Lüge nicht so fortleben wie bei den Regul. Wahrscheinlich würde die Sünde dadurch zumindest etwas geringer.

»Dennoch, She'pan«, sagte er, seine Stimme vorsichtig unter Kontrolle haltend. »Es ist so. Die Verhältnisse sind jetzt anders. Wir werden uns hier nicht mehr so lange aufhalten, wie eigentlich geplant. Wir werden das Verladen so schnell wie möglich beenden.«

»Habt ihr Angst, daß wir in die Hände der Menschen fallen?«

Das kam der Wahrheit zu nahe. Hulagh saß still, schaute die She'pan an und befürchtete eine tiefere Bedeutung in ihren Worten. Mri waren wahrhaftig wie Regul. Er wußte dies aus der Überlieferung all seiner Vorgänger, ihren Unterlagen, aus denen er gelernt hatte, von einer Ahnenreihe, die Aufzeichnungen gemacht hatte, von deren Wahrheitsgehalt die gesamte Vergangenheit und daher auch die Zukunft abhing.

Waren die Vorfahren ebenfalls zur Lüge verführt worden, um kleine Spiele mit Wahrheit und Wirklichkeit zu spielen?

Hatten sie das tatsächlich getan? – Allein dieser Zweifel beschleunigte Hulaghs überforderte Herzen, zog den Boden unter seinen stärksten Überzeugungen weg und ließ alles in Ungewißheit. Doch trotz dieser Tradition der Vorfahren log ein Bai nun, um Leben zu retten, für einen guten Zweck und das Wohl zweier Rassen. Aber die Wahrheit war verändert worden, trotz alledem, und die Lüge verformte die Wahrheit und überdeckte sie.

»Wir sind bestrebt«, sagte Hulagh und drang immer tiefer in dieses fremde Element ein, »euch vor den Menschen in Sicherheit zu bringen. Wir bemühen uns, unsere Abreise zu beschleunigen, wegen unserer Sicherheit und wegen eurer. Unsere eigenen Junglinge sind auf dem Posten, ich selbst und mein guter Ruf sind in Gefahr, und ich bin in den Augen meines Volkes äußerst wertvoll, daher werdet ihr euch denken können, daß wir ungewöhnliche Maßnahmen ergreifen werden, um die Sicherheit dieses speziellen Schiffes zu gewährleisten. Wenn ihr mit uns kommen wollt – und ich rate euch dazu, She'pan, ich rate euch dringend dazu –, dann bereitet euer Volk darauf vor, sich sofort einzuschiffen.«

»Zweitausend Jahre lang«, sagte die She'pan, »haben wir den Regul gedient. Das ist ein sehr langer Dienst, und spärlich waren die Belohnungen dafür.«

»Wir haben euch alles angeboten, was ihr haben wolltet, und mehr: wir haben euch Techniker angeboten, die euch sämtliche Segnungen unserer Erfahrung geben wollten; wir haben euch unsere Aufzeichnungen angeboten, unsere Geschichte, unsere Technologie.«

»Dieses Wissen begehren wir nicht von euch«, sagte die She'pan.

»Dann ist das euer Pech«, sagte der Bai. Er war schon einmal auf diese Sturheit gestoßen, bei Medai. »She'pan, ihr unterhaltet eure eigenen Siedlungen und Schiffe, aber es sind Regul-Schiffe; selbst eure Waffen sind von Regul hergestellt. Eure Nahrung wird von Regul produziert. Ohne uns würdet ihr verhungern. Und noch immer wagt ihr es, unser Wissen zu verachten.«

»Wir verachten euer Wissen nicht«, erwiderte die She'pan. »Wir begehren es einfach nicht.«

Hulaghs Blick wanderte an ihrer Schulter vorbei in die Kammer selbst, eine Geste der Verachtung für die Verhältnisse, in denen die She'pan Hof hielt, in Räumen, die kahl und nackt waren, in Hallen ohne jeden Reiz, geschmückt mit dieser schrecklich groben und machtvollen Symbolkunst, an deren Bedeutung sich wohl nicht einmal die Mri erinnerten. Es war ein abergläubisches Volk. Wenn sie krank oder verletzt waren, wandten sich die Mri eher von den Regul ab und starben, als daß sie ihre Schwäche zugegeben hätten, verlangten nur nach der Gegenwart anderer Mri oder eines Dus. So wirkte sich ihre Religion aus.

Gewöhnlich starben sie dennoch. *Wir sind Krieger,* hatten die Regul oft genug gehört, *keine Lastenträger, Händler oder Künstler, was man uns auch für eine gute Gelegenheit oder Gewinn bieten mag.* Medizin, Maschinenbau, Literatur, Ackerbau, jede Art von körperlicher Arbeit – all dies verachteten die Mri, solange sich auch nur ein einziger Regul fand, der dies für sie erledigte.

Tiere, dachte Hulagh, *Plagen und Seuchen – sie sind nichts als Tiere. Sie genießen den Krieg. Sie haben ihn mit ihrer Dummheit verlängert. Wir hätten sie niemals in den Krieg loslassen dürfen. Sie mögen ihn zu sehr.*

Und zu dem Jungen, dem arroganten jungen Kel'en, der zu

den Knien der She'pan saß, sagte er: »Jungling, möchtest du nicht lernen? Möchtest du nicht all die Dinge haben, an denen sich die Regul erfreuen können, die Vergangenheit und die Zukunft kennen und wissen, wie man mit Metall baut?«

Die goldenen Augen blitzten, ein Zeichen der Überraschung bei Mri. »Ich gehöre zum Kel«, sagte der junge Krieger. »Meine Kaste ist nicht für Erziehung geeignet. Frage das Sen.«

Die junge Frau blickte ihn ihrerseits an, ihr unverschleiertes Gesicht eine perfekte Maske, provozierend, ausdruckslos. »Dem Sen steht die She'pan vor. Frage die She'pan, Bai, ob sie euer Wissen begehrt oder nicht. Wenn sie mich bittet, zu lernen, werde ich alles lernen, was du mich lehren kannst.«

Sie spielten mit ihm, Ignoranz-Spiele, Mri-Humor. Hulagh erkannte das in den Augen der She'pan, die diesem Kreisgespräch reglos zugehört hatte.

»Wir wissen«, sagte die She'pan schließlich, »daß diese Dinge bisher immer für uns verfügbar gewesen sind. Aber als Lohn für unsere Dienste haben wir anderes begehrt, als ihr uns angeboten habt. Und letztendlich wurde jede Belohnung spärlich.«

Rätsel. Die Mri erfreuten sich an ihrer Geheimnistuerei und ihren Abstrusitäten. Solch einem Volk war nicht zu helfen. »Wenn sich jemand«, sagte Hulagh mit erzwungener Geduld, »dazu herabgelassen hätte, genau zu sagen, welche Belohnung ihr wolltet, dann hätten wir die Mittel finden können, sie euch zu gewähren.«

Darauf erwiderte die She'pan jedoch nichts, wie die Mri dazu überhaupt nie etwas gesagt hatten: *Wir dienen für Geld,* hatten einige auf ähnliche Fragen verächtlich geantwortet, aber sie hatten auch nicht das geringste Stück der ganzen Wahrheit offenbart; und diese She'pan sagte überhaupt nichts, wie ihre Vorgängerinnen.

»Für mein Volk wäre es eine Beruhigung«, sagte Hulagh, versuchte diese alte Masche, die Verbindlichkeiten des Eides und das Mri-Gewissen anzusprechen, und was er sagte, entsprach auch zumindest teilweise der Wahrheit. »Wir sind an den Schutz der Mri gewöhnt. Wir sind keine Kämpfer. Selbst wenn bei unserem Abflug nur ein oder zwei Mri auf unserem Schiff sind, werden wir uns auf unserer Reise sicherer fühlen.«

»Wenn du einen Mri zum Schutz anforderst«, sagte die She'pan, »dann muß ich einen entsenden.«

»She'pan«, sagte Hulagh wieder in dem Versuch, irgendeinen Punkt der Vernunft zu erreichen, wobei er seine Würde und die beobachtenden Augen Chuls vergaß, »würdest du dann einen entsenden, allein, ohne sein Volk, um so weit zu reisen, wie wir fahren werden, und ohne die Wahrscheinlichkeit der Rückkehr? Das wäre hart. Und was könnte es möglicherweise in diesen Regionen geben, das euch hier festhält, wenn wir erst einmal fort sind?«

»Warum sollten wir nicht«, fragte die She'pan, »unser eigenes Schiff in deinen Kielraum bringen – nach Nurag? Warum bist du so darauf aus, uns an Bord deines eigenen Schiffes zu haben, Hulagh?«

»Wir haben unsere Gesetze«, gab Hulagh mit klopfendem Herzen zu verstehen. »Sicherlich verstehst du, daß wir Vorsicht walten lassen müssen. Aber ihr werdet mehr Sicherheit haben als hier.«

»Es wird hier Menschen geben«, sagte die She'pan. »Habt ihr das nicht so eingerichtet?«

Hulagh konnte in seinem gewaltigen Gedächtnis nichts finden, mit dessen Hilfe er diese Antwort verstehen konnte. Sie krabbelte behaglich in seinen Gedanken herum und rief häßliche Verdächtigungen hervor.

»Würdet ihr«, sagte Hulagh, zur Direktheit gezwungen, »euer Bündnis ändern und den Menschen dienen?«

Die She'pan machte eine für einen Regul bedeutungslose schwache Handbewegung. »Ich werde mich mit meinen Ehemännern besprechen«, sagte sie, »und wenn es dir recht ist, werde ich einen aus meinem Volk mit dir schicken, wenn du es forderst. Wir dienen den Regul. Es wäre nicht ziemend für mich und auch nicht rechtmäßig, es abzulehnen, einen von uns mit dir zu schicken, wenn du es brauchst, o Hulagh, Bai von Kesrith.«

Jetzt, jetzt endlich wurde sie höflich. Aber er traute diesem späten Umschwung des Verhaltens nicht, obwohl Mri nicht lügen konnten. Aber er hatte auch nicht erwartet, daß er selbst lügen konnte, vor dieser Konferenz und vor dem Augenblick der

Notwendigkeit, der vergeblich genutzt worden war. Mri mochten tatsächlich nicht lügen; aber es war auch unwahrscheinlich, daß die She'pan keine bestimmten Feinheiten kannte, und möglicherweise lachte sie unter ihrem Anschein von Höflichkeit. Und das Kel war verschleiert und nicht erforschbar.

»She'pan«, fragte er, »was ist mit dem ankommenden Schiff?«

»Was ist damit?« fragte die She'pan zurück.

»Wer sind diese ankommenden Mri? Von welcher Sippe? Gehören sie zu diesem Edun?«

Wieder diese merkwürdige Handbewegung, die den Kopf des jungen Weibchens streichelte, die an den Knien der She'pan lehnte.

»Bai, das Schiff heißt AHANAL. Und stellst du den formellen Antrag, daß dich einer von uns begleitet?«

»Das werde ich dir sagen, sobald du dich mit deinen Ehemännern besprochen und mir Antwort auf andere Fragen gegeben hast«, sagte Hulagh, dem aufgefallen war, wie sie seine letzte Frage abgewehrt hatte. Er kochte vor wachsendem Zorn.

Es waren Mri. Sie standen etwas über den Tieren. Sie wußten nichts und erinnerten sich an wenig, und wagten es, mit Regul zu spielen. Auch befand er sich auf ihrem Gebiet, und er war der einzige Vertreter des Gesetzes auf einer verlassenen Welt.

Zum erstenmal empfand er die Mri nicht als Beruhigung, nicht als interessant und seltsam, nicht einmal als Ärgernis, sondern als eine den Dusei ähnelnde Macht, geistig schwerfällig und geheimnisvoll. Er betrachtete die dunkel gewandeten Krieger, diese standhafte Gleichgültigkeit gegenüber der Regul-Autorität, die sie immer befehligt hatte.

Daß Mri den Willen der Regul herausforderten – das war noch nie passiert, nicht direkt, nicht solange die Mri den verschiedenen Regul-Docha und Behörden gedient hatten. Hulagh durchforschte sein Gedächtnis und fand keinen Bericht darüber, was die Mri getan hatten, wenn sie es mit etwas zu tun hatten, das keine Frage des überlieferten Gehorsams war. Dies war die unangenehmste aller möglichen Situationen, eine, von der noch nie ein Regul einen Erfahrungsbericht angefertigt hatte, in der sein eigenes enormes Gedächtnis so hilflos war wie das eines Junglings, völlig bar hilfreicher Informationen.

In der Agonie vollständiger Senilität behaupteten Regul manchmal, Gedächtnisbilder gesehen zu haben, die jedoch noch in der Zukunft lagen – sahen Dinge, die noch nicht geschehen waren und über die es noch keine Informationen geben konnte. Manchmal waren diese Ältesten in ihren ersten Einschätzungen bemerkenswert genau gewesen – eine Genauigkeit, die jede Analyse störte und abblockte. Aber dann beschleunigte sich der Prozeß: und alle ihre Erinnerungen gerieten durcheinander, wahre und noch nicht wahre und niemals wahre, und sie wurden unheilbar wahnsinnig. Plötzlich litt Hulagh an etwas von dieser Art, projizierte die Potentiale dieser Situation und entnahm ihnen eine aberwitzige Vorbedeutung, in der sich diese Kriegswesen gegen ihn wandten, ihn und Chul sofort vernichteten und sich dann in blutigem Wahn gegen die Regul-Docha erhoben. Seine beiden Herzen litten unter dem Schrecken nicht nur dieser Vorstellung, sondern auch der Tatsache, daß er sie überhaupt hatte. Er war 310 Jahre alt. Er stand an der Grenze, seine Fähigkeiten zu verlieren, obwohl er den Gipfel ihrer Entwicklung noch nicht erreicht und noch Jahrzehnte des Lebens vor sich hatte. Er fürchtete sich davor, daß der Verfall begonnen hatte, hier unter der Anspannung solcher Merkwürdigkeiten. Für einen alten Regul war es nicht gut, so viele Merkwürdigkeiten auf einmal aufzunehmen.

»She'pan«, sagte er, versuchte einen letzten Angriff auf ihre Unerbittlichkeit. »Du bist dir dessen bewußt, daß dein schlechtberatenes Zögern es letztendlich unmöglich machen kann, überhaupt Angehörige deines Volkes an Bord in Sicherheit zu bringen.«

»Wir werden uns beraten«, gab sie zurück, was weder ja noch nein hieß. Er faßte es jedoch als endgültige Ablehnung auf, vermutete, in dieser Welt nie wieder etwas von der She'pan zu hören, nicht bevor dieses Schiff angekommen war.

Es regte sich etwas unter den Mri, etwas, das Kesrith betraf und wovon die Regul nichts erfahren durften; und er erinnerte sich an den jungen Kel'en, der Selbstmord begangen hatte, als er nicht die Erlaubnis erhielt, das Schiff zu verlassen – der die Nachricht von der Anwesenheit von Menschen der She'pan überbracht haben würde, wenn man ihn aus dem Schiff gelassen hätte. Und es gab diese Perversität der Mri, daß sie, ihres Krieges beraubt, zu rassischem Selbstmord fähig sein konnten, einem letzten Widerstand gegen die Menschen, die kamen und diese Welt beanspruchten. Und wenn die Menschen dem gegenüberstanden, würden sie niemals glauben, daß die Mri eigenmächtig handelten, und sich gegen die Regul wenden. Dies war eine weitere Voraussicht eines schrecklichen Aspektes.

Mri würden sich nur unter direktem Befehl zurückziehen, und wenn sie der Kontrolle entwichen, würden sie sich überhaupt nicht zurückziehen. Auf einmal verfluchte er die Neigung der Regul, an die Ergebenheit der Mri in dieser Sache zu glauben – verfluchte Guran, der ihm diese Information gegeben und ihn dazu bewegt hatte, daran zu glauben.

Er verfluchte sich selbst, da er die Daten bestätigt und die Mri nicht als Priorität eingestuft hatte, da er sich ausschließlich mit dem Verladen der Wertgegenstände der Welt an Bord der HAZAN befaßt und sich mit den Menschen beschäftigt hatte.

Hulagh versuchte, sich zu erheben, entdeckte, daß seine Muskeln vom ersten Klettern noch zu ermüdet waren, um sein Gewicht leicht bewältigen zu können, und es wurde ihm auch nicht die Demütigung erspart, durch das Jungling Chul, der einen Arm um ihn legte und ihn mit all seiner Kraft stützte, vor dem Zusammenbrechen bewahrt zu werden.

Die She'pan schnappte mit den Fingern, und der arrogante junge Kel'en zu ihren Knien stand auf und half Hulagh an der rechten Seite.

»Das ist sehr anstrengend für den Bai«, sagte Chul, und Hulagh verfluchte das Jungling im Geist. »Er ist sehr alt, She'pan, und diese lange Reise hat ihn ermüdet, und die Luft ist nicht gut für ihn.«

»Niun«, sagte die She'pan zu ihrem Kel'en, »führe den Bai hinunter zu seinem Fahrzeug.« Die She'pan erhob sich ohne Hilfe und sah mit höflichem Gesicht und unschuldigen Augen zu, wie Hulagh vor Anstrengung keuchte, während er einen Fuß vor den anderen setzte. Hulagh hatte seine verlorene Jugend und leichte Beweglichkeit nie vermißt; das Alter mit seinem umfangreichen Gedächtnis und seinen Ehren, mit seiner Freiheit von Furcht und mit den Diensten und dem Respekt der

Junglinge war Belohnung in sich selbst; bei den Mri jedoch war das anders. Er erkannte mit tiefer Bestürzung, daß die She'pan diesen Vergleich zwischen ihnen beiden in ihrem Alter suchte, um ihrem Volk das Schauspiel der Hilflosigkeit eines Regul-Ältesten ohne seine Schlitten und Sessel zu bieten.

Für die leichten und schnellen Mri, die selbst im hohen Alter beweglich blieben, mußte diese Schwäche eine Kuriosität sein. Hulagh fragte sich, ob die Mri Witze darüber machten, so wie die Regul es über die Intelligenz der Mri taten. Niemand hatte in 2202 Jahren jemals einen Mri lauthals lachen sehen. Er fürchtete, daß sie jetzt unter ihren Schleiern lachten.

Er blickte in Chuls Gesicht, um zu erkennen, ob dieser begriff, aber das Jungling blickte nur verwirrt und erschreckt drein. Es schnaufte und keuchte unter seinem Gewicht und dem eines anderen. Der junge Mri auf der anderen Seite sah keinen von ihnen direkt an, sondern hielt wie ein Modell des Anstandes seine Augen respektvoll abgewandt, und niemand konnte in seinem verschleierten Gesicht lesen.

Sie schritten durch die stählernen Türen hinaus und gelangten in die verwirrenden Windungen der bemalten Hallen, immer weiter lähmend schmerzhafte Stufen hinab. Für Hulagh war alles ein nebelhafter Eindruck von Elend, Farben, widerwärtiger Luft und der Möglichkeit eines tödlichen Sturzes, und als sie schließlich den Erdboden erreichten, war es eine ungeheure Erleichterung für ihn. Sie durchschritten die Tore und wurden von der stechenden und beißenden Luft dort draußen ebenso willkommen geheißen wie durch die feindselige Sonne. Hulaghs Sinne klärten sich. Er blieb wieder stehen, blinzelte in dem rötlichen Licht und holte Atem, während er sich auf die anderen stützte.

»Niun«, sagte er, sich an den Namen des Kel'en erinnernd.

»Herr?« entgegnete der junge Mri.

»Wie wäre es, wenn ich dich aussuchte, um mich auf dem Schiff zu begleiten?«

Die geweiteten und anscheinend erschreckten goldenen Augen hoben sich zu den seinen. Noch nie zuvor hatte er so starke Anzeichen von Gefühlen bei einem Mri gesehen. Es bestürzte ihn. »Herr«, sagte der junge Mri, »ich bin durch Pflicht an die

She'pan gebunden. Ich bin ihr Sohn. Ich kann sie nicht verlassen.«

»Seid ihr nicht alle ihre Söhne?«

»Nein, Herr. Die meisten sind ihre Ehemänner. Ich bin ihr Sohn.«

»Aber doch nicht von ihrem Körper.«

Der Mri sah aus, als sei er betroffen, gleichzeitig erschreckt und beleidigt. »Nein, Herr. Meine Wahrmutter ist nicht mehr.«

»Möchtest du auf die HAZAN gehen?«

»Wenn die She'pan mich schickt, Herr.«

Dieser Mri war jung, besaß nicht die Doppelzüngigkeit und die Kompliziertheit der She'pan; jung war er, arrogant, ja, aber jemand wie Niun konnte geformt und gelehrt werden. Hulagh starrte in das bis zu den Augen verschleierte junge Gesicht und fand es wunderbarer, als die Mri es sich wünschten. Es war grob, ihn so anzustarren, aber Hulagh nahm sich die Freiheit der ältesten aller Regul, die daran gewohnt waren, rauh und sprunghaft mit Junglingen umzugehen. »Und wenn ich dir jetzt, in diesem Moment, sagen würde: steig in den Schlitten und komm mit mir?«

Einen Moment lang schien es so, als wüßte der junge Mri nicht, was er antworten sollte; oder vielleicht bediente er sich der Zurückhaltung, die für einen Mri-Krieger so wichtig war. Die Augen über dem Schleier blickten unverhüllt erschrocken und starr.

»Deine Sicherheit kann dir versprochen werden«, sagte Hulagh.

»Nur die She'pan kann mich entsenden«, sagte der junge Kel'en. »Und ich weiß, daß sie es nicht tun wird.«

»Sie hat mir einen Mri versprochen.«

»Es war schon immer das Privileg des Edun, zu wählen, wer geht und wer bleibt. Ich sage dir, daß sie mich nicht mit dir gehen lassen wird, Herr.«

Das war eine offene Sprache, und die Erlaubnis durch eine Diskussion zu erhalten, würde zweifellos einen weiteren Gang zur Spitze des Bauwerks bedeuten und damit die Agonie, ebenso eine weitere Auseinandersetzung mit der She'pan, in die Länge gezogen, zornig machend und von zweifelhaftem Inhalt.

Hulagh überlegte sich das wirklich, aber verwarf es dann und blickte in das junge Gesicht, versuchte, seinem Geist einzuprägen, was diesen Mri im einzelnen von anderen Mri unterschied.

»Wie ist dein Name, dein voller Name, Kel'en?«

»Niun s'Intel Zain-Abrin, Herr.«

»Setz mich in meinen Wagen, Niun!«

Der Mri sah unbestimmt erleichtert aus, als ob er begriffe, daß dies alles sein würde, was Hulagh von ihm forderte. Er setzte mit Chuls beachtlicher Hilfe seine Kraft für diese Aufgabe ein und senkte langsam, vorsichtig und sehr freundlich Hulaghs Gewicht in die Polster. Hulagh stieß einen langen Seufzer der Erschöpfung hervor, das Bild vor seinen Augen wurde für einen Moment blaß, und das Blut rauschte in seinem Kopf. Dann entließ er den Mri mit einer ungeduldigen Geste und sah zu, wie er über den erodierten Weg zum Eingang zurückging. Das Dus an der Tür hob seinen Kopf, um zu sehen, wer kam, drehte ihn dann plötzlich in eine andere Richtung und legte ihn zwischen die Vorderbeine. Der Atem des Tieres wirbelte Staub auf. Der junge Mri, der stehengeblieben war, verschwand im Inneren des Edun.

»Fahr los!« sagte Hulagh zu Chul, der den Wagen anwarf und mit einer schwerfälligen Drehung in Bewegung setzte. Hulagh fuhr fort: »Jungling, rufe mein Büro an und erkundige dich, ob es irgendwelche neuen Entwicklungen gibt!«

Er dachte unbehaglich an das näherkommende Schiff, so weit es auch sicherlich noch entfernt war, und an alles, was an diesem Morgen noch so einfach und bereinigt erschienen war. Er atmete die behagliche gefilterte und erwärmte Luft innerhalb des Fahrzeugs tief ein und versuchte, Ordnung in seine Gedanken zu bringen. Die Situation war unmöglich. Die Ankunft von Menschen stand kurz bevor; und sollten die Menschen Mri in der Nähe von Kesrith entdecken und Verrat im Hinterhalt wittern, würden sie vielleicht noch schneller hier ankommen. Sie konnten sehr viel früher hier eintreffen.

Ohne Zweifel würde es zu einem Zusammenstoß zwischen Mri und Menschen kommen, sofern es ihm nicht gelang, Kesrith und seine Umgebung von Mri zu befreien, auf die eine oder andere Weise. Plötzlich bezog er She'pan Intel in seine

Überlegungen ein und entdeckte, daß er nicht in der Lage war zu entscheiden, wie die Dinge zwischen Mri und Regul standen. Oder zwischen Mri und Menschen.

»Bai«, kam Hada Surag-gis Stimme aus dem Radio. »Sei gnädig. Wir haben mit dem ankommenden Mri-Schiff selbst gesprochen. Es ist die AHANAL.«

»Berichte mir etwas, das ich nicht schon weiß, Jungling!«

Einen Moment lang herrschte Stille. Hulagh bedauerte seine grobe Unterbrechung, denn Hada hatte versucht, sein Bestes zu tun, und es befand sich in keiner beneidenswerten Lage, als Jungling, das versuchte, mit der Arroganz von Mri und der Ungeduld eines Bai zurechtzukommen.

»Bai«, sagte Hada schüchtern, »dieses Schiff ist nicht auf Kesrith stationiert, aber sie haben vor, zu landen. Sie sagen ... Bai ...«

»Heraus damit, Jungling!«

» ... daß sie morgen bei Sonnenuntergang über der Stadt von Kesrith sein werden. Sie sind bereits nahe, gefährlich nahe, Bai. Unsere Station hat die regulären Annäherungswege, die Schneisen, beobachtet, aber die Mri haben sie ignoriert.«

Hulagh stieß seinen Atem sanft hervor und hielt sich vor dem Fluchen zurück.

»Sei gnädig«, sagte Hada.

»Jungling, was gibt es noch?«

»Sie haben unseren Vorschlag, an der Station anzudocken, rundheraus abgelehnt. Sie wollen auf dem Hafen landen. Wir haben ihnen gemäß dem Vertrag das Recht bestritten, das zu tun, und erklärt, daß die Hafeneinrichtungen durch ein Unwetter beschädigt wurden. Sie wollten nicht darauf hören. Sie sagen, daß sie neue Vorräte brauchen. Wir haben uns beschwert und darauf hingewiesen, daß sie die auch von der Station erhalten können. Sie wollten nicht darauf hören. Sie verlangen vollständige Neuversorgung und Neuausrüstung eines Klasse-Eins-Fahrzeuges mit kriegsmäßiger Bewaffnung. Wir haben protestiert und darauf hingewiesen, daß wir das nicht machen können. Aber sie verlangen diese Dinge, Bai, und sie behaupten ... sie behaupten, daß mehr als 400 Mri auf dem Schiff sind.«

Ein Kältegefühl strömte durch Hulaghs dicke Haut.

»Jungling«, sagte er, »im ganzen bekannten Weltall gibt es nur 533 Mri, die überlebt haben, und dreizehn davon befinden sich gegenwärtig auf Kesrith und ein weiterer ist kürzlich verschieden.«

»Sei gnädig«, bat Hada. »Bai, ich bin mir völlig sicher, richtig gehört zu haben. Ich habe sie gebeten, die Zahl zu wiederholen. – Es ist möglich«, fügte Hada mit zitternder Stimme und keuchend vor Schrecken hinzu, »daß dies all die Mri sind, die irgendwo im Universum überlebt haben.«

»Seuche und Verdammnis«, sagte Hulagh sanft und streckte die Hand aus, um Chul gegen die Schulter zu stoßen. »Zum Hafen!«

»Bai?« fragte Chul blinzelnd.

»Zum Hafen!« wiederholte Hulagh. »O junge Unwissenheit, zum Hafen. Fahr zu!«

Der Schlitten schwenkte nach links ab, korrigierte wieder den Kurs, folgte für die erforderliche Strecke dem Straßendamm, dann links an der passierbaren Grenze der Stadt entlang, hüpfte über Gestrüpp, erwischte gelegentlich einen Anblick des rosafarbenen Himmels und der fernen Berge, Kesriths Hochland, dann des öden, weißen Sandes und der schlanken verdrehten Stämme von Luin-Gestrüpp.

Dies fiel den Menschen als Erbe zu.

Er würde froh sein, wenn er sie los war.

Er fing wieder an, an den Mri zu denken, der Selbstmord begangen hatte, und mit neuem Kältegefühl an die übriggebliebenen Mri, die zu dieser Zeit bereits Kurs auf Kesrith genommen hatten – alle die Mri, die irgendwo überlebt hatten, die zu ihrer Heimatwelt zurückkehrten, die den Menschen übergeben werden sollte.

Wollten sie sterben?

Er wünschte sich, darauf vertrauen zu können, daß es so einfach und endgültig wäre. Die Menschen aufzuhalten, dem Krieg neues Leben einzuhauchen, den mühsam ausgehandelten Frieden und die Regul gleichzeitig zu ruinieren und dann, da es nur wenige waren, selbst zu sterben und die Art der Regul der Gnade aufgebrachter Menschen zu überlassen: das sah den Mri ähnlich. Er fing an zu überlegen, während seine beiden Herzen vor Furcht rasten, welche Wahl ihm im Umgang mit diesen Söldnern blieb. Und wie er nie vor dem Umgang mit Mri gelogen hatte, so hatte er nie direkt mit seinen Händen Gewalt ausgeübt, ohne als Mittler angeheuerte Mri.

Der Schlitten fuhr in einer scharfen Kurve auf die Hafeneinfahrt zu und hüpfte schmerzlich über Furchen. Selbst hier herrschte Zerstörung.

Hulagh sah mit vollständigem Begreifen, daß sich über den Bergen hinter der Stadt wieder Wolken zusammengezogen hatten.

13

Der Regen, ein freundlicher Feind, rauschte gegen die Mauern des Edun. Die Winde bliesen herab, aber die Gebirgsbarriere und die hohen Felsen brachen ihre Kraft und schickten sie statt dessen schrill pfeifend die Hänge hinab gegen die Stadt und den Hafen der Regul. In 2 000 Jahren hatte noch nie ein starker Wind das Edun berührt.

In einer solchen Nacht war es gemütlich, wenn alle Kasten zusammen das gemeinsame Mahl im Turm der She'pan einnahmen. Den ganzen Abend lang hatte eine merkwürdige Sensitivität in der Luft gelegen, eine Gefühl gewaltigen Vergnügens und einer Befriedigung, so stark wie die Winde. Die stimmungsempfindlichen Dusei waren so unruhig geworden, daß man sie alle zusammen aus dem Edun gewiesen hatte, damit sie sich in dieser Nacht herumtreiben konnten, wo sie mochten. Sie verschwanden in der Dunkelheit, alle außer dem *Miuk-ko* am Tor, das sich nicht über die Unruhen der Welt aufregte.

Die Geister der Kel'ein waren hochgestimmt. Alte Augen funkelten. Das ankommende Schiff wurde von niemandem erwähnt, aber es war das Zentrum von allem.

Wie die übrigen Kel'ein empfand auch Niun das Aufwogen der Hoffnung aufgrund der Ankunft der AHANAL. Plötzlich hatte sich vor seinen Füßen ein verwirrender Ausblick eröffnet. Andere. Brüder. Rivalen. Herausforderung und die Hoffnung auf Leben.

Und er selbst, noch nicht einmal reif, noch ohne Kriegserfahrung und bis heute noch keine Person von Bedeutung: aber dies war die Heimatwelt, und er gehörte zum Kel der Heimatwelt, und vor allem war er der Kel'en der She'pan. Es war ein berauschendes und ungewohntes Gefühl, nicht länger der letzte zu sein, sondern zu den ersten zu gehören.

»Wir standen in Kontakt mit einem Mri-Schiff«, war alles, was ihnen die She'pan an diesem Morgen vor der Ankunft des Regul-Bai gesagt hatte; und das war, abgesehen vom Schiffsnamen, alles, was sie wußten. In der Dämmerung hatte die Lady Mutter sie zusammengerufen und ruhig und ernst mit ihnen gesprochen, und es war für sie eine Anstrengung, denn sie lag so oft bewußtlos da. Aber einen Augenblick lang, einen kurzen Augenblick, hatte es eine Intel gegeben, wie Niun sie noch nie erlebt hatte: sie flößte ihm Ehrfurcht ein, diese Fremde mit der sanften Stimme und den klaren Gedanken, die wissend von Schneisen und Strecken um Kesrith herum sprach, die von den Regul nur selten beobachtet wurden. Manchmal sprach sie in Rätseln, aber jetzt nicht. »Bald«, hatte sie gesagt, »sehr bald. Behaltet die Regul im Auge, Kel'ein!«

Und schnell, schneller als sie erwartet hatten, war der Regul-Bai gekommen und hatte ihnen Angebote unterbreitet.

Die Regul waren betroffen. Sie standen etwas gegenüber, das noch nie zuvor geschehen war, und sie waren betroffen und verwirrt.

»Intel«, sagte Eddan, ihr ältester Ehemann, nachdem sie mit dem Essen fertig waren und Niun zurückgekehrt war, nachdem er das Geschirr in die Spülküche gebracht hatte, die neben den Vorratsräumen das einzige vom Kath-Turm war, das noch offenstand. »Intel, darf das Kel um Erlaubnis bitten, eine Frage zu stellen?«

Niun nahm rasch zwischen den Kel'ein Platz, ängstlich und auf einmal dankbar dafür, daß Eddan bis zu seiner Rückkehr gewartet hatte. Er blickte in Intels Gesicht und hoffte, daß sie die Frage nicht ablehnen würde.

Sie runzelte die Stirn. »Will das Kel eine Frage über das Schiff stellen?«

»Ja«, sagte Eddan, »oder über etwas anderes, das man wissen sollte.«

Die She'pan breitete ihre Hände aus und gab die Erlaubnis.

»Wenn es kommt«, fragte Eddan, »werden wir gehen oder werden wir bleiben?«

»Kel'ein, ich sage euch folgendes: ich habe erkannt, daß Kesriths Nutzen zu Ende geht. Gehen, ja, und ich werde euch noch etwas mehr sagen: daß ich dem Regul-Bai einen Kel'en schulde, aber keinen einzigen mehr. Und ich bezweifle stark, daß er zurückkommen wird, um mich an dieses Versprechen zu erinnern.«

Der alte Liran, unverschleiert, wie es in der Intimität des gemeinsamen Mahles alle waren, grinste und machte eine Bewegung mit seiner zernarbten Hand. »Gut, She'pan, Kleine Mutter, wenn er zurückkommt, schicke mich! Ich würde gern sehen, ob Nurag das ist, was es zu sein behauptet, und ich wäre beim Bau eines neuen Edun von nur geringem Nutzen. Dieses eine ist mein Heim, so verfallen es auch ist. Und wenn ich nicht in diesem Edun bleiben kann, nun, dann kann ich auch wieder in Dienst treten.«

»Würde ein Dienst beim Volk es nicht auch tun, Liran?«

»Ja, Kleine Mutter, das würde er«, antwortete Liran, und seine alten Augen flackerten vor Begehren, ein gewagter Blick auf Eddan, eine Aufforderung: *Stell Fragen, Ältester!* Das gesamte Kel saß vollkommen still. Aber die She'pan hatte ihre Frage abgelehnt.

Eddan stellte keine weitere Frage.

»Sathell«, sagte Intel.

»She'pan?«

»Zitiere für das Kel die Bedingungen des Vertrages, der uns zum Dienst an den Regul verpflichtet.«

Sathell neigte seinen Kopf und hob ihn wieder. »Die Worte des Vertrages zwischen dem Doch Holn und den Mri sind das Abkommen, das uns in den Diensten der Regul hält. Die einschlägige Stelle lautet: *Solange allein Regul und Mri die Heimatwelt besitzen, auf der das Edun des Volkes steht . . . ODER bis die Regul die Heimatwelt verlassen, auf der das Edun des Volkes steht . . .* Solange sind wir dazu verpflichtet, den Regul zu dienen, wenn sie uns dazu auffordern. Und ich gehe davon aus, She'pan, daß sie im Geist, wenn nicht im Buchstaben, bereits bei der Erfüllung der Bedingungen dieses Abkommens versagt haben.«

»Sicherlich«, sagte die She'pan, »wir sind nicht mehr weit davon entfernt. Wir haben das Abkommen mit Doch Holn geschlossen. Doch Holn hätte wissen können, wie mit uns umzugehen ist; aber dieser Bai Hulagh stammt offensichtlich von Nurag selbst, und ich glaube nicht, daß er das Volk kennt. Er hat einen ernsthaften Fehler begangen, als er sich nicht schon lange vor dem heutigen Tag mit Dringlichkeit um unsere Evakuierung gekümmert hat.«

»Holn wußte es besser«, sagte Sathell.

»Aber Holn unterließ es, ihrem Nachfolger alles zu hinterlassen, was sie ihm hätte berichten können. Die alte Bai Solgah wahrte ihr Schweigen, und Regul neigen auch nicht dazu, auf geschriebene Berichte zurückzugreifen. Die Art der Regul bringt keine guten Kämpfer hervor, aber auf ihre Weise sind sie sehr schlau in der Rache.«

Und Intel lächelte, ein müdes Lächeln, das eine gewisse Befriedigung enthielt.

»Darf das Kel«, fragte Eddan, »um Erlaubnis bitten, eine Frage zu stellen?«

»Frage!«

»Glaubst du, daß die Holn uns absichtlich nicht in ihrem Nachlaß erwähnt hat, den sie diesem Bai Hulagh überließ?«

»Ich glaube, daß die Holn dies als Rache auffaßt, als Rettung für ihren Stolz, ja. Bai Hulagh hat die Mri verloren. Auf diese Art kämpfen Regul gegen Regul. Was kann uns das bedeuten? Aber ich bin mir sicher«, sagte sie in hartem Tonfall, »daß Medai das letzte meiner Kinder war, das auf einem Regul-Schiff fortging, das letzte meiner Kinder, das für Regul-Zwecke starb. Und hiernach, Kel'ein, hiernach plant nicht weiterhin, daß Mri gegen Mri kämpfen, nein. Wir kämpfen nicht.«

Die Bestürzung des ganzen Kel war spürbar.

»Darf das Kel fragen . . .? begann Eddan mit unerschütterlicher Formalität.

»Nein«, sagte sie. »Das Kel darf nicht fragen. Aber ich werde euch sagen, was zu wissen für euch gut ist. Das Volk ist zahlenmäßig gefährlich geschrumpft. Es gab eine Zeit, in der solche Kämpfe dem Volk dienlich waren, aber jetzt nicht mehr, Kel'ein, jetzt nicht mehr. Ich werde euch etwas sagen, nach dem ihr nicht gefragt habt: an Bord der AHANAL befindet sich alles, was vom Volk übriggeblieben ist, und wir sind der Rest. Mehr gibt es nicht mehr.«

Es war kalt im Raum, und niemand bewegte sich. Niun schloß die Arme eng um seine Knie und versuchte zu verarbeiten, was die Mutter sagte. Er hoffte, daß es allegorisch war, da sie oft in Rätseln sprach, aber er konnte nicht daran glauben, daß es nur eine Redewendung war.

»Bei Elag«, sagte Intel mit dünner und harter Stimme, »haben die Regul, während sie ihr eigenes Volk evakuierten, die

Kel'ein, die ihnen dienten, wieder und wieder und wieder gegen die Menschen geschickt – haben auch noch die Kel'ein der Edunei von Mlassul und Seleth herbeigerufen und auch sie verloren. Aber das hat die Regul wenig bekümmert, sie und diesen neuen Bai Hulagh – diesen neuen Meister, den Nurag geschickt hat.«

Plötzlich erklang ein Geräusch, der Schlag einer Faust auf Fleisch, und Eddan, der es sonst nie tat, fluchte. »She'pan«, sagte er dann, »darf das Kel . . .«

»Da ist nichts mehr zu fragen, Eddan«, sagte Intel. »Dies ist geschehen: 10000 Mri sind gefallen, und Schiffe hat es gekostet – Schiffe, deren Anzahl ich nicht kenne; sehr viele dieser Schiffe waren Regul-Schiffe, ohne Regul-Personal an Bord, denn die Regul fürchteten sich davor, zu bleiben. Sie haben 10000 Mri getötet. Und ich verfluche die She'panei, die ihre Kinder für so etwas hergegeben haben.«

Ein dünner Schweiß lag auf Intels Gesicht, und ihre Haut wirkte blaß. Ihr rauher Atem war hörbar und übertönte den Regen draußen. Niemals zuvor hatte die freundliche Mutter jemanden verflucht. Die Ungeheuerlichkeit, She'panei zu verfluchen, füllte Herzen mit Kälte, aber ihr Gesicht zeigte kein Bedauern. Niun atmete vorsichtig, sog die Luft ein, als stiege sie von Sand in der Mittagshitze auf. Seine Muskeln begannen zu zittern, und er preßte seine Hände um so fester zusammen, je weniger jemand es bemerkte, sofern überhaupt jemand in dieser schrecklichen Stille etwas außer seinem eigenen Herzschlag hören konnte.

»Kleine Mutter«, bat Sathell, »genug, genug!«

»Das Kel«, sagte sie, »hat es für nötig befunden, Fragen zu stellen. Dafür schulde ich ihnen eine Antwort.« Sie hielt einen Moment lang inne und holte tief Atem, als hätte sie vor, als nächstes etwas Notwendiges, etwas Dringendes zu sagen. »Kel'ein«, sagte sie, »singt das *Shon'jir* für mich.«

Es entstand Bewegung unter den Kel'ein, die geradezu in Panik und Schrecken gerieten. *Sie stirbt,* war Niuns erster Gedanke, und: *O Götter, welch schreckliches Omen!* Und er brachte die Worte, die sie von ihnen erbat, nicht hervor.

»Seid ihr denn Kinder?« fragte sie ihre Ehemänner, »daß ihr

immer noch an gute oder böse Zufälle glaubt? Singt das Ritual des Vergehens für mich.«

Sie blickten Eddan, der in einer Geste der Ergebung den Kopf senkte, und begannen leise. Niun fiel ein, unsicher über diesen Wahnsinn, in den sie gemeinsam verstrickt waren.

Zwischen der Dunkelheit am Anfang
Zur Dunkelheit am Ende,
Dazwischen eine Sonne,
Aber nach ihr Dunkelheit,
Und in dieser Dunkelheit
Ein Ende.

Von Dunkelheit zu Dunkelheit
Geht eine Reise.
Von Dunkelheit zu Dunkelheit
Geht unsere Reise.
Und nach der Dunkelheit,
O Brüder, o Schwestern,
Kehren wir heim.

Intel lauschte mit geschlossenen Augen, und danach herrschte lange Zeit Schweigen. Dann öffnete sie die Augen wieder und blickte sie alle wie von einem fernen Ort aus an.

»Ich gebe euch«, sagte sie, »ein Wissen, das die Kel'ein vor langer Zeit besaßen, das aber später aus der Kel-Lehre verschwunden ist. Erinnert euch nun wieder. Ich erkläre es für gesetzlich. Kesrith ist nur eine Zwischenstation, und Arain ist nur eine Sonne unter vielen, und wir nähern uns einem Ende. In der Geschichte des Volkes, Kel'ein, hat es viele solcher Dunkelheiten gegeben, und die Regul haben uns nur die jüngste unserer vielen Heimatwelten verschafft. Aus diesem Grunde nennen wir es in der tiefen Sprache *Shon'jir,* das Ritual des Vergehens. Aus diesem Grunde sprechen wir es zu Beginn jedes Lebens im Volk und auch am Ende jedes Lebens, ebenso zu Beginn jeder Epoche und an ihrem Ende. Bis eine andere She'pan die Kinder eurer Kinder darum bittet, Niun, vergiß, was ich dir gesagt habe. Das Kel darf es behalten.«

»Mutter«, sagte er und streckte in einer dringenden Bitte seine Hand nach ihr aus. »Mutter, meinst du den Wechsel der Heimatwelt?«

Zu lange war sie für ihn Mutter gewesen, und nach dem Aussprechen seiner Frage erkannte er, daß er ihr mehr Höflichkeit schuldete. Mit klopfendem Herzen saß er da und erwartete ihre kalte Zurechtweisung, indem sie Eddan fragte, ob das Kel eine Frage zu stellen habe.

Aber sie runzelte weder die Stirn noch verweigerte sie die Antwort. »Niun, ich vermittle dir noch mehr Wahrheit, über die du nachdenken kannst. Die Regul betrachten sich als alt, aber das Volk ist älter. Die 2 000 Jahre, die du kennst, sind nur ein Zwischenspiel. Wir sind Nomaden. Ich sage, daß das Kel nicht kämpfen soll; das Kel hat andere Aufgaben. Letzter meiner Söhne, das Kel der Dunkelheit unterscheidet sich vom Kel der Zwischenzeit. Letzte meiner Töchter, das She'panat der Dunkelheit ist eine Pflicht, um die ich dich nicht beneide.«

Innerhalb eines Augenblicks wurde die furchterfüllte, bestürzte Aufmerksamkeit des Kel von der einen zur anderen gezogen.

Die Nachfolge hatte stattgefunden, nicht in Wirklichkeit, aber in der Absicht. Niun betrachtete seine ehemaligen Brüder und erkannte ihren Schrecken; er betrachtete Melein und erkannte ihre Blässe und ihr Zittern. Sie verschleierte sich und wandte sich von den anderen ab, und Niun fühlte sich plötzlich völlig alleingelassen, selbst inmitten des Kel. Er senkte den Kopf und verblieb so, während Eddans überwältigte Stimme um die Erlaubnis zu einer Frage bat, die die She'pan verweigerte.

»Das Sen fragt«, kam statt dessen Sathells Stimme und damit eine Frage, die nicht abgewiesen werden konnte. »She'pan, wir können diese Pläne nicht machen, ohn uns untereinander beraten zu haben.«

»Ist das eine Frage, Sen?« fragte die She'pan trocken, und im Schock dieses Zusammenstoßes des Willens zweier Mri herrschte Schweigen. Niun blickte von einem zum anderen, bestürzt darüber, daß sie, die über sein Leben herrschten, uneins waren.

»Es ist eine Frage«, sagte Sathell.

Die She'pan biß sich auf die Lippe und nickte. »Aber wir haben diese Pläne ohne Besprechung gemacht«, sagte sie. »Ich habe mich nicht beraten, als ich sicherstellte, daß die AHANAL aus dem Wahnsinn von Elag gerettet wurde. Ich habe mich nicht beraten, als ich unsere Basis auf Kesrith gegen das Drängen einiger behauptete, die für das Fortgehen waren. Ich habe diese Pläne gemacht, ohne mich zu beraten – und ich habe dem Volk keine andere Wahl gelassen.«

»Und unser Kath starb und der größte Teil des Kel, wo wir doch statt Kesrith Lushain als Heimatwelt hätten haben können, wo es Wasser und ein freundliches Klima gibt, wo wir eine reiche Welt hätten haben können, She'pan.«

»Dieser alte Streit«, sagte sie mit leiser Stimme. »Aber ich bin meinen Weg gegangen, Sathell, weil die She'pan und nicht der Sen'anth das Volk führt. Vergiß das nicht!«

»Das Sen fragt«, sagte Sathell mit zitternder Stimmer, »*warum. Warum* mußte es Kesrith sein?«

»Ist dein Wissen ausreichend? Kennst du die letzten Mysterien, Sen'anth?«

»Nein«, gab Sathell zu, eine Antwort, die er sich abringen mußte.

»Kesrith war die beste Wahl.«

»Das glaube ich nicht.«

»Ich habe damals gesagt«, erinnerte Intel sanft, »daß ich so entschied, wie ich es als richtig einschätzte. Das ist immer noch wahr. Ich fordere deinen Glauben nicht.«

»Das weiß ich«, gab Sathell zurück.

»Kesrith ist rauh. Es tötet die Schwachen. Es hat seine Aufgabe erfüllt.«

»Diese Schmiede des Volkes, wie du sie genannt hast, hat ihre Aufgabe zu gut erfüllt. Wir sind zu wenige. Und auch von Elag ist uns nichts geblieben.«

»Elag hat uns das gelassen, was sich auf Kesrith befindet, das, was durch das Feuer gegangen ist«, sagte Intel.

»Eine Handvoll.«

»Wir haben dem Volk«, sagte sie, »einen Platz gegeben, auf dem es standhalten kann, und stehen werden wir, bis die Menschen auf Kesrith stehen, und dann die Dunkelheit. Und dann wird eine Entscheidung bei anderen als dir und mir liegen, Sathell.«

Es herrschte Schweigen. Plötzlich erhob sich Sathell und stützte sich an der Wand ab, da seine Schwäche ihn verriet. »Dann überlasse sie jetzt anderen«, forderte er.

Und er ging hinaus. Seine Schritte führten die Treppe hinab.

Eddan verneigte sich, trat zu Intel und ergriff ihre Hand. »Kleine Mutter«, sagte er freundlich, »das Kel stimmt dir zu.«

»Das Kel weiß wenig«, sagte sie, »selbst jetzt noch.«

»Das Kel kennt die She'pan«, sagte er mit schwacher Stimme. Und dann sah er sich um und betrachtete die anderen, zuletzt Melein. »Sen Melein, bereite die Tasse für sie.«

»Heute abend will ich sie nicht trinken«, sagte Intel.

Aber Eddans Blick forderte das Gegenteil, und Melein nickte in schweigender Verschwörung gegen Intels Willen, stand auf, goß Wasser und *Komal* in eine Tasse und bereitete den Trank, der Intel Ruhe schenken würde. »Geh!« sagte Eddan zum Kel.

»Niun bleibt hier«, sagte Intel, und Niun, der sich zusammen mit den anderen erhoben hatte, blieb stehen.

Und unten an der Treppe ging das Haupttor auf und schloß sich wieder, ein hohles Krachen.

»Götter!« hauchte Pasev und warf Intel einen Blick zu. »Er verläßt das Edun.«

»Laßt ihn gehen!« sagte Intel.

»She'pan«, sagte Melein mit einer Stimme, in der erkennbar Furcht mitklang. »Er kann bei diesem Wetter nicht die Nacht draußen verbringen.«

»Ich werde ihn suchen«, schlug Debas vor.

»Nein«, beharrte die She'pan, »laßt ihn gehen!«

Und nach einem Moment war es klar, daß sie ihre Meinung nicht ändern würde. Es gab nichts mehr zu tun. Melein ließ sich an Intels Seite nieder, immer noch verschleiert und mit wachsamen Augen.

»Das Kel ist entlassen«, sagte Intel, »abgesehen von Niun. Schlaft gut, Kel'ein!«

Eddan wollte nicht entlassen werden. Er blieb als letzter von allen, aber Intel winkte ihn fort. »Geh!« sagte sie. »Es gibt nichts mehr, was ich dir heute abend sagen könnte, Eddan. Aber postiere morgen einen Kel'en auf die hohen Felsen, um den Hafen zu beobachten. Schlaf jetzt! Dieser Sturm wird die Regul daran hindern, etwas zu tun, aber der morgige Tag ist eine andere Sache.«

»Nein«, sagte Eddan, »ich werde meinem Bruder folgen.«

»Nur ohne meinen Segen.«

»Aber trotzdem«, sagte Eddan und wandte sich zum Gehen.

»Eddan«, sagte sie.

Er sah sie wieder an. »Wir werden zu wenige«, sagte er, »um noch viele Reisen nach Sil'athen machen zu können. Sathell hätte Nisren nicht freiwillig verlassen, und ich auch nicht. Nun will ich Kesrith nicht verlassen. Wir werden nach Sil'athen gehen, er und ich. Wir werden zufrieden sein.«

»Ich gebe meinen Segen dazu«, sagte sie nach einer ganzen Weile.

»Danke, She'pan«, sagte er.

Und das war alles. Er ging, und Niun blickte hinter ihm her in die Dunkelheit der Halle und zitterte an jedem Muskel.

Sie waren so gut wie tot, Eddan und Sathell. Sie hatten ihre Wahl getroffen, Sathell nach der Methode seiner Sippe und Eddan für seine Kaste untypisch, um ihn auf seinem langen Weg zu begleiten. Und Niun hatte Eddans Gesicht gesehen, und er hatte keine Schwermut darin erkannt. Er hörte die Schritte des Kel'anth schnell und leicht die Treppe hinuntergehen, und auch hinter ihm schloß sich das Tor. Nun war gewiß, daß es wieder zwei Leben weniger im Edun gab, Leben, die groß gewesen waren.

»Setzt euch zu mir!« befahl Intel ihnen.

»She'pan«, sagte Melein mit dünner, unnatürlicher Stimme. »Ich habe deine Tasse bereitet. Bitte trink!«

Sie bot sie ihr an, und das Tablett zitterte in ihren Händen. Intel nahm die Tasse entgegen und trank, gab sie ihr wieder und lehnte sich zurück, als Niun sich zu ihrer Linken auf die Knie niederließ und Melein zu ihrer Rechten.

Seit Medais Tod hatten sie viele Nächte so verbracht, denn Intel konnte nicht gut schlafen, und sie schlief nie, wenn nicht noch jemand anders im Raum war.

In dieser Nacht beneidete Niun sie um ihren Schluck *Komal,* und er blickte sie nicht an, während sie darauf wartete, daß der Trank zu wirken begann, sondern senkte den Kopf und starrte auf die Hände in seinem Schoß, bis in die Tiefe seines Herzens erschüttert und erschlagen.

Eddan und Sathell, die stets ein Teil seines Lebens gewesen waren. Er weinte mit entblößtem Gesicht, die Tränen tropften ihm auf die Hände, und er schämte sich, eine Hand zu heben, um sie wegzuwischen, denn das Kel weinte nicht.

»Sathell ist sehr krank«, sagte Intel sanft. »Und er wußte genau, was er tat. Glaube nicht, daß wir uns im Haß trennten. Melein weiß es. Eddan weiß es. Sathell war ein guter Mann. Unser uralter Streit: er war nie meiner Meinung, und dennoch leistete er mir dreiundvierzig Jahre lang gute Dienste. Ich hege keinen Groll gegen ihn, weil er schließlich nur seine Meinung gesagt hat. Wir waren Freunde. Und seid Eddan nicht böse. Ich wäre überrascht gewesen, hätte er anders gehandelt.«

»Du bist hart«, sagte Niun.

»Ja«, sagte sie. Mit einer leichten Berührung fuhr sie ihm über die Schulter, wischte das *Zaidhe* fort. Er streifte es ab, wikkelte das Tuch fest um die geballten Fäuste, den Kopf immer noch gesenkt, denn seine Augen waren feucht. »Letzter meiner Söhne«, sagte sie dann, »liebst du mich?«

So offen, wie diese Frage gestellt war, traf sie ihn wie ein Hammerschlag. Und in diesem Augenblick konnte er nicht einfach sagen: Ja, Mutter. Er brachte es nicht fertig.

»Mutter«, sagte er schmerzerfüllt, für das Kel der beste und wertvollste von all ihren Titeln.

»Liebst du mich, Niun?« Ihre zarten Finger strichen über seine Mähne, berührten die Empfindsamkeit seines Ohres, zogen an den unteren Haarbüscheln an seiner Brust, eine Intimität für nahe Angehörige und Liebhaber: *Hier ist ein Geheimnis,* sagte die Berührung, *etwas Verborgenes: sei aufmerksam.*

Er war jetzt nicht stark genug für Geheimnisse, für keinerlei weitere Last. Er schaute zu ihr auf, versuchte zu antworten. Das ruhige Gesicht schaute mit seltsamem Verlangen zu ihm herunter. »Ich weiß«, sagte sie. »Du bist hier. Du erfüllst mir gegenüber deine Pflicht. Das ist schon eine gute und fromme Tat, mein Kind. Und ich weiß, daß ich dich beraubt und mißachtet habe und dich zu allem gezwungen, was du getan hast und jemals tun wirst.«

»Ich weiß, daß du gute Gründe hast.«

»Nein«, sagte sie. »Du bist Kel'en. Du weißt es nicht; du glaubst es nur. Aber es ist richtig, daß du das sagst. Und du hast recht. Morgen – morgen wirst du es sehen, wenn du die AHANAL siehst. – Melein . . .«

»She'pan.«

»Trauerst du Sathell nach?«

»Ja, Seh'pan.«

»Machst du mir Vorwürfe?«

»Nein, She'pan.«

»Auf der AHANAL wird es eine She'pan geben«, sagte Intel. »Diese She'pan ist nicht so gut geeignet, wie du es durch mich geworden bist.«

»Ich bin zweiundzwanzig Jahre alt!« protestierte Melein. »She'pan, du könntest das Kommando über die AHANAL übernehmen, aber wenn sie dich herausfordern, wenn sie dich herausfordern *sollten* . . .«

»Niun wird mich verteidigen, er wird mich gut verteidigen. Und er wird dich verteidigen, wenn deine Stunde gekommen ist.«

»Übergibst du mir seine Verpflichtung?« fragte Melein.

»Wenn es Zeit ist«, sagte sie, »werde ich es tun. Wenn es für dich Zeit ist.«

»Ich weiß nicht alles, was ich wissen muß, She'pan.«

»Du wirst jeden töten«, sagte Intel, »der dir die Pana wegnehmen will. Ich bin die älteste aller She'panei, und ich habe meine Nachfolgerin auf meine eigene Art vorbereitet.«

»Mein Gewissen . . .«, protestierte Melein.

»Dein Gewissen«, unterbrach sie die She'pan, »befiehlt dir, zu gehorchen und keine Fragen zu stellen!«

Und die Droge begann in ihr zu wirken, und ihre Augen trübten sich; sie sank in ihre Kissen und war still.

Schon bald schlief sie hörbar.

Man sagte – in einer Geschichte, die man sich im Kel erzählte –, daß die Menschen während des Falls von Nisren tatsächlich einmal in das Edun eingedrungen waren, ohne die Versuche der Mri zu beachten, sie zum *A'ani* herauszufordern: der erste und schwerste Irrtum, den die Mri im Zusammenhang mit den Menschen begingen. Eine menschliche Streitmacht war durch die Hallen geströmt, während das Kath verzweifelt zu entkommen versuchte. Und Intel hatte sich zwischen dieses und die Menschen gestellt und die Halle mit eigener Hand in Brand gesteckt. Ob es an Intel selbst lag oder am Feuer: die Menschen waren gegen sie nicht angekommen. Sie hatte sich lange genug gehalten, um einigen vom Kath die Flucht zu ermöglichen, bis das kämpfende Kel die Halle erreichen und sie auf ein Regul-Schiff in Sicherheit bringen konnte.

Dieser Aspekt der sanften Intel war für Niun immer unglaublich gewesen – bis zu dieser Nacht.

14

Duncan hörte das Summen von Maschinen. Es weckte ihn und wies ihn darauf hin, daß Stavros etwas benötigte. Mühsam erhob er sich von der Couch und sammelte seine von der Müdigkeit vernebelten Sinne. Er hatte sich nicht ausgezogen, und er hatte Stavros nicht ins Bett gebracht. Sturmalarm hatte den größten Teil der Nacht chaotisch gestaltet, und eine Zeitlang waren ständig Sturmankündigungen über die Kommunikatoren gekommen.

Er hörte, wie die Sturmschilde an Stavros' Quartier zurückfuhren. Er ging hinein und sah, daß die Warnungen der Vergangenheit angehörten und die Schirme klare Sicht vermittelten. Rötlich und düster meldete sich die Dämmerung und schickte ein absonderliches Licht durch die Fenster herein.

Inmitten dieses Scheins befand sich Stavros, eine kuriose Gestalt in ihrem beweglichen Schlitten. Er riß ihn herum, um Duncan mit lebhafter Sachkenntnis zu mustern. Der Kommunikationsschirm erhellte sich.

Sehen Sie nach draußen!

Duncan trat an das regenbesprühte Fenster und tat wie geheißen, betrachtete die öde Weite aus Sand und Felsen in Richtung des Meeres und der Türme der Wassergewinnungsanlage. Etwas stimmte nicht, eine Lücke befand sich in der Silhouette, eine Leere, wo sich gestern noch Türme erhoben hatten.

Über der Meeresküste gab es eine besonders dunkle Wolkenansammlung, durch die Winde ausgebreitet und hinaus über das Meer gezogen und geformt.

Stavros' Schirm wurde aktiviert.

Gerade erfolgte Benachrichtigung: Wasserverwendung auf Trinken und Speisezubereitung beschränkt. ›Kleinere Reparaturen an der Anlage‹. Sie bitten uns, Geduld zu haben.

»Unsere Leute werden hier runterkommen«, protestierte Duncan.

Erwarte weitere Schäden am Hafen. Regul ziemlich durcheinander. Bai ›nicht erreichbar‹.

Der Regen ließ beträchtlich nach und hinterließ nur wenige Spritzer auf den Fenstern. Das düstere Licht wurde für einen

Moment rot wie Feuer, aber es war nur Arain durch die dicke Wolkendecke.

Und auf dem langen Kamm jenseits der Stadt bewegte sich ein Schatten. Duncans Augen sprangen angestrengt zu diesem Punkt zurück, aber da war nichts mehr.

»Ich habe da draußen etwas gesehen«, sagte er.

Ja, unterrichtete ihn der Schirm, als er sich ihm zuwandte. *Viele, viele. Vielleicht hat die Flut die Tiere aus den Höhlen getrieben.*

Einen Augenblick später erschien ein weiterer Schatten auf der Kammlinie. Duncan sah zu, wie noch mehr auftauchten. Seine Augen streiften über den gesamten Kreis der Hügel. Vor dem gespenstischen Licht zeichnete sich eine Reihe dunkler Gestalten ab, die sich ziellos bewegten und herumirrten.

Mri, hatte er befürchtet.

Aber es waren keine Mri, sondern Tiere. Er dachte an die großen, unangenehmen Tiere, die man bei toten Mri gefunden hatte, bärenartige Geschöpfe, die durchaus so gefährlich sein konnten, wie ihre Größe verhieß.

»Es sind Mri-Tiere«, sagte er zu Stavros. »Sie haben die ganze Gegend umringt.«

Die Regul nennen sie ›Dusei‹. Sie stammen von Kesrith. Lesen Sie ihre Instruktionen!

»Sie begleiten die Mri. Wie viele Mri, glaubt man, sind hier? Ich dachte, es wären nur eine Handvoll.«

So hat uns der Bai versichert – nur eine nominelle Sache – daß sie weggebracht werden.

Er blickte zum Horizont, wo sich die ungebrochene Wolkendecke erstreckte.

Und die Dusei bildeten eine feste Linie über den gesamten Kamm und umgaben den sichtbaren Bogen des Meeres zur Stadt.

Duncan wandte sich zitternd von dem Anblick ab, blickte dann wieder hinaus. Er dachte über den Regen und das Land nach, rieb sich die schwitzenden Hände ab und sah Stavros an. »Sir, ich würde gerne dort hinausgehen.«

»Nein«, murmelte Stavros.

»Hören Sie mir zu!« Duncan fand es unangenehm, aus solcher Höhe zu sprechen, ließ sich auf ein Knie nieder, blickte dem alten Mann in die Augen und legte eine Hand auf das kalte Metall des Schlittens. »Wir haben nur das Wort der Regul dafür, daß Regul nicht lügen; draußen sind Mri; wir haben eine Kolonialmission, die in einigen Tagen hier sein wird. Sie haben mich hergebracht. Ich vermute, daß Sie ahnten, mich brauchen zu können. Ich kann hinausgehen und mich umsehen und zurückkommen, ohne daß irgend jemand es merkt. Sie können meine Abwesenheit für so lang verbergen. Wer kümmert sich schon um ein Jungling? Sie werden mich nicht sehen. Lassen Sie mich hinausgehen und nachschauen, welcher Art von Situation wir gegenüberstehen, mit den Schiffen, die runterkommen werden. Wir wissen nicht, wie schlecht es um das Wasser bestellt ist, wir wissen nicht, in welchem Zustand sich der Hafen befindet. Sind Sie sich denn so sicher, daß man uns immer die Wahrheit gesagt hat?«

Wetter gefährlich. Zusammenstoß mit Regul wahrscheinlich.

»Das kann ich vermeiden. Das ist mein Job. Es ist das, was ich gelernt habe.«

Argument überzeugend. Können Sie Vermeidung eines Zwischenfalls garantieren?

»Mit meinem Leben.«

Einschätzung richtig. Wenn es zu Zwischenfall kommt, wird draußen das Regul-Recht sich durchsetzen. Sie verstehen. Überwachungseinrichtungen, Anlage, Hafen, Rückkehr. Kann Abwesenheit bis Dunkelheit verbergen.

»Ja, Sir.« Er war irgendwie erleichtert, aber er blickte nicht voraus. Er kannte die Gefahren vielleicht besser als Stavros. Aber dieses eine Mal waren er und der ehrenwerte Stavros einer Meinung. Die Gefahren auszuspähen war beruhigender, als sie zu ignorieren.

Er stand auf, sah hinaus und entdeckte, daß die dunkle Linie der Dusei während dieser kurzen Zeit verschwunden war. Er blinzelte und versuchte, durch den Regenschleier hindurchzublicken, konnte aber auf die Entfernung nur wenig ausmachen.

»Sir«, murmelte er Stavros als Abschied zu; Stavros senkte seinen Kopf und entließ ihn. Der Schirm blieb dunkel.

Er ging rasch in sein eigenes Quartier und wechselte die Uniform, zog sich wetterfestes Khaki und verschlossene Stiefel an, was in der Erscheinung immer noch üblich genug war, damit die Regul den Unterschied nicht bemerkten. In die verschiedenen Taschen steckte er eine straffe Seilrolle, ein Messer, ein Paket Konzentrate, eine Taschenlampe – alles, was hineinpaßte, ohne daß außen die Umrisse sichtbar wurden. Er stülpte die Kapuze auf den Kragenverschluß und zog den Reißverschluß zu.

Dann ging er hinaus in die Halle, einem Muster nach, dem er mehrmals täglich gefolgt war, seit er den Plan des Bauwerkes studiert hatte, ging in der Halle nach links und hinaus zum Fenster der Beobachtungsplattform. Niemand sonst war dort. Er öffnete die Tür und trat in die regenkalte Luft hinaus, ging um die Biegung der niedrigen Beobachtungsplattform herum, blickte über die Schulter zurück, um festzustellen, ob die Halle hinter der Tür immer noch leer war.

Sie war leer.

Er setzte sich einfach auf die Mauerkante, hielt sich mit den Händen daran fest, ließ sich fallen und dabei die Hände los. Nach menschlichem Maßstab waren die Regul-Stockwerke niedrig. Er landete auf Zementboden, aber es war trotzdem kein harter Aufprall, nur ein leichtes Beugen der Knie. Auf dem Zement gab es keine Spuren. Als er den Rand des befestigten Bodens erreichte und in den sanften Wellungen der Landschaft verschwand, war er zuversichtlich, daß er nicht beobachtet wurde.

Er marschierte in Richtung der Wassergewinnungsanlage, zog sich im Gehen die Uniformkapuze über, denn er kannte die Warnungen vor dem Mineralgehalt des Regens, und achtete darauf, seine Haut dem Regen so wenig wie möglich auszusetzen. Jetzt, wo er die Pflaster der Stadt hinter sich gelassen hatte, hinterließ er Spuren, die so deutlich waren, wie nasser Sand sie nur zeigen konnte, aber er rechnete nicht damit, daß jemand ihnen folgen würde. Er empfand ein ziemliches Selbstgefühl in der Sache, über die er tagelang nachgedacht hatte, als nutzlose Übung seines Berufsgeistes während der langen Inaktivität im Nom: es war eine Tatsache, daß kein Regul das hätte tun können, was er gerade getan hatte, und deshalb konnten die Regul keine Vorsichtsmaßnahmen dagegen getroffen haben. Solch ein Sprung wäre für ihren schweren, kurzbeinigen Körper nicht möglich gewesen, und ebenso konnte kein Regul querfeldein seinen Spuren folgen.

Das würde schon einen Mri erfordern.

Und das war die einzige Möglichkeit, die das Selbstgefühl, das die gegebenen Umstände ihm zu entwickeln erlaubten, etwas minderte. Vor Beginn der Reise hatte er Waffen für sich verlangt, aber die Diplomaten hatten seine Forderung abgelehnt. Es wäre unnötig und provokant gewesen, hatten sie ihre Entscheidung begründet. Jetzt war er nur mit dem Ausrüstungsmesser in der Tasche bewaffnet, und ein Mri-Krieger konnte ihn in kleine Portionen zerschneiden, bevor er dicht genug herankommen konnte, um dieses Messer zur Verteidigung zu nutzen.

Es war eine Tatsache, daß, wenn die Regul einen Mri auf seine Spur setzten, er so gut wie tot war. Aber dann, so überlegte er, wenn die Regul das überhaupt zu tun wagten, war der ganze Vertrag nichts wert, und diese Tatsache würde frühzeitig bekannt werden.

Es gab auch die Möglichkeit, daß sich die Mri auf Kriegsfuß befanden und dabei nicht unter der Kontrolle der Regul standen. Vor allem das mußte er herausfinden.

Aus diesem Grund übte er bei seinem Vordringen mehr Vorsicht, als er das getan hätte, wenn er nur die Regul fürchtete. Er behielt die Kämme und Wasserrinnen im Auge, dachte auch daran, zurückzublicken, denn er vergaß die dunklen Gestalten nicht, die sich auf den Hügeln bewegt hatten – die Dusei, die sich hier irgendwo befanden. Er überquerte Dus-Spuren mit den Abdrücken der langen Krallen, geheimnisvolle Erinnerungen daran, daß es noch andere Jäger gab als Regul oder Mri.

Die Instruktionen besagten, daß die Tiere den Siedlungen der Regul fernblieben.

Die Instruktionen besagten auch, daß es nicht empfehlenswert war, das Tiefland abseits der Straßen zu durchqueren.

Die aus den Geysiren hervorstoßenden Dämpfe und das Knirschen dünner Krusten unter seinen Füßen erinnerten ihn mahnend daran, daß es einen Grund für diese Warnung gab. Er mußte einer geschwungenen Linie um die heißen Zonen herum folgen und näherte sich dabei dem tiefsten Bereich des

Flachlandes – die Nähe der Küste und der Wassergewinnungsanlage.

Entlang der Meeresküste gab es eine Art Straße, die böse überflutet war. Ganze Teile von ihr standen unter Wasser. In einer Furche lag ein Regul-Landschlitten, der über den Straßenrand geraten war.

Von der dünnen und kalten Luft erschöpft, setzte sich Duncan mit schmerzendem Kopf und Bauch nieder und sah aus der Ferne zu, wie eine Regul-Mannschaft versuchte, den Schlitten herauszuziehen. Von seinem Beobachtungsposten aus konnte er die Wassergewinnungsanlage deutlich sehen. Auch dort herrschte hinter den Schutzzäunen das Chaos. Die Türme erstreckten sich weit in das Wasser mit den weißen Schaumkronen hinaus, und einige dieser Türme waren zerstört.

Nach dem, was er erkennen konnte, gab es keine Möglichkeit, daß diese Türme in den wenigen verbleibenden Tagen bis zur Ankunft menschlicher Schiffe auch nur für eine Reparatur vorbereitet werden konnten, und gewiß nicht bei der rauhen See. Und was noch wichtiger war: er konnte kein Anzeichen von schweren Maschinen entdecken, die in der Lage dazu gewesen wären, Reparaturen durchzuführen.

Realistisch eingeschätzt würde wohl überhaupt nichts getan werden. Eine große menschliche Besatzungsmacht sollte landen und würde vollständig von den Wiedergewinnungsanlagen der Schiffe abhängig sein. Eine irritierende Vorstellung, aber möglich – vorausgesetzt, es gab überhaupt genug Platz zum Landen.

Er blickte nach rechts an der Küstenlinie entlang in Richtung der Stadt und dahinter, wo er die niedrige Form des Nom ausmachen konnte. Kein Gebäude war hoch genug, um ihm den Blick auf den Hafen zu versperren. Er erkannte die HAZAN, sah ihre fremdartige, von Gerüsten umgebene Gestalt, ein Gewebe aus Metall.

Es war unmöglich, ein Schiff auf den vulkanischen Krusten zu landen, die den größten Teil des Tieflandes überzogen. Wenn der Hafen sich in demselben Zustand befand wie die Wasserversorgungsanlage, dann würde es ein hübsches Durcheinander geben, sobald die menschlichen Streitkräfte zu landen

3·81·4

versuchten. Und die Regul hatten sie nicht darüber informiert, bis zu welchem Ausmaß die Einrichtungen der Anlage beschädigt waren. Zwar hatten sie nicht gelogen, aber sie hatten auch nicht freiwillig die ganze Wahrheit gesagt.

Er atmete einen Schwall vergifteter Luft ein und warf plötzlich einen Blick hinter sich, und die Erkenntnis, daß er einige Sekunden lang an etwas anderes als seine persönliche Sicherheit gedacht hatte, ließ ihn gefrieren.

Der Horizont war leer, nur die Wolken hingen dort am Himmel. Ein Mann hatte bei seinen Versäumnissen nicht immer dieses Glück.

Er ließ den Atem langsam wieder ausströmen und rappelte sich auf, wobei er das Pochen in seinem Kopf und das Pochen seines Herzens aufgrund der dünnen Luft spürte. Er entdeckte einen Weg um einige niedrige Felsen und einen Sandhügel herum, der zwischen der Stadt und dem Meer hindurch zum Hafen führte. Man sagte, daß die Regul nur über ein schwaches Sehvermögen verfügten, das sie im gesamten Bereich der sinnlichen Wahrnehmung behinderte. Duncan hoffte, daß das stimmte.

Stavros hatte, in die Umarmung seiner Regul-Maschine zurückgelehnt, gesagt, daß er Duncans Abwesenheit verbergen könne. Er vermutete, daß Stavros dies gut schaffen konnte, da er in Diskussion und Irreführung geschickt war.

Hier draußen kannte Duncan seinen eigenen Job und wußte mit Sicherheit, daß der Instinkt, mit dem Stavros einen ObTak für Kesrith ausgewählt hatte, richtig gewesen war. Stavros hatte ihm keinen Befehl erteilt, hatte sich nur still auf ihn verlassen und darauf gewartet, daß er aus eigenem Antrieb heraus handelte, und dabei vielleicht gefühlt, daß ein in der Einnahme fremden Gebietes geübter Mann seinen Zeitpunkt erkennen würde.

Er konnte sich keinen Fehler leisten. Er hatte Angst, eine andere Art von Angst, als er sie je zuvor während dieser Mission gespürt hatte. Er hatte schon früher allein operiert, hatte vernichtet, war entkommen – während sein eigenes Leben oder sein eigener Tod über seinem Kopf schwebten. Er war nicht daran gewöhnt, mit dem Gewicht des Lebens oder Todes anderer auf seinen Schultern zu arbeiten, mit dem Gewicht einer Entscheidung, zu sagen, daß ein Gebiet für die Landung einer Mission sicher oder nicht sicher war, von der Hunderte von Leben abhingen und an der eine Politik beteiligt war, die weit über Kesrith hinausreichte.

Ihm gefiel das nicht. Er hätte die Entscheidung lieber einer übergeordneten Autorität überlassen, wäre sie verfügbar gewesen. Aber der an seine Maschine gebundene Stavros mußte entweder den Regul oder seinem eigenen Assistenten glauben, und dieser hoffte verzweifelt, recht zu haben.

15

Das Edun erwachte still, und still erledigte das Volk seine tägliche Routine. Niun kehrte zum Kel zurück, das jetzt leer wirkte und trauerte. Eddan kehrte nicht zurück.

Pasevs Augen zeigten den mitgenommenen Blick, der von wenig Schlaf zeugte, aber sie saß unverschleiert da und hatte ihre Gefühle unter Kontrolle. Niun brachte ihr zum Frühstück eine besondere Portion, und es schmerzte ihn, daß sie nicht essen wollte.

Nach dem Frühstück sprachen die Brüder Liran und Debas miteinander, erhoben sich, legten die Gürtel mit all ihren Ehrenzeichen an, sowie *Mez'ein* und *Zaidh'ein,* und sagten Lebewohl.

»Wollt ihr alle gehen?« fragte Niun erschreckt, ohne gefragt worden zu sein und am falschen Ort. Dann blickte er zu Pasev hinüber, die am meisten Grund hatte, zu gehen, und es nicht tat.

»Ihr könntet gebraucht werden«, sagte Pasev zu den Brüdern.

»Wir werden spazierengehen und uns des Morgens erfreuen«, sagte Liran. »Vielleicht finden wir Eddan und Sathell.«

»Dann berichtet Eddan«, sagte sie sanft, »daß ich ihm folgen werde, sobald ich die Verpflichtungen, die er mir überlassen hat, erfüllt habe. Lebt wohl, Brüder!«

»Lebt wohl«, sagten beide gleichzeitig, und das gesamte verbliebene Kel wiederholte »Lebt wohl«, und die beiden Brüder gingen gemeinsam den Turm hinunter und hinaus auf die Straße.

Niun stand in der Tür und sah ihnen nach, wobei er eine tiefe Melancholie empfand und einen Kloß im Halse hatte, als er danach über ihre Abwesenheit nachdachte. Sie gingen weiter auf den Horizont zu, zwei schwarze Gestalten; und der Himmel war von Schatten erfüllt und bedrohlich, und sie hatten auf ihrer Reise nicht einmal soviel Unterstützung, wie sie die Dusei boten, denn keines von den Tieren war zurückgekehrt. Auch das *Miuk-ko* war vom Eingang verschwunden und vielleicht im Sturm umgekommen. Dusei gingen fort, um zu sterben, allein, genau wie Kel'ein, die keine Hoffnung mehr in ihrem Leben fanden.

Sie waren Intel und Kesrith treu, dachte er, und sahen das Ende von beiden voraus. Sie konnten jetzt nicht mehr helfen, und so gingen sie fort und nahmen ihre Ehren mit sich, wünschten nicht, von einem jungen Kel'en begraben zu werden, der zu sehr mit seinen Pflichten überlastet war, um sich um sie kümmern zu können.

Vergangene Nacht hatten sie das Ritual gesungen, und das war ein schlechtes Omen – das wußten sie alle. Es war, als hätten sie es über Kesrith selbst gesungen, und Niun sah auf einmal voraus, daß überhaupt nur wenige der Alten an Bord des Schiffes gehen würden.

Sie mochten Intels Traum nicht. Sie hatte ihnen die Wahrheit in ihren Riten gezeigt, und sie hatten es nicht so gewollt. Sie hatten nur die alten, vertrauten Wege erkennen können.

Intel hatte ihnen Veränderungen versprochen, und sie wollten sie nicht haben.

Niun war anders geformt, geprägt von Intels Hand und Intels Wünschen, und die Treue zu Melein würde ihn an Intels Traum gebunden halten. Er blickte zu der Stelle zwischen den Felsen, an der die Brüder verschwunden waren, und er hätte laut über das weinen können, was ihm daraufhin über sie und ihn bewußt wurde, denn Pasev würde eher ihnen folgen, als mit dem Schiff ins Ungewisse zu fliegen, nachdem es sie nicht verlangte. Und ihr würden wiederum andere folgen. Niun würde nie wie einer von ihnen sein. Er war schwarz und einfach gekleidet, ohne Ehren und ungeübt und auf andere Weise geformt. *Das Kel der Dunkelheit,* hatte sie gesagt, *ist ein anderes Kel.*

Er war es, der bereits in der Dunkelheit stand; die anderen hatten den Schatten verlassen und waren in das gegangen, was sie kannten.

Er wandte sich, um im Edun die Ruhe des Schreins für seinen Geist zu suchen. Sein Herz fror ihm angesichts dessen, was er auf den tiefer gelegenen Kammlinien entdeckte, denn dort bewegten sich Schatten, eine Reihe hinter der anderen.

Dusei.

Darunter auch viel zu viele der Ha-dusei, viel zu viele.

Über ihm erstreckte sich der rot und mit düsterem Grau gemusterte Himmel. Sturmfreunde waren die Dusei, kannten das

Wetter. In den Tagen vor Errichtung des Edun hatten sie sich dort unten mit Wasser versorgt. Die Dus-Ebene wurde das tiefe Flachland genannt. Die Dusei kamen, als spürten sie die Veränderung in den Winden, als erwarteten sie das Fortgehen der Regul, das die Dus-Ebene den Dusei zurückgeben würde.

Warteten.

Von der Sturheit der Regul wurde berichtet, daß die ersten Mri die Regul ernsthaft gemahnt hatten, ihre Stadt anderswo zu bauen, wie auch das Edun vorsichtshalber abseits der Ebene errichtet worden war, in Respekt vor dem Band zwischen Mri und Dusei; die Regul jedoch wollten felsigen Grund haben, auf dem ihre Schiffe landen konnten, hatten die umliegenden Gebiete entsprechend erforscht und nur auf der Dus-Ebene den für einen Hafen geeigneten flachen, felsigen Boden vorgefunden. Also hatten sie dort gebaut, eine Stadt war dort gewachsen, und die Ha-dusei waren fortgegangen.

Aber jetzt kehrten die Dusei zurück, zusammen mit den nicht jahreszeitgemäßen Regenfällen und den zerstörerischen Winden. Sie saßen da und warteten.

Und die Dusei hatten sogar die Mri verlassen.

Niun zuckte die Achseln, ein halbes Zittern, trat ein und blieb stehen und wünschte sich, diese Nachricht nicht dem Kel oder der She'pan überbringen zu müssen. Das Kel trauerte, die She'pan war noch in ihren Träumen verloren – während Melein, ihre Erwählte, sich verschleiert und allein im Sen-Turm eingeschlossen hatte. Niun schickte einen verlangenden Gedanken gen Himmel, durch die spiralenförmigen Korridore, die sich über ihm erstreckten – daß die AHANAL ihre Ankunft beschleunigen möge, denn er glaubte, die endlosen Stunden bis zum Abend nicht ertragen zu können.

Alles, was er dachte, an diesem Tag tun zu können, war sinnlos, denn dies war ein Haus, in das sie niemals zurückkehren würden, während draußen das Wetter drohte, Blitze durch den Himmel zuckten und der Donner grollte.

So ließ er sich am Eingang nieder, beobachtete das gesamte Tiefland unterhalb von ihm, die Dampffahnen der Geysire, so vorhersagbar wie die Stunden, die Wolken von Sturmwinden verzerrt und dahingetrieben. Es war ein kalter Tag, so kalt, wie sonst nur wenige Tage auf Kesrith waren. Er zitterte und sah den schweren Regentropfen zu, die in die Pfützen platschten, die einen Himmel in der Farbe von Feuer und Zinn widerspiegelten.

Ein schwerer Körper trottete durch den nassen Sand. Ein schnaufender Atemzug ertönte, und ein Dus trottete mit hängendem Kopf um die Ecke. Andere folgten. Erschreckt stolperte Niun auf die Füße, denn er wußte nicht, in welcher Stimmung die Tiere waren. Sie kamen naß und mit schlammbedeckten Tatzen und schnüffelten sich an ihm vorbei ihren Weg in das Edun und grollten in dem Tonfall des Hungers, der von einem Dus in beträchtlicher Ungeduld kündete. Er zählte sie, während sie an ihm vorbeizogen: eins, zwei, drei, vier, fünf, sechs, und zuletzt das *Miuk-ko* als siebentes, durchnäßt und steif, und es warf sich in die Pfütze zu Füßen der schrägen Mauern und trank mit seiner grauen Zunge in großen Schlucken das Wasser zwischen seinen mächtigen Tatzen.

Drei kamen nicht wieder. Niun wartete, und währenddessen wuchsen in ihm Erleichterung und Unruhe gleichzeitig – Erleichterung deshalb, weil ein zurückgelassenes Dus gefährlich und bedauernswert war; Unruhe deswegen, weil er nicht wußte, wie sie es erfahren hatten. Vielleicht hatten die drei, die jetzt fehlten, ihre Kel'ein gefunden.

Oder vielleicht hatten sie alles mit dem merkwürdigen Gespür der Dusei herausgefunden und nach ihnen gesucht.

Vielleicht waren sie schon weit weg auf dem Weg nach Sil'athen. Niun hoffte das ernsthaft. Es wäre sowohl für die Männer als auch die Dusei am besten so.

Er ging zu den Vorratsräumen im Keller des Kath. Jemand mußte sich um die Dusei kümmern.

Und als erstes versorgte er das *Miuk-ko,* das zum erstenmal den Ort seines Trauerns verlassen hatte und dann zurückgekehrt war. Er hoffte, daß es jetzt anders dachte.

Es wollte jedoch nicht fressen. Vielleicht, dachte er, hatte es während der Stunden seiner Wanderung gefressen, aber er glaubte nicht daran. Er ließ das Futter auf der trockenen Kante der Stufe stehen und ging, um den anderen ihre Portionen zu bringen.

Abgesehen von der Beharrlichkeit und der Geringschätzigkeit der Dusei, abgesehen von Melein, die in ihrem Turm trauerte, hatte sich das Edun in einen Ort der Träume verwandelt, und über allem hing ein Gefühl der Endgültigkeit, über dem Dus am Tor, den alten Männern und den alten Frauen. Niun schlich mit äußerster Stille durch seine Aufgaben, als ob er, noch lebend, durch die Höhlen von Sil'athen wandelte.

Und am Abend kam das Schiff.

Die She'pan schlief, als sie es herabkommen hörten, und die, die vom Kel übriggeblieben waren, eilten auf die Straße hinaus, um es zu sehen, und müde Gesichter lächelten, und in Niuns Herz nisteten Zweifel. Dahacha ergriff impulsiv Niuns Arm und drückte ihn, und er blickte in die sonnenumfalteten Augen und spürte, wie ein unausgesprochener Segen auf ihn überging.

»Dahacha«, flüsterte er, »willst nicht wenigstens du mitkommen?«

»Wir, die wir nicht gegangen sind, werden mitkommen«, sagte der alte Mann. »Wir werden dich nicht allein ziehen lassen, Niun Zain-Abrin. Wir haben Überlegungen angestellt. Hätten wir das nicht getan, wären wir mit Eddan gegangen, wie es Liran und Debas getan haben.«

»Ja«, sagte Palazi, der an Niuns anderer Seite stand. »Wir werden uns mit der Kel'anth besprechen.«

Es traf Niun wie ein Schlag auf eine Wunde, daß sich das jetzt auf Pasev bezog.

Der Aufruhr bei der Landung des Schiffes wurde in Lichtern sichtbar, im Flackern von Regul-Scheinwerfern, die schlangengleich zur entfernten Seite des Feldes krochen, mit halber Lichtstärke im roten Dämmerlicht des Abends. Die Augen der Regul waren nicht an Nachtsehen angepaßt.

»Kommt!« forderte Pasev, und alle folgten ihr durch die Hallen zum Turm der She'pan.

Dort war Melein, stand neben Intel, berührte ihre Hand und versuchte damit, sie zu wecken, aber es war Pasev, die den Arm der She'pan mit festem Griff packte und sie aus ihren Träumen schüttelte.

»She'pan«, sagte Pasev, »She'pan, das Schiff ist da.«

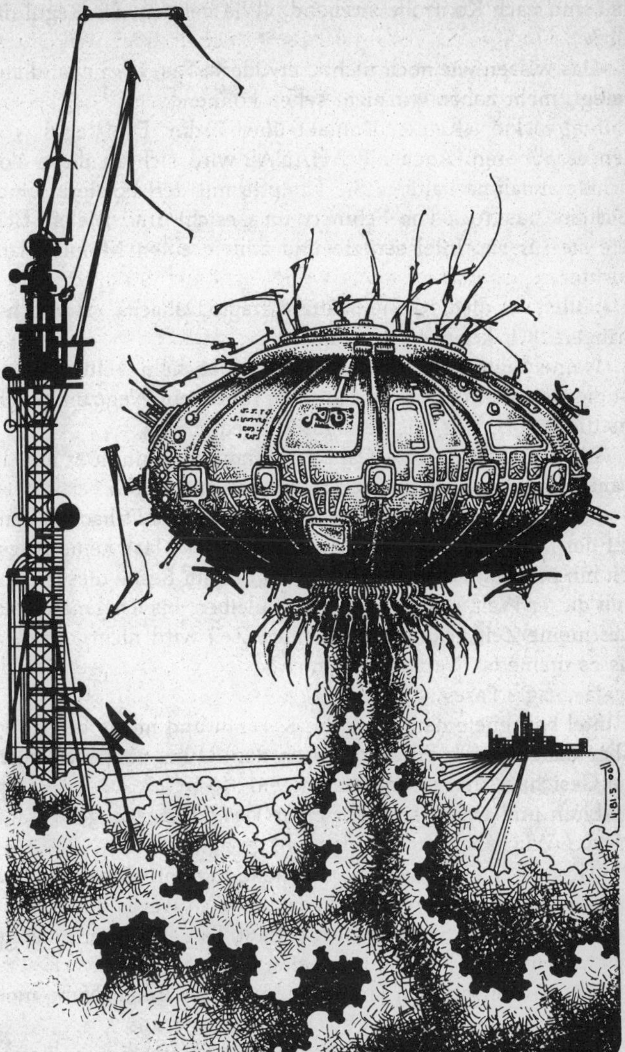

»Und die Regul?« Die Träume verschwanden aus den goldenen Augen der She'pan und die Schärfe kehrte zurück, gebündelt und nach Kontrolle strebend. »Wie nehmen die Regul das hin?«

»Das wissen wir noch nicht«, erwiderte Pasev. »Sie sind aufgeregt, mehr haben wir nicht sehen können.«

Intel nickte. »Keinen Kontakt über Radio. Die Regul würden es abhören. Auch die AHANAL wird sich an diese Vorsichtsmaßnahme halten.« Sie kämpfte mit den Polstern, einen leichten Ausdruck von Schmerz im Gesicht, und Melein richtete sie für sie. Intel seufzte und atmete einen Moment lang leichter.

»Sollen wir dich, Kleine Mutter«, fragte Dahacha, »zum Schiff bringen? Wir können dich tragen.«

»Nein«, sagte sie mit einem traurigen Lächeln. »Eine She'pan ist die Wächterin der Pana. Für mich führt kein Weg zum Schiff, bis diese Sorge für mich endgültig erledigt ist.«

»Laß uns dich«, sagte Dahacha daraufhin, »hinunter auf die Straße tragen, so daß du den Hafen sehen kannst.«

»Nein«, beharrte Intel. Und dann berührte sie Dahachas Hand auf der Armlehne ihres Sessels und lächelte. »Hab keine Angst. Ich bin im Besitz meiner Fähigkeiten und im Besitz dieses Edun und dieser Welt, und das werde ich bleiben, bis ich genau weiß, daß meine Zeit gekommen ist. Eure Zeit wird nicht kommen, bis es meine ist. Versteht ihr mich?«

»Ja«, sagte Pasev.

Intel begegnete dem Blick der Kel'anth und nickte befriedigt. Aber dann streifte ihr Blick durch den Raum, zählte vielleicht die Gesichter, und schloß die Augen.

»Liran und Debas sind vor einer Weile fortgegangen«, sagte Pasev. »Wir haben ihnen Lebewohl gesagt.«

»Ich gebe meinen Segen«, murmelte Intel pflichtbewußt.

Pasev neigte zustimmend ihr Haupt. »Ich werde dir dienen«, sagte sie, »bis die She'pan mich entläßt. Es gibt immer noch genug von uns, um zu tun, was getan werden muß.«

»Das wird nicht mehr lange dauern«, sagte Intel. »Niun, mein Kind«, fügte sie hinzu und streckte die Hand aus.

Er kniete vor ihr nieder, nahm ihre Hand in seine, senkte seinen entblößten Kopf auf ihre Hand, fühlte, wie ihre Finger aus seiner Hand glitten und die Geste des Segens machten.

»Geh hinaus«, sagte sie, »geh zum Schiff und sprich von Angesicht zu Angesicht mit den Besuchern! Höre dir an, was sie zu sagen haben! Antworte weise! Es kann sein, daß du eigenständige Entscheidungen treffen mußt, junger Kel'en. Und sei vorsichtig! Wir haben beinahe schon damit aufgehört, den Regul zu dienen.«

Etwas streifte über seinen Kopf. Er fühlte, wie das Gewicht auf seinem Nacken ruhte, und griff danach, und seine Finger schlossen sich um kaltes Metall. Als er es umdrehte und auf das Amulett an einer Kette blickte, erkannte er die offene Hand, das Emblem des Edun Kesrithun, und Intels seidenweiche Finger berührten sein Kinn und hoben sein Gesicht, so daß sich ihre Augen begegneten.

»Es ist nur ein *J'tal*«, sagte sie mit weicher Stimme. »Aber ein *Meister-J'tal*. Erkennst du es, mein letzter Sohn?«

»Es ist eine Ehrung«, sagte er, »für den Kel'en einer She'pan.«

»Trage es gut«, sagte sie, »und beeile dich! Zeit ist jetzt wichtig.«

Sie stieß ihn mit den Fingern an, und er stand auf, fürchtete beinahe die Blicke der anderen, der Kel'ein, die selbst mit solch einem *J'tal* hätten geehrt werden können, wo er doch der jüngste und letzte unter ihnen war. Aber er begegnete keinem Neid, nur der Freude, als sei dies etwas, dem sie alle zustimmten.

Er zog seine Hausgewänder aus, und drinnen im Zimmer der She'pan legten alle mit Hand an, um ihn für seinen Gang vorzubereiten, beeilten sich, ihm die *Siga* zu bringen, die er beim Gehen über das staubige Land tragen würde, und *Zaidhe* und *Mez*. Und sie überreichten ihm ihre Waffen, sowohl Yin'ein als auch Zahen'ein, die besser waren als seine eigenen. Und mit einem Lächeln, einem Lachen, das einen Aberglauben verwarf, der älter war als die Erinnerungen des Volkes, nahm Palazi ein Glücksamulett aus seinem Gürtel und reichte es ihm, ein Kriegermädchen, das ihm von seinem Glück gab.

»Jahre und Ehren«, sagte Palazi.

Er umarmte den alten Mann und andere und kehrte mit vor Anstrengung klopfendem Herzen zu seiner letzten eiligen Verbeugung zu ihren Füßen zur She'pan zurück. Aber nachdem er ihren Kuß auf seiner Stirn empfangen hatte, ließ sie ihn nicht sofort gehen, sondern blickte ihm auf eine Weise ins Gesicht, daß das Blut in ihm gefror.

»Du bist schön«, sagte die She'pan zu ihm, wobei Tränen in ihren goldenen Augen schwammen. »Ich habe große Angst. Sei vorsichtig, jüngster Sohn!«

Das Volk glaubte nicht mehr mit großer Inbrunst an Voraussagungen, nicht mehr, als Niun wirklich an Palazis Glückwunsch glaubte; aber er erschauerte. Es gab Mri-Vernunft und Regul-Vernunft, und immer nur an das zu glauben, was durch Erfahrung erwiesen werden konnte, war die Methode der Regul, nicht die der Mri.

Eine, die schon so lange gelebt hatte wie Intel, konnte Gründe haben, die er nicht verstand. Sein ganzes Leben hatte er in Gegenwart des Verbotenen und Unbegreifbaren verbracht; und meistens war die She'pan Intel einbezogen gewesen. *She'pan,* Bewahrerin der Mysterien.

»Ich werde vorsichtig sein«, sagte er, und daraufhin ließ sie ihn ziehen. Er wich Meleins Augen aus, als er aufstand, denn sollten die She'pan und ihre Erwählte irgend etwas ihn Betreffendes miteinander teilen, wollte er bei dieser Mission nicht damit belastet sein.

»Vertrau keinem Regul!« sagte die Kel'anth. »Nimm alles wahr, was du siehst!«

»Ja«, stimmte er ernsthaft zu, ergriff Pasevs Hände und drückte sie sanft, um damit den Brüdern und der Schwester seiner Kaste Lebewohl zu sagen.

Dann wandte er sich rasch ab und ging mit langen Schritten, die ihn eilig die spiralenförmige Treppe hinabtrugen, an den aufgeschriebenen Namen der Geschichte und der Helden des Volkes und der Wahrheit aller Dinge vorbei, auf die Intel ihn hingewiesen hatte und die er nicht lesen konnte. An diesem Tag empfand er ihre Bedeutung, das Andenken an seine Vorfahren.

Alles, alles, was Intel sich ersehnt hatte, war ihm zuteil geworden, und sie war endlich fähig gewesen, ihn gehen zu lassen, ihn zu werfen wie die *As'ei* beim *Shon'ai.* Und sie hatte ihn nicht verloren. Diese Alten hatten ihm zuviel Liebe erwiesen, als daß er dabei hätte versagen können, die Wünsche Eddans, Intels, Pasevs, Debas' und Lirans zu erfüllen. Sie waren erst sichergegangen, daß er auch Erfolg haben würde, bevor sie ihm zur Mission der She'pan verholfen hatten.

Er durchquerte den Haupteingang, und schloß die Tore hinter sich vor der Nacht, und er erblickte die monströse Gestalt des *Miuk-ko,* ein Schatten neben der Tür. Der große Kopf wurde gehoben, und die Augen starrten Niun unsichtbar in der Dunkelheit an.

Vielleicht, dachte er mit einem Optimismus, den auch hundert Wiederholungen dieses Kommen und Gehens nicht zerstört hatten, *vielleicht diesmal. Es wäre gut, wenn es zumindest diesmal geschähe, daß es mich braucht, wie ich es brauche.*

Aber es brummte nur, wandte das Gesicht ab und legte den mächtigen Kopf in den Schlamm. Männlich, weiblich oder keins von beiden; noch nie hatte jemand das Geschlecht eines Dus mit Sicherheit bestimmen können, noch herausgefunden, warum sie zu einem Mri kamen und es ablehnten, zu einem anderen zu gehen; ob dieses eine jetzt begriffen hatte, daß Medai nicht zurückkehren würde, ob es trauerte oder einfach aus Dummheit hungerte und darauf wartete, daß Medai es füttern würde, das konnte Niun nicht ergründen.

Mit einem traurigen Achselzucken ging er seines Weges, hatte diesen halben Schritt kaum innegehalten. Diesmal war sein Vorbeigehen jedoch anders, denn Dinge, die das Dus nicht begriff, hatten sich verändert, waren dabei, sich zu verändern, standen im Begriff, sich zu verändern. Und das Dus, das ihn zurückgewiesen hatte, war verurteilt.

Es war wahrscheinlich, daß die Menschen die Dusei vernichten würden. Die Regul schon hätten es freudig getan, hätten die Tiere nicht unter dem Schutz der Mri gestanden. Die Größe und die sich langsam fortbewegende Kraft der Dusei ähnelte sehr der der Regul, aber die Regul haßten die Dusei instinktiv. Regul konnten sich nicht, wie die Mri, gegen das Gift der Krallen immunisieren; sie konnten sich nicht wie die Mri der Einfachheit der Tiere überlassen. Deswegen flohen die Regul sie.

Und die Unbehaglichkeit, die die Begegnung mit dem Dus in

Niun ausgelöst hatte, verblieb in ihm, solange er zu den Ebenen unterwegs war, zu den Dampffahnen der Geysire unter den windverzerrten Wolken. Er roch den Wind, spürte dessen vertraute Kraft, als sei sie ein lebendiges Etwas.

Er ertappte sich dabei, wie er die vertrauten Plätze betrachtete, die er in seinem Leben gesehen und kennengelernt hatte, und jedesmal dachte er: *dies ist beinahe schon das letzte Mal.* Im Herzen verspürte er Aufregung und im Magen Unsicherheit, die nichts mit Heldentum oder Begeisterung zu tun hatte. Seine wachen Sinne nahmen die ganze Welt auf, die Düfte der Erde, ätzend und naß, die Berührung des feuchten, heißen Atems der Geysire, die jeder seinen Namen und seine Eigenschaften hatten.

Seine Welt.

Die Heimatwelt.

Das Kel war so unbeständig wie der Wind, aber fähig dazu, die Welten zu lieben, auf denen sie heimisch wurden. Es traf ihn, daß sie nicht wußten, wohin sie gehen würden, daß Intel von der Dunkelheit sprach, als sei sie ein Ort, als besäße sie Dimensionen und Tiefe und Dauer, wie die Welt selbst. Ihm fiel ein, daß er, nachdem er Kesrith verlassen haben würde, vielleicht nie wieder Erde unter seinen Füßen spüren konnte. Die Dunkelheit enthielt Versprechungen, darauf hatte die She'pan beharrt, aber Niun konnte sich nicht vorstellen, was sie versprach.

Und jetzt mußte er mit Kel'ein sprechen, die keine alten Männer mit weitreichenden Gedanken waren – Kel'ein, die nur den Krieg kannten, die heikel in ihrem Stolz und den Vorrechten ihrer Kaste waren, auf eine Weise, wie es das freundliche Kel von Kesrith nie gewesen war.

Er würde im Kel von Fremden leben, bei denen es Kath'ein gab, die auf Verlangen ihm gehören würden – und die Möglichkeit, Kinder zu zeugen, seine private Unsterblichkeit zu sehen. Er würde der Sohn einer She'pan sein, der Wahrbruder einer anderen, am meisten geehrt nach den Fen'ein, den Ehemännern, die sie wählen würde, mit den Kel'e'ein und Kath'ein des Edun ihre Kinder zu zeugen – wenn er den Nachfolgekampf überleben würde.

Vor ihm erwuchsen Wahlmöglichkeiten in einer verwirrenden Anordnung, in schwindelndem Überfluß, eine Zukunft mit Dingen, die weder festgefügt noch vorhersagbar, noch sicher waren.

An Stellen, wo stinkender Schwefel und Dampf seinen Weg verbargen, wo Wasser von kürzlich besprühten Felsen tropfte und der heiße Untergrund weitere Eruptionen vorbereitete, ging er rasch vorbei. Er hatte einen genauen Zeitplan. Die dünnen Krusten zu seiner Rechten lagen auf kochendem Wasser und Schlamm. Die Kante, auf der er entlangging, würde des Gewicht eines Mri tragen, aber nicht das eines Regul oder Dus. Die Regul hatten bittere Lektionen über Kesriths Ebenen gelernt; sie verließen jetzt nicht mehr die Sicherheit ihrer Schlitten und Flugzeuge, der sorgsam ausgesuchten Straßen und Landeflächen. Die Menschen würden lange Zeit brauchen, um das Land kennenzulernen, falls sie es jemals wagten, die Sicherheit der Regul-Stadt zu verlassen.

Einige würden sicher beim Lernen sterben. Ein paar Mri war das auch widerfahren.

Er konnte aufhören, sich darum zu kümmern, was Menschen taten. Das Volk würde aufgesammelt werden und fortgehen, alle von ihnen, Dahacha und Palazi und die anderen, und auch Intel – sie würden auch sie überreden, obwohl sie alt und nach ihren Mühen sehr müde war. Zumindest konnte sie am Beginn der Reise dabei sein.

Und dann konnten sie fortgehen, ohne sich auch nur einen Blick zurück zu wünschen.

Schließlich stand Niun auf der langen weißen Kammlinie über dem Hafen und sah den Rumpf des Regul-Schiffes HAZAN und ihm gegenüber den neuen der AHANAL.

AHANAL – ›die Schnelle‹.

Er rutschte den monderleuchteten Kamm in einer weißen, pulverigen Staubwolke hinab, überquerte den flachen Abhang und erreichte den Boden des Tieflandes.

Und ein Schatten floß zwischen den Felsen einher, groß und bedrohlich. Mit der Hand an der Pistole drehte sich Niun um und blickte zu der kauernden Gestalt hinauf, die einen Kamm erklommen hatte.

Ha-dus. Für einen Moment atmete Niun nicht, bewegte er sich nicht. Drei andere tauchten auf. Die großen Tiere konnten sich leise heranschleichen; aber sie schlichen sich gar nicht an ihn heran. Er hatte sie nur beim Wachen gestört.

In Respekt vor ihrem Recht, hier zu sein, verharrte er reglos, und sie atmeten schnaufend und betrachteten ihn mit ihren kleinen Augen, und gaben schließlich das explosive, fragende Geräusch von sich, das angab, daß sie nicht in Kampfesstimmung waren.

Verzeiht, Brüder, wünschte er ihnen im Geist, was die beste Methode war, mit den seltsamen und ungebärdigen Dusei umzugehen. Er ging ein paar Schritte rückwärts, bevor er wieder seinem vorherigen Weg folgte. Das war eine Sprache, die ein Dus verstand, eine Sache von Bewegungen, die jemand machte oder nicht machte.

Niuns Hände wanderten von der Pistole zu dem Amulett auf seiner Brust. Es war nicht der Augenblick, um sein Leben mit Ha-dusei zu riskieren, nicht im geringsten. Er ging langsamer, behutsamer und erinnerte sich an Pasevs Mahnung, seine Augen und seinen Verstand zu benutzen.

Sie ließen ihn ziehen, und als er zurückblickte, waren sie nicht mehr zu sehen. Er wanderte vom weißen Sand zu dem künstlichen Boden, der das solide Gestein des nördlichen Randgebietes bedeckte. Dort erhob sich ein Zaun, ein lachhaftes Drahtgebilde, das nichts aufhalten konnte, das wirklich eindringen wollte – nicht auf Kesrith. In eleganter Mißachtung von Regul-Beschränkungen des freien Landes brannte er sich eine Lücke hinein. Jeder Mri würde dasselbe tun, ehe er um einen Zaun herumging, und Regul begegneten so etwas mit Zorn. Aber so war es eben die Methode der Mri, und darin würden die Mri den Meistern nicht gehorchen.

›He, du, Wilder mit blutigen Händen‹, hatte er einen der Regul-Junglinge in der Stadt ihn geringschätzig rufen hören.

Aber Regul errichteten Zäune und bauten Maschinen, die der Erde Narben zufügten, und versuchten sogar, den Weltraum selbst in Gebiete und Grenzen und Parzellen zu unterteilen, wie man es mit Nahrungsmitteln, Metallen und Kleiderballen tat. In Niuns Augen war das lächerlich.

Er ging durch das Gewirr aus verlassener Ausrüstung, Skelettstreben und Fahrzeugen – so wie er es vorausgesehen hatte, ein gewaltiger Friedhof von Fahrzeugen und Maschinen, ein so eng zusammengeknüllter Haufen Metall, daß er darumherum gehen mußte; ein Haufen aus unterschiedslos durcheinandergemischten Fahrzeugen, Schlitten und Flugzeugen, als ob eine Riesenhand sie hier zusammengeschoben hätte, all die Fahrzeuge, die die Einwohner aller von Regul beherrschten Siedlungen herbeigebracht hatten. Und dort ein großes, verbranntes Gebiet, ein Turm aus verkohlten und zerissenen Silhouetten, ein winkelförmiges Gewirr aus Stützen und sonstigen Gütern, die die Regul als Abfall weggeworfen hatten. Alles war vom Sturm zerschmettert und verbrannt: das Ausmaß des Schadens am Hafen mußte beträchtlich sein. Niun blickte sich im Gehen um und zählte die Dinge auf, die er früher gesehen hatte, als sie noch ganz gewesen waren, und die er jetzt kaputt sah. Er fing an, die Gründe für das verschreckte Gehabe der Regul zu verstehen.

Die HAZAN stand innerhalb einer gewaltigen Anordnung von Gerüsten, Schläuchen und zerbrechlichen Ausläufern, und auch um das Schiff herum erblickte Niun sichtbare Zerstörungen. Lichter brannten am Schiff, dunkle Gestalten kletterten an ihm herum und bearbeiteten es wie Aaskäfer; eine stetige Reihe von Fahrzeugen kroch auf die HAZAN zu und brachte zweifellos Güter zum Verladen und für die Reparaturen.

Sorgsam darauf achtend, nicht gesehen zu werden, ging Niun an diesem Bereich vorbei und umrundete den Rumpf der HAZAN. Dort, einen Turm weiter vor ihm, stand wieder die AHANAL, erstreckte sich mit nur einem einzigen Licht am Rumpf gen Himmel.

Er näherte sich ihr und erkannte, daß sie alt war, ihr Metall wie von Säuren zerfressen, ihre Beschriftung fast zur Unkenntlichkeit verblaßt. Lange Narben kennzeichneten die Stellen, an denen die Schilde versagt haben mußten.

Er grüßte sie mit lauter Stimme, wußte, das Regul-Wachposten in der Nähe waren, ein Schlitten sich ihm schon näherte.

»AHANAL!« rief er. »Öffnet eure Luke!«

Aber entweder waren sie nicht darauf eingerichtet, ihn hören zu können, oder sie hatten Grund, sich wegen der Regul unwohl zu fühlen. Es kam keine Antwort von der AHANAL. Er sah, daß der Schlitten sich scharf rechts drehte und neben ihm stehen blieb. Ein Jungling öffnete den Seitenschirm, um mit ihm zu sprechen.

»Mri«, sagte der Regul. »Du bist hier nicht zugelassen.«

»Ist das ein Befehl des Bai?« wollte Niun wissen.

»Geh weg!« beharrte der Regul. »Kesrithi Mri, geh weg!«

Ein metallisches Krachen ertönte. Die Luke war geöffnet worden. Niun ignorierte den Regul und blickte zum Schiff hinauf, von dem ein Rampe sich herauszuschieben begann. Er ging darauf zu und ließ den Regul einfach außer acht.

Der Schlitten summte hinter ihm. Niun ging weiter und wurde nur knapp verfehlt. Der Kotflügel rammte an seinem Bein entlang, vor ihm wendete der Schlitten und versperrte ihm den Weg.

Das Fenster war noch offen. Das Jungling-Regul atmete schwer, die großen Nasenlöcher öffneten und schlossen sich in äußerster Erregung.

»Geh zurück!« zischte es.

Niun machte Anstalten, den Schlitten zu umgehen, aber dieser schoß vor, und Niun rollte auf der Schulter über die flache Nase des Fahrzeugs, landete auf der anderen Seite und rannte beschämt und erschreckt los. Mri sahen von der Rampe aus zu und waren über seine Niederlage zweifellos aufgebracht. Vor Schrecken über das, was er getan hatte, was noch nie zuvor ein Mri getan hatte, waren seine Beine ganz weich geworden. Er hatte den Meistern direkt die Stirn geboten. Aber er war der Gesandte der She'pan; hätte er sich aufgehalten, um sich mit dem Jungling zu debattieren, wäre zweifellos eine Regul-Autorität eingeschritten, mit Befehlen, denen er entweder gefolgt wäre oder die er mißachtet hätte, mit einer Krise für die She'pan, die ein einfacher Kel'en nicht ohne unmittelbare Gewaltanwendung hätte lösen können.

Er rannte, erreichte die widerhallende Festigkeit der Rampe und eilte so schnell wie er konnte den Mri des Schiffes entgegen, aber sie zogen sich bereits ins Innere zurück, ohne auf ihn zu warten. Er hörte und spürte, wie sich hinter ihm die Rampe wieder vom Boden löste und ihre Länge verkürzte, als er die hintersten Mri überholte. Blendende Lichter gingen an, Türen schlossen sich, und die Mri waren sicher im Innern.

Es waren zehn Kel'ein – Ehemänner, nach ihrem Alter und ihrer Würde zu schließen. Das Licht war kalt, und die Luft stechend steril im Vergleich zur Luft von Kesrith. Die letzte Versiegelung des Schottes schloß sich zwischen ihnen und der Außenwelt. Die Rampe war eingezogen, und es herrschte Stille.

»Sirs«, fiel ihm ein, daß er sagen mußte, und hielt inne, um die anderen mit ihren zahlreichen *J'tai* und ihrem grimmigen fremdartigen Gebaren zu betrachten, lange genug, um anschließend die Stirn zu berühren und ihnen den angemessenen Respekt zu erweisen. Er sah wieder auf und entschleierte sich, eine Höflichkeit, die sie ungern erwiderten.

»Ich bin Niun s'Intel Zain-Abrin«, sagte er in der Hochsprache, die alle Mri bei Formalitäten benutzten. »Ich diene Intel, She'pan des Edun Kesrithun.«

»Ich bin Sune s'Hara Sune-Lir«, sagte der Älteste der anderen, ein alter Mann mit an den Schläfen ergrauter Mähne, der den Eindruck machte, so alt wie Pasev oder Eddan zu sein. Seine Gefährten waren jedoch jüngere, stärker aussehende Männer. »Geht es der She'pan Intel gut?«

»Das Edun ist sicher.«

»Beabsichtigt die She'pan, persönlich zu kommen?«

»Was das angeht, Sir, nicht, bis ich mit Wort von eurer She'pan zurückkehre.«

Er verstand die Haltung der anderen irgendwie als die von Männern, die ihre eigene She'pan, die sich und ihre Leute der She'pan Intel unterwerfen mußte, liebten und verteidigten. Es war nur natürlich, daß sie Intels Gesandtem mit Zurückhaltung begegneten.

»Wir werden dich zu ihr bringen«, sagte Sune s'Hara förmlich. »Komm!« Und höflicher fuhr er fort: »Bist du verletzt?«

»Nein, Sir«, sagte er und erinnerte sich plötzlich errötend, daß er sich diesem Mann nicht beugen durfte, daß er ein Gesandter war, und mehr als das; er verriet sich selbst als sehr jungen Kel'en, der noch keine Erfahrungen mit seiner eigenen Autorität hatte. »Regul und Mri auf Kesrith vertragen sich nicht«, fügte er hinzu und verbarg seine Verwirrung. »Es sind Worte gewechselt worden.«

»Wir sind mit Waffen empfangen worden«, sagte Sune. »Aber wir haben keine Verluste.«

Er ging mit ihnen durch Korridore aus Metall in Hallen, die für Regul entworfen worden waren. Er sah Kel'ein und Kel'e'ein, verschleiert und jung wie er, und sein Puls beschleunigte sich. Er hielt sie für ruhmreich und schön und versuchte, sie nicht anzustarren, obwohl er wußte, daß ihre Augen ihn aufmerksam musterten, als den Fremden, der er unter ihnen war. Einige entschleierten sich in brüderlichem Willkommen, als er ihnen begegnete, und eine große Gesellschaft von ihnen ging mit ihm durch die Korridore zum Hauptraum, zum Zentrum des Schiffes, das jetzt die Halle einer She'pan war.

Sie war in mittlerem Alter. Er trat zu ihr und verneigte sich unter ihre Hände. Dann sah er zu ihr auf, etwas verstört darüber, von einer She'pan nicht in der vertrauten Enge eines Turmes, sondern an diesem metallischen Ort begrüßt zu werden, obendrein noch von einer She'pan, mit der er nicht verwandt war und die auf ihren weißen, blau-gesäumten Gewändern ein Sternenemblem trug, nicht die Hand des Edun Kesrithun.

Sie war eine Fremde, die sterben mußte, die sich entscheiden mußte, zu sterben, oder deren Champion er besiegen mußte, sollte sie die Herausforderung machen. Er betete still zu allen Göttern, daß diese She'pan tapfer und wohlwollend war und mit der Herausforderung vorangehen würde.

Ihre Augen waren hart, und sie lebte in einem Licht, das streng genug war, um zu schmerzen, und die sie umgebende Welt war kalt und aus Metall. Viele, viele Angehörige des Schiffsvolkes umgaben sie nun, ihre She'pan, ihre geliebte Mutter, nicht seine. Er war der Eindringling, eine Bedrohung für ihr Leben.

Sie sahen den Gesandten einer She'pan, der noch keine *J'tai* in Schlachten gewonnen hatte, ein narbenloser Junge, unerprobt und durch die Herausforderung verwundbar. Er spürte, wie ihre Augen an ihm auf- und abglitten, während sie daran dachte und an diese Welt und die, die ihn geschickt hatten. Hinter der She'pan und um sie herum erblickte Niun goldgewandete Sen'ein und schwarzgewandete Kel'ein; und in den weiter entfernt gelegenen stillen Winkeln der Halle erblickte er Kath'ein in blauen Gewändern, die ihn scheu beobachteten, unverschleiert, freundlich und verängstigt.

Und ringsherum hingen in den anderen Korridoren zahlreiche Reihen von Hängematten wie die Nester der kesrithischen Spinnen, ein Gewebe aus weißen Fäden, das den Zentralraum und die seitlichen Korridore umschnürte. Niun war von der Zahl der zusammengedrängten Masse überwältigt, jedoch traf ihn die plötzliche Erkenntnis, daß dies seine gesamte Art war, ganz auf dieses kleine Schiff zusammengeschrumpft und unter dem augenblicklichen Kommando dieser Frau.

»Gesandter«, sagte sie, »ich bin Esain des Edun Elagun. Wie geht es Intel?«

Ihre Stimme war freundlicher als ihr Gesicht und schoß durch ihn hindurch wie die Sonne nach der Dunkelheit der Nacht. Sein Herz schmolz vor ihr, weil sie so freundlich mit ihm und über Intel sprach.

»She'pan«, sagte er, »Intel geht es gut genug.«

Sie nickte leicht und winkte mit der Hand ihren Rat zu ihr. Kel'anth, Sen'anth und Kath'anth kamen herbei und ließen sich neben ihr nieder, ebenso die Fen'ein, ihre Ehemänner aus den Reihen des Kel, und die Angehörigen des Sen. Und während all diese ihre Plätze einnahmen, zogen sich die anderen zurück, und die Türen wurden geschlossen.

Niun blieb vor Esain auf den Knien, nahm vorsichtig das *Zaidhe* ab und legte es vor ihr nieder, und darauf legte er das *Av-kel*, das Kel-Schwert, das ihm Sirain geliehen hatte, die in der Scheide steckende Klinge auf ihn weisend, der Griff zur She'pan gewandt, ein Zeichen des Friedens. Seine Hände lagen gefaltet in seinem Schoß. Esains Kel'ein taten desgleichen, die Schwertgriffe zu Niun gewandt, den Fremden in ihrer Mitte, den zum Rat zugelassenen Besucher.

»Wir überbringen Intel Grüße«, sagte Esain ruhig. »Schon vor langer Zeit hat ihre Weisheit dem Volk die AHANAL bewahrt, und ihre Weisheit gab der AHANAL die Möglichkeit, hierher zu kommen. Sie erlegte dem Kel unter Zurückweisung der Hilfe der Regul solch eine Bürde auf, daß es keine ehrbare Alternative gab. Ehre überwog die Ehre. Dies war weise eingerichtet. Alle an Bord verstehen das und sind dankbar dafür, daß es rechtzeitig getan wurde, denn nichts anderes hätte uns dazu zwingen können, der Front den Rücken zu kehren. Ist es wahr, was wir vermuten, daß sie vorhat, den Regul den Dienst aufzukündigen?«

»Ihre Worte sind: ›Wir haben beinahe schon damit aufgehört, den Regul zu dienen.‹ Deine Fen'ein und der Kel'anth haben das Resultat davon erlebt, als ich mich dem Schiff näherte.«

Sie blickte den Kel'anth an, der Niuns Äußerung mit einer Handbewegung bestätigte.

»Ich habe etwas gesehen, was ich noch nie zuvor erlebt habe«, sagte der alte Mann. »Ein Regul hat diesen Gesandten angegriffen – nicht mit den Händen, natürlich, sondern mit seiner Maschine. Diese Regul sind verzweifelt.«

»Und das Edun?« fragte die She'pan, die Verneigung mit einem Stirnrunzeln verbindend. »Wie geht es dem Edun des Volkes, wenn die Regul in solch einer Stimmung sind?«

»Im Augenblick sicher«, sagte Niun und fügte hinzu, weil er die wirkliche Frage, die einem einfachen Kel'en zu stellen sie zögern würde, in ihr brennen sah: »She'pan, das Verbotene befindet sich in Intels Gewahrsam, und die Regul sind mit den Zerstörungen beschäftigt, die das Unwetter angerichtet hat. Die Menschen sind nahe, und die Regul fürchten Verzögerungen, die sie auf dem Planeten festhalten. Ich denke, das, was dort draußen geschehen ist, war das Werk eines Junglings ohne eindeutige Befehle.«

»Und doch«, sagte die She'pan, »was würde geschehen, wenn wir das Schiff körperlich verlassen?«

»Wir sind Mri«, sagte Niun mit äußerster Zuversicht. »Die Regul würden uns ausweichen und nichts zu tun wagen.«

»Hast du auch«, fragte die She'pan, »das Jungling, das versuchte, dein Leben anzugreifen, so eingeschätzt?«

Hitze stieg ihm ins Gesicht. »She'pan«, sagte er, seiner Jugend und Unerfahrenheit bewußt gemacht, »ich glaube nicht, daß es eine ernste Bedrohung war.«

Sie dachte nach, betrachtete das Sen und die anderen, seufzte schließlich und runzelte die Stirn. »Meine Verantwortung hier ist zu groß, als daß ich ein Risiko eingehen könnte. Wir werden warten, bis Intel ihre Entscheidung getroffen hat. Wir halten hier Streitkräfte zu ihrer Verfügung bereit. Ich werde sie aussenden oder in Bereitschaft halten, ganz wie sie will. Und, Gesandter, versichere ihr, daß ich ihren Anspruch auf das Volk respektieren werde.«

Er war gleichermaßen erschrocken und erleichtert und verneigte sich sehr tief vor ihr, hörte dabei, wie das Murmeln des Kummers lang und breit durch den Raum lief. Er konnte es kaum ertragen, wieder ihrem Blick zu begegnen, aber entdeckte, daß er freundlich war und keine Beschuldigung enthielt.

»Ich werde ihr berichten«, sagte er, sich an die Höflichkeiten erinnernd, die ihm eingeübt worden waren, bis sie ihm in Blut, Fleisch und Knochen eingingen, »daß die She'pan des Edun Elagun eine große und tapfere Dame ist, daß sie sich im ganzen Volk große Ehre verdient hat.«

»Berichte ihr«, sagte sie mit sanfter Stimme, »daß ich ihr Glück mit meinen Kindern wünsche.«

Viele verschleierten sich, als sie das hörten, und Niun entdeckte, daß seine eigenen Augen schmerzten.

»Ich werde es ihr mitteilen«, sagte er.

»Wirst du die Nacht bei uns verbringen, Gesandter?«

Er dachte darüber nach, denn zurück zum Edun zu gehen, war ein Weg für den Rest der Nacht, und damit wäre wahrscheinlich eine Menge Schlaf verlorengegangen, nachdem Intel einmal angefangen hätte, Befehle auszuteilen. Aber dann fiel ihm der Regul ein, der seinen Weg gekreuzt hatte, ebenso das Wetter und die Ungewißheiten, die ihn umgaben.

»She'pan«, sagte er, »es ist meine Pflicht, zurückzukehren. Am besten sofort, bevor die Regul Zeit für lange Beratungen gefunden haben.«

»Ja«, sagte sie, »das wäre am weisesten. Dann geh!«

Nachdem er das *Av-kel* aufgehoben und das *Zaidhe* wieder angelegt hatte, ihre Hand berührt und ihr im Herzen empfundene Höflichkeit erwiesen hatte, legte sie einen Ring aus echtem Gold in seine Hand, wobei sich sein Herz vor Schmerz verkrampfte. Denn es war eine großzügige, tapfere Tat von ihr, ihm ein Dienstgeschenk zu machen, als habe er ihr einen großen Gefallen erwiesen. Sie zog den Ring von einem ihrer Finger und drückte ihn in seine Hand, und er verneigte sich und küßte ihr die Finger, bevor er aufstand, um Abschied zu nehmen. Er band den Ring an einen seiner Ehrenriemen, um ihn später in angemessener Form anzusetzen. Dann verneigte er sich wieder, um ihr Lebewohl zu sagen.

»Ich wünsche dir einen sicheren Weg, Kel'en«, sagte sie.

Er hätte ihr ein langes Leben wünschen sollen, und konnte es nicht tun. Statt dessen fiel ihm der Abschied von Kel'ein ein: »Ehre und gute Bereitschaft«, sagte er, und sie akzeptierte diese Höflichkeit mit Würde.

Das Kel verschleierte sich, und er tat desgleichen, dankbar für diese Abgeschlossenheit, als sie ihn zurück zum Eingang führten, um ihn in die Dunkelheit hinauszulassen.

Er vernahm den schmerzlichen Protest eines eingesperrten Dus, der Stimmung des Kel angepaßt, dem es diente. Und mit diesem Geräusch in den Ohren betrat er die Schleuse, und die Lichter gingen aus, damit sie kein Ziel abgaben.

Einen Moment lang herrschte völlige Dunkelheit. Dann ließen die ausfahrende Rampe und die Doppeltür Licht herein, die Flutlichter auf dem Flugfeld, und der ätzende Wind berührte ihn.

Keiner sagte etwas, als Niun ging. Auch vorher hatten sie kein Wort mit ihm gewechselt. Es lag am Mut ihrer Lady Mutter, daß weder er noch einer der ihren bei einem Übergang der Macht Blut vergießen würde; alles war geregelt.

Und sobald es nur noch eine She'pan auf Kesrith gab, war die Zeit für den Austausch von Höflichkeiten und Willkommensgrüßen zwischen ihnen gekommen.

Er blickte nicht zurück, als er die Rampe hinabschritt.

16

Niun hatte erwartet, am Fuß der Rampe auf Schwierigkeiten zu treffen. Es gab dort jedoch keine, weder den Regul-Wachposten noch die Unterstützung, die dieser Posten hätte herbeirufen können. Er stellte sein Glück jedoch nicht auf die Probe, sondern zog den Kopf ein und rannte los, während seine weich besohlten Schuhe seine Tritte auf den Boden weitgehend unhörbar machten.

Er schlängelte sich erneut durch den Maschinenirrgarten, und dort, dort warteten die Regul, die er befürchtet hatte, ein Aufflackern von Scheinwerfern jenseits des Zaunes. Niun holte Atem und hielt einen halben Schritt inne, um die Lage zu überblicken, glitt in den Schatten und änderte seine Richtung, wobei er davon ausging, daß es nicht nötig war, denselben Zugang zweimal zu benutzen. Er brannte sich durch den Zaundraht, trat ihn beiseite und rannte los, während seine Lungen in der dünnen Luft schmerzten. Irgendwo klagte ein Dus über das Grollen der Maschinen hinweg, die durch die Nacht streiften.

Niun erreichte den Rand des Flugfeldes und floh auf den Sand hinaus, überrascht und erschreckt, als ein Strahl kurz vor ihm in den Sand schlug. Er schnappte nach Luft und änderte die Richtung, stürzte um die Biegung einer Düne herum und rannte mit aller ihm verbliebenen Kraft weiter.

Nach einer Weile glaubte er sich sicher genug, um wieder Atem zu holen. Regul konnten nicht so schnell rennen wie er, und die geräuschvollen Maschinen konnten ihn nicht überraschen. Er erstickte ein Husten, das natürliche Ergebnis eines solchen Laufs, und machte sich unbehaglich daran, über den neuen Stand seiner Angelegenheiten nachzudenken – die Tatsache, daß die Regul mit Vorbedacht nicht versucht hatten, ihn einzufangen, sondern ihn zu töten.

Er lehnte sich gegen die Seite der Düne, preßte die Hand gegen seine schmerzende Seite, versuchte, normal zu atmen, und hörte, daß sich etwas regte – Dus, dachte er, denn er wußte, daß es in dieser Nacht in den Hügeln nur so von ihnen wimmelte; und sollten die Regul weit in die Wildnis hinausgehen, würden sie auf eine Art willkommen geheißen werden, die sie nicht mochten. Die Dusei des Edun würden Regul nichts antun; aber diese hier waren keine Gezähmten, und vielleicht würden die Regul diesen Unterschied nicht in Betracht ziehen, bis es dazu zu spät war.

Niun rappelte sich wieder auf und setzte sich in Bewegung, hörte zur selben Zeit das Geräusch rascher Schritte, leicht und schnell wie die Schritte von Mri, die seiner Spur durch die Dünen folgten. Bei einem verzweifelten zweiten Nachdenken schrieb er sie einem von Esains Kel'ein zu. Aus diesem Grund blieb er stehen und zischte dem Schatten eine Warnung zu, als er vor ihm auftauchte, mit Respekt vor einem anderen Kel'en.

Aber es war kein Kel'en.

Einen halben Atemzug lang blickten sie einander an, Mensch und Mri, und während dieses halben Atemzuges riß Niun seine Pistole hervor, und der Mensch warf sich verzweifelt zurück, um zu entkommen – eine vergebliche Hoffnung in diesem engen, dünenumgrenzten Gebiet.

Und im nächsten Moment blitzte ein anderer Gedanke in Niuns Geist auf – daß ein toter Mensch nur noch wenige Fragen beantworten konnte. Er feuerte nicht. Er folgte ihm, und als er den Menschen überholte, winkte er mit seiner Hand: Komm, komm! Der Mensch, der verzweifelte Blicke hinter sich und auf Niun warf, war ein gutes Ziel – sollte Niun feuern.

Der Mensch entschied sich für die Regul, wirbelte herum und rannte.

Eine Kreatur, die auf Kesrith nichts zu suchen hatte.

Niun sicherte die Pistole wieder und steckte sie in den Gürtel, schlug dann eine neue Richtung ein, der Regul nicht folgen konnten, den Seitenarm einer Düne hinauf. Er warf sich flach zu Boden und überblickte die Szenerie, um herauszufinden, in welchen Hinterhalt der Mensch gerannt war. Tatsächlich war er geradewegs in Regul-Hände gelaufen, in Person eines kühnen Junglings, das den Menschen gegen einen Kamm drängte, den er leicht hinaufklettern konnte, wenn er genug Verstand besaß, um daran zu denken. Und der Mensch dachte daran und kletterte um sein Leben, kämpfte sich der Spitze entgegen. Aber der Regul ergriff seinen Knöchel und zog ihn unerbittlich zurück.

Beide nahmen nichts anderes wahr. Niun zog sich hinter die

Kammlinie zurück, rannte ein Stück, überquerte sie wieder und rutschte wie ein Bleigewicht hinab, traf die feste Masse des Regul und brachte sie damit ins Taumeln. Und als der Regul sich ungeschickt zu ihm umdrehte und den Fehler machte, eine Waffe gegen einen Kel'en zu richten, war es der letzte Fehler des Junglings. Niun dachte nicht an das Aufblitzen der *As'ei*, die seine Hand verließen und sich in Kehle und Brust des Junglings vergruben. Die Waffen flogen los, bevor der Gedanke Zeit hatte, zu Absicht zu werden.

Der Mensch krabbelte auf das Gewehr des Regul zu, und Niun traf ihn Körper auf Körper, und wäre in Niuns Absichten ein Messer vorgekommen, wäre der Mensch im selben Augenblick tot gewesen.

Der Mensch war kein mittelmäßiger Gegner: Niun traf auf Gegenwehr, fand sich mit bloßen Händen wieder, als er versuchte, seinen Gegner zu ergreifen. Aber der Mensch war bereits erledigt, blutete aus der Nase, und sein keuchender Atem klang rauh in Niuns Ohren. Niun durchbrach den Griff des Menschen, langte nach der Kehle und riß den Kopf zurück, daß die Zähne krachend zusammenschlugen.

Noch war der Mensch nicht geschlagen, aber ein rascher Schlag in den Bauch und ein zweites Reißen am Kopf, und er stürzte sich windend in den Sand. Niun schlug noch einmal zu und beendete damit seine Bemühungen.

Ein Streifen aus seinem Gürtel sicherte den Menschen. Und er sammelte die *As'ei* auf und steckte sie rasch wieder in die Scheiden, denn er konnte das leise Schleifen von Maschinen hören, die sich diesem Ort näherten, und sie beide hatten Spuren hinterlassen, die sogar die nachtblinden Regul lesen konnten.

Der Mensch schien bereits wieder zu sich zu kommen. Niun zerrte ihn am Ellbogen und zog an ihm, bis der Mann versuchte, auf das Unbehagen zu antworten. Dann ließ Niun ihn wieder soweit los, daß der Mann die Beine unter sich ziehen und versuchen konnte, wieder auf die Füße zu kommen.

»Still!« zischte Niun ihm zu.

Falls der Mensch daran dachte, aufzuschreien, so überlegte er es sich mit der Schneide des *Av'tlen* vor seinem Gesicht anders.

Er kämpfte sich auf die Knie und mit Niuns Hilfe wieder auf die Füße, und ging schweigsam in die Richtung, in die Niun ihn zwang. Er hustete und versuchte, das Geräusch davon zu erstikken. Im matten Licht, das vom Flugfeld herüberschien, wirkte sein Gesicht wie eine Maske aus Blut und Sand, und er ging, als würden seine Knie jeden Moment nachgeben.

Sie gingen zum Rand der Ebenen, und die langsamen, geheimnisvollen Schatten der Dusei beobachteten sie aus den Dünen heraus, ohne sie zu bedrohen. Es war kein Geräusch einer Verfolgung hinter ihnen zu hören. Vielleicht standen die Regul immer noch unter dem Schock, daß ein Kel'en seine Hand gegen die Meister erhoben hatte.

Niun wußte, welch ungeheuere Tat er begangen hatte; er hatte Zeit, es klar zu erkennen. Er kannte die Regul, wußte, daß sie sich Zeit nehmen würden, um sich mit Vorgesetzten zu beraten, und darüber hinaus konnte er keine Überlegungen anstellen. Kein Mri hatte je zuvor die Hand gegen die Autorität erhoben, der er Gefolgschaft geschworen hatte. Kein Regul hatte jemals mit einem Mri zu tun gehabt, der so etwas getan hatte.

Niun ergriff den Ellbogen des Menschen und drängte ihn zur Eile, obwohl er zeitweise stolperte, danebentrat und aufschrie, wenn eine Kruste unter ihm nachgab und er in kochendes Wasser trat. Sie erreichten schließlich die Ebenen, wo weder Regul noch Regul-Fahrzeuge hinkommen konnten, den schwefeligen Dampf der Geysire, die sie jeder Sicht entzogen. Aber nun hustete und spie der Mensch, blutete in seinen oberen Atemwegen, wenn nicht sogar seinen Lungen, wie Niun vermutete.

Während er sich das überlegte, entdeckte er einen Platz und warf den Menschen auf einer Lehmbank zu Boden. Er ließ ihn wieder zu Atem kommen und war über die Möglichkeit, dasselbe tun zu können, froh genug.

Für eine Weile lag der Mensch mit dem Gesicht am Boden. Sein Körper wand sich in dem Versuch, nicht zu husten, in der richtigen Annahme, daß Niun das nicht tolerieren würde. Dann ließen die Zuckungen nach, und er lag still und erschöpft auf der Seite und starrte Niun an.

Unbewaffnet. Niun bedachte diese kuriose Tatsache und fragte sich, was die Menschen eigentlich besaßen, oder was diesem widerfahren war, daß er seine Waffen verloren hatte. Der Mensch starrte ihn einfach an, während Tränen durch den Sand auf seinem Gesicht rannen, womit er kein anderes Gefühl zum Ausdruck brachte als das der Erschöpfung und des Elends. Ohne Schutz war er Kesriths feindlicher Umwelt ausgesetzt gewesen, er hatte den Fehler begangen, zu rennen und damit Schäden an seinem Gewebe riskiert.

Und er war vor den Regul davongelaufen, mit denen sein Volk einen Vertrag abgeschlossen hatte.

»Ich bin Sten Duncan«, flüsterte der Mensch schließlich in seiner eigenen Sprache. »Ich gehöre zum menschlichen Gesandten. Kel'en, wir sind mit Erlaubnis hier.«

Niun dachte über diese freiwillige Information nach: menschlicher Gesandter, menschlicher Gesandter . . . die Wörter rollten mit dem unheilvollen Klang des Verrats in seinem Geist umher.

»Ich bin Kel Niun«, sagte er, weil dieses Wesen ihm seinen Namen genannt hatte.

»Bist du vom Edun?«

Niun gab darauf keine Antwort, weil er es nicht für nötig hielt.

»Du bringst mich dorthin, nicht wahr?« Und als der Mensch wiederum keine Antwort erhielt, schien er beunruhigt zu sein. »Ich werde freiwillig dorthin gehen. Du brauchst keine Gewalt anzuwenden.«

Niun dachte über dieses Angebot nach. Menschen logen. Das wußte er. Er hatte nicht genug Erfahrung, um diesen einen hier beurteilen zu können.

»Ich werde dich nicht freilassen«, sagte er.

Bei den Menschen war es nicht Brauch, sich zu verschleiern. Trotzdem tat es Niun leid, daß er so mit einem menschlichen Kel'en umgegangen war, ihm seine Würde genommen hatte – falls er ein Kel'en war. Niun glaubte, daß es einer war: er war geschickt vorgegangen.

»Wir werden zum Edun gehen«, erklärte er Duncan. Er stand auf und zog Duncan auf die Füße, wobei er ihm nicht zuviel half, denn er war kein Bruder. Er wartete jedoch, bis er sicher war, daß der andere sein Gleichgewicht gefunden hatte. Der Mann war verletzt. Niun stellte fest, daß er ungleichmäßige und unsichere Schritte machte, und daß er keine Kenntnis vom Land hatte, blind für dessen Gefahren war.

Und taub.

Niun hörte, wie das Flugzeug vom Hafen abhob, hörte, wie es sich in ihre Richtung wandte, während der Mensch sich nicht einmal umsah, bis er ihn herumriß, damit er sehen konnte – und dann starrte er mit dummem Gesicht in Richtung des Hafens, böswillig oder stumpfsinnig, Niun kümmerte sich nicht weiter darum. Er packte den Menschen und zog ihn auf die kochenden Wasser von Jieca zu, von denen aus sich Dampf in die Nacht kräuselte. Sie versteckten sich hinter einer Lehmböschung, während ihre Lungen durch den Schwefel fast erstickten.

Regul-Maschinen flogen vorbei. Scheinwerfer schwenkten über die Ebenen und beleuchteten Dampfwolken, suchten vergeblich nach etwas, das sich bewegte. Hier über vulkanischem Gebiet waren Wärme-Sensoren nur von begrenztem Nutzen. Die kochenden Quellen und der siedende Schlamm nahmen der Regul-Wissenschaft ihren Vorteil bei dieser Verfolgung.

»Kel'en«, sagte Duncan, »wen suchen sie, mich oder dich?«

»Womit hast du die Regul aufgebracht?« fragte Niun, davon ausgehend, daß es nur wenig Nutzen bringen würde, Informationen weiterzugeben, wohl aber, welche zu erhalten. Und währenddessen schwenkten die Lichtstrahlen über das Flachland und beleuchteten die eine oder andere Dampfwolke. »Warst du ein Gefangener?«

»Assistent des menschlichen Gesandten, um . . .« Ein Feuerstoß beleuchtete ihre Gesichter und bespritzte sie mit kochendem Wasser. Sie bildeten dagegen eine einzige Masse, und während das Feuer weiterging und das Wasser weiterspritzte, fing die Erde an zu grollen, und ein Dampfstrahl brach in ihrer Nähe hervor, hüllte sie ein, unbequem heiß, aber nicht unerträglich.

»Tsi'mri«, fluchte Niun unterdrückt und vergaß, mit wem er sein Versteck teilte, und als das Sperrfeuer anhielt, spürte er, wie der Mensch anfing zu zittern, in den langen, krankhaften

Schaudern eines Wesens, dessen Kraft beinahe ganz verbraucht war.

»... der Mission vorauszufliegen«, fuhr der Mensch verbissen fort, wobei er immer noch zitterte, »und zu sehen, ob alles so ist, wie es uns versprochen wurde. Und ich glaube nicht, daß ...«

Ein naher Einschlag bespritzte sie mit Wasser und Schlamm. Der Mensch schrie erschreckt auf.

»Wie viele von euch sind hier?« wollte Niun wissen.

»Ich ... und der Gesandte. Zwei. Wir sind mit der HAZAN gekommen.«

Niun packte Duncan am Kragen und drehte sein Gesicht in das Licht der Suchstrahler, konnte aber nichts erkennen, aus dem er schließen konnte, ob Duncan die Wahrheit sagte oder log. Was er jetzt sah, war ein junger Mann, nachdem die sie beide einhüllende Feuchtigkeit ihm das Gesicht reingewaschen hatte – ein Kel'en der Menschen. Niun schrak davor zurück, diesen Ehrentitel für Fremdwesen zu benutzen, aber er kannte keinen anderen, der auf diesen Menschen gepaßt hätte.

»Es gab einen Kel'en auf der HAZAN«, sagte Niun, »der dort starb.«

Zum erstenmal schien den Menschen etwas zu treffen, denn er zögerte mit der Antwort. »Ich habe ihn gesehen. Einmal. Ich wußte nicht, daß er tot ist.«

Niun stieß ihn zurück, war für einen Moment blind vor Zorn. Tsi'mri, erinnerte er sich, und Feind – aber letzteres war er jetzt weniger als die Regul. *Ich habe ihn gesehen. Ich wußte nicht, daß er tot ist.*

Niun wandte das Gesicht ab und starrte finster auf den quellenden Dampf und die Lichter, die suchend kreuz und quer über die Ebenen schweiften.

Vergib uns, Medai! dachte er. *Unsere Wahrnehmung war zu abgestumpft, unser Geist zu sehr daran gewöhnt, den Regul zu dienen – anderenfalls hätten wir die Botschaft verstehen können, die du versucht hast, uns zu senden.*

Er zwang sich dazu, wieder in das verhaßte Menschengesicht zu blicken, das es nicht als Notwendigkeit des Anstandes auffaßte, sich zu verhüllen – auf die Nacktheit dieses Wesens, das, vielleicht unwissend, einen Kel'en des Volkes vernichtet hatte. *Ein Tier,* dachte er, *ein Tsi-mri-Tier.* Der Vertrag zwischen Regul und Mri war in dem Augenblick gebrochen worden, in dem diese Kreatur ihren Fuß auf Kesrith gesetzt hatte; und das war schon vor vielen, vielen Tagen geschehen. Schon so lang war das Volk frei gewesen und hatte es nicht gewußt. Sie hatten nicht verstanden, was Medai ihnen hatte sagen wollen.

»Der Krieg ist vorbei«, protestierte Duncan, und Niuns Arm spannte sich, und er hätte ihn geschlagen; aber das war nicht ehrenvoll.

»Warum glaubst du, daß die Regul uns jagen?« fragte er Duncan, dessen eigene Frage umkehrend. »Verstehst du nicht, Mensch, daß du einen großen Fehler gemacht hast, als du die HAZAN verlassen hast?«

»Ich werde mit dir gehen«, sagte der Mensch mit dem ersten Zeichen der Würde, das Niun an ihm sah, »um mit deinen Ältesten zu sprechen, um ihnen begreiflich zu machen, daß es besser wäre, mich meinem Volk zurückzugeben.«

»Ah«, sagte Niun, beinahe zu verächtlicher Heiterkeit bewegt. »Aber wir sind Mri, keine Regul. Wir geben nichts auf Abkommen mit den Regul, soviel Gutes haben sie euch getan.«

Der Mensch schwieg und dachte darüber nach, aber er wich vor der verhüllten Drohung nicht zurück. »Ich verstehe«, sagte er, und einen Augenblick später fügte er in ruhigem, beherrschtem Tonfall hinzu: »Ich habe den Gesandten unten in der Stadt zurückgelassen – einen alten Mann, allein bei der Regul, bei alldem, was jetzt geschieht. Ich muß zu ihm zurück.«

Niun dachte darüber nach und begriff. Es war Treue zu seinem Sen'anth, aus der heraus der Mensch dies geduldig ertragen hatte. Dafür erwies er dem Menschen seinen Respekt, und dieses Zeichen berührte sein Herz.

»Ich werde dich lebend zum Edun bringen«, sagte er und fühlte sich genötigt, hinzuzufügen: »Es ist nicht Brauch bei uns, Gefangene zu nehmen.«

»Das habe ich erfahren«, sagte Duncan.

Demzufolge verstanden sie sich gegenseitig so sehr, wie es nur möglich war. Niun dachte an das Flachland, das vor ihnen lag, überlegte bereits, was die Bombardierung dem vertrauten

Boden zugefügt hatte, welche Hindernisse in dem unsteten Land entstanden sein mochten, an welchem Ort sie als nächstem sichere Zuflucht finden konnten, falls die Regul eher umschwenkten, als er erwartete.

Es war gut, daß er und der Mensch sich verständigt hatten, Duncan die vorübergehende Kooperation als seine beste Chance und seine ehrenvollste Möglichkeit einschätzte. Ein unbeladener Mann konnte die Reise bis zum Morgen hinter sich bringen, wenn alles zu seinen Gunsten lief; aber nicht, wenn Regul seinen Weg wegbliesen. Und das Tageslicht würde die Flüchtlinge enthüllen und dazu zwingen, bis zum Abend zu warten, bevor sie das Edun erreichen konnten – wenn alles so blieb, wie es war.

Ein Grauen wühlte in Niuns Magen, und für sehr wenig von dem würde er den Menschen getötet haben und mit aller Kraft zum Edun gerannt sein.

Er verfluchte sich für seine Weichheit, die ihn vor diese Wahl zwischen Schlächterhandwerk und Dummheit gestellt hatte, und packte den Menschen am Arm.

»Hör mir zu! Wenn du nicht mit mir Schritt halten kannst, kann ich dich nicht mitnehmen. Und wenn ich dich nicht mitnehmen kann, werde ich dich töten. Auch ist es«, fügte er hinzu, »sehr wahrscheinlich, daß die Regul dich töten werden, um dich von deinem Vorgesetzten fernzuhalten.«

Dann schlüpfte er aus dem Versteck hinaus und zog den Menschen am Arm mit sich, und Duncan folgte ihm widerstandslos.

Aber die Regul-Flugzeuge, die über das Gebiet streiften, schwenkten um, und die beiden Männer konnten nur wenige Schritte zurücklegen, bevor sie sich gezwungen sahen, sich in ein anderes Versteck zu werfen.

Wieder kam das Sperrfeuer, betäubte sie, besprühte sie mit kochendem Wasser und Schlammfontänen.

Im Edun würde man das merken. Zweifellos taten sie dort etwas; vielleicht – dachte Niun sich – wußte auch Duncans Sen'anth, was vor sich ging, und tat etwas. Und unabhängig von Intel gab es auch noch die AHANAL.

Er verstand den hilflosen Schrecken des Menschen. Von all

denen, die auf Kesrith Macht hatten, waren sie beide die letzten; und die Regul, die sonst nicht kämpften, hatten zu den Waffen gegriffen, angetrieben durch Bösartigkeit oder welches treibende Motiv auch immer, das die Spanne zwischen Feigheit und Selbstsucht überbrücken konnte.

17

Es wurde gefeuert, aus dem Geräusch zu schließen, das unverkennbar war für einen Mann, der einen großen Teil seines Lebens im Krieg verbracht hatte.

Stavros drehte seinen Schlitten so, daß er aus dem Fenster blicken konnte, und erblickte die Lichter von Flugzeugen, die unter den Wolken kreisten. Seine Finger tasteten nach der Tastatur der Konsole und stellten die Schirme mit der Sachkenntnis ein, die ihm erwachsen war: es waren einfache Kontrollen, eine unglaubliche Folge kodierter Signale, an die er sich alle erinnerte. Die Regul hatten ihm die Kodierungen mit einer Haltung selbstgefälliger Verachtung mitgeteilt. Lerne sie, hatten sie ihn mit dem ihnen eigenen Blick herausgefordert, der Wesen von kurzem Gedächtnis zu den Subsapientes zählte.

In dieser Beziehung war Stavros nicht typisch, nicht seit seiner Kindheit auf dem fernen Kiluwa bis zur Unterstellung des Xen-Büros unter seine Leitung auf Halley während des ersten Kontaktes. Er fand an Sprachen nichts Schwieriges und auch nichts an fremdartigen Gebräuchen oder dem Erkennen provinzieller Kurzsichtigkeit, ob sie nun bei Menschen oder anderen auftrat.

Er war Kiluwaner durch seine Treue, eine Unterscheidung, die weder die Regul noch die meisten Menschen trafen. Kiluwa war eine abgelegene Kolonie im ersten Stadium gewesen, bevölkert von religiösen Traditionalisten, die die Schreibkunst als Sünde und Erziehung als Besessenheit betrachteten. Er war vor hundert Jahren dort geboren worden, bevor das friedliche, exzentrische Kiluwa ein Verlust der Mri-Kriege geworden war.

Eine Anzahl Kiluwaner hatten sich im Dienst ausgezeichnet. Es gab sie nicht mehr, sie gehörten zu den Verlusten vor vierzig Jahren beim Gegenschlag für Nisren. Stavros hatte überlebt. Es war charakteristisch für seine kiluwanische Erziehung, daß er dazu bewegt worden war, die Art verstehen zu lernen, die die Vernichtung von Kiluwa befohlen hatte. Regul waren das gewesen, keine Mri. Also studierte er das Phänomen Regul – Geister, die sehr der Vollkommenheit ähnelten, nach der man auf Kiluwa gestrebt hatte. Und sie hatten alles zerstört, was Kiluwa errichtet hatte. Es gab, wie die Lehrer auf der Universität einmal gesagt hatten, darin einen ›Rhythmus der Gerechtigkeit‹, ein Zusammentreffen auslöschender Kräfte. Nun war ein Kiluwaner gekommen, um die Regul abzulösen, und der Rhythmus, an den beide gebunden waren, setzte sich fort.

Er lernte die Methoden der Regul und suchte nach einer Lösung. Er beobachtete Niedertracht, Kälte und selbstsüchtige Ambitionen ebenso wie eine Verehrung des Geistes. Die Furcht vor den Regul war dem Verlangen gewichen, wie sie zu sein. Es gab keine Spur von Kummer um Kiluwa, dessen Traum innerhalb dieser mangelhaften Wirklichkeit Fleisch geworden war. Und es gab noch Wahrheiten jenseits dessen, was er bis jetzt hatte aufnehmen können, Mängel und Tugenden, die der Biologie der Regul inhärent waren. Er erkannte das und fing endlich an, den Zwang zur ewigen Fortführung der Art und zur Bevölkerungskontrolle zu begreifen – die Trennung in bienenvolkartige Strukturen, in zeugende Ältere und Junglinge, in Docha, die entfernt den Nationen entsprachen. Er erlangte Ahnungen über den Wert von Verträgen, durch die Docha, die nicht an der Übereinkunft beteiligt gewesen waren, gebunden und doch nicht gebunden waren.

Die Menschen hatten einen Vertrag mit Holn geschlossen und mußten sich plötzlich mit Alagn auseinandersetzen. Und Alagn hielt sich an die Übereinkunft.

Äußerlich wenigstens.

Die Dinge hatten den Punkt der Wahrheit erreicht. Die ganzen langen Stunden des Tages und in die Nacht hinein hatte Stavros dagesessen und Duncans Abwesenheit verdeckt, hatte jede Täuschung angewandt, abgesehen von der direkten Lüge, die die Regul nicht verzeihen würden. Im Verstreichen der Stunden war in ihm eine Gewißheit gewachsen, erstens darüber, daß Duncan etwas entdeckt hatte, das so nicht hätte sein dürfen, anderenfalls er rasch zurückgekehrt wäre, zumindest, sobald die Dunkelheit ihm die versteckte Möglichkeit dazu gab. Und als er beim Hereinbrechen der Nacht noch nicht zurückgewesen war, da war sich Stavros auch sicher, daß etwas, das so nicht hätte sein dürfen, Duncan gefunden hatte.

Die Behauptungen gegenüber den Regul wurden zu einer

Scharade, die nicht einfach aufrechtzuerhalten war. Sie konnten den ObTak ermorden und einfach vergessen, es in den morgendlichen Berichten zu erwähnen. Und ohne Stavros' Freigabe würde kein Mensch auf Kesrith landen, zumindest nicht friedlich und ohne jede Möglichkeit zum Widerstand beseitigt zu haben.

Die Regul begriffen das sicherlich.

Er saß da und lauschte dem Feuer, und wußte noch während es andauerte, daß Duncan wahrscheinlich noch am Leben war.

Stavros hatte zu seiner Zeit Politik gestaltet, eine neue Welt besiedelt und eine Universität gegründet. Er hatte diplomatische und Kriegsstrategien entwickelt, hatte über Menschenleben in einer Zahl verfügt, in der Schiffe und Mannschaften als entbehrlich eingestuft worden waren, in der Leute wie Sten Duncan zu Hunderten gefallen waren.

Aber er hörte das Feuer, ballte seine rechte Faust und quälte sich in dem verzweifelten Versuch, mit all seiner Kraft seine gelähmte Linke zu bewegen. Er war an den Schlitten gebunden. Er war dazu gezwungen, Geduld zu haben.

Auf dem Hafen gab es eine neue Katastrophe. In den Funksprüchen der Regul, denen er lauschte, gab es Hinweise darauf, daß ein Schiff gelandet war, und daß es nicht als Freund der Regul gekommen war.

Menschen, Regul-Rivalen oder Mri. Stavros konnte gut genug vermuten, was Duncan dazu veranlaßt hatte, seine Zeit zu überziehen. Führen Sie keinen Zwischenfall herbei, hatte er den Burschen angewiesen, obwohl er wußte, daß Duncan nur wenig tun konnte, um irgend etwas herbeizuführen. Es wartete von selbst darauf, zu geschehen, überall um sie herum. Stavros hat gespürt, wie es wuchs, hatte es im Schweigen der Regul und an der im Nom herrschenden Spannung gespürt.

Die Regul versuchten, etwas Unerlaubtes zu tun. Menschliche Interessen waren in Gefahr. Und kein Wort der Freigabe würde die menschliche Mission, sobald sie eintraf, von seiner Seite aus erreichen, ganz egal, welchem Zwang man ihn aussetzen würde.

Wenn es nicht das war, was bereits passierte.

Stavros war kein Mann, der Ereignisse heraufbeschwor. Er

dachte vielmehr nach, und sobald er davon ausgehen konnte, daß die Chancen ausgeglichen waren, war er zur Tollkühnheit fähig. Er hielt es nicht für nötig, weiterhin mit Gastgebern zu kooperieren, die ihn und Duncan entweder zu töten oder nicht zu töten wagen würden. Es war an der Zeit, ihnen ihren Bluff vor die Nase zu halten.

Er tastete an der Konsole, fuhr den Schlitten herum und öffnete die Türen. Er durchquerte Duncans Apartment und brachte den Schlitten mit einer glatten, gut eingeübten Folge von Kommandos und einem Schwenk nach rechts auf die Geleise, die durch die Korridore führten.

Junglinge sahen ihn und staunten, plapperten Proteste, die er ignorierte. Er kannte seine Befehle, berechnete die geeigneten Bewegungen, nahm eine Kurve und fegte zu der Seite des Gebäudes, die dem Hafen gegenüberlag. Dort hielt er an, schaltete sich in die Fensterkontrollen ein, erhellte die Fenster und ließ die Sturmschilde zurückfahren.

Ein weiteres Schiff, tatsächlich.

Und Lichter schwebten über die Ebenen, leuchteten grell durch den Schleier aus Rauch und Dampf, als Flugzeuge den Boden mit ihren Strahlern abdeckten.

Ah, Duncan, dachte er bedauernd.

Ein Jungling erreichte ihn, ganz außer Atem. »Menschenältester«, sagte es. »Wir bedauern, aber . . .«

Wo ist Bai Hulagh? forderte er über seinen Schirm, was das Jungling beträchtlich verblüffte. *Jungling, suche den Bai für mich!*

Das Jungling floh, so schnell Regul einen Abgang nur machen konnten. Stavros riß den Schlitten herum, fuhr nach links, fädelte sich auf eine Schiene ein und schoß die Rampe hinab, raste um die Ecke und gelangte in das Erdgeschoß des Noms, aus dem man sie sorgfältig ferngehalten hatte.

Hier verließ er die Schienen und steuerte von Hand weiter, raste durch eine Ansammlung plappernder Junglinge. *Mri,* hörte er, und *Mri-Schiff* und *Alarm.*

Und sie wichen ihm aus, bis eines erkannte, daß der Schlitten, für sie ein Symbol der Autorität Erwachsener, einen Menschen enthielt.

»Kehr zurück!« forderten sie. »Kehr zurück, Ältester!«

Bai Hulagh. Sofort! beharrte er und weigerte sich, sich zu bewegen, und sie wagten nichts dagegen zu tun. Als sie in großer Verwirrung anfingen, durcheinanderzumurmeln, steuerte Stavros den Schlitten zwischen ihnen hindurch und durchquerte bedächtig das Erdgeschoß, in dem die Luft unter den Angriffen draußen auf den Ebenen und das Gebäude unter den Erschütterungen vibrierten. Er notierte sich geistig, wo es Türen und Zugänge gab, und wo es möglich war, mit dem Schlitten hinein- oder herauszugelangen.

Eine Botschaft blitzte auf dem Empfänger auf.

Es war das Zeichen von Hulagh, auf das Hulaghs Gesicht folgte. »Geschätzter älterer Mensch«, sagte Hulagh, »bitte kehren Sie sofort in Ihr Quartier zurück!«

Ich kann mir nicht vorstellen, daß es sicher ist, buchstabierte Stavros geduldig. *Wo ist mein Assistent?*

»Er hat unseren Rat mißachtet und ist in eine gewisse Situation hineingeraten«, sagte Hulagh mit bemerkenswerter Offenheit, so daß Stavros' Hoffnungen abrupt wieder anstiegen. »Mri sind gelandet, wie ich bedauerlicherweise zugeben muß, ehrenwerter Vertreter. Diese Mri sind Gesetzlose und darauf aus, Schwierigkeiten zu machen. Ihr Jungling ist irgendwo mitten in der Sache drin, ganz entgegen unseren Warnungen. Bitte erleichtern Sie uns unsere Aufgabe, indem Sie in die Sicherheit Ihres Quartiers zurückkehren.«

Das lehne ich ab. Stavros schaltete ein Fenster auf Durchsicht. *Ich werde hier von den Fenstern aus zusehen.*

Hulaghs Nasenlöcher klappten zu und bauschten sich wieder auf. »Dieser Mangel an Kooperation ist tadelnswert. Noch sind wir hier die Autorität. Wir verlieren diese Autorität nicht bis zur Ankunft Ihrer Mission. Sie sind nur auf unsere Zustimmung als Beobachter hier.«

Demzufolge werde ich beobachten.

Wieder das zornige Aufblähen. »Dann tun Sie es, auf eigene Gefahr. Falls Ihr Jungling gefunden werden sollte, werde ich ihn davon in Kenntnis setzen, daß Sie seine Dienste vermissen und er gut beraten wäre, zu Ihnen zurückzukehren.«

Ich sollte dankbar sein, buchstabierte Stavros mit Bedacht. *Wenn mein Volk kommt, werde ich es informieren, daß Sie für keinerlei Verzö-*

gerung beim Abzug verantwortlich sind – falls mein Helfer sicher wiedergefunden wird und es auf dem von uns ausgesuchten Landeplatz keine Schäden gibt, ebensowenig an notwendigen Einrichtungen, wie diesen Gebäuden oder den Wassergewinnungs- und Energieanlagen. Sollte es jedoch zu solchen Dingen kommen, könnten andere Schlüsse gezogen werden.

Es herrschte Schweigen. Bai Hulagh blieb auf dem Schirm sichtbar, während er über diese Absichtserklärung nachdachte. Stavros hatte Zorn, Drohungen und Aufbrausen erwartet. Statt dessen wurden ruhigere Gefühle auf dieser knochigen Maske von einem Gesicht erkennbar, verraten nur durch das rasche Auf- und Zugehen der Nasenlöcher.

»Falls der menschliche Gesandte uns zusichert, daß das tatsächlich der Fall ist und eine gütliche Übereinkunft erreicht werden kann, werden wir jeden Versuch unternehmen, diese Einrichtungen zu erhalten und uns um eine lebendige Wiederauffindung Ihres Junglings bemühen. Es wird jedoch erforderlich sein, den menschlichen Gesandten davor zu warnen, daß es auf dem Hafen zu unumgänglichen Maßnahmen kommen wird und es für die Sicherheit des Nom und aller, die sich darin aufhalten, vorzuziehen sein wird, wenn sich der ehrenwerte menschliche Älteste dazu entschließt, seine Beobachtungen aus sicherer Entfernung über die Leitungen vorzunehmen und nicht durch die Fenster. Ihre Beachtung, Gnade, Sir.«

Ich verstehe. Gnade, Sir. Ich gebe mich für den Augenblick damit zufrieden, daß Sie Ihr Äußerstes tun. Freiwillig hätte er nicht auf seine Aussicht durch die Fenster verzichtet, denn er traute dem begrenzten Ausblick, den die Übertragungssysteme der Regul ihm gewährten, nicht; das Sperrfeuer war jedoch heftig, und die Fenster schüttelten sich unheilvoll, und er fing an, der Warnung des Bai Glauben zu schenken. Das Regul-Gebäude unterlag wiederholten Erschütterungen. Er wußte, daß die Warnung des Bai ehrlich gemeint war.

Es blieb nur die Frage, wodurch das Feuer ausgelöst wurde. Die Regul, so erinnerte er sich, während er dem Sturmschild zufuhr, logen nicht.

Also stimmte es, daß Mri gelandet waren und sich Sten Duncan irgendwo draußen auf den Ebenen befand – aber den Regul unterstellte man niemals etwas. Der Boden erzitterte, und Sirenen heulten durch das Gebäude.

Stavros setzte den Schlitten auf eine Schiene und raste zur zentralen Vorhalle zurück, wo ihm eine Gruppe von Junglingen wild zuwinkte und versuchten, ihm alle zusammen auf einmal Instruktionen zu geben.

»Schutz, Verehrung, Schutz!« riefen sie und zeigten in eine weitere Halle, zu der eine Rampe hinabführte. Er überlegte und kam zu dem Schluß, daß es im Moment weise sein konnte, auf sie zu hören.

18

Duncan war verbraucht, eine Last und eine Gefahr. Niun legte Hand an ihn und stieß ihn einen Abhang hinab, um sich unter einem Überhang bei einem Teich zu verstecken. Er trieb Duncan tiefer hinein, indem er seinen Körper hineindrängte.

Gerade noch rechtzeitig. Ein Feuerschlag zischte über das Wasser und zerkrümelte einen Felsen in ihrer Nähe. Es war blindes Feuer, nicht gezielt. Die Suchstrahler durchforschten weiterhin das Gebiet. Im reflektierten Licht sah Niun Duncans entstelltes Gesicht mit den geschwollenen Augen, die nicht durch eine Membrane geschützt waren, wie sie Niuns Blickfeld verschleierte, als der Rauch dicker wurde. Das matte Licht enthüllte eine schwarze Blutspur auf Duncans Oberlippe. Das Blut tropfte ständig weiter, ein Ärgernis, das längst mehr als nur ein Ärgernis geworden war. Der Mensch wand sich unter dem Hustendrang und versuchte, ihn zu unterdrücken. Der von den Schüssen und dem natürlichen Dampf und Schwefel herrührende Gestank in der Luft war dick und erstickend. Niun drehte sich in der engen Umfassung und versuchte dabei, den blutenden und schwitzenden Menschen nicht zu berühren, gab aber schließlich in einem solchen Quartier den Versuch auf, auf Feinheiten zu achten. Sie lagen an einem Ort, der wahrscheinlich ihr Grab werden würde, sollte ein weiterer Schuß die Felsbank über ihnen zertrümmern, auf daß Mri und menschliche Knochen durcheinandergemischt wurden, damit zukünftige Besitzer von Kesrith sich darüber wundern konnten.

Das war Delirium. Unter solch hämmernden Schlägen, wie sie sie ständig umgaben, konnte der Geist nicht funktionieren. Niun fand die Unfähigkeit der Regul verblüffend. Sie beide wären schon lange tot, wenn die Regul irgendeine Kenntnis von diesem Land gehabt hätten. Die hatten sie aber nicht und feuerten statt dessen blind in eine Landschaft hinein, die ihnen so fremd und unbekannt war wie der Meeresgrund. Die Welt wurde von ständigem Flackern von Weiß und Rot beleuchtet und wirbelte in Nebel, Dampf, Rauch und Staubwolken herum, wie die Hölle, über die die Menschen fluchten. Die der Mri bestand aus nichtendender Dunkelheit.

Das Wasser spritzte zischend und brodelnd. Niun senkte den Sichtschutz des *Zaidhe,* denn er lag weiter außen und schützte den Menschen mit seinem Körper. Es war ein ironisches und zufälliges Arrangement, das er sofort abgelehnt hätte, falls das möglich gewesen wäre.

Eine Explosion erschütterte den Boden, betäubte die Sinne und trieb ihre betäubten Körper in eine neue Zuckung des Schreckens.

Und kurz danach erhellte weißes Licht die Felsen, wuchs, verzehrte sie, verschlang die ganze Welt. Der Druck war unerträglich. Niun wußte, daß sie getroffen worden waren, versuchte, sich zu bewegen, sich hinaus ins Freie zu rollen, bevor die Felsbank herabstürzte. Der Druck zerbarst über ihm, und alles war rot . . .

. . . Wind, Wind von großer Kraft, der Rauch und Nebel davonpfiff und den roten Wirbel vor Niuns membranbedeckten und visiergeschützten Augen bildete. Niun bewegte sich, stellte fest, daß er sich bewegte und daß er lebte.

Überall um sie herum war Licht, düster und häßlich rot.

Mit dem Licht im Rücken rappelte er sich auf, wandte sich dem Licht zu und erblickte den Hafen.

Dort war nichts.

Er stand auf zitternden Beinen. Er glaubte, aufschreien zu müssen, so groß war sein Schmerz, und er schloß die Augen und öffnete sie wieder und versuchte, durch die Flamme hindurchzublicken, bis die Tränen sein Gesicht hinabströmten. Aber weder von der AHANAL noch von der HAZAN war irgend etwas zu sehen. In der Stadt flackerten Feuer und schickten brodelnden Rauch gen Himmel.

Und noch während er beobachtete, stieg ein Flugzeug über den nahen Horizont, kreiste weiter draußen über dem Meer und kam mit faul blinzelnden Lichtern wieder zurück.

Niun folgte ihm mit den Augen, wie es kreiste, wie es über der Stadt Runden drehte, durch den Rauch – und sich anschickte, auf die Hügel zuzufliegen.

Zum Edun.

Niun wünschte sich, das Gesicht abwenden zu können,

wußte Bescheid, kannte bereits das Ende. Aber er drehte sich mit dem Flugzeug und sah zu, während ein Kloß in seiner Kehle wuchs. Sein Körper fühlte sich kalt und taub an, und im Innersten war er sich dessen, was geschehen würde, nur zu lebhaft bewußt.

Der erste Turm des Edun, der Turm des Kel, ging in Flammen auf und sank langsam, taumelnd in sich zusammen. Das Geräusch drang bis zu Niun wie ein betäubender Schock, darauf kam der Wind, während die Türme zusammenstürzten, während der ganze Bau des Edun noch einen Moment unentschieden stand, dann zerstört in sich zusammenfiel.

Und das Schiff kreiste leicht und frei und blinzelte faul in die Dunkelheit, während es sich über den Rauch erhob und überheblich auf Niun und Duncan zuflog.

Niun hielt die Pistole in der Hand. Er drehte sich und hob sie und feuerte einen nutzlosen Schuß auf die abziehenden Lichter ab, die die einzigen am Himmel waren. Die Lichter in seinen Augen verschwammen, was entweder auf die verräterische Membrane oder Tränen zurückzuführen war. Er blinzelte, die Sicht klärte sich, und er feuerte erneut.

Und die Lichter flogen noch ein Stück weiter, und dann erblühte ein rotes Licht und Fragmente wirbelten auf zahlreichen Bahnen hinab, Trümmer auf Trümmer, entweder von dem Pistolenschuß verursacht oder den Turbulenzen, die den Hafen umgeben mußten.

Es heilte nichts. Niun drehte sich um und betrachtete wieder das Edun, von dem nicht einmal Flammen geblieben waren, und sein Magen verkrampfte sich, eine Verdrehung, die seine Gelenke schwächte und ihn schwindelig werden ließ. In diesem Moment hätte er sich gewünscht, keine Sinne zu haben, schwach zu sein, zu stürzen, zu Boden zu sinken, irgend etwas anderes zu tun, als weiterhin nur hilflos dazustehen.

Tot, tot, sie alle.

Er stand da und wußte nicht, ob er zu der Ruine am Hafen zurückkehren oder in der alten Richtung weitergehen sollte, oder ob es einen Grund gab zu gehen oder etwas anderes zu tun, als nur sitzenzubleiben, wo er war, bis zum Morgen, wenn die Regul kommen würden, um die Sache zu Ende zu bringen.

Er fand keine Grenze für das, was Sinne aufnehmen konnten. Er empfand. Er war nicht taub. Er wünschte sich nur, taub zu sein, vom Wind zerschlagen worden zu sein, der der Nacht die Geräusche gestohlen hatte und an seinen Gewändern zerrte, ein stetiges Schnappen von Stoff, das hier lauter war als die Stille, die über alles andere gefallen war.

Das Volk war tot.

Er war geblieben. Für Überlebende gab es Pflichten, Ehrbezeugungen, Riten, die vollzogen werden wollten. Er hatte nicht Medais Temperament.

Er steckte die Pistole ins Halfter, klemmte die eisigen Hände unter die Arme und fing an, über die Lebenden nachzudenken.

Die Hand des Volkes, ein Kel'en. Und seine Angehörigen waren zu begraben, wenn die Regul das nicht schon getan hatten, als sie sie töteten – und danach wartete dann ein Krieg, den auszukämpfen die Regul vielleicht nicht erwarteten.

Und dann wandte er seine Augen zur Felsbank und sah seinen menschlichen Gefangenen und begegnete dessen Augen. Auch dort war ein Mann, der auf den Tod wartete, der auch in kleinem Maßstab wußte, was Leere war.

Er konnte ihn töten und danach allein sein, in einer ungeheueren Stille, ein winziger Gewaltakt nach den Kräften, die über die Himmel von Kesrith gestürmt waren und die Welt in Trümmer gelegt hatten.

Ein winziger und armseliger Akt. Rache für eine Welt erforderte jedoch etwas von gleicher Statur.

»Steh auf!« sagte er ruhig, und Duncan rappelte sich auf, die Schulter gegen den Felsen gestützt, und starrte Niun an.

»Wir werden den Hügel hinaufgehen«, erklärte er Duncan, »zum Haus meines Volkes. Ich denke nicht, daß noch mehr Flugzeuge kommen.«

Duncan wandte sich um und sah, und ohne zu zögern, ohne zu fragen, setzte er sich als erster in Bewegung.

Die Welt um sie herum war verändert. Orientierungspunkte in der Landschaft, die es schon seit Äonen auf der Dus-Ebene gegeben hatte, waren verschwunden. Mit kochendem Wasser gefüllte Narben durchzogen den Boden. Duncan, der blind und entschlossen vorausging, trat fehl und bis zum Knie in eine solche Narbe, ohne mehr als einen rauhen Schluchzer des Erschreckens von sich zu geben. Niun packte ihn und zerrte ihn zurück und stützte ihn, während der Mensch nur dastand und nach Luft schnappte.

Danach ließ Niun die Hand auf Duncans Arm liegen und führte ihn, denn er kannte den Weg, und er bewahrte den Menschen vor einem weiteren Fehltritt.

Das Licht kam, das rote Licht Arains, schmutzig und düster. Niun blickte zum Hafen zurück und erkannte im ersten Licht die volle Wahrheit von dem, was er bereits gewußt hatte, daß nichts überlebt hatte.

Weder die AHANAL noch die HAZAN.

Als er zu dem Hügel blickte, auf dem das Edun des Volkes gestanden hatte, da war es eins geworden mit dem Sand und den Felsen – als ob dort niemals etwas von Händen Errichtetes gestanden hätte.

In dem Licht erkannte er auch, welcher Preis ihm zugefallen war, eine erschöpfte Kreatur, die um jeden Schritt nach oben kämpfte, deren Gesicht und Mund mit dem Blut besudelt waren, das ständig weiter aus der Nase strömte – es war nicht sicher, ob durch Verletzung oder die ätzende Atmosphäre hervorgerufen. Die Augen waren fast geschlossen, der Tränenstrom war kein Zeichen von Gefühlen, sondern mißhandeltem Gewebe – ein Gesicht, nackt in der Sonne, und ungebührlich, und eher verwirrt als böse; Niun konnte sich nicht vorstellen, warum der Mensch um diesen Preis weiterging, mit so wenig Belohnung in Aussicht – leichter war bei weitem der Tod durch die Gewalt des Landes als das, was Mri und Menschen vierzig Jahre lang untereinander ausgetauscht hatten.

Es gab jedoch einen Punkt, jenseits dessen kein Denken mehr stattfand, wo es nur noch die Tatsache gab, daß man lebte, und daß das Leben weiterging, ob man es wollte oder nicht.

Er begriff diesen Geisteszustand des tiefen Schocks, der keine Entscheidungen mehr zuließ. Er hatte niemals erwartet, daß eine Krise ihn lähmen würde; aber er war gelähmt, und die Kälte des Augenblicks, in dem das Volk gestorben war, umschloß immer noch seinen Geist und sein Herz und schien niemals wieder weichen zu können, auch nicht, wenn er Rache nahm, wenn er jeden atmenden Regul tötete und auch die Menschheit noch auf die Verwüstung häufte.

Es war ein Schock, in dem ihre beiden Leben den gleichen Wert hatten, der gleich Null war.

Er stieß den Menschen vor sich her, jetzt ohne ihn zu hassen oder zu bedauern. Er fand keinen Grund dazu, einen Menschen zu schonen, wo er selbst den Trümmern des Edun gegenüberstand. Er dachte, daß Duncan vielleicht sein eigenes Versagen in der Pflicht bedauerte, die verloren auf dem brennenden Kesrith lag; daß Duncan auch Versagen betrauerte, so elend wie er.

Aber Duncan hatte all die Menschenwelten mit Angehörigen und wußte, daß sie überlebt hatten; und das war ein möglicher Grund, den Menschen zu hassen, wenn Niun es sich selbst erlaubte, daran zu denken. Er würde diesen Menschen nicht an sein Volk zurückgeben. Duncan würde leben, solange er, Niun, lebte. Und während er dem ins Gesicht sehen mußte, was aus Kesrith geworden war, würde der Mensch Duncan dasselbe tun.

Sie erreichten das Edun bei vollem Tageslicht, ohne durch Schiffe oder ein Zeichen von Leben in den Himmeln bedroht worden zu sein. Unten in der Stadt mochte es noch Leben geben, aber bis hierher reichte es nicht. Wenn Niun daran dachte, dachte er auch daran, hinunterzugehen und es zu vernichten – methodisch und freudlos. Die Regul, die keine Befähigung zum Krieg besaßen. Die schließlich in einem einzigen feigen Akt das Volk vernichtet hatten.

Darin lag eine Ironie, die bitteres Gelächter wert war. Er betrachtete den Schutt, der das Edun gewesen war, und fühlte sich dazu bewegt, entweder bitter zu lachen oder zu weinen. Und Duncan, der nicht mehr dazu gezwungen war, weiterzugehen, lehnte sich gegen das Bankett des Straßendammes. Niun hörte sein hohles Husten und trat freundlich nach ihm, langte hinab, als das nicht genug war, um ihn auf die Beine zu bringen, packte seinen Arm und zog ihn wieder hoch.

Es gab Arbeit, die getan werden mußte, zumindest so weit, wie sie es versuchen konnten. Er sah es nur ungern, daß die Ruinen überhaupt von Tsi'mri-Händen berührt werden sollten, aber er hatte nicht mehr die Kraft, es allein zu tun. Er zog das *Av-tlen* und löste mit dessen Spitze die Knoten um Duncans Handgelenke, wand behutsam die Schnüre auf, die in Duncans geschwollenes Fleisch eingebettet waren, und schob das zurückgewonnene Leder wieder durch einen Ring an seinem eigenen Gürtel.

Duncan versuchte, seine Hände wieder zum Leben zu erwekken, und betrachtete das Edun, blickte Niun fragend an. Niun ruckte als Antwort mit dem Kopf, und Duncan begriff und setzte sich in Bewegung. Sie wateten durch Schutt und schritten vorsichtig zwischen Resten der Mauern hindurch, die umgestürzt und zerbrochen waren. Dies hier war einfaches Feuer gewesen, nicht die Strahlung, in der die Stadt zweifellos gebadet worden war und die sie unbewohnbar gemacht hatte. Niun stieß gegen den Schutthaufen, der ihren Weg blockierte, und sah, daß unter dem Haufen aus schwerem Stein und feinem Staub zumindest einer des Kel lag.

Es lag kein Nutzen darin, die Masse zu bewegen, keine Möglichkeit, sie vollständig beiseitezuräumen. Statt dessen sammelte Niun Steine auf und fing an, sie um den freiliegenden Körper herum wie einen Grabhaufen aufzuschichten – und Duncan, der sah, was Niun beabsichtigte, fing an, Felsbrocken von passender Größe aufzusammeln und sie ihm zu geben.

Dies war eine bittere Beleidigung, daß der Mensch eher anbot als sich einem Zwang zu beugen; aber die Hilfe wurde benötigt, und er wollte dem Menschen nicht gestatten, selbst das Grab zu berühren. Und im selben Moment fiel ihm ein, daß Duncan sehr wohl seinen Schädel mit genau einem dieser Steine zerschmettern konnte, in dem Moment, in dem er ihm völlig den Rücken zuwandte, und daß der Mensch genau das plante. Also nahm Niun, solange er beschäftigt war, davon Abstand, seinen Kopf abzuwenden.

Sie beendeten ihr Werk und gingen von diesem Platz aus tiefer in die Trümmer und in dunkle und schwierige Orte hinein, wo sich Schutthaufen über ihren Köpfen auftürmten und an ihren Hängen Staub und kleine Steinchen herabrutschten. Und das Herz der tiefsten Trümmer war der Schrein, den Niun gesucht hatte.

Er war nur zu stark verschüttet.

Falls es möglich gewesen wäre, hätte er alle Relikte herausgesucht, die er nur tragen konnte, und sie fortgebracht in die Heiligkeit von Sil'athen, wo auch seine Angehörigen hätten begraben werden sollen. Aber vielleicht würden die Menschen niemals neugierig genug sein, diesen Ort mit ihren Maschinen zu entweihen, die Trümmer und die Überbleibsel einer Art zu durchsieben, die im Universum keine Rolle mehr spielte.

Und hier erreichte die Zerstörung die innere Zitadelle seiner selbst, die sie bis jetzt noch nicht empfunden hatte, und er zitterte, und die Sinne schwanden ihm beinahe. Er streckte die Hand aus, um eine Stütze zu suchen, und berührte den falschen Stein, rief einen Geröllsturz hervor, der den Ort zu ihren Füßen begrub und sie mit pulverigem Staub einhüllte. Das einzige, was er deutlich erkennen konnte, war Duncans Gesicht, der Schrecken in seinen Augen, als es für einen Moment so aussah, als würden die unter dem Gewicht des Schutts und der Erde begraben werden. Aber da hörte das Rutschen auf, und es wurde wieder still.

Irgendwo polterte ein Stein, dann noch einer, und es gab wieder einen Rutsch und dann Stille, das Purzeln einiger Steinchen.

Und diese Stille zerriß ein dünner, entfernter Schrei.

Duncan hörte ihn, und ohne seinen bestätigenden Blick zur Seite hätte Niun den Schrei für eine Illusion gehalten. Aber er kam aus der Richtung, in der das Kath gelebt hatte, wo sich die tiefsten Vorratsräume befanden.

Er drehte sich um und fing an, seinen Weg durch die Trümmer zu suchen, vorsichtig, ganz vorsichtig jetzt mit seinem Leben und dem von der, die laut dort unten in der Dunkelheit geschrien hatte.

»Melein!« rief er, blieb stehen und lauschte, und dasselbe dünne Geräusch war wieder zu hören.

Er erreichte die Stelle, die er als die einschätzte, wo es herkam, und hier war eine Wand eingestürzt, und auf ihr lag feinerer Schutt. Aber die stählernen, von den Regul gemachten Türen hatten standgehalten.

Zu gut allerdings. Sie waren durch ein Gewicht verklemmt, das nicht bewegt werden konnte, da sie keine Werkzeuge hatten, um etwas wegzubrechen, oder Maschinen zum Anheben. Niun zerrte mit den Händen, und seine Muskeln knackten, und Duncan legte ebenfalls seine Kraft in die Waagschale, aber es wollte sich nichts bewegen. Und schließlich setzten sich beide und schnappten nach Luft und husteten. Duncans Nase fing wieder an zu bluten. Er verwischte es zu einer Blutspur, und seine Hände zitterten unkontrolliert.

»Gibt es«, fragte Duncan, »da unten eine Ventilation?«

Die gab es nicht, und eine neue Angst fügte sich zu der übrigen. »Melein«, rief Niun aus, »Melein, hörst du mich?«

Er hörte eine Art Antwort, und es war die Stimme einer jungen Frau, hoch, dünn und klar. Es war wirklich Melein. Niun schloß, daß sie sich unter ihnen befand, und versuchte, ihre genaue Position abzuschätzen, und markierte mit der Ferse eine Stelle auf dem Boden.

Dann zerrte er eine Stützstange aus den Trümmern und fing an, mit vorsichtigen Stichen zu graben. Er war nicht so unbekümmert, daß er in diese Heiligkeit hinabgeschossen hätte. Er grub mit der Stange und den Fingern, und Duncan sah, was er tat, und half ihm dabei mit sich abwechselnden Stichen, die tiefer in den ellendicken Boden eindrangen. Gelegentlich legten sie eine Pause ein, um den Staub wegzuscharren, den sie erzeugt hatten. Die Sonne wurde heiß, und das einzige Geräusch, das es noch gab, war das stetige Stoßen und Scharren von Stahl auf der zementierten Erde, und für eine lange Weile hörte er kein Wort von Melein. Furcht quälte ihn, denn er wußte, wie klein der Hohlraum da unten war, wie knapp der Luftvorrat bemessen sein mußte. Une er fürchtete auch, daß die Lücke, die sie gruben, die kleine Stelle verfehlen würde, in der Melein versteckt war. Und er fürchtete, daß der ganze Boden nachgeben könnte.

Sie brachen durch. Luft strömte aus der Schwärze hervor, abgestanden, verbraucht und kalt.

»Melein«, rief Niun hinab und erhielt keine Antwort.

Er fing an, noch stärker zu arbeiten, rammte Splitter von den Rändern des Lochs und erweiterte es dadurch, ließ mehr und mehr Luft hindurch, schickte einen Balken Sonnenlicht in das Gelaß hinunter. Sie legten Stahlstreben frei und arbeiteten in eine andere Richtung, in der sie ein weiteres Loch machen konnten, und von Zeit zu Zeit rief Niun hinab, ohne Antwort zu erhalten. Das Loch war schließlich groß genug, um einen Körper hindurchzulassen. Niun überlegte, ob der Mensch oben bleiben würde und wie sie wieder hinauskommen würden, und dachte verzweifelt daran, Duncan zu töten. Aber mit Melein auf seinen Armen konnte er nicht wieder heraufklettern, nicht so leicht jedenfalls, und er war sich auch nicht sicher, ob der Stoff seiner Gewänder sein Gewicht tragen konnte, oder was sonst helfen konnte.

»Ich werde hinabgehen«, sagte Duncan, öffnete eine Tasche und zog ein Seil hinaus, und aus einer anderen eine kleine Lampe. Er bot diese kostbaren Dinge mit einer naiven Ehrlichkeit an, die Niun für einen Moment entwaffnete.

»Die Falltiefe«, sagte Niun, den innerlich bei dem Gedanken schauderte, daß Duncan so dicht an Melein kommen konnte, »entspricht dem Anderthalbfachen meiner Körperhöhe.« Er fügte nicht hinzu, welche Rache er nehmen würde, falls Duncan unvorsichtig sein und Melein etwas zufügen sollte, falls er sie nicht lebend heraufbringen würde – denn das wäre nutzlos gewesen. Er saß hilflos da und sah zu, wie Duncan seinen Körper – etwas schwerer als der Niuns – in die Lücke schob und mit einem heftigen Geräusch hinab in die Dunkelheit sprang.

Niun hörte, wie er unten herumsuchte, durch Dinge, die klapperten und sich bewegten, zwischen schwankenden Steinen. Er beugte sich hinab und versuchte, den winzigen Lichtstrahl der Lampe zu erkennen, die Duncan hielt.

»Ich habe sie gefunden«, kam Duncans Stimme aus der Kälte herauf, und dann: »Sie lebt.«

Niun weinte, nun, da der Mensch ihn nicht sehen konnte. Dann wischte er sich die Augen und saß still, die Fäuste um die Knie gekrampft. Er wußte, daß der Mensch Melein als Geisel nehmen konnte, sie verletzen konnte, Rache erzwingen oder einen schrecklichen Eid vollziehen konnte. Diese Dinge hatte er sich nicht deutlich überlegt, was ein Zeichen seiner Erschöpfung und seines verzweifelten Strebens war, sie noch rechtzeitig zu erreichen. Jetzt jedoch dachte er nach und hielt sich an der Kante des Loches fest, um hinabzuklettern.

»Mri! Niun!« Duncan stand im Licht und hielt ein blasses Bündel in den Armen, ein Bündel goldener Roben, das sich an ihn lehnte. »Laß das Seil herab. Ich werde versuchen, sie heraufzubringen.«

Noch während Niun zusah, regte sich Melein und bewegte sich, und ihre Augen öffneten sich dem Licht, in dem er nur wie ein Schatten über ihr wirken konnte.

»Melein«, rief er nach unten, »Melein, wir werden dich hochziehen. Das ist ein Mensch, Melein, aber hab keine Angst vor ihm.«

Sie sträubte sich, als sie das hörte, und Duncan stellte sie wieder auf die Füße. Niun sah den Ausdruck, mit dem sie Duncan ins Gesicht sah, in dem matten Licht und schrak zurück.

Aber sie gestattete Duncan dann, seine Hände um ihre Taille zu legen und sie hochzuheben, bei weitem der einfachste und für sie am wenigsten schmerzvolle Weg. Sie konnte jedoch nicht die Hände heben, um die Niuns zu ergreifen, und gab einen Schmerzenslaut von sich – sie, die einmal Kel'e'en gewesen war. »Warte!« protestierte Niun und formte aus einer Windung des Seiles und einem Knoten eine Schlinge und warf sie hinab. Nachdem Melein sich die von ihm gemachte Schlinge umgelgt hatte, wickelte er das Seil um Hand und Arm und zog das Gewicht vorsichtig an. Duncan half mit Heben, aber eine Zeitlang schnitten das dünne Seil und der Aufwärtszug in Niuns Hand. Er versuchte, Melein nicht an der gezackten Öffnung entlangschrammen zu lassen, zog nur ganz vorsichtig, stemmte sich gegen seine Füße und mißachtete den Schmerz in seinen Händen. Sie kam schließlich hindurch, schwang sich selbst auf den sonnenbestrahlten Staub und versuchte, aufzustehen. Er hatte sie, er hatte sie sicher, und er klammerte sich an ihre Füße und hielt sich an ihr fest, wie er seit seiner Kindheit kein lebendes Wesen gehalten hatte, während sie beide noch in das Seil gewickelt waren. Er wischte Staub und Tränen aus ihrem Gesicht, während sie noch nach der frischen Luft schnappte.

»Das Schiff ist zerstört«, sagte er, um all die Grausamkeiten zu erledigen, während die Wunden noch taub waren. »Alle anderen sind tot, sofern da unten nicht noch jemand am Leben ist.«

»Nein, niemand. Sie hatten keine Zeit mehr. Sie waren zu alt zum Laufen ... sie wollten nicht ... sie saßen ruhig bei der She'pan. Dann wurde das Haus ...«

Sie begann zu zittern, als sei sie schwer erkältet; aber sie hatte einmal zum Kel gehört, und sie zerbrach nicht. Sie beherrschte sich und fing nach einer Weile an, sie beide aus dem Seil zu wickeln.

»Niemand«, sagte Niun, um sicherzugehen, daß sie alles begriff, »kann auf dem Schiff überlebt haben.«

Sie setzte sich auf die Kante des Mauerteils, der die Türen blockierte, glättete mit einer Hand ihre Mähne auf dem gesenkten Kopf nach hinten. Sie fand ihr zerrissenes Kopftuch auf ihrer Schulter, glättete es und bedeckte bedachtsam ihren Kopf mit diesem leichten Gazeschleier. Sie schwieg für eine Weile, ihren Kopf immer noch von ihm abgewandt.

Schließlich straffte sie ihre Schultern und deutete in das Loch im Schutt, in dem Duncan wartete. »Und was ist er?« wollte sie wissen.

Er zuckte die Achseln. »Das spielt für uns keine Rolle. Ein Mensch, ein Gast der Regul. Sie versuchten, ihn zu töten, als wir uns begegneten, dann ...« Der Argwohn, daß es teilweise seine Schuld war, die das Volk getötet und sie als Waise hinterlassen hatte, war zu schrecklich, um ihn auszusprechen. Seine Stimme versagte, und Melein stand auf und ging von ihm weg, um die Trümmer zu betrachten, wobei sie ihm den Rücken zuwandte und ihre Hände schlaff an den Seiten herabhängen ließ. Der Anblick ihrer Verzweiflung verwundete ihn.

»Melein«, sprach er sie an, »Melein, was soll ich tun?«

Sie wandte sich ihm zu und machte eine winzige, hilflose Handbewegung. »Ich bin niemand.«

»Was soll ich tun?« beharrte er.

Sen und Kel, und Sen mußte führen. Sie war jetzt jedoch mehr als Sen, und darin bestand das Gewicht auf ihr, und er sah, daß sie es nicht tragen wollte, das sie aber tragen mußte. Er wartete. Schließlich schloß sie die Augen und öffnete sie wieder.

»Feinde werden hierher kommen«, sagte sie und begann damit, so zu funktionieren, wie sie jahrelang darauf vorbereitet worden war, zu kommandieren und zu planen. Sie setzen voraus, was vorausgesetzt werden mußte – die She'pan des Volkes, die kein Volk hatte. »Suche zusammen, was wir in den Bergen brauchen werden! Dort werden wir in der kommenden Nacht lagern. Gib mir diese Nacht, Wahrbruder – ich darf dich so nicht nennen; aber diese Nacht, nur diese, und ich werde mir überlegen, was wir am besten tun sollten.«

»Ruh dich aus!« drängte er sie. »Ich werde alles erledigen.« Und als er sah, daß sie sich abseits der direkten Sonneneinstrahlung hingesetzt hatte, beugte er sich über das Loch und warf das Seil hinab. »Duncan!«

Das weiße Gesicht des Menschen tauchte im Zentrum des Lichteinfalles auf, ängstlich und erschreckt. »Zieh mich hoch!« sagte er und legte die Hand auf das Seil, das Niun sich straff zu ziehen weigerte. »Mri, ich habe dir geholfen. Jetzt zieh du mich hier heraus!«

»Suche mir die Sachen zusammen, die ich dir nenne, und ich werde sie mit dem Seil herausziehen. Und danach werde ich dich herausziehen.«

Duncan zögerte, als ob er dächte, daß Mri wie Menschen logen. Dann jedoch stimmte er zu und suchte mit seiner winzigen Lampe, bis er alle Sachen gefunden hatte, die Niun daraufhin von ihm forderte. Er band jedes kleine Bündel an das Seil, damit Niun es heraufziehen konnte. Essen, Wasserflaschen, Seile und vier Bündel ungenähten schwarzen Kleiderstoffes, denn mehr konnten sie nicht ohne Verzögerung erreichen, nicht ohne eine neue Öffnung zu brechen, und Duncan erklärte, daß er das nicht für sicher genug hielte. Ein letztes Mal ging das Seil hinauf, mit einem Ballen Stoff daran; und ein letztes Mal warf Niun es hinab, diesmal für Duncan, und legte es um seinen Körper und Arm.

Diesmal war es nicht so schwer wie mit Meleins nicht kooperierendem Gewicht. Niun lehnte und stemmte sich auf seine Füße, und Duncan zog sich selbst herauf, packte die Kante des Lochs und zog sich in Sicherheit, keuchte, krümmte sich zweimal, hustete und versuchte, die Blutung zu stillen. Das Husten dauerte an, und Melein kam von ihrem Ruheplatz, um mit einer Mischung von Abscheu und Mitleid auf den Menschen hinabzublicken.

»Es ist die Luft«, sagte Niun. »Er ist gerannt, und er ist nicht auf Kesrith akklimatisiert.«

»Ist er eine Art Kel'en?« fragte Melein.

»Ja«, sagte Niun. »Aber es geht keine Bedeutung von ihm aus. Die Regul haben ihn gejagt. Wahrscheinlich würden sie sich jetzt nicht mehr um ihn kümmern, wenn nicht der Vorgesetzte dieses Mannes noch am Leben ist. Was sollen wir mit ihm machen?«

Duncan schien zu wissen, daß sie von ihm sprachen. Vielleicht kannte er ein paar Wörter der Sprache des Volkes, aber sie benutzten die Hochsprache, und dem konnte er ganz sicher nicht folgen.

Melein zuckte die Achseln und drehte ihren Kopf weg. »Was dir gefällt. Wir gehen jetzt.«

Und dann begann sie, langsam durch die Ruinen zu gehen, wobei sie sich vorsichtig ihren Weg suchte.

»Duncan«, sagte Niun, »nimm die Vorräte und komm!«

Der Mensch blickte ihn aufgebracht an, als ob er vorhätte, das als eine Angelegenheit der Würde zu diskutieren. Und Niun erwartete das, wartete darauf. Dann kniete Duncan jedoch nieder und machte mit dem Seil aus den Vorräten ein Bündel, das er sich über die Schulter schwang, als er aufstand.

Niun zeigte, daß er gehen wollte, und der Mensch trug die Last dorthin, wo Niun ihn hinwies, mit unsicheren und schwankenden Schritten in Meleins Gefolge.

Die Berge waren nicht beschossen worden. Sie erreichten eine geschützte Stelle, die sich noch in dem Zustand befand, den sie vor dem Angriff gehabt hatte, vor den Uneinigkeiten von Regul, Mri oder Menschen – eine sichere Zuflucht vor Luftschiffen, da sie sich tief unter einer Sandsteinbank hinzog.

Mit einem tiefen Seufzer sank Melein in den Sand in diesem kühlen Schatten und kauerte sich zusammen, den Kopf auf den Knien, als sei dies das letzte gewesen, was sie überhaupt tun konnte, der letzte Schritt, den sie machen konnte. Sie war verwundet. Niun hatte ihren Gang beobachtet und wußte, daß sie große Schmerzen hatte, deren Quelle er in ihrer Seite vermutete, nicht in den Gliedern. Nachdem sie ihre Zufriedenheit mit dem gefundenen Platz bekundet hatte, nahm Niun Duncan die Vorräte ab und beeilte sich, ein Tuch als Unterlage für Melein auszubreiten, und eines als Decke für sie. Er gab ihr zu trinken und ein Stück getrocknetes Fleisch, saß auf den Fersen, während sie aß und trank und sich zum Ausruhen gegen den nackten Felsen lehnte.

»Darf ich trinken?«

Die ruhige Frage des Menschen erinnerte ihn daran, daß er noch eine andere Aufgabe hatte, füllte eine Kappe mit Wasser und gab sie in Duncans zitternde Hände.

»Vielleicht werden wir morgen«, sagte Niun, »eine Luin ausschneiden und dann genug Wasser zum Trinken haben.« Er dachte über den Menschen nach, der das Wasser Schluck für Schluck trank, eine entstellte und schmutzige Kreatur, die nach ihrem Aussehen zu schließen gar nicht soweit hätte überleben sollen. Es war nicht wahrscheinlich, daß er in diesem Zustand noch viel länger leben würde. Er stank, Schweiß und Schwefel mischten sich mit Menschengeruch. Niun stellte fest, daß er selbst kaum sauberer war.

»Kannst du . . .«, sagte er zu Melein, und hatte beinahe vergessen, daß es ihm jetzt nicht mehr zustand, ihren persönlichen Namen frei auszusprechen. Er bot ihr seine Pistole an. »Kannst du lange genug wach bleiben, um diesen Menschen eine Zeitlang zu bewachen?«

»Es geht mir gut genug«, sagte sie, zog ein Knie an und ließ Handgelenk und Pistole in einer Haltung darauf ruhen, die eher von einer Kel'e'en denn einer She'pan zeugte. Von der Kaste her hätte sie keine Waffe berühren sollen, aber viele Dinge hätten anders liegen sollen und konnten es doch nicht.

So verließ Niun sie und ging außer Sicht des Überhangs, zog sich aus und badete, wie es Mri auf trockenen Welten taten, im trockenen Sand. Dabei wusch er sogar seine Mähne, die, nachdem er den Sand wieder herausgeschüttelt hatte, rasch wieder ihr glattes Gefühl vermittelte. Danach fühlte er sich besser, zog sich wieder an und folgte seinen Spuren zurück zur Höhle.

Ein schwerer Körper bewegte sich hinter ihm, ein schnaubender Atem und ein wehleidiger Laut: ein Dus. Niun drehte sich vorsichtig um, denn er hatte sein Gewehr bei Melein gelassen, und etwas anderes konnte ein Ha-dus nicht aufhalten.

Es war das Miuk-ka, abgemagert, verloren, von Wundschorf bedeckt. Aber das Gesicht war trocken, und das Tier watschelte in gleichgültiger Verlassenheit einher.

Niuns Herz hämmerte, denn die Lage war potentiell schlecht für ihn, da alle Dusei unvorhersagbar reagierten. Aber das Dus kam zu ihm, hob seinen Kopf und stieß ihn gegen seinen Brustkorb, gab diesen Dusmeister-Laut von sich, mit dem es um Futter, Zuflucht und all die Dinge bat, die Mri und Dus miteinander teilten.

Dort kniete er nieder, denn der Augenblick forderte es, umarmte den skrofulösen Nacken des Dus, lehnte sich entspannt gegen das Tier, ließ es ihn berühren und berührt werden. Ein Gefühl der Wärme überkam Niun, ein tiefes und beinahe sinnliches Gefühl, die niederen tierischen Funktionen des Dus-Gehirns, das sich mit sehr wenig begnügen konnte.

Dies lieh es ihm. Er blickte auf, sich einer Gegenwart bewußt, und erblickte zwei fremde Dusei auf der Sandsteinkante über ihm. Er hatte keine Angst. Dieses Dus kannte ihn, und sie kannten ihn; und wie die Wärme kam das auf einem Niveau, das unterhalb dem der Vernunft lag. Es war eine Tatsache. Es war so zuverlässig wie der Felsen, auf dem sie standen, Mri und Dus. Es nahm seinen Schmerz auf, schmolz ihn und fütterte ihn wieder mit einer Kraft, die so langsam und mächtig war wie seine eigene.

Und als er zur Höhle zurückkehrte, trottete das große Tier hinter ihm her, ein fügsamer Gefährte, ein komischer und freundlicher Bursche, der – als er den Menschen erkannte – plötzlich gar nicht mehr komisch und nicht mehr freundlich war.

Mißtrauen erreichte Niuns Geist durch die Impulse des Dus; aber es klang ab, als das Dus den unmittelbaren Schrecken des Menschen spürte. Dieser fürchtete sich, also war er harmlos. Das Dus schob den Gedanken an den Menschen beiseite und ließ sich quer vor dem Eingang nieder, strahlte Impulse der Wache und des Schutzes aus.

»Es ist gekommen«, sagte Niun und nahm seine Pistole wieder aus Meleins Hand entgegen. »Es sind noch mehr da draußen, aber keines von ihnen auch nur entfernt vertraut.«

»Der alte Pakt«, sagte Melein, »ist zwischen ihnen und uns immer noch gültig.«

Und Niun wußte, daß sie keinen besseren Wächter hätten haben können, daß er diese Nacht würde schlafen und sich sicher sein können, daß nichts, was Melein schaden konnte, an diesem Dus vorbeikam. Dafür war er überwältigend dankbar. Die Erschöpfung, die er beherrscht hatte, kam nun wie eine Flut auf ihn herab. Das Dus hob den Kopf und gab das Stöhnen des Vergnügens von sich, ein Lächeln mit aufgesperrtem Maul und heraushängender Zunge. Sie zuckte und verschwand wieder in dusiner Selbstzufriedenheit.

Niun sprach mit dem Tier, äußerte die kurzen, sinnlosen Wörter, die die Dusei liebten, berührte seinen schweren Kopf und erfreute es. Und dann ergriff er die Tatze und drehte sie um, deren Größe leicht mehr halten konnte als ein Mann in seinen Händen. Die Klauen krümmten sich nach innen, zogen Niuns Handgelenk gegen die feuchte Tatzenfläche: ein Reflex. Es riß Niuns Haut auf und ließ das Gift hinein. Das hatte Niun gewollt. In solch kleinen Mengen würde das Gift ihm nicht schaden, sondern ihn gegen dieses Dus immunisieren, so daß er es nicht mehr fürchten mußte. Er zog die Hand zurück, liebkoste den flachen Schädel und entrang dem Tier damit einen rollenden Ton der Zufriedenheit.

Weil er den Gedanken nicht ertragen konnte, sich mit dem Schmutz des Menschen in der Nähe schlafen zu legen, nahm er dann einen Armvoll Kleiderstoff und forderte den Menschen auf, mit ihm zu kommen, und führte ihn hinter die Felsbank.

»Bade«, forderte er Duncan auf, warf den Stoff zu Boden, als Duncan bestürzt zu sein schien, beugte er sich hinab und demonstrierte mit einer Handvoll Sand auf seinem Arm, was er meinte. Während der Mensch sich reinigte, saß Niun mit gefalteten Armen da, die Augen immer irgendwie abgewandt. Die neugierigen Ha-dusei sahen von der Höhe aus zu, versammelten sich alarmiert und streiften im Kreis herum, als sie die merkwürdige blaßhäutige Kreatur sahen.

Duncan sah irgendwie angenehmer aus, nachdem er das Blut

aus dem Gesicht geschrubbt hatte und die Tränenstreifen gleichmäßig mit dem Staub verwischt worden waren. Er schüttelte sich den Staub aus dem Haar, sammelte seine abgelegte Kleidung auf und fing an, sich anzuziehen. Aber Niun riß ein Stück von dem Stoff ab und zerriß es auf eine Weise, daß man es tragen konnte. Er warf es dem Menschen zu, der es zweifelnd anlegte, als sei das für ihn eine beabsichtigte Schande. Dann dachte Niun daran, die Kleider aufzusammeln, die der Mensch abgelegt hatte, und entdeckte Taschen, voll mit Dingen, die der Mensch nicht erwähnt hatte.

Er öffnete die Hand und zeigte das Messer, das er gefunden hatte. Duncan zuckte die Achseln.

Niun billigte ihm zumindest zu, daß er keine Tollkühnheit vorgehabt, sondern auf den richtigen Augenblick gewartet hatte. Der Mensch hatte die Runde gut gespielt, auch wenn er sie verloren hatte. Niun warf ihm eine zweite Rolle aus schwarzem Stoff zu. »Verschleiere dich«, sagte er. »Deine Nacktheit beleidigt die She'pan und mich.«

Duncan legte den Schleier über seinen Kopf und versuchte vergeblich, ihn zu befestigen, denn er war darin nicht geübt. Niun zeigte ihm, wie er ihn zurechtdrehen konnte, um ein Band daraus zu machen, und wie er ihn anbringen konnte. Und anständig bedeckt sah Duncan nur um so besser aus. Er war nicht wie ein Kel'en gewandet; das wäre nicht angemessen gewesen. Aber er trug Kel-Schwarz und war anständig wie ein Mann bekleidet, und nicht wie ein Tier. Niun betrachtete ihn und nickte zustimmend.

»Das steht dir besser«, sagte er. »Es wird deine Haut schützen. Vergrabe deine alten Kleider. Wenn wir am Tage reisen, wirst du herausfinden, daß unsere Methode die beste ist.«

»Gehen wir?«

Niun zuckte die Achseln. »Die She'pan trifft diese Entscheidung. Ich bin ein Kel'en. Ich gehorche ihren Befehlen.«

Duncan ließ sich auf die Knie fallen und grub ein Loch, wie es Tiere taten, und legte seine Kleidungsstücke hinein. Er hielt inne, nachdem er sie zugedeckt hatte, und sah auf. »Und wenn ich euch einen sicheren Weg von dieser Welt weg anbieten könnte?«

»Kannst du das?«

Duncan stand auf. Mit dem Schleier hatte er eine neue Würde gewonnen. Niun hatte die Farbe seiner Augen noch gar nicht wahrgenommen. Sie waren hellbraun. So etwas hatte Niun noch nie gesehen. »Ich könnte eine Möglichkeit finden«, sagte Duncan, »mit meinem Volk Verbindung aufzunehmen und ein Schiff für euch herabzubekommen. Ich denke, daß ihr einiges zu verlieren habt, wenn ihr dieses Angebot nicht annehmt. Ich denke, es würde dir sehr gefallen, *sie* hier herauszubekommen.«

Niun legte warnend die Hand auf seine Waffen. »Tsi'mri, du vermutest zuviel. Und falls du Pläne machst: lege sie ihr vor, nicht mir. Ich habe dir gesagt, daß ich nur ein Kel'en bin. Falls ihr etwas gefällt, mache ich es. Falls etwas sie stört, beseitige ich es.«

Duncan bewegte sich nicht. Wahrscheinlich dachte er über seine Respektlosigkeit nach. »Ich begreife es nicht«, sagte er schließlich. »Offensichtlich begreife ich einfach nicht, wie die Dinge bei euch stehen. Ist sie deine Frau?«

Diese Obszönität wurde so naiv vorgebracht, in einem so verwirrten Tonfall, daß Niun beinahe vor Überraschung lachte. »Nein«, sagte er, und um Duncan noch weiter durcheinanderzubringen: »Sie ist meine Mutter.«

Und es drängte den Menschen, ihn nicht länger aufzuhalten, denn er hatte zunehmend Angst um Melein, und es gab noch in ihrer Nähe die Ha-dusei, die in die Luft schnaubten und von ihren erhöhten Posten aus leise Rufe ausstießen. Eines kam herab, als die beiden Männer das Gebiet verließen. Zweifellos würden die Kleidungsstücke nicht vergraben bleiben, aber es würde auch nicht viel von ihnen übrigbleiben, was die Augen von Verfolgern auf sich ziehen konnte.

Das Dus am Eingang ihrer Zufluchtsstätte hob den Kopf und spitzte die winzigen Ohren in ihre Richtung, strahlte Gefühle des Willkommens aus. Und Niun, der bereits den Strom des Giftes in sich spürte und wußte, daß er ihn während der Nachtstunden noch stärker spüren würde, streichelte mit den Fingern die Nase des Tieres, hielt seinen Körper zwischen ihm und Duncan.

Melein bemerkte den Menschen und nickte zustimmend angesichts der Veränderung. Aber in dieser Nacht zeigte sie kein weiteres Interesse an ihm. Sie ließ sich nieder, um sich friedlich auszuruhen, jetzt, nachdem die beiden Männer zurückgekehrt waren. Niun trank eine sehr kleine Ration Wasser, legte sich nieder und sah zu, wie der Mensch sich ebenfalls ausstreckte, soweit von den Mri und dem Tier entfernt, wie es der kleine Raum zuließ.

Als Niun die Augen schloß, war sein Geist so überwältigend voll mit Gedanken, daß er letztlich nichts tun konnte, als alles Denken fahrenzulassen und sich gehenzulassen. Das Dus-Fieber tobte in ihm. Er schwebte auf Träume in niederen geistigen Bereichen zu, die den düsteren, manchmal erschreckenden Impulsen des Dus entsprachen. Er fürchtete jedoch nicht, durch diese Impulse Schaden zu nehmen, denn die Kel-Lehre besagte, daß kein Kel'en jemals Schaden durch sein eigenes Dus erlitten hatte, sofern es geistig gesund war.

Und das Tier besaß ihn, und er besaß das Tier, und er orientierte seine gegenwärtige Welt an dem und an Melein. Am Morgen war er völlig verlassen gewesen, und an diesem Abend ruhte er in der Kel-Unwissenheit, mit einem Dus, das seinen Schlaf bewachte und seinen Geist berührte, und wieder mit einer She'pan, die die Bürde des Planens auf sich nahm. Sein Herz schmerzte um Meleins Bürde wegen, aber er versuchte nicht, sie zu tragen. Melein würde ihrer Ehre teilhaftig werden. Er hatte seine, und sie war ungeheuer viel einfacher.

Der She'pan zu gehorchen. Das Volk zu rächen.

Er starrte während seiner wachen Intervalle den Menschen an, und einmal wußte er in der Dunkelheit, daß auch der Mensch wach war und ihn betrachtete. Sie sprachen nicht miteinander.

19

Der Tag begann ruhig, mit nur den Geräuschen des Windes und dem Atem des Dus. Niun blickte sich um und entdeckte, daß Melein bereits wach war und mit gekreuzten Beinen am Eingang saß, wo das Licht der Dämmerung sie umrahmte. Sie wirkte gesammelt, als sei sie schon längere Zeit so dagesessen, um in den letzten Nachtstunden allein ihre Gedanken zu ordnen.

Niun stand auf, während Duncan noch reglos dalag, trat zu Melein und setzte sich nahe der Fieberwärme des schlummernden Dus in den kalten Sand. Seine Beine waren wegen des Giftes noch schwach und sein Arm bis zur Schulter hinauf steif und heiß, aber es würde vorübergehen. Sein Geist war immer noch ruhig, und die wirren Gedanken des Dus berührten ihn nach wie vor. Er hatte keine Angst, auch nicht in Anbetracht ihrer Lage. Er wußte, daß es der Mut des Dus war, und daß er schmelzen würde, sobald eine Krise kam und ein Mann darauf angewiesen war, nachzudenken. Aber so hatte er Ruhe, und war glücklich darüber. Er dachte, daß Melein sich vielleicht auch an etwas von der Art erfreute, denn ihr Gesicht war ruhig, als ob sie über irgendeinen privaten Traum meditiert hätte.

»Hast du lange geschlafen?« fragte er sie.

»Solange, wie ich es nötig hatte. Ich bin gestern erschüttert worden. Ich denke, ich werde einen langen Marsch immer noch schwierig finden. Aber wir werden heute marschieren.«

Er hörte das und wußte, daß sie zu einer letzten Entscheidung gekommen war, aber es wäre nicht respektvoll gewesen, sie danach zu fragen und weiterhin davon auszugehen, daß er ihr Verwandter war, was er nicht länger sein konnte.

»Wir sind fertig«, sagte er.

»Wir folgen dem Weg nach Sil'athen«, sagte sie, »und weitere in die Berge hinein, und wir werden einen Schrein finden, von dem das Kel in unserer Generation nichts gewußt hat. Bevor wir beide geboren wurden, war dem Kel befohlen worden, es zu vergessen. Die Pana, Niun, sind nie im Edun aufbewahrt worden. Es war eine Zeit des Krieges. Die She'pan hielt es nicht für gut, daß die Pana im Edun waren, und sie hatte recht.«

Er berührte vor Verehrung ihre Stirn, ihn fror, von den Dingen nur zu hören, von denen sie gesprochen hatte, aber sein Geist schwang sich daran empor. Es veränderte nichts, hatte keine Beziehung zu ihren eigenen trostlosen Aussichten. Aber das Heilige existierte, und selbst, wenn sie hingingen, um es mit ihren eigenen Händen zu zerstören, würde es nicht durch Feinde zugrunde gegangen sein.

Der Auftrag der Götter also. Das war etwas, das es wert war, getan zu werden, etwas, das er gut begreifen konnte.

»Wisse«, sagte sie des weiteren, »daß wir die Pana an uns bringen werden, und wir beide werden sie an einen Ort bringen, wo wir in Sicherheit sind. Und wir warten. Wir warten, bis wir einen Weg von Kesrith finden, oder bis wir wissen, daß es keinen gibt. Hat das Kel dazu eine Meinung?«

Er überlegte, dachte an Duncans Angebot, daran, es Melein mitzuteilen, aber legte diesen Gedanken beiseite. Es würde einen Augenblick dafür geben, falls sie noch solange lebten, um das eine zu tun. »Ich denke«, urteilte er vorsichtig, »daß wir beim Töten von Menschen umkommen werden, wenn sie uns danach zu Tode jagen. Aber ich für meinen Teil würde lieber zu den menschlichen Behörden gehen und mich mit ihnen gegen die Regul verbünden. Ich bin so erbittert.«

Sie hörte ihm aufmerksam zu, den Kopf zur Seite geneigt, und runzelte die Stirn. »Aber«, sagte sie, »es herrscht Frieden zwischen Regul und Mensch.«

»Ich glaube nicht, daß er von Dauer sein wird. Nicht für immer.«

»Aber würden die Menschen nicht lachen – wenn man bedenkt, ein einziger Kel'en, der alleine versucht, seinen Dienst gegen alle Regul aufzunehmen?«

»Die Regul würden nicht lachen«, sagte Niun grimmig, und sie nickte in Anerkennung dieser Tatsache.

»Ich will das jedoch nicht«, sagte sie. »Nein. Ich weiß, was Intel geplant hat: uns wieder in die Dunkelheit zu führen, auf die lange Reise zu gehen und das Volk während dieser Dunkelheit zu erneuern. Und ich werde dich nicht für irgendwelche Versprechungen von Sicherheit vermieten. Nein. Wir beide gehen unseren eigenen Weg.«

»Wir haben weder ein Kath noch Kel'e'ein«, rief er und senkte seine Stimme plötzlich zu einem halben Flüstern, denn er wollte Duncan nicht aufwecken. »Für uns gibt es keine weiteren Generationen mehr, keine Erneuerung. Wir werden niemals wieder aus der Dunkelheit hervorkommen.«

Sie blickte ruhig in die Dämmerung. »Falls wir die letzten sind, werden wir ein ruhiges Ende haben, und falls wir nicht die letzten sind, dann liegt der Weg zur sicheren Ausrottung des Volkes darin, unsere Leben in Verfolgung von Tsi'mri-Kriegern und Tsi'mri-Ehren und all den Dingen zu verschwenden, die das Volk in diesem unglücklichen Zeitalter beschäftigt haben.«

»Was gibt es sonst noch?« fragte er. Es war eine verbotene Frage, und es fiel ihm ein, sobald er sie ausgesprochen hatte, und nahm sie mit einer ablehnenden Geste zurück. »Nein, tu was du willst!«

»Wir sind frei«, sagte sie. »Wir sind *frei,* Niun. Und ich werde uns auf nichts anderes verpflichten, als die Pana zu finden und herauszufinden, ob noch andere von unserer Art überlebt haben.«

Er sah auf und begegnete ihrem Blick und erkannte ihre Tapferkeit mit einem Kopfnicken an. »Es ist unmöglich für uns, das zu tun«, sagte er. »Das Kel teilt dir das mit, She'pan.«

»Das Kel der Dunkelheit«, sagte sie mit weicher Stimme, »ist nicht völlig unwissend. Deshalb ist sein Dienst schwerer. Nein, vielleicht ist es unmöglich. Aber ich kann nichts anderes akzeptieren. Glaubst du nicht daran, daß die Götter immer noch das Volk begünstigen?«

Er zuckte im Bewußtsein seiner Unwissenheit die Achseln, so hilflos, wie es ein Kel'en in Wortspielen immer war. Er wußte nicht, ob sie mit Ironien spielte oder nicht.

»Ich werfe uns beide«, sagte sie dann. *»Shon'ai.«*

Das begriff er, ein Mysterium, das das Kel leicht verstehen konnte: er machte eine Faust, eine Pantomime, die das Auffangen beim *Shon'ai* darstellte, und das Herz wurde ihm leichter.

»Shon'ai«, wiederholte er, »das ist gut genug.«

»Dann sollten wir gehen«, sagte sie.

»Wir sind fertig«, sagte er. Er raffte sich auf, ging zu Duncan und schüttelte ihn. »Komm!« wies er ihn an, und während Duncan anfing, sich zu regen, machte Niun aus ihren verbliebenen Habseligkeiten ein Bündel. Das Wasser wollte er selbst tragen, und er sah auch eine kleine, leichte Feldflasche für Melein vor, denn es wäre nicht klug gewesen, Duncan in dieser Beziehung unabhängig von Melein abhängig zu machen, sollte es Schwierigkeiten geben – obwohl weder er noch sie, sofern körperlich noch beweglich und nicht von Feinden bedrängt, eine Feldflasche in einem Land brauchten, in dem sie jede Pflanze und jeden Stein kannten.

Er warf das Bündel aus Vorräten vor Duncans Füße.

»Wo gehen wir hin?« wollte Duncan wissen, ohne sich zu bewegen oder das Bündel aufzunehmen. Es war eine höfliche Frage. Niun zuckte die Achseln und gab ihm dadurch die Antwort, die er ihm zu geben gedachte, mit derselben Höflichkeit.

»Ich bin nicht euer Lasttier«, sagte Duncan, ein schmales, unterschwelliges Stück Rebellion. Er trat nach dem Bündel, stieß es weg.

Niun betrachtete es, betrachtete ihn, ohne jede Eile. »Die She'pan arbeitet nicht mit den Händen. Als Kel'en trage ich keine Lasten, solange noch andere da sind, die sie tragen. Wenn du tot wärest, würde ich es tragen. Da du es nicht bist, wirst du es tragen.«

Duncan schien sich zu überlegen, wie ernst es Niun damit war, und kam zu einem konkreten Beschluß. Er nahm das Bündel auf und steckte die Arme durch die Trageseile.

Daraufhin entdeckte Niun etwas Mitgefühl für ihn, denn der Mann war eine Art Kel'en und bekannte, daß er nicht zu einer niedrigen Kaste gehörte, aber er würde nicht dafür kämpfen. Das war eine Frage der *Yin'ein, des A'ani,* des ehrenvollen Kampfes. Niun rechnete damit, daß der Mensch mit Mri-Waffen so hilflos sein würde wie eine Kath'en.

Vielleicht, dachte er, war es nicht richtig gewesen, auf diesem Punkt zu beharren, und vielleicht hätte die Übernahme eines kleinen Teils der Last seinen Stolz nicht über Gebühr belastet. Gegen die Art des Tsi'mri-Kel'en Krieg zu führen, war eine Sache; eine andere war es, ihn unter dem Gewicht der Arbeit in Kesriths rauher Umwelt zu zerbrechen.

Trotzdem sagte Niun nichts. Er machte sich Sorgen, während

sie gemeinsam hinausgingen, sie alle drei, und das Dus neben ihm einhertrottete. Es handelte sich um eine schwierige Frage, sich zu überlegen, wie man mit einem Menschen auf ehrenhafte Weise engsten Umgang pflegte.

Daß Menschen das *A'ani* ablehnten und massenweise Kriegführung bevorzugten, war der Tod des Volkes gewesen; und jetzt fing er an, zu begreifen, daß Menschen einfach nicht kämpfen konnten.

Tsi'mri.

Er fühlte sich beschmutzt und tief bestürzt über das, was er herausgefunden hatte. Er wollte zurücknehmen, was er gesagt hatte, und konnte es um seines Stolzes willen nicht. Und er begann wieder daran zu denken, wie bitter der Krieg gewesen war, daß so viele gefallen waren, ohne die Natur des Feindes erkannt zu haben.

Aber selbst jetzt lag es nicht an ihm, das zu ändern. Er gehörte nicht zu der Kaste, die endgültige Entscheidungen fällte. Er erinnerte sich daran und fragte sich, wieviel Intel gewußt hatte.

Beim Deog'hal-Einschnitt stiegen sie ins Hochgebirge auf und verzichteten darauf, dem üblichen Pfad nach Sil'athen zu folgen, damit nicht einige Überlebende unten in der Stadt sie nur um so leichter finden und beenden konnten, was sie am Edun begonnen hatten. Es war ein harter Aufstieg, und einer, der von Melein viel abverlangte, ebenso von Duncan, der schwer an seinem Bündel zu tragen hatte.

»Ich habe zu lange im Turm der She'pan gesessen«, keuchte Melein, als sie einen Höhenzug erreicht hatten. Sie hustete und versuchte, es zu unterdrücken, während Duncan zu einem Haufen zusammensackte, sich von den Tragseilen befreite und sich auf das Bündel legte. Niun befeuchtete Meleins Kehle mit ein wenig Wasser, und tief in seinem Herzen fürchtete er um sie, denn Melein wurde normalerweise nicht so leicht müde. Er bemerkte, wie sie hinkte und manchmal den Arm an die Seite preßte.

»Ich denke, daß du verletzt bist«, sagte er sanft.

Sie machte eine mißbilligende Handbewegung. »Ich habe es

gefühlt, als ich die Tür zum Vorratsraum geschlossen habe. Es ist nichts.«

Er hoffte, daß sie recht damit hatte. Er gab ihr wieder zu trinken, verschwenderisch mit dem Wasser, aber es sah danach aus, daß sie bald mehr davon finden würden. Er selbst trank gerade genug, um seinen Mund zu befeuchten, und sah, daß der Mensch ihn intensiv anstarrte, sich zu bitten weigerte.

»Nur zum Befeuchten«, sagte er und reichte ihm ein halbes Maß. »Trink langsam!«

Der Mensch trank genauso, wie Niun es getan hatte, unter dem Schleier, sein Gesicht bedeckt haltend, und reichte die Kappe mit einem Nicken zurück, das ein wenig Würde ausdrückte.

»Wo gehen wir hin?« fragte Duncan wieder. Seine Stimme war rauh geworden.

»Mensch«, sagte Melein, die beide überraschte, »warum spielt das jetzt für dich eine Rolle?«

Duncan holte Atem, um in einem Zug zu antworten. Niun streckte die Hand aus und packte seinen Arm mit hartem Griff.

»Bevor du sprichst«, erklärte er ihm, »begreife, daß sie die She'pan ist. Das Kel verkehrt mit Außenstehenden; die She'pan tut das nicht. Es ist eine Ehre für dich, daß sie dich auch nur ansieht. Wenn du nur ein Wort sprichst, das sie beleidigt, werde ich dich gewiß und sofort töten. Also wird es für dich vielleicht günstiger sein, deine Worte an mich zu richten, so daß du sie nicht beleidigst.«

Duncan blickte zuerst ihn, dann sie an, als dächte er, daß sie einen Spaß mit ihm machten oder ihn auf eine Art und Weise bedrohten, die er nicht begriff.

»Es ist mir wirklich sehr ernst«, sagte Niun. »Richte deine Antwort an mich!«

»Sage ihr«, erwiderte Duncan daraufhin, »daß ich mehr daran interessiert bin, lebendig zu meinem Volk zurückzukehren. Sage ihr, was ich dir letzte Nacht vorgeschlagen habe. Das Angebot bleibt bestehen. Ich kann es schaffen, euch von dieser Welt wegzubringen.«

»Duncan«, sagte Melein, »ich weiß bereits, was du gerne fragen möchtest, und ich werde jetzt keine Antwort darauf geben.

Aber du kannst uns sagen, wann deine Leute kommen werden. Das weißt du sicherlich.«

Duncan zögerte sichtlich bestürzt und erwog anscheinend ihre Absichten. »Es ist eine Sache von Tagen«, sagte er mit leiser Stimme, »von sehr wenigen Tagen, vielleicht noch eher, als ich veranschlagen würde. Und sie werden Ruinen in der Stadt vorfinden, und die Regul sind übriggeblieben und können ihnen jede Geschichte erzählen, die sie möchten, über das, was in der vorletzten Nacht geschehen ist.«

»Tsi'mri«, meinte Melein abschätzig. Duncan verstand nicht.

»Die She'pan meint«, beantwortete Niun seinen fragenden Blick, »daß das, was Außenstehende tun, nicht unsere Sache ist. Wir haben keine Brüder und keine Meister. Wir dienen den Regul nicht mehr. Vielleicht hast du noch nicht begriffen, Duncan, daß wir die letzten Mri sind. Auf dem Schiff AHANAL befanden sich alle Überlebenden des Krieges, und der Rest war im Edun. Und die Regul kennen uns, wissen, daß wir ihnen, wenn sie nicht zu Ende bringen, was sie am Hafen begonnen haben, wahrscheinlich Verluste zufügen werden. Da sie eben Regul sind, wünschen sie es sich nicht, uns von Angesicht zu Angesicht gegenüberzustehen, um es zu tun, sondern sie werden wahrscheinlich versuchen, deine Art dazu zu überreden, ihnen diese Arbeit abzunehmen. Du siehst, wie die Sache liegt. Du tust besser daran, uns nicht mit Fragen zu bedrängen. Es gibt Dinge, an die man zu gegebener Zeit denken muß, wenn dies geschieht oder wenn jenes geschieht. Aber du tust gut daran, nicht zu fragen, so daß wir überhaupt nicht daran denken müssen.«

Duncan verarbeitete diese lange Antwort schweigend, mit um die Knie geschlungenen Armen, die Hände so zusammengepreßt, daß die Knöchel weiß wurden.

»Duncan«, sagte Melein dann, »man sagt bei uns, *gesagt ist getan.* Also sagen wir nichts, damit wir nicht dazu verpflichtet sind, es zu tun. Wir stellen nicht mit Wörtern Fallen, wie es die Regul tun. Stelle keine weiteren Fragen!«

Und sie hielt Niun ihre linke Hand hin und bedeutete ihm damit, daß sie Hilfe beim Aufstehen wünschte. Es schmerzte sie, obwohl sie sehr vorsichtig war.

»Da sind Wolken«, stellte sie fest, als sie nach Osten blickte. »Mögen sie auf die Regul herabkommen.«

Am Nachmittag war der Himmel völlig bedeckt und ersparte ihnen die Hitze der direkten Sonneneinstrahlung, ließ die Luft kalt werden. Und es wurde klar, daß die Wolken taten, was Melein gewünscht hatte, daß über den Ruinen der Stadt und des Hafens ein Sturm losbrechen würde.

Einmal, als sie über ihre Schulter zur Ebene blickte und zu den Blitzen, die in diesem dunklen Bereich herabzuckten, strahlte sie einen Impuls aus, der das Dus vor Bestürzung stöhnen und vor ihr zurückscheuen ließ. Es war Melein, die das hervorgerufen hatte, denn Niun wußte, daß er daran unschuldig war, und das Dus begab sich danach an seine Seite.

Die Wolken schütteten jedoch kein Wasser auf sie, und ihre Feldflaschen waren nur noch zu einem Viertel voll, als sie das Ende des langen Aufstiegs erreichten und das Hochplateau betraten. Am späten Nachmittag taumelte Duncan vor Müdigkeit und wäre nur zu gerne bei jeder Gelegenheit stehengeblieben, aber Niun dachte an die Möglichkeit, daß Flugzeuge nach ihnen suchten, und war nicht bereit, auf offenem Gelände anzuhalten, nicht wegen Duncan.

Oft betrachtete er Melein und fürchtete um sie, aber sie marschierte, ohne den Eindruck übermäßigen Leidens zu machen.

Gegen Sonnenuntergang tauchte eine Luin-Gruppe am Horizont auf, verdrehte Stämme, die vor dem Hintergrund des roten Sonnenlichtes wie eine Luftspiegelung wirkten, nackte Zweige, die nur an den Enden mit kleinen Blättern bestückt waren.

»Dort gibt es Wasser«, erklärte Niun Duncan. »Heute abend werden wir leicht lagern können, und du wirst genug zu trinken haben.«

Und Duncan, der angefangen hatte, nachzuhinken, raffte sich zu einer letzten Anstrengung auf und hielt mit den beiden anderen Schritt, die, ohne beladen zu sein, auf die Bäume zuhielten.

Und wanderte sorglos mit ihnen.

»Vorsicht!« schrie Melein, die es sah, ebenso wie Niun, wie die glasigen Stränge sich im Abendlicht ausbreiteten.

Niun riß die Pistole heraus und schoß, bevor Duncan Zeit hatte, zu begreifen, was ihm widerfuhr. Und die Anemone starb, einen üblen Geruch verbreitend, und die glasigen Stränge wurden schwarz. Aber an den Händen und auf der Stirn, wo sie Duncans Fleisch berührt hatte, leuchtete es plötzlich rot auf, und Duncan, dessen Kleidung mit Fühlern bedeckt war, stürzte hin und wand sich vor Qual im Sand.

»Ch'au!« verfluchte Niun die Dummheit des Menschen. »Still! Lieg still!« Und Duncan blieb daraufhin still liegen und schauderte, als Niun mit der Spitze des *Av-tlen* die Fühler von seinem Fleisch hob. Er zerrte sie auch von der Kleidung ab und drängte Duncan wieder auf die Füße, damit er stehenblieb, während Niun den schwarzen Stoff nach irgendwelchen durchsichtigen Überresten absuchte.

Dann ging Duncan ein paar Schritte beiseite, und ihm war für einige Augenblicke entsetzlich schlecht.

Niun reinigte das Av-tlen im Sand und schnitt mit ihm in den Stamm eines Luin, der nicht von der Anemone vergiftet worden war. Aus dem Gürtel zog er ein kleines Stahlrohr und schraubte es leicht in die weiche Wunde, und die süße Flüssigkeit begann zu fließen, rein und klar durch den Staub von Kesrith.

Er füllte die erste Feldflasche und reichte sie Melein, damit sie ihrem Durst zur Gänze freien Lauf lassen konnte, denn es gab viele Luin. Er trank die zweite leer und füllte sie wieder an einem zweiten Baum; die dritte Flasche, die er gefüllt hatte, brachte er Duncan, der es nicht geschafft hatte, nach dem Schrecken so krank zu sein, wie er es sich zweifellos wünschte. Der Mensch lag einfach nur auf dem Boden und zitterte.

»Es ist wert, sich daran zu erinnern«, gab Niun Eddans Worte ihm gegenüber nach einem weniger schmerzlichen Zusammentreffen wieder, »daß, wo es Wasser auf Kesrith gibt, auch Feinde und Räuber sind. Der Schmerz ist das einzige, und du hast Glück gehabt. Er wird vorübergehen. Wärest du allein gewesen, hätte die Anemone dich völlig umwickelt, und sie wäre dein Ende gewesen.«

»Ich sage nichts«, sagte Duncan, nahm einen Schluck Wasser und bekämpfte den Schmerz.

»Wenn du zwischen Luin einhergehst, geh mit dem Gesicht zum Licht gewandt, damit die Stränge der Anemonen im Sonnenlicht aufleuchten! Und paß auf, wo du hintrittst!« Er zeigte die Stelle, wo ein Gräber sein Lager hatte – eine Stelle, die durch eine andeutungsweise, flache Senkung markiert wurde. Er schleuderte einen Stein dorthin. Der Sand brach auf, und ein blasser Rücken blitzte und verschwand, als der kleine Gräber wieder tauchte und mit seinem Mantel flatterte, um sich wieder mit Sand zu bedecken.

»Sie sind giftig«, erklärte Niun, »und schon ein kleines Exemplar kann einen Mann sehr krank machen. Aber wenn sie auch groß genug werden, um ein Dus zu umfassen, spielt das Gift für uns keine so große Rolle. Gräber lauern zwischen Luin, an schattigen Plätzen und zwischen Felsen, wo es Sand gibt, um sich zu bedecken. Es gibt nur wenige große Exemplare. Die Ha-dusei essen sie, bevor sie sehr groß werden. Morgen werden wir an einer Stelle vorbeikommen, wo ein sehr großer, alter Gräber liegt. Ich denke, daß er schon daliegt, seit ich lebe. Gräber sind wie Regul; wenn sie so groß werden, bewegen sie sich nicht viel.«

Das kleine, aufgestörte und wütende Exemplar schaufelte sich unter dem Sand weiter, um sich tiefer zwischen den Luin wieder niederzulassen.

Andere Gräber um sie herum veranstalteten ein allgemeines Fortkriechen, und ein harmloser Jo löste sich aus seiner erfolgreichen Imitation der Rinde eines Luin und flatterte im Dämmerlicht davon.

»Trink dich satt!« sagte Niun zu dem bestürzten Menschen und fühlte Mitleid mit ihm. Duncan tat wie geheißen und ließ sich Zeit dabei, während Niun ein Abendessen aus den mitgebrachten Vorräten bereitete. Sie würden sich selbst aus Gräbern so manches Mahl bereiten, obwohl das Fleisch unschmackhaft und zäh wie Gummi war. In dieser Nacht jedoch hatte Melein Schmerzen, und sie hatten die Nacht zuvor und den größten Teil des Tages gehungert. Niun war verschwenderisch und gab Duncan gleichen Anteil, weil er dachte, daß er von Duncans

Ausrüstung alles, was nützlich war, konfisziert hatte, einschließlich der Rationen.

Über dem Himmel in Richtung des Tieflandes zuckten weiterhin Blitze, Pech für die Regul.

Und während sie ruhten, gab das Dus ihnen Wärme und den Wächterimpuls, der das Fernhalten von Ha-dusei ankündigte, so daß sie im Luingehölz sicher schliefen.

Am Morgen sammelten sie ihre Ausrüstung wieder auf, und Niun bedachte diese Angelegenheit mit einem Kauen auf den Lippen und einem Stirnrunzeln, griff sich schließlich brüsk verschiedene Rollen Stoff und das Essen aus der Last des Menschen und lud sie sich selbst auf.

»Für den Fall, daß du nicht achtgibst, wo du hingehst«, sagte Niun mit rauher Stimme, »wird der Gräber, der dich erwischt, nicht auch noch unsere Zuflucht und unser Essen bekommen.«

Der Mensch, auf der Stirn mit einem blutigen Streifen von seinem Zusammentreffen mit der Anemone gezeichnet, betrachtete ihn, und Niun erwartete nicht, daß der Mensch seine Worte vom vorigen Tag vergessen hatte, er würde keine Last tragen. Er funkelte Duncan an und nahm ihm den Mut, etwas dazu zu sagen.

»Ich lerne schnell«, sagte Duncan, und Niun stellte fest, daß zu den Dingen, die Duncan gelernt hatte, die Kunst gehörte, einem Kel'en höflich zu antworten.

20

Die Luft war unvorstellbar schmutzig, verdorben durch so viele erschreckte Regul. Abgesehen von den Lichtern auf zwei Schlittenkonsolen und den beiden Lebendbatterie-Lampen, die der Bunker bot, war es dunkel. Die Wasseranlagen funktionierten nicht mehr. Es wurde davon gesprochen, Wasser auf Kesrith-Art zu suchen, auf dem Land, aber keines der Junglinge war sich sicher, das schaffen zu können, und sie waren auch nicht begierig darauf, hinaus in die vergiftete Außenwelt zu gehen oder über die kochenden Ebenen.

Hulagh hatte es ihnen noch nicht befohlen. Er würde es tun, daran zweifelte Stavros nicht, wenn er selbst anfing, Durst zu verspüren.

Die Schlitten wurden jetzt mit Batterien betrieben, und auch dafür gab es eine Grenze, aber die Ältesten, Stavros und Hulagh, verbrauchten wichtige Energie, wie sie auch Speisen und Wasser unrationiert verbrauchten, weil es nicht in Frage stand, daß die Ältesten von den Jungen versorgt werden mußten. Stavros entdeckte, daß er für den gequälten Sekretär Hada Mitleid empfand, der das, was von Nahrungsmitteln und Wasser übriggeblieben war, an 300 andere Junglinge verteilte, und gleichzeitig Hulagh und ihm diente. Sie waren in dem Bunker so eng zusammengedrängt, daß selbst das jüngste und geringste sich nicht zum Schlafen niederlegen konnte; nur den Schlitten wurde ihr Manövrierraum zugestanden. Die Junglinge wichen vor ihnen mit einer Ehrerbietung zurück, die an Anbetung grenzte; in der Tat konzentrierte sich ihre ganze Hoffnung aufs Überleben auf die Anwesenheit von Ältesten bei ihnen. Sie sprachen wenig. Sie alle blickten Hulagh an, Reihe auf Reihe von knochengeschützten Gesichtern und stumpfen Köpfen und Augen, die in der Beinahe-Dunkelheit glitzerten, und Nasenschlitzen, die Stavros in einem langsamen Rhythmus zu arbeiten und in einem Augenblick bizarren Humors zum Gleichklang zu tendieren schienen.

Und im Verlaufe der langen Stunden bemerkte er noch etwas anderes, daß nicht wenige in Schlaf fielen und nicht wieder erwachten.

Bai, Gnade, signalisierte er langsam mit Regul-Buchstaben auf dem Schirm. *Ich denke, daß einige der Junglinge krank sind.*

Hulaghs großer Körper schwoll an, während er ihn ansah, schwoll erneut an und gab ein Zischen der Heiterkeit von sich. »Nein, verehrter Mensch, sie schlafen. Sie werden schlafen, bis Ihre Hilfe kommt. In diesem Zustand verbrauchen sie weniger.«

Und die Junglinge glitten in zunehmender Zahl, mit dem Jüngsten anfangend, in diesen Zustand, bis fast alle eingeschlafen waren.

Und selbst Bai Hulagh begann zu dösen. Mit einem Ruck und einem polternden Fluch befreite er sich wieder daraus und rief nach Had. »Essen!« befahl er. »Mach schnell, Geistloses!«

Die dicke, sauer riechende Suppe wurde auch Stavros angeboten, aber er lehnte sie ab und würgte fast. Hada war darüber besorgt, aber reichte die Portion daraufhin Hulagh, zwischen dessen dünnen Lippen die Paste rasch verschwand.

»Sie essen nicht«, stellte Hulagh fest.

Ich brauche nicht zu essen, antwortete Stavros, und fügte ehrlich hinzu: *Ihre Nahrung bekommt mir nicht. Aber ich würde gerne Soi haben.*

Hada jagte davon, um diesem Wunsch zu entsprechen, fiebrig, beinahe manisch in seinem Bedürfnis, zu gefallen. Er bot die heiße Flüssigkeit, mit einem Halm zur leichteren Aufnahme versehen, Stavros gesunder Hand an und trieb sich in seiner Nähe herum.

Hulagh lachte, ein Poltern, eine Folge von Zischlauten. »Geh, Eierstehler, setz dich zu den anderen Junglingen!« Und Hada krümmte sich sichtlich zusammen und schlich mit kleinen, wankenden Schritten davon.

»Hada weiß«, erklärte Hulagh, der unter dem Druck des langen Wartens, unter der Notwendigkeit, sich mit Menschen und den Wegen von Menschen gutzustellen, beinahe leutselig geworden war, »daß wir noch viel länger hiersein werden, daß die Rationen sich weiter verkleinern werden; und Hada ist gierig. Ich lasse diesem Jungling freien Lauf. Ich werde es behalten, wenn es mir weiterhin gefällt. Vielleicht behalte ich sie alle. Ich habe«, fügte er traurig hinzu, »meine eigenen verloren.«

Mit dem Schiff, verstand Stavros. *Mein Beileid, Verehrung.*

»Und meines für den Verlust Ihres eigenen Junglings.« Das große dünnbekleidete Monster seufzte und verfiel in lange Träumereien.

Und Stavros, sein Schlitten Nase an Nase mit dem Hulaghs, wirbelte seine Gereiztheit in die schwachen Finger seiner linken Hand. Sie bewegten sich nur schwach. Die rechte Hand verkrampfte sich. Er fürchtete jetzt nicht mehr, daß die Lähmung sich ausbreiten oder auf seinen Geist auswirken würde, aber er hatte auch keine Hoffnung mehr, daß sie jemals wieder ganz verschwinden würde. Er blieb der Regul-Technologie dankbar, wenn nicht den Regul selbst.

Hulaghs Beileidsbekundungen waren zweifellos ehrlich, aber das bedeutete nicht, daß der Regul in dieser Sache saubere Finger hatte. Stavros betrachtete den dösenden Regul mit zusammengekniffenen Augen. Jetzt, mit den Regul in einem Bunker eingeschlossen, war nicht der richtige Zeitpunkt, um das Offensichtliche auszusprechen, daß Hulagh mit dem Verschwinden Duncans irgend etwas zu tun hatte und daß andererseits Stavros am Verlust des Schiffes und der an Bord befindlichen Junglinge des Bai unschuldig war.

In den Moralbegriffen der Regul war die Beseitigung eines Junglings eine ernste Angelegenheit, aber nur aufgrund des Affronts seines Ältesten und seines Doch. Ein Regul würde den Zorn eines Ältesten über den Verlust eines Junglings ebenso rasch überstehen wie den Zorn desselben Ältesten über entdeckte anrüchige Geschäftsoperationen. Und Stavros glaubte, daß dieselbe unbarmherzige Logik auch zur Beseitigung eines einsamen Ältesten führen konnte, dessen Doch sich als feindlich erweisen mochte, gemäß der Informationen, die dieser Älteste besaß.

Regul logen nicht, das glaubte Stavros immer noch, aber sie waren uneingeschränkt zum Mord fähig, wobei Lügen als unnötig erachtet werden konnten. Und einerseits fürchteten sie ihn, wie sie andererseits auf seine Hilfe hofften, und er nährte diese Hoffnung in ihnen, da er sein eigenes Leben wertschätzte.

Er fing an, den Geisteszustand Bai Hulaghs vom Doch Alagn einzuschätzen, der ein verzweifelter Bursche war, der in den Augen seiner Art einen gefährlichen Verlust erlitten hatte. Und deshalb bemühte Hulagh als guter Handelsprinz sich um einen Kompromiß, solange er noch gewinnträchtig schien.

Es war ein Kompromiß, aus dem die Menschheit einen großen Gewinn ziehen konnte.

Aber Teil dieser Übereinkunft würde, dazu war Stavros entschlossen, die Ablegung von Rechenschaft für den Verlust eines bestimmten ObTak sein, dem Stavros weit mehr Zuneigung entgegengebracht hatte, als er sich selbst zugestanden hatte. Er hatte seine eigenen Kinder nicht geliebt, von denen er nur wenig gesehen hatte, so eingeschlossen, wie er als Gelehrter auf Kiluwa gelebt hatte, oder später, als er bei der Regierung und auf der Universität beschäftigt gewesen war. Er hatte viele andere Dinge für wichtiger gehalten, als sich mit den Ereignissen von verschiedenen seiner jungen Leidenschaften abzuplagen, die ihm zuerst eine Sammlung von Söhnen und danach von Enkeln und Großenkeln verschafft hatten – die ihn überwiegend deswegen hatten haben wollen, weil eine Kiluwanerverbindung Prestige verschaffte. Einige von ihnen, das wußte er, haßten ihn mit derselben hingebungsvollen Leidenschaft, mit der sie nach Vorteilen durch seinen Einfluß strebten.

Aber er vermißte Duncan. Duncan war zu ihm gekommen wie andere, geplagt von Stavros Ruf, Wohlstand erreichen zu können, mit den Motiven der anderen. Und doch hatte Duncan ihm gegenüber ständig und ernst seine Pflicht getan, ernst in seinen Versuchen, die kiluwanischen Formalitäten zu durchdringen, einfach weil es Duncans Natur entsprach, das zu tun.

Stavros hatte nie gelernt, das zu erwidern, und wegen der Regul erlaubte er sich auch nicht den Kummer, den sie nicht hätten verstehen können. Aber zusätzlich zu der Rechenschaft für Kiluwa kam noch die für einen nicht zur Sache gehörigen ObTak.

Trotzdem bedauerte er nicht, Duncan geschickt zu haben, selbst für einen solchen Preis. Die Vorgänge hatten den Regul Schaden zugefügt, ihnen Satisfaktion abgenötigt, und menschlicher Gnade ausgeliefert. Und das befriedigte Stavros außerordentlich. Das war ein Teil des Preises für Kiluwa.

Der volle Preis würde fällig werden, wenn er die Zügel der Befehlsgewalt von Bai Hulagh übernahm und anfing, Doch

Alagn zu einem Abkommen mit den Menschen zu zwingen, das war Rache von der Art, die sowohl Kiluwa als auch Hulagh zu schätzen wissen würden. Um so mehr, wenn sichergestellt war, welche Regul direkt für Kiluwa verantwortlich waren und die Mittel zur Verfügung standen, mit ihnen umzugehen. Als Kiluwaner pflegte Stavros einen spezifischen und logischen Haß: es gab eine Art, genannt Regul; aber die Regul genannte Art war es nicht, die Kiluwa zerstört hatte. Das war ein Doch, und dessen Name war Holn, und es war hier nicht vertreten.

Holn waren bei ihrer Landung dezimiert worden, aber das befriedigte Stavros nicht. Er war nicht an Blutvergießen interessiert. Es war der Untergang von Holn, den er wollte, ihr Abschied von der Macht bei den Regul.

Und Hulagh, wenn kontrolliert und ein Verbündeter der Menschheit, konnte ein Instrument dieser Politik sein.

»Ältester«, grollte Hulagh schließlich, »ist es sicher, daß Sie Befehlsgewalt über Ihre Leute haben?«

Sofern keine Mri eingreifen und etwas Weitgehenderes hervorrufen, antwortete Stavros. *Ich habe Befehlsgewalt über die Kräfte, die nach Kesrith kommen.*

»Gnade«, sagte Hulagh. »Die Mri werden kein Faktor mehr in den Beziehungen zwischen uns sein. Sie sind verschwunden. Es gibt keine Mri mehr.«

Das war neu. Stavros ließ ein Fragesymbol aufleuchten, nicht mit Wörtern geschmückt.

»Das Schiff«, berichtete Hulagh, »enthielt alle Überlebenden der Mri-Spezies. Wir haben diese Seuche, die unsere beiden Arten im Krieg gegeneinander hielt, beseitigt.«

Hulagh hatte damit gewartet, diese Nachricht bekanntzugeben. Stavros hörte sie und war über diesen Gedanken zuerst entsetzt, die Ausrottung einer intelligenten Art. Dann wurde er argwöhnisch – aber die Regul logen nicht. Er begann über die Möglichkeiten in einem Universum ohne Mri nachzudenken und kam zu dem Schluß, daß die Möglichkeiten für menschlichen Profit enorm waren.

»Es ist klar«, sagte Hulagh, »daß die völlige Neugestaltung der Beziehungen zwischen Menschen und Regul in Ordnung geht. Doch Alagn könnte interessiert sein, dazu beizutragen.

Stavros erschrak zum zweitenmal und erkannte diesen Schrecken als menschliche Reaktion, die auf Moralvorstellungen basierte, die Hulagh unmöglich anerkennen konnte. Es gab keinen besondern Grund dafür, daß Doch Alagn auf ein Angebot verzichten sollte, das nach menschlichen Begriffen vernünftig war. Doch Alagn befand sich in finanziellen und politischen Schwierigkeiten. Hulagh wollte sich an die Mächte anpassen, die über die Ressourcen bestimmten, nach denen ihn dürstete.

Der Groll der Menschheit, antwortete Stavros nach angemessenem Nachdenken, *richtet sich gegen Doch Holn. Es liegt im Bereich des Möglichen, zu neuen Übereinkommen zu gelangen, die für unserer beider Interessen von Vorteil sind.*

Hulaghs Lippen öffneten sich zu einem Regul-Lächeln. Ein leiser Zischlaut bekundete sein Vergnügen. »Wir werden das prüfen«, sagte er. »Wir werden es prüfen, äußerst hervorragender Stavros.«

Und er weckte Hada und verlangte nach Soi, und erinnerte sich diesmal daran, es gesüßt zu verlangen, um Stavros' persönlichen Wünschen entgegenzukommen.

Aber bevor es zubereitet worden war, kam Hada zurückgehastet und wedelte vor Erregung mit den Händen. »Das Schiff«, keuchte er. »Seid gnädig, Älteste, das Menschenschiff, vorzeitig – der Bericht . . .«

Hulaghs Handbewegung unterbrach das Jungling abrupt. Die Lippen des Bai blieben geöffnet, seine Nasenlöcher weiteten sich zu dem, was Stavros als Ausdruck der Angst kennengelernt hatte. Die allgemeine Haltung das Bai war die eines Mannes mit einem nervösen Lächeln, der trotz unterdrückten Schreckens gute Manieren an den Tag legte.

»Sicherlich werden sie den Wunsch haben«, meinte Bai Hulagh, »diese Vertreter Ihres Volkes zu begrüßen und ihnen die Situation zu erklären. Versichern Sie ihnen unser Bedauern über den Zustand des Hafens, Verehrung.«

Wir werden zurechtkommen, antwortete Stavros, während er mit seiner Angst und deren Zügelung beschäftigt war und sich daran erinnerte, wie wichtig es war, daß Hulagh beruhigt wurde. *Haben Sie Vertrauen, Verehrung, daß Sie nichts zu befürchten haben werden, wenn Ihre Junglinge sich ruhig verhalten und die Operationen nicht behindern.*

Er drehte seinen Schlitten zur Kontrollsektion des Bunkers, folgte der rollenden Gangart von Hada Surag-gi, der für Regul-Begriffe beinahe rannte.

Die großen Türen des Bunkers gingen auf und Lichtbalken glänzten durch das matte Innere, gehandhabt durch die phantastischen Gestalten von Menschen in Raumanzügen, die mit schweren Schritten zwischen den Reihen schlafender Junglinge entlangstapften. Vorsichtshalber wurde das Tor wieder geschlossen. Einer der Männer benutzte einen Geigerzähler und untersuchte, ob Strahlung in das Bunkerinnere eingedrungen war. Wache Junglinge hasteten beiseite, um ihnen den Weg freizumachen, und zitterten vor Furcht.

Stavros glitt mit seinem Vehikel vorwärts, hielt vor einer verhüllten Gestalt an und sah, daß der von blindem Glas verhüllte Kopf in einer Haltung der Verwunderung innehielt.

»Konsul Stavros?«

Der Namensstreifen auf dem Raumanzug wies aus, daß der Mann Galey hieß und im Rang eines Leutnants stand.

»Ja«, sagte Stavros, ließ den Kommunikationsschirm sich drehen und buchstabierte mit dem Basic-Alphabetmodul eine Nachricht, da er seiner undeutlichen Sprache bei komplizierten Äußerungen nicht traute. *Ich leide unter den Folgen eines Schlaganfalls. Sprache nur unbeholfen, aber Prothesen passen sehr gut. Sprechen Sie mit mir normal und beobachten Sie dann den Schirm. Haben Sie Respekt vor diesen Regul. Es wird nötig sein, sie in Sicherheit zu bringen, falls Sie hier im Gebäude keine normalen Operationen garantieren können.*

»Sir«, sagte Galey, den die Situation offenbar verwirrte. Er holte tief Atem und stieß ihn wieder aus. »Sie haben hier unten das Kommando. Welche Instruktionen? Ich fürchte, daß die Energie ein großes Problem sein wird. Möglicherweise können wir eine Mannschaft dafür einsetzen, und es scheint hier keine Verseuchung zu geben, aber in der Nähe des Hafens gibt es einige ganz schön heiße Stellen. Die Station ist intakt. Wir würden lieber evakuieren.«

Kann dieses Gebäude besetzt werden, bewohnt werden?

»Dieses Gebäude? Ja, Sir, es scheint so.«

Dann bleiben wir. Widriges Wetter hier ein Problem. Das übrige habe ich unter Kontrolle.

»Die Mri, Sir . . .«, sagte Galey. »Uns ist nicht klar, was hier passiert ist.«

Wir haben ein Problem, Leutnant Galey, aber wir sind dabei, es zu lösen. Setzen Sie freundlicherweise Ihre Männer so ein, daß wir hier im Gebäude wieder normalen Betrieb aufnehmen können. Die Funkstation ist durch jene Tür dort zu erreichen. Sie werden mich entschuldigen, wenn ich Sie nicht begleite.

»Ja, Sir«, sagte Galey und grüßte hölzern und flüchtig auch den Regul. Die Marines in seiner Begleitung fingen an, sich um ihre verschiedenen Aufgaben zu kümmern, zweifellos über Anzugtelefone, bei denen die Regul am Austausch von Kommentaren und Instruktionen nicht beteiligt waren.

»Sie haben es mit Junglingen zu tun«, stellte Bai Hulagh fest. »Gnade. Sind noch andere Älteste dabei beteiligt?«

Andere Befehlsinhaber, so faßte Stavros auf, was der Bai meinte, Befehlsinhaber, die Vereinbarungen zwischen ihnen beiden komplizieren konnten. *Meine Entschuldigung, Bai Hulagh. Dies war ein älterer Jungling, und der Älteste, der sie alle befehligt, muß sich – wie Sie sich vom Vertrag her sicher erinnern werden – in Angelegenheiten der Verwaltung von Kesrith und seiner Zone mir beugen. Es gibt jedoch einen Bereich, in dem seine und meine Befehlsgewalt sich überschneiden könnten.*

»Und das ist, Menschenbai?«

Mein vermißter Assistent ist militärisches Personal. Der Bai des ankommenden Schiffes meint vielleicht, daß er mit dieser Angelegenheit am besten fertig werden kann. Das wäre für ihn eine Gelegenheit, mit seiner Befehlsgewalt in meine Domäne einzudringen. Das entspricht natürlich nicht meinen Wünschen. Ich habe das Gefühl, daß es der Sache dienlich sein könnte, wenn es möglich wäre, bestimmte Antworten zu geben.

Hulaghs Nasenlöcher flatterten vor Erregung rascher. »Gnade, Verehrung. Wir könnten eine Absuchung der Dus-Ebene vorschlagen, wo es zu Auseinandersetzungen zwischen meinen Junglingen und den gesetzlosen Mri gekommen ist. Es ist eine unangenehme Vermutung, aber wenn Überreste gefunden werden könnten . . .«

Stavros betrachtete den ängstlichen Bai ohne Mitgefühl. *Ist es also die Meinung das Bai, daß dieser Jungling tot ist?*

»Das ist äußerst wahrscheinlich, Verehrung.«

Aber wenn er es nicht ist, ist es wahrscheinlich, daß jemand aus Ihrem Stab eine Suche aussichtsreicher leiten könnte, als jemand von den Schiffsoffizieren. Das ist möglich, nicht wahr, Bai? Es würde meine Autorität hier enorm vergrößern, und die Verhandlungen zwischen uns erleichtern, wenn es möglich wäre, diesen Jungling wieder aufzufinden. Er ist natürlich nur ein Jungling, und seine Erfahrungen während der Mri-Aktion werden seinen Verstand zweifellos zur Hysterie hin beeinflußt und seine Einschätzungen getrübt haben, so daß kein Bericht, den er geben könnte, ernstgenommen werden kann. Aber es würde mir gefallen, wenn er lebendig wiedergefunden werden könnte.

Der Bai dachte darüber nach, einschließlich des implizierten Sinns dieser Worte. »In der Tat«, sagte Bai Hulagh, »gibt es in meinem Stab einen solchen Experten, eine Person, die mit dem Terrain vertraut ist. Mit der Kooperation Ihres Stabes könnte alles sofort eingeleitet werden.«

Meine Dankbarkeit, Verehrung. Ich werde mich um die erforderliche Ausrüstung aus dem Schiff kümmern. Und Stavros drehte seinen Schlitten und suchte Galey, während seine Ohren auffingen, wie Bai Hulagh dringend nach Hada rief.

Die Reaktion fing an, ihn zu beeinträchtigen. Er fand es im Augenblick schwer, sich auf die numerischen Signale zu konzentrieren, die die verschiedenen Programme des Schlittens aktivierten. Seine Augen waren getrübt. Daran war er nicht gewöhnt. Er hatte die emotionelle Reaktion jedoch wieder unter Kontrolle, als er den Schlitten mit beiläufiger Unbefangenheit neben Galey steuerte, der nicht zu wissen schien, ob er sein Beileid bekunden oder zum Überleben gratulieren sollte.

»Sind Sie allein hier, Sir?« fragte Galey.

Wie Sie bemerkt haben werden, gibt es reichlich Schwierigkeiten. Keine Verzögerungen. Hat Koch da oben den Befehl?

»Ja, Sir.«

Dann stellen Sie für mich einen direkten Kontakt zu ihm her. Ich kann diese Konsole in die Hauptleitungen einschalten. Können Sie ein

Schiff herunterholen, das genügend Personal für Arbeitsmannschaften hat und auch einen offiziellen Stab für mich?

»Nicht schnell. Der Hafen ist total zerstört. Die Station ist jedoch in gutem Zustand. Überall Servos.« Galey beugte sich über die Schaltung der Kom-Einheit und fingerte hilflos auf den Regul-Kontrollen herum.

»Hier«, sagte Stavros etwas befriedigt, gab die Chiffre ein und ließ die Folge von Veränderungen anlaufen, die sie mit dem Kriegsschiff SABER verband, das ihnen den ganzen Wirrwarr von Personal gebracht hatte, der Kesrith menschlich machen würde: Bodenfachleute und Wissenschaftler.

Und Waffen.

Sein Kommando, Kesrith, seines. Kein Stabsmediziner würde über ihm herrschen, bis er nicht mehr in der Lage war, zu regieren. Und tief in seinem Innern wußte er, daß er diesen kauernden Handelsprinzen der Alagn brauchte, so sehr wie Doch Alagn momentan ihn brauchte.

Er bemerkte den Schock auf dem Gesicht des Kom-Offiziers der SABER. Plötzlich verschwand dieses Gesicht und wurde duch das von Stavros' militärischem Widerpart Koch ersetzt.

»Stavros?« erkundigte sich Koch.

Sprechen bereitet Schwierigkeiten, buchstabierte er die Antwort auf dem Schirm, anstatt sein Bild übertragen zu lassen. *Wir haben hier unten gestrandete Regul. Halten Sie sich bereit, uns mit planetarischen Operationen zu unterstützen. Wir brauchen Nahrungsmittel und trinkbares Wasser.*

»Auf Regul waren wir nicht vorbereitet.«

Unvorhersehbare Umstände. Alle Entscheidungen bezüglich Kesriths und der Regul liegen bei mir. Die Lage hier ist unter Kontrolle. Im Augenblick suchen wir meinen Assistenten, möglicherweise bei Mri-Angriff verlustig gegangen. Heiße Stellen nach Berichten auf den Hafen beschränkt. Ich fordere von der SABER militärisches Personal unter meinem Kommando an, bis wir alles geklärt haben.

»Exzellenz«, sagte Koch, »die medizinischen Einrichtungen der SABER stehen zu Ihrer Verfügung, wenn Sie zur Station heraufkommen möchten.«

Negativ. Regul-Einrichtungen geeignet. Die Lage ist zu dringend. Meine Verfassung ist den Umständen entsprechend gut. Ich verfolge An-

gelegenheit unter meiner Befehlsgewalt als Gouverneur von Kesrith. Schicken Sie Wissenschaftler, militärische Hilfskräfte, alles dazugehörige Personal samt Ausrüstung so rasch, wie die Gegend darauf vorbereitet werden kann.

»Es könnte ratsam sein, zu warten.«

Schicken Sie das geforderte Personal herunter.

Es gab eine lange Verzögerung.

»Na gut«, meinte Koch dann. »Die Gruppe wird von einem Arzt begleitet.«

Auf Kesrith, sagte Stavros, *wird der Arzt auf meine Zustimmung warten.*

Koch verdaute auch das. Schließlich nickte er zustimmend. »Sie haben den Befehl, in Ordnung. Aber Schiffspersonal bleibt unter meinem Kommando. Die Zivilisten werden runterkommen, sobald wir festen Boden für sie entdeckt haben. Sternschiff FLOWER steht zu Ihrer persönlichen Verfügung, mit meinen Glückwünschen. Eine Forschungseinheit allerdings, nicht für Kampf geeignet. Erfordert die Lage sofortige bewaffnete Unterstützung?«

Negativ.

»Ganz schönes Wetterchen da unten.«

Das ist häufig so. Warten Sie also! Wir verfolgen hier unsere Operationen mit erreichbarem Personal. Sie sind eingeladen, herunterzukommen und Höflichkeiten auszutauschen, sobald wir die Trümmer beseitigt haben.

Ein Schlitten kam herbeigesummt. Stavros hörte ihn und stellte die Blindverbindung momentan wieder her. Er beobachtete befriedigt, wie Koch zum erstenmal einen Regul-Ältesten erblickte.

Das ist Bai Hulagh, erklärte ihm Stavros, und schaltete die Sichtverbindung wieder ab. *Ein höchst einflußreicher Regul, Sir, wenn es Ihnen recht ist. Wir haben hier zu einer gewissen erforderlichen Kooperation gefunden, die beiden Arten zum Vorteil gereicht.*

»Verstanden«, erwiderte Koch langsam und schien vollkommen verblüfft zu sein. Koch war ein Militär, durch und durch. Er war mit einer Situation konfrontiert worden, mit der er nicht zurechtkam, und erkannte das glücklicherweise.

»Ihre Hilfe wird kommen«, sagte er. Stavros unterbrach die

Verbindung mit innerer Befriedigung und warf Galey einen Blick zu. ›*Untersuchen Sie die Gegend hier*‹, teilte er dem Leutnant mit. ›*Und wenn Sie herausgefunden haben, wo es sicher ist, werden wir damit anfangen, diese Junglinge wieder ihren normalen Pflichten zuzuführen. Dies ist der Stab des Bai. Erweisen Sie die gebührende Beachtung, Leutnant!*

»Berichte werden mitgeteilt«, erwiderte Galey. »Die ganze Gegend scheint kalt und sicher zu sein. Die Versiegelung des Gebäudes hält ziemlich gut.«

Stavros seufzte vor Erleichterung.

»Meine Junglinge«, sagte Hulagh, »werden Möglichkeiten finden, Wasser zu gewinnen und die Energiekollektoren zu reparieren.« Er winkte mit seiner massigen Hand. »Hada wird sich um andere Dinge kümmern, um Transportmöglichkeiten. Ich glaube, daß einige der Fahrzeuge bei der Wassergewinnungsanlage es überstanden haben könnten.«

21

Am Eingang zu Sil'athen begegneten sie einem Dus von solcher Kraft, daß Niuns Dus scheute. Und dort zwischen den Felsen lagen halb im Sand vergraben Eddans Überreste. Nicht weit davon lag ein schwarzes Knäuel, das Liran und Debas gewesen waren, und Gold, das von Sathell zeugte.

Melein verschleierte sich und wandte sich ab, denn sie war She'pan und konnte die Toten nicht anblicken; aber Niun ging hin und richtete ehrfürchtig den Sichtschutz über Eddans Gesicht, und es dauerte lange, bevor er seinen Blick wieder heben und auf den Menschen richten konnte, der unglaublich dabeistand.

Niun reinigte die Hände im Sand, machte das Zeichen der Verehrung und stand auf. Auch der Mensch machte auf seine eigene Art ein solches Zeichen, eine Respektsbezeugung, die Niun so akzeptierte, wie sie gegeben wurde. »Sie haben dieses Ende gewählt«, sagte Niun zu Duncan. »Und ihnen erging es besser als denen, die geblieben sind.«

Und er vergoß ein wenig von ihrem kostbaren Wasser, wandte Duncan den Rücken zu, während er sich Hände und Gesicht wusch, und verschleierte sich wieder. Als er zu den Felsen aufblickte, erkannte er zwei weitere Dusei, die anfingen, von ihrer Höhe herabzusteigen, und er wich sofort zurück.

Sein eigenes Dus trat dazwischen und versuchte, sich den drei Wache haltenden Tieren zu nähern, die eine geschlossene Front gegen die Neuankömmlinge bildeten. Nasen weiteten sich, sie trotteten vor und wieder zurück, und dann erhob sich das große, freundliche Geschöpf, das Eddans Dus gewesen war – zumindest dachte Niun das –, auf die Hinterbeine, schrie auf und verscheuchte das Dus Niuns. Aber das kleinste der drei zögerte und folgte dann dem fremden Dus, und sein Gefährte kam hinterher.

Das größte, Eddans, brachte ein klägliches Stöhnen hervor und zog sich vor diesen Verräter-Dusei, die es nicht länger kannte, zurück. Niun spürte seine Wut und zitterte. Aber als er seinen Platz verließ, folgte ihm nicht nur sein eigenes Dus, sondern auch die beiden, die Liran und Debas gehört hatten und jetzt ein enges Dreieck mit seinem bildeten. Sie riefen und stöhnten und ließen Niun noch nicht in ihre Nähe, aber sie gaben ihre Pflichten auf, entschieden sich für das Leben und überließen die Dinge Eddans Dus, das sich bei seinem toten Herrn niederließ und treu blieb.

»Lo'a-ni das«, grüßte Niun sanft dieses Dus mit großem Respekt, aber verschloß sein Herz vor ihm, denn der Schutzimpuls war so stark, daß er ihn nicht ertragen konnte.

Und er schulterte wieder seine Last und setzte sich in Bewegung, und seine und Duncans Richtung liefen wieder mit der Meileins zusammen.

Sie mußten nicht über das sprechen, was sie gefunden hatten. Die Dusei gingen vor ihnen her, und hin und wieder wollte eines von ihnen zurück und auf Duncan zu gehen, aber Niuns Dus ließ das nicht zu und ging ständig hinter den anderen her, um sie daran zu hindern. Sie schienen rasch zu begreifen, daß dieser besondere Tsi'mri unter sicherer Führung stand, und gaben ihre Versuche auf, sich ihm zu nähern.

Sie erreichten den Eingang zum inneren Tal von Sil'athen und fanden dort eine andere Art von Wächter vor. Niun erkannte ihn an der flachen Senke im Sand, berührte den Menschen am Arm, beugte sich herab und ergriff einen winzigen Stein. Er schleuderte ihn weit, weit über den flachen Sand hinweg, auf den Mittelpunkt der Senke.

Er brach hervor, vom Umfang mehr als zwanzigmal so groß wie ein Dus. Eine Sandwolke fiel vom Saum des Gräbermantels, als er hervorkam und einige Längen weiter wieder tauchte.

Der Mensch fluchte mit ehrfurchtsvoller Stimme.

»Ich habe dir gezeigt«, sagte Niun, »daß ein Mann, der dieses Land nicht kennt und von keinem Dus begleitet wird, nicht seinen Weg hindurch finden wird. Man sagt, daß es in den großen Sandflächen noch größere gibt als den, den du gesehen hast. Die Dusei riechen sie. Sie riechen auch andere Gefahren. Selbst Mri gehen nicht gerne allein durch dieses Land, auch wenn wir das schaffen können. Ich glaube nicht, daß du es schaffen würdest.«

»Ich verstehe, was du meinst«, sagte Duncan.

Danach gingen sie schweigend an der Wand der Klippen entlang, wo der Weg sicher war, an verschlossenen und mit Steinen gekennzeichneten Höhlen vorbei. Die seltsamen Formen der Felsen von Sil'athen fielen eine nach der anderen zurück und versperrten den Blick auf den Weg, den sie gekommen waren.

»Was ist das für ein Ort?« erkundigte sich Duncan mit leiser Stimme, als sie an den hohen Gräbern der She'panei vorbeikamen.

»Nla'ai-mri«, erklärte Niun. »Sil'athen, die Grabstätte unserer Art.«

Danach sagte Duncan nichts mehr, sondern blickte nur noch unbehaglich von einer Seite des Tales zur anderen, während sie hindurchgingen, und einmal sah er über die Schulter zurück dorthin, wo der Wind ihre Spuren wieder verwehte und jedes Anzeichen davon verwischte, daß jemals Menschen hier entlanggekommen waren.

Melein ging jetzt voraus und führte die anderen. Ihre Hand lag auf dem Rücken von Niuns Dus, das langsam neben ihr herschlenderte, und das Tier schien sich sogar über diese Berührung zu freuen. Sie gingen tief in die Canyons hinein, wobei sie einem Pfad folgten, den Niun nicht kannte, die felsige Schneise hinab, die zu den Gräbern der She'panei gehörte. Hier waren Zeichen in die Felsen gehauen – vielleicht die Namen früherer She'panei, oder auch Richtungen. Melein las sie, und Niun vertraute ihrer Führung, vertraute darauf, daß sie den Weg kannte, obwohl sie noch nie auf ihm gegangen war.

Sie wurde müde, und manchmal sah es danach aus, daß sie stehenbleiben würde, aber sie tat es nicht, blieb nur hin und wieder kurz stehen, um Atem zu holen, und ging dann weiter. Die Mittagssonne wandelte sich zur Glut des Nachmittages, und als sie weitersank, gingen sie im Schatten der Klippen entlang – ein gefährlicher Weg, aber sie hatten die Dusei, die sie beschützten, die den Weg für sie erprobten.

Tief in den Schatten erreichten sie das hintere Ende des Canyons, und Niun blickte Melein an und fragte sich plötzlich, ob sie sich letztlich nicht doch verirrt hatten, oder ob dies der Ort war, an dem sie ihrer Meinung nach anhalten sollten. Aber sie folgte mit dem Blick einem nach oben verlaufenden Pfad, den er nicht erkennen konnte, bis er ihrer Blickrichtung folgte, der überhaupt nicht erkannt werden konnte, wenn man von einer anderen Stelle aus blickte. Er führte immer weiter in die roten Felsen hinauf zu einem Irrgarten aus Sandsteinsäulen, die wie Finger in den Himmel stachen.

»Niun«, sagte Melein dann und warf einen Blick zurück.

Wieder folgte er ihrem Blick, diesmal zu Duncan, der, von der dünnen Luft erschöpft, zusammengesackt war und sich auf seinem Bündel ausruhte. Die Dusei trotteten auf ihn zu, und eines streckte eine Tatze nach ihm aus. Duncan erstarrte, regte sich nicht, sein Kopf war immer noch auf das Bündel gebettet.

»Yai!« wies Niun das Dus zurecht, das seine neugierige Tatze schuldbewußt zurückzog. Die Dusei zogen sich allesamt zurück und strahlten Verwirrung aus.

Und Niuns eigener Geist fühlte sich nicht wohl bei dem Gedanken, in Begleitung des Menschen diesen unglaublichen, verwickelten Irrgarten zu betreten, in dem ein einziger Fehltritt ihr aller Ende bedeuten konnte.

»Was soll ich mit ihm machen?« fragte er Melein in der Hochsprache, damit Duncan ihn nicht verstehen konnte. »Er sollte nicht hier sein. Soll ich einen Weg suchen, wie wir ihn loswerden können?«

»Die Dusei werden mit ihm fertig werden«, antwortete sie. »Laß ihn allein!«

Er fing an zu protestieren, nicht um seinetwillen, sondern aus Furcht um sie; sie machte jedoch nicht den Eindruck, als ob sie bereit wäre, ihm zuzuhören.

»Er wird als letzter gehen, wenn wir hinaufsteigen«, sagte Niun, aber in seinem Magen bildete sich ein Knoten der Furcht. Intel hatte die Zukunft klar gekannt: *Ich habe ein schlechtes Gefühl,* hatte sie in der Nacht gesagt, in der sie alle starben. Und jetzt hatte er solch eine Angst, eine kalte, klare Vorahnung, daß er hier einen Punkt ohne Wiederkehr überschritt, daß er eine Chance verpaßt oder an etwas vorüberging. Und der Mensch grub sich tiefer und tiefer in seinen Geist hinein.

Er wollte ihn nicht. Er trug Duncan in seinem Geist, wie er die Erinnerung an den Angriff in sich trug: unauslöschlich. Er betrachtete den Menschen und erschauderte vor plötzlichem und vehementem Abscheu. Er entdeckte, daß er die Last trug, die eigentlich dem Menschen zukam, und wußte nicht, was er sonst damit machen sollte. Er fingerte nach seiner Pistole.

Aber er war zur Ehre des Volkes zu einem Kel'en gemacht worden, nicht für blanke Metzgerei. Obendrein hatte Melein ihm anderes befohlen und sein Gewissen erleichtert. Er konnte eine solche Entscheidung nicht reffen. Das lag an ihr, und sie hatte sie getroffen, und dabei in Übereinstimmung mit dem besseren Teil seines Gewissens gehandelt.

Und plötzlich blickte Duncan ihn an, und er schob die Finger in den Gürtel in dem Versuch, seine Gedanken und die Bewegung auf einmal zu verbergen. »Komm!« wies er Duncan an. »Komm, es geht jetzt rauf!«

Niun machte sich selbst als erster an die schmale Steigung und bemerkte sofort, daß Melein kaum dazu in der Lage war, den Anstieg auf diesem erodierten, unbenutzten Pfad zu schaffen. Überall, wo er konnte, stemmte Niun die Füße gegen den Boden und griff nach Meleins Hand, und sie reichte ihm ihren entgegengesetzten Arm, um ihre verletzte Stelle zu schonen. Er bewegte sich jedesmal sehr vorsichtig, wenn er ihr mit einem sanften Ziehen half, denn er sah ihr Gesicht und wußte, daß sie starke Schmerzen hatte.

Duncan folgte ihnen, und als letzte kamen die Dusei, die ungeschickt vorgingen und Felsbrocken in die tiefe Schlucht hinabpoltern ließen. Ihre Tatzen und ihre große Kraft machten sie jedoch sicherer auf den Beinen, als man ihnen ansah.

Auf halber Höhe hörten sie ein Flugzeug.

Meleins scharfe Ohren fingen das Geräusch zuerst auf, als sie zwischen zwei Schritten gerade ausruhte, und sie drehte sich um und zeigte, wo es über dem Haupttal kreiste. Dort, wie sie waren, konnte es sie weder sehen noch aufspüren, während sie es beobachten konnten, diesen winzigen Fleck im rosigen Dämmerlicht, das noch andauerte.

Niun nahm nicht nur das Flugzeug wahr, sondern auch Duncans Rücken. Der Mensch stützte sich an einem großen Felsbrocken ab und betrachtete dieses Schiff, und Niun konnte an nichts anderes denken, als daß Duncan gern losgerannt wäre, um Signale zu geben, und daß es durchaus noch dazu kommen konnte, wenn es in der Zukunft noch andere Gelegenheiten gab.

Sie waren nicht länger allein auf der Welt.

»Wir klettern besser weiter«, meinte Melein, »und verschwinden von diesem Felshang, bevor es hier entlang kommt.«

»Komm!« forderte Niun Duncan scharf auf, und Haß klang in seiner Stimme. Duncan wandte sich um und kletterte hinter ihnen her, fort von dem, was aller Wahrscheinlichkeit nach für ihn eine Hoffnung auf Rettung war.

Als er ein weiteres Mal hinabblickte, um Melein zu helfen, hielt Niun Ausschau und sah das Flugzeug nicht, und das beruhigte ihn überhaupt nicht. Es konnte leicht über ihnen auftauchen, die Kliffs und Sandsteinfinger überfliegen, die ihnen nur teilweise Deckung gaben.

Und zu seiner Erleichterung standen sie nicht, als sie endlich die Felskante erreicht hatten, einer weiteren Ebene gegenüber, sonderen gingen einen leichten Abhang hinab, folgten dabei einem sich zwischen den Sandsteinsäulen dahinschlängelnden Pfad, die sich jetzt in einem brennenden Rot vor dem purpurfarbenen Himmel abzeichneten. Der Wind war heftig und trieb schrill pfeifend kleine Wolken zwischen den Säulen hindurch, wobei er ihre Spuren so schnell verwischte, wie sie sie machten.

Duncans trockener Husten fing wieder an und blieb eine Zeitlang, bis der Mensch seine vom Klettern herrührende Atemlosigkeit wieder überwunden hatte. Sie waren nun sehr hoch, und die Luft war hier noch viel trockener als im Tiefland. Hier auf dem Hochland, auf viel vom übrigen Land, gab es keinen Regen, nur wehenden Sand. Unterhalb lag ein Meer, das The'asacha, aber es war so klein und tot wie das Alkali-Meer, an dessen Küste die Regul-Stadt stand. Und jenseits von The'asacha erhob sich eine Bergkette, die Dogin, die nackten Skelette erodierter Berge, die immer noch hoch genug waren, um Winde hierhin und dorthin über das Rückgrat des Kontinents zu werfen und Stürme zu erzeugen, die niemals auf die Hochlandebene herabfielen, sondern ins Land hinab, auf die Tiefebenen.

Die den Himmel umrahmenden Wolken waren nun unterwegs, um ihre Ladung an Feuchtigkeit auf das Tiefland zu schütten, und forderten von den Flüchtlingen weder Achtsamkeit vor dem Sturm, noch boten sie ihnen die Hoffnung auf Wasser. Alles, was sie ihnen bringen würden, waren ein dunkler Himmel und ein harter und gefährlicher Weg ohne Sterne.

Das Geräusch des Flugzeuges drang plötzlich in Niuns Ohren. Er trieb Mensch und Dusei auf die tiefsten Schatten zu, in die zunehmende Dunkelheit – Melein hatte sofort Deckung gesucht. Falls das Flugzeug irgend etwas sah, dann das Abbild eines Dus, eine heiße, massige Silhouette für ihre Instrumente, etwas, das in der Wildnis zu sehen normal genug war. Falls sie auf jedes Dus von Kesrith feuerten, würde ihre Suche sehr lange dauern.

Es flog vorbei. Niun hatte die Faust in den Gewändern des Menschen verwickelt, ein Griff, den er nicht gelockert hatte, seit er sie beide in Deckung gebracht hatte, und holte jetzt zum erstenmal wieder gleichmäßig Atem.

»Hier können wir uns einen Moment ausruhen«, sagte Melein mit dünner, erschöpfter Stimme. »Es ist noch ein langer Weg von hier aus – ich muß mich ausruhen.«

Niun betrachtete sie, erkannte, daß sie Schmerzen litt, die sie so lange zu verbergen gesucht hatte. Beim Aufstieg hatte er jedes Zusammenzucken von ihr gespürt, als sei es ihm selbst widerfahren. Und sie konnten sich jetzt nicht lange ausruhen. Er war bedrückt darüber, denn er spürte, daß Melein unter diesem Drang zum Weitergehen ihre letzte Kraft verausgabte.

Und ohne sie würde es nichts mehr geben.

Er benutzte den Stoff als Decke und ließ Melein sich an die Flanke des Dus lehnen, in diese freundliche Wärme, und war glücklich darüber, daß sie sich unter dieser von ihm angebotenen Erquickung entspannte und sich die Schmerzensfalte auf ihrer Stirn löste und verschwand.

»Es wird gut werden«, sagte sie und berührte seine Hand.

Und dann weiteten sich ihre Augen, und er wirbelte auf einem Schatten herum – ein rascher Griff nach einer Wasserflasche, und Duncan war in dem Irrgarten aus Felsen in der Dunkelheit verschwunden.

Niun fluchte und sprang hinter ihm her und hörte gleichzeitig das stöhnende Brüllen der Dusei hinter sich. Er rannte um eine Säule herum, erwartete fast einen Hinterhalt, der eine Idiotie von seiten des Menschen gewesen wäre – aber es gab keinen.

Duncan war nicht zu sehen – kein Anzeichen von ihm.

Und er hatte Melein allein gelassen, und der Schweiß brach ihm aus, wenn er nur daran dachte, was geschehen konnte, wenn Duncan einen Bogen machte und Melein angriff, so verwundet wie sie war.

Plötzlich erhob sich das Geräusch jagender Dus, ein Stöhnen, das der Wind vor sich her trug, und dieser Schrei bedeutete, daß die Beute in Sicht war. Niun pries die verschiedenen Götter seiner Kaste und rannte in Richtung dieses Geräusches, die Pistole in der Hand.

So fand er Melein, ein bleiches Gespenst in der Dunkelheit, neben ihr ein Dus, und zusammen entdeckten sie die Sackgasse, in der die anderen Dusei Duncan gestellt hatten.

»Yai!« rief Niun den Tieren zu, bevor sie sich hineinstürzten und Duncan töten konnten, und sie drehten ihre hängenden Schultern um, machten einen trotzigen Rückzug, nur soweit, daß Duncan wieder unter dem Sims hervorkommen konnte, unter den er getrieben worden war. Duncan wollte jedoch nicht. Er kauerte sich zusammen, hatte bei seiner Krabbelei den Schleier verloren, das nackte Gesicht war vor Erschöpfung und Zorn verzerrt. Er hustete gequält, aus seiner Nase strömte Blut.

»Komm herunter!« sagte Melein.

Aber er wollte nicht, und Niun kam hinterher, schob die Dusei beiseite. Daraufhin machte Duncan eine Bewegung, aber er stürzte wieder, blieb reglos hocken und verbarg den Kopf in den gefalteten Armen.

Niun packte den Riemen der Feldflasche und riß sie Duncan aus der Hand. Danach ließ er ihn sich einen Moment ausruhen, denn sie alle atmeten schwer.

»Das war ein guter Versuch«, meinte Niun. »Aber das nächstemal werde ich dich töten. Es ist ein Wunder, daß dich die Dusei diesmal nicht getötet haben.«

Duncan hob das Gesicht, die Kieferhaltung drückte Wut aus. Er zuckte trotzig die Achseln, aber ein Hustenanfall verdarb die Geste.

»Du hättest dem Luftschiff Signale gegeben«, sagte Melein, »und es auf uns gehetzt.«

Duncan zuckte wieder die Achseln, stand auf und begleitete sie bereitwillig aus der Sackgasse heraus. Die Dusei waren immer noch im Blutrausch und verwirrt darüber, daß man sie auf ihre Beute gehetzt und dann zurückgehalten hatte. Niun ging zwischen ihnen und dem Menschen. Melein ging am Schluß, als sie zu dem Platz zurückkehrten, an dem sie bei ihrer Jagd ihre Ausrüstung zurückgelassen hatten.

Dort, wo sie angefangen hatten, sich auszuruhen, sanken sie alle zu Boden, jetzt doppelt erschöpft. Niun betrachtete Duncan gedankenvoll, überlegte, was hätte passieren können, welcher Schaden ihnen möglicherweise erwachsen wäre.

Hier war Melein, zerbrechlich mit ihrer Verletzung.

Und in der Nähe war ein Flugzeug, das nur auf den geringsten Fehler wartete, das kürzeste offene Auftauchen im falschen Augenblick, um festzustellen, wo sie waren, und ein Ende mit ihnen zu machen.

»Bedecke dein Gesicht!« sagte Niun endlich.

Duncan starrte ihn mürrisch an, als wolle er sich diesem Befehl widersetzen, aber schließlich senkte er den Blick und brachte den Schleier wieder an, starrte dann weiterhin auf Niun.

Das Dus stöhnte und erhob sich auf die Hinterbeine.

»Yai!« wies Niun es zurecht, und es ließ sich wieder herab und schwankte nervös. Selbst in Niuns Blut regte sich der Dus-Zorn. Er kämpfte ihn nieder, bezwang ihn, wie es ein Mann tun mußte, der zwischen Dusei ging, um vernünftiger als sie zu sein.

Duncan schob sich zur Seite, wandte seinen Blick von ihnen und den Tieren ab und richtete ihn statt dessen auf den Felsen vor ihnen.

»Wir gehen weiter«, sagte Melein nach einer Weile und mühte sich wieder auf die Füße, vorsichtig, schmerzhaft. Sie taumelte und fand das Gleichgewicht mit Hilfe von Niuns Hand, die er ihr sofort entgegenstreckte.

Aber dann legte sie die Hand auf das Dus, und das Tier setzte sich schlendernd an die Spitze, und sie schaffte es, an seiner Seite zu gehen, mit langsamem und bedachtem Schritt. Das Tier war die einzige Sicherheit, die sie auf diesem dunklen und engen Durchgang zwischen den Felsen hatten.

Niun sammelte die Wasserflaschen auf und ließ die gesamte übrige Last dem Menschen, trieb diesen mit harter Hand zur Eile, zwischen den beiden anderen Dusei, bevor sie Meleins blasse Gestalt außer Sicht verloren.

Die ölige Haut der Dusei machte die Tiere gegen das Gift der Anemonen immun, ihre scharfen Sinne ließen sie andere Gefahren erkennen, und so waren sie das einzige Mittel, mit dessen Hilfe es die Flüchtlinge wagen konnten, nach Einbruch der Dunkelheit an einem solchen Ort weiterzugehen. Und, wie Melein sicherlich rechnete, kam die Dunkelheit ihnen zur Hilfe, was bei ihren Verfolgern zweifellos nicht der Fall war.

Der lange Weg führte sie in offenere Gebiete, in denen sie gefährlich zutage liegende Strecken auf Sand unter den zerfetzten Wolken zurücklegen mußten. Und sie gingen wieder zwischen Sandsteinformationen einher, als sie erneut das entfernte Geräusch des Flugzeugs hörten, das immer noch diese Gegend überflog.

Es kam nahe heran. Duncan blickte gen Himmel, als sei er von Hoffnung erfüllt, und sah sich rasch um, als Niun das *Avtlen* aus der Scheide riß, ein Flüstern geschärften Metalls.

Sie sahen sich an, er und Duncan, standen reglos, während das Flugzeug wieder abdrehte und außer Hörweite verschwand. Niun steckte mit geübter Gegenbewegung die Waffe in ihre Scheide zurück.

»Jemand«, sagte Duncan, dessen Stimme wegen der rauhen Kehle kaum noch erkennbar war, »jemand weiß, wo er euch zu suchen hat. Irgendwie glaube ich nicht, daß meine Leute das wissen würden.«

Das war vernünftig, und es traf Niuns Herz kalt. Er warf Melein einen Blick zu.

»Wir können nicht schon wieder anhalten und uns ausruhen«, sagte sie. »Sie dürfen uns nicht finden, hier nicht. Wir müssen den Ort erreicht haben, bevor es hell wird, auch dort wieder weggekommen sein. Niun, wir müssen uns beeilen.«

Er stieß den Menschen freundlich an. »Komm!« sagte er.

»Ist es wegen ihr?« fragte Duncan und deutete mit einem Nikken in Meleins Richtung, ohne die Stelle zu verlassen, an der er stand. »Hat es etwas mit ihr zu tun, daß euch die Regul jagen?«

»Das kann nicht sein«, sagte er mit Überzeugung; und dann fing ein anderer Gedanke an mit schrecklicher Klarheit in ihm zu wachsen – ein mentaler Prozeß arbeitete wieder, wo es lange Zeit nur Schock gegeben hatte. Wieder blickte er Melein an und sprach in der *Hal'ari*, der Hochsprache: »Es kann eigentlich nicht sein, daß sie uns jagen. Sie können eigentlich nicht wissen, daß es uns gibt. Was bedeuten ihnen zwei Mri, wenn alle anderen tot sind? Oder wie können die Regul es geschafft haben, zum Edun zu kommen und herauszufinden, daß Überlebende es verlassen haben? Sie hätten nicht zwischen Ruinen herumklettern können. Es ist dieser Mensch, dieser verfluchte Mensch. Er hat Verbindungen in der Stadt, einen Meister, und seinetwegen haben die Regul mich über die Ebenen verfolgt. Wenn es die Regul sind, verfolgen sie diese Spur. Regul und Menschen sind an dieser Sache beteiligt.«

Meleins Blick wurde sorgenvoll. »Am besten gehen wir«, sagte sie plötzlich. »Am besten gehen wir jetzt, schnell! Ich weiß nicht, was wir mit ihm tun werden, aber wir können das jetzt nicht klären.«

»Wovon redet ihr?« verlangte auf einmal Duncan mit seiner krächzenden Stimme von ihnen zu wissen. Vielleicht waren es bestimmte Wörter, ein Seitenblick, die er aufgefangen hatte, bei dem, was sie sagten. Niun betrachtete ihn und dachte unbehaglich, daß Duncan vermutete, wie wenig sein Leben bei ihnen wog.

»Beweg dich!« forderte Niun erneut und stieß ihn an, diesmal nicht freundlich. Duncan ließ seine Fragen und ging in die gewiesene Richtung, ohne darüber zu streiten.

Und wenn es Duncan war, der gejagt wurde, und wenn die Regul ihre Spur seinetwegen verfolgten, dann, dachte Niun, würde Duncan letztlich auf eine Art und Weise zum Feind gehen müssen, daß dieser die Suche einstellte, auf eine Art und Weise, die ihm nicht die Tatsache verraten konnte, daß eine She'pan des Volkes nach wie vor am Leben war.

O Götter, trauerte Niun innerlich, zu Mord und Ehrlosigkeit gedrängt, ohne eine andere Möglichkeit sehen zu können.

Aber das Flugzeug kam nicht wieder, und Niun schaffte es, diese drängende Bedrohung auf ihrer gegenwärtigen Reise zu vergessen – den Gedanken zurückzudrängen, was er zu tun haben mochte, falls die Suche wieder aufgenommen wurde.

Zweimal mußten sie sich ausruhen, obwohl Melein es nicht wollte – um Meleins willen. Und jedesmal wäre Niun gerne länger geblieben, aber sie beharrte darauf, daß es weiterging. Schließlich mußte Niun ihren Arm halten, während ihre schlanken Finger sich um die seinen krampften, womit sie sich gegen die Unstetigkeit ihrer Beine wehrte.

Und nach Mitternacht kamen sie in einen schmalen Canyon, der seltsame und schwindelnde Windungen vollführte. Er begann, sich zu senken, an einer Stelle, an der sich die Wände über ihren Köpfen bedrohlich gegeneinander neigten und eine Dunkelheit über sie warfen, die noch tiefer war als die nächtliche Dunkelheit draußen.

»Benutz deine Lampe!« forderte Melein dann. »Ich denke, daß wir jetzt unter einer geschlossenen Steindecke sind.« Und Niun benutzte Duncans Taschenlampe mit einem Strahl, der gerade ausreichte, um den Weg zu erhellen. Tiefer und tiefer gingen sie hinab auf einem spiralförmigen, engen Weg, bis sie plötzlich unter eine Quelle des Himmels über ihnen kamen, wo die Nacht heller wirkte als die völlige Dunkelheit, durch die sie gegangen waren. Hier weiteten sich die Wände, die über und über mit Symbolen von der Art bedeckt waren, die auch einmal das Edun geschmückt hatten.

Das vorderste Dus warf sich seitlich herum und gab ein Brüllen von sich, das den Gang hinauf und hinab fürchterlich widerhallte. Niun schwenkte den Strahl nach links, auf das Dus zu. Dort lag in einer Nische ein unordentliches Häuflein aus schwarzen Fetzen und Knochen. Ein Wächtergrab.

Niun berührte in Verehrung des unbekannten Kel'en die Stirn, und als er sah, daß Duncan zu nahe an diesem heiligen Ort stand, zog er ihn am Arm zurück. Dann richtete er die Lampe auf den Eingang, vor dem Melein stand, ein mit Steinen blockierter Weg, den der Wächter mit seinen Händen verschlossen hatte, der diesen Verschluß errichtet und sein Leben dafür gegeben hatte.

Melein erwies diesem Ort mit einer Handbewegung die Verehrung, wandte sich plötzlich zu Duncan und blickte ihn streng an. »Duncan, am Grab des Wächters darfst du nicht vorbeigehen, andernfalls wirst du sterben. Bleib hier und warte! Berühr nichts, tue nichts, sehe nichts!« Und zu Niun gewandt: »Mach es auf! Es ist rechtmäßig.«

Er gab ihr die Lampe und fing bei den obersten Steinen an, das zu öffnen, was der Wächter so viele Jahre lang bewacht hatte – ein Schrein, der so heilig war, daß ein Kel'en auf den Tod warten würde, während er ihn bewachte. Er kannte die Wahl, die der Mann getroffen hatte. Nahrung und Wasser hatte der Kel'en gehabt, ebenso die Freiheit, nach dem Verschließen sich innerhalb von Sichtweite des Wachplatzes zu bewegen, zu jagen, um zu überleben. Aber als das Gebiet ihn im Stich ließ, als Krankheit, rauhes Wetter oder fortschreitendes Alter auf dem einsamen Kel'en lasteten, hatte er sich in diese ausgewählte Nische zurückgezogen, um zu sterben, seinem Auftrag treu. Und sein Geist schwebte in fortdauernder Wacht über dem Ort.

Und vielleicht hatte Intel selbst hier gestanden und das Schließen der Tür gesegnet und die Stirn des tapferen Wächters geküßt und ihn mit dieser Aufgabe betraut.

Einer der Kel'ein, die vor vierzig Jahren zusammen mit ihr von Nisren gekommen waren, als die Pana auf Kesrith kamen.

Mit zunehmender Leichtigkeit polterten die Steine von der Öffnung, bis Melein über das hinwegschreiten konnte, was noch übrig war, und ihren Fuß in das kalte Innere setzte. Die Lampe, die sie in der Hand hielt, schwenkte über die Wände, berührte Aufschriften, die die Mysterien des Schreins der Schreine enthielten, gewundene Symbole, die die gesamten Wände bedeckten. Für einen Augenblick nahm sie Niun wahr, dann sank er auf die Knie und wandte das Gesicht ab, um nicht das zu sehen, was er nicht sehen sollte. Eine Zeitlang konnte er Meleins leise Schritte an diesem heiligen Ort hören, und dann gab es überhaupt kein Geräusch mehr, und er wagte nicht, sich zu bewegen. Er erblickte Duncan vor der fernen Wand des Schachtes, bei ihm die Dusei, und nicht einmal sie bewegten sich. Niun wurde kalt, während er wartete, und fing an, vor Furcht zu zittern.

Falls sie nicht zurückkehren sollte, würde er weiterhin warten. Nirgendwo regte sich Leben hier drin, nicht einmal das Geräusch eines Schrittes.

Eines der Dusei stöhnte – das Warten quälte seine Nerven. Dann wurde es still, und eine lange Zeit war gar nichts mehr zu hören.

Dann regte sich etwas, ein annähernd rhythmisches Geräusch, das zuerst aus dem Inneren des Schreins kam; und schließlich erkannte Niun es als das Geräusch sanften Weinens, das noch bitterer und heftiger wurde.

»Melein!« schrie er laut und wandte seine Augen zum verbotenen Ort, und Schatten bewegten sich im Eingang, ein sanftes Strömen von Lichtern. Seine Stimme hallte ehrfurchtslos von den Wänden wider und bestürzte die Dusei, und er rappelte sich auf und fürchtete sich davor, hineinzugehen – aber auch davor, es nicht zu tun.

Das Geräusch hörte auf. Es war still. Er trat bis an die Tür, legte die Hand auf sie, ermutigte sich dazu, hineinzugehen. Dann hörte er Meleins leichte Schritte irgendwo tief drin, hörte die Geräusche des Lebens, und sie rief ihn nicht. Er wartete zitternd.

Dinge bewegten sich hinter der Tür. Maschinen waren zu hören – das Geräusch dauerte an, und doch konnte er gelegentlich deutlich Meleins Schritte hören. Und dann erinnerte er sich schreckerfüllt daran, daß er Duncan den Rücken zugewandt hatte, und wirbelte herum.

Aber der Mensch stand nur da, nicht näher, als Melein es ihm gestattet hatte, und machte keinen Fluchtversuch.

»Setz dich!« wies er Duncan scharf an, und Duncan setzte sich an derselben Stelle nieder und wartete. Niun verfluchte sich, weil er Melein suchte und dabei den Auftrag vergaß, den sie ihm gegeben hatte, nämlich sich um die Dinge draußen zu kümmern. Er hatte sie beide der Gnade Duncans ausgeliefert, hätte der Mensch angesichts der Dusei den Mut gehabt und Vorteil aus der Situation gezogen. Niun setzte sich ebenfalls in den Sand, so daß er den Menschen im Auge behielt und gleichzeitig dem Schrein verstohlene Blicke zuwerfen konnte. Er schlang die Arme um die Knie, faltete mit betäubender Kraft die Hände, wartete und lauschte.

Das Warten dauerte sehr lange, er begann sich elend zu fühlen und veränderte oft seine Stellung. Nach seinem Zeitgefühl schien es bereits auf die Morgendämmerung zuzugehen, obwohl der bewölkte Himmel, der über ihnen erkennbar war, noch dunkel war. Und einen sehr ausgedehnten Zeitraum lang drang aus dem Schrein überhaupt kein Geräusch mehr.

Endlich sprang er wieder auf und war begierig darauf, wieder an die Tür zu treten, überzeugte sich dann aber selbst davon, daß er dahinter nichts zu suchen hatte. In seinem Elend durchschritt er den Raum, den er zum Durchschreiten hatte, wobei er beizeiten auf den Menschen blickte, der wartete, wie man ihn gemahnt hatte zu warten. In der Beinahe-Dunkelheit konnte Niun in Duncans Augen nichts lesen.

Wieder waren Schritte zu hören. Niun drehte sich augenblicklich um und erblickte das weiße Blitzen der Taschenlampe im Eingang. Er sah Melein wie einen Schatten. Sie hielt das winzige Licht in den Fingern und umklammerte etwas mit den Armen.

Er trat so nahe heran, wie er es wagte, und erkannte, daß sie eine Art Gehäuse trug, das eiförmig war und aus schimmerndem Metall gefertigt. Eine Tragestange befand sich in einer Aussparung an einem Ende, aber Melein trug es, wie sie ein Kind hätte tragen können, wie etwas Kostbares, obwohl sie unter seinem Gewicht taumelte und es nicht schaffte, über die Steine zu treten, solange sie es trug.

»Nimm es!« sagte sie mit schwacher, angespannter Stimme, und Niun riß sich aus der Lähmung seines Willens und streckte die Arme aus, um das Gehäuse entgegenzunehmen. Er war bestürzt über das Gewicht, das Melein zu tragen geschafft hatte. Es war kalt und hatte ein merkwürdiges Gleichgewicht, und er zitterte, während er es an sich zog.

Und ihm war wieder kalt, als er Meleins Gesicht erblickte, in dem die Feuchtigkeit in dem rötlichen Licht glitzerte, das sich hinter ihr auszubreiten begann, und im Schrein sprangen Schatten von einer Seite zur anderen. Sie drehte sich einmal um und blickte zurück, und dann blickte sie wieder Niun an, wie aus einer großen Entfernung.

Melein, versuchte er ihr zu sagen, entdeckte aber, daß er es nicht schaffte. Sie war immer noch Melein, seine Schwester, aber sie enthielt auch etwas anderes, und er wußte nicht, wie er es ansprechen sollte, sie zurückrufen sollte. Besorgt über das Feuer hinter ihr streckte er die Hand aus, und sie ergriff sie und schritt über die Felsen am Eingang und kam mit ihm. Ihre Haut war kalt. Ihre Hand glitt leblos aus seiner, als sie den Halt nicht mehr benötigte.

Duncan wartete. Er wich vor beiden etwas zurück und starrte weiterhin in das hinter ihnen zunehmende Licht. Vielleicht begriff er, daß etwas von großem Wert gerade zerstört wurde. Er sah benommen und verwirrt aus.

Nichts blieb, außer der seltsamen, kalten Eiform. Niun trug sie in beiden Armen, während Melein sich auf den Weg nach draußen machte. Er wußte, daß er sicherlich einen wesentlichen Teil der Pana trug, deren Namen seine Kaste nicht einmal ohne Furcht auch nur aussprechen konnte, die ein Kel'en niemals sehen durfte, geschweige denn in der Hand halten.

Der Kel'en, der sie hierhergebracht hatte, hatte sich selbst dem anschließenden Tod geweiht, um sie geheim und ungestört zu bewahren. Es war ein ehrenhafter Mann des alten Weges gewesen, des Kels der Zwischenzeit. Ein solcher Mann wäre über Niun s'Intel bestürzt gewesen.

Aber Niun bezog Mut aus dem Tragen des Gehäuses, denn daraus hatte Melein ihre Macht bezogen, dessen war er sicher. In seinen Augen war sie nur halb eine She'pan gewesen, eingesetzt durch Gewalt und Notwendigkeit. Aber jetzt glaubte er, daß die wesentlichen Vorgänge stattgefunden hatten, daß Intel ihr alles gegeben hatte, was sie brauchte. Hiernach konnte er sie She'pan nennen und stillschweigend glauben, daß sie die Mysterien kannte. Sie hatte den Pana von Angesicht zu Angesicht gegenübergestanden und begriffen, was ein Kel'en nicht begreifen konnte. Er beneidete sie nicht um dieses Begreifen. Das Geräusch ihres Weinens aber verfolgte ihn noch immer.

Aber sie wußte, und sie führte, und hiernach vertraute er ihrer Führung stillschweigend.

Sie flohen – die Mri, der Mensch und die Dusei, hinaus aus der Schlucht, in der der Rauch anfing, sich hochzutürmen und sie an den Himmel zu verraten, und in der die Flammen die Wände rot beleuchteten und sie mit Hitze verfolgten. Sie erreichten die ansteigenden Windungen des Weges, den sie gekommen waren, und traten hinaus in die kalte Dunkelheit.

22

In den ersten Tagen der neuen Operationen war das Nom von menschlichen Technikern überschwemmt. Stavros schwelgte in den Geräuschen und dem Hasten von Menschen, nachdem er sich so lange bei den langsamen Regul aufgehalten hatte. Berichte kamen herein, menschliche Experten fügten ihr behendes geschäftiges Treiben der Technologie der Regul bei den Reparaturen der beschädigten Anlagen und beim Beiseiteräumen der vom Sturm und den Kämpfen hinterlassenen Trümmer hinzu.

Und als ein Zustand erreicht wurde, der stabil genug war, um wieder ein Schiff zu unterhalten, landete das Forschungsschiff FLOWER seinen gedrungenen Rumpf auf der Höhe der dem Hafen gegenüberliegenden Seite der Stadt. Für ein sternflugtaugliches Schiff war sie klein und nicht auf ein ausgedehntes, gesichertes Landegebiet angewiesen. Ihre spezielle Konstruktion versetzte sie in die Lage, vollkommen unabhängig zu operieren.

Es war eine glückliche Entscheidung gewesen, die der Mission verschiedene solcher Forschungsschiffe hinzugefügt hatte, angesichts der Notwendigkeit solch schwieriger Landungen, trotz der Unfähigkeit dieser Schiffe, sich gegen Angriffe zu verteidigen. Die SABER ruhte nach wie vor an der Station – sie war raumgefertigt und raumgebunden, einen Kilometer lang und nicht dazu in der Lage, überhaupt irgendwo zu landen.

Trotz ihres Namens war die Form der FLOWER unansehnlich, ohne zerbrechliche Konstruktionen, ohne hervorstehende Flügel, nicht auf Landegerüste und Docks angewiesen, ein häßliches Schiff, das für einfache Aufgaben gedacht war.

Sie brachte Techniker und Wissenschaftler, die bereits damit anfingen, die Überbleibsel der Kesrith-Berichte durchzuforsten, Proben der Luft und der Erde zu nehmen, die Myriaden von Aufgaben durchzuführen, mit denen damit begonnen wurde, diese Welt für menschliche Kolonisten geeignet zu machen.

»Gnade«, hatte Bai Hulagh gesagt, als er den Beginn der Operationen beobachtete. »Im Licht dieses neuen, guten Gefühls bedauern wir die unglückliche Zerstörung unserer Ausrüstung während dieser Katastrophe auf dem Hafen. Wir hätten eine große Hilfe sein können.«

Im allgemeinen konnten sich die Regul-Junglinge nicht so leicht anpassen. Die Nähe von Menschen verdroß sie, und sie zogen es vor, in eigenen Gruppen zu arbeiten. Sie machten kein Geheimnis daraus, daß sie Kesrith bereits lieber verlassen hätten, um bei ihrer eigenen Art im Regul-Raum in Sicherheit zu sein.

Aber Hulagh hatte einige von ihnen mit in sein eigenes Büro im Nom genommen, und als die Junglinge wieder herauskamen, hatten sie für die Menschen ein Lächeln übrig und erwiesen ihnen große Höflichkeit, und vor dem Bai empfanden sie mächtige Furcht.

Bis die Stürme herabkamen und die Dusei zurückkehrten.

Der erste Bericht kam von der Wasseranlage, von Galeys Gruppe, die an die FLOWER meldete, daß eine große Anzahl von Tieren sich dort auf den Höhen herumtrieb. Die FLOWER bestätigte und gab die Nachricht an die Biologen weiter und damit gleichzeitig an Stavros.

Stavros setzte seinen Schlitten auf eine Schiene, die ihn zur entfernten Seite des Nom brachte, huschte durch verschiedene Weichen auf dem Observationsdeck, verließ die Schiene und steuerte manuell hinaus in den beißenden Wind.

Eine rötliche Wolkenbank schwebte heran, und da und dort, überall am sichtbaren Horizont, saßen die Dusei.

Ein Kältegefühl übermannte Stavros, das nichts mit dem Wind oder dem beißenden Geruch des Regens von Kesrith zu tun hatte. Er saß in dem Schlitten, und der Wind peitschte durch sein spärliches Haar. Er sah die FLOWER auf ihre Hügelkuppe geduckt, die entfernte Wasseranlage, und die Fahrzeuge, die eilig vor dem herankommenden Sturm Zuflucht suchten; ebenso Flugzeuge, die zur Landung auf dem behelfsmäßigen Feld ansetzten, bevor der Sturm sie erwischte. Es würde einem Wunder gleichkommen, wenn die Mannschaften sie noch rechtzeitig in Sicherheit bringen konnten. Stavros ballte zornig die Fäuste, denn er sah Schäden voraus, Schiffe, die von Kesriths Winden emporgehoben und wie Spielzeug über das Feld gewirbelt werden würden – menschliche Ausrüstung waren sie, teuer und unersetzlich.

Er schaltete sich in die Wellenlänge der FLOWER ein und

4·81·2

hörte, wie man auf dem Schiff außer sich Befehle erteilte. Die Flugzeuge wurden von dort aus abgewiesen – Möglichkeiten wurden gesucht, sie um den Sturm herum zu zeitweiligen Landeplätzen an anderen Stellen zu dirigieren. Stavros sah, wie Blitze die Wolken erleuchteten, die sich auftürmten und formten und mit erschreckender Geschwindigkeit heranrollten, vom Licht Arains rot erleuchtet.

Und in endlosen Reihen saßen die Dusei und beobachteten und setzten ihre Wache fort. Der Regen fing an herabzuströmen. Stavros erschauerte, als die ersten Tropfen die Nase des Schlittens bespritzten. Dies war nicht der richtige Ort, in Metall eingefaßt herumzusitzen, während über einem die Blitze zuckten. Er setzte zurück, öffnete den Eingang, fuhr wieder in das Nom und verschloß die Tür, während er immer noch das Stimmengewirr von der FLOWER hörte und auf dem Wetterradar seines Empfängers den Bogen des Sturmes erkannte, der die Stadt selbst und die Meeresküste in den Griff nahm.

FLOWER, sendete er, sich in die Verbindung einschaltend. *FLOWER, hier Stavros.*

Sie bestätigten mit einem dünnen, metallischen Klang, der von der Statik unterbrochen wurde.

FLOWER: Die Dusei, die Dusei . . .

»Wir haben sie beobachtet, Sir. Wir bedauern, daß wir beschäftigt sind . . .«

Wieder unterbrach er. *FLOWER: Verjagen Sie die Dusei! Brechen Sie die Reihen auf, jagen Sie sie fort!*

Der Befehl wurde bestätigt. Er saß in seinem Schlitten mit einem Gefühl, als habe er den Verstand verloren, als ob alle Vernunft ihn verlassen hätte. Zweifellos glaubte man auf der FLOWER, daß er den Verstand verloren hatte. Aber die drohende Schwere der Luft hielt an. Seine Haut prickelte. Er konnte die Gegenwart von Dusei nicht ertragen, die vom Rand des Sturmes aus zusahen.

Verantwortlich?

Er weigerte sich, das zu glauben. Und doch hatte er die FLOWER abgelenkt und ihr aufgetragen, sich mit ihnen auseinanderzusetzen. Er hörte, wie sie über diese Aufgabe diskutierten – zu weise, um die Weisheit darin vor seinen Ohren zu diskutieren. Es saß da mit einer Haut, die sich in eine Gänsehaut verwandelt hatte, mit beinahe klappernden Zähnen, ein zitternder und kränklicher alter Mann, dachte er, ein Mann, der sich zu lange unter Fremden aufgehalten hatte.

Er konnte seinen eigenen Befehl zurückziehen, sich wieder einschalten und seine Leute bitten, sich um wichtigere Angelegenheiten zu kümmern.

Aber die Furcht vor den Dusei konnte er nicht loswerden.

Seine Schirme wurden alle ein Opfer der Statik und beraubten ihn der Möglichkeit, sich überhaupt mit jemandem in Verbindung zu setzen. Die Statik hielt an, und ein Ton schrillte über seine Empfänger, der die Ohren quälte und die Grenze des Hörbaren überschritt. Rasch und verzweifelt schaltete er herunter, plötzlich von der Furcht vereinnahmt, der Schlitten selbst funktioniere vielleicht nicht mehr richtig, und er sitze in der Falle, unfähig, sich zu bewegen oder um Hilfe zu rufen.

Er beobachtete durch den Vorhang des gegen das Glas treibenden Regens, daß die Linien der Dusei sich auflösten und sich die Tiere verstreuten. Und immer noch zitterte er erschreckt, als er sah, daß viele von ihnen sich nicht in die Berge zurückzogen, sondern sich der Stadt näherten, ihre Straßen betraten und dort herumstreiften, wo Dusei gewöhnlich nicht hinkamen.

Angriffen.

Die Statik hielt an.

Über den Lautsprecher kam eine Regul-Stimme, von der Statik bis zur Unkenntlichkeit verzerrt. Das Rundspruchsystem schaltete sich sporadisch ein und aus. Hagel trommelte gegen die Fenster und erschütterte sie gefährlich. Stavros versuchte hastig, die Sturmschilde des Operationsdecks zuzufahren, aber sie funktionierten nicht. Er dachte daran, den Schlitten auf Batteriebetrieb umzustellen und erzielte damit Reaktionen, aber seine Schirme blieben tot. Irgendwo krachte es, ein Aufprall von Plastikglas, und der Wind und der Geruch des Regens zogen durch die Hallen des Nom. Stavros setzte den Schlitten zurück, versuchte, ihn auf eine Spur einzuschalten, gab eine falsche Befehlssequenz ein und versuchte es erneut.

Es klappte. Er raste aus diesem Bereich davon und um die

Ecke, fand die Halle in Trümmern vor, die ungeschützten Fenster lagen auf dem Teppich am Ende der Halle, Vorhänge flatterten lose an ihren Simsen. Regul-Junglinge hockten in der Halle.

Des Schirmes beraubt, konnte er sich mit ihnen nicht verständigen. Sie umringten ihn eng und schwatzten Fragen, suchten jeden Älteren, selbst menschlichen, der ihnen Rat geben konnte. Er stieß mit dem Schlitten durch sie hindurch und hielt auf die Tieframpe zu, den sichereren Teil des Gebäudes, in dem sich die Büros befanden. Hier war die Halle unbeschädigt. Die öffentliche Sprechanlage stotterte weiterhin.

Er fand Hulaghs offenstehendes Büro, fand mühsam seinen Weg und entdeckte, daß auch der Bai verzweifelt versuchte, die Sturmschilde zu schließen.

Draußen war ein Dus. Es hob sich gegen das dünne Plastikglas, das sich durchbog und unter dem scharrenden Angriff der Tatzen zitterte.

Hulagh setzte seinen Schlitten zurück und fingerte verzweifelt an den Kontrollen. Stavros saß still und beobachtete schreckerfüllt den Angriff. Im Nom gab es nicht eine einzige Tür, die noch funktionierte, und sie konnten nichts tun, falls die Tiere eindrangen. Die Fenster erbebten.

»Gewehr!« schrie er Hulagh an, versuchte, sich laut verständlich zu machen. »Gewehr!«

Und er setzte zurück, und Hulagh begriff entweder oder kam zum selben Schluß. Sie fuhren, so schnell es die Schlitten vermochten, und Hulagh steuerte um den Schreibtisch herum, griff nach einer Pistole und hielt sie mit zitternden Händen.

Aber das Dus zog sich zurück, eine watschelnde braune Gestalt, die rasch hinter dem Regenvorhang über den Platz hinweg verschwand. Es gab noch andere, verschwommene braune Gestalten, die sich sammelten und bewegten, nervös umherliefen; und langsam, als ob sie vergessen hatte, wozu sie hier waren, verschwanden sie in den Straßen der Stadt.

Rechtzeitig ließ der Regen nach und hinterließ nur pockenähnliche Pfützen. Die Sturmschilde funktionierten plötzlich alle auf einmal, zu spät für den Sturm.

Die Rundspruchanlage tat es auch wieder und gab ein fortwährendes Gewirr von Befehlen von sich. Stavros Schirme wurden wieder klar.

»Stavros, Stavros, hören Sie?«

Klar, sagte er. *Alles klar,* und schaltete sich ab, denn plötzlich sahen seine Augen nur noch Grau, und er war zufrieden damit, sich ruhig zu verhalten, zu atmen und darauf zu warten, bis das heftige Schlagen seines Herzens und das Rauschen in seinen Ohren nachließen.

Ein Fenster draußen auf dem zweiten Stock, unterrichtete Stavros Hulagh. *Verletzte dort, denke ich.*

»Junglinge werden sich darum kümmern.«

Keiner von ihnen erwähnte das Dus. Die FLOWER versuchte immer noch, ihn darüber zu unterrichten, welches der Stand ihrer Operationen war. Er hörte, wie sie mit den Flugzeugen sprachen, die sich vor dem Sturm zurückgezogen hatten, und ihre verlorenen Aufklärer zurück in die Stadt lotsten.

Und eines der Flugzeuge antwortete mit dem rauhen Akzent der Stimme von Hada Surag-gi. »Gnade, Gnade, wir versuchen, zur Mission zurückzukehren, FLOWER-Bai, versuchen, wieder die Suche aufzunehmen.«

Und eine menschliche Stimme, ebenfalls aus einem Flugzeug, fluchte und verlangte eine Erklärung für die Störung.

Stavros wischte sich über das Gesicht, schaltete das Stimmengewirr ab und blickte den Bai an.

»Niemals zuvor in meiner Erfahrung«, sagte der Bai, »niemals, Verehrung.« Und Hulagh drückte auf Knöpfe und rief einen Jungling-Diener herbei, verlangte nach Soi und Berichten und verfluchte die Langsamkeit des Jungling-Verstandes. Sein Atem ging alarmierend schnell. Es dauerte einige Augenblicke, bis er sich wieder unter Kontrolle zu haben schien. »Sie sind alle wahnsinnig geworden«, sagte er.

Ihre Welt, sagte Stavros. *Sie gehörte ihnen, vor den Mri.*

Das Soi wurde gebracht, getragen von einem Jungling, das so aufgeregt war, daß die Tassen auf dem Tablett tanzten. Stavros trank seinen Soi ungesüßt und sog die willkommene Wärme in seinen kalten Bauch.

Schließlich faßte er den Mut dazu, die Kontrollen zu berühren und die Sturmschilde wieder zu öffnen, und während er das tat, erinnerte er sich an das Tier. Der Platz war verlassen. Ganz sicher würde kein Regul und kein Mensch sich hinauswagen, bis man wußte, wohin die Dusei verschwunden waren.

Stavros rechnete damit, daß die Erscheinung, die das Fenster angegriffen hatte, noch in seinen Alpträumen auftauchen würde. Falls auch die Regul für schlechte Träume anfällig waren, würde der Bai an seinen Alpdrücken teilhaben.

»Ich bin sehr alt«, nörgelte Bai Hulagh. »Ich bin zu alt für solche Sachen, Bai Stavros. Die Regul, die diese Welt genommen haben, waren verrückt.« Er nippte an seinem Soi. »Die Mri haben sie kontrolliert – jetzt tut das niemand mehr.«

Wir könnten Barrieren errichten, meinte Stavros.

Hulagh schwieg für eine geraume Weile, für den größten Teil des Inhalts seiner Soi-Tasse. Seine Nasenlöcher arbeiteten schnell. Schließlich blies er ein Seufzen und wandte seinen Schlitten vom Fenster ab. »Holn«, sagte er.

Verehrung?

»Holn hat Berichte verschwiegen. Ich habe nicht gefragt, und sie haben nichts gesagt, und jetzt weiß ich es.« Die Nasenlöcher bauschten sich unter mächtigen Atemzügen. »Stavros-Bai, Sie und ich haben es versäumt, Fragen zu stellen. Jetzt, jetzt, Sie und ich, Stavros-Bai, wir haben nur Fragmente von dem erhalten, was wir über Kesrith hätten wissen sollen. Wir sind gemeinsam in Schwierigkeiten, und wir haben einen gemeinsamen Feind, Stavros-Bai.«

Holn.

»Holn«, bestätigte Hulagh. »Sie waren schlau, Menschenverehrung; und ich werde nicht in der Lage sein, dem Zorn meines Dochs standzuhalten, wenn ich verarmt zurückkehre. Schiff, Ausrüstung, alles, Verehrung Stavros. Ich bin ruiniert. Aber ebenso hat Holn Sie betrogen.«

Bai Hulagh, Sie haben eine Absicht, wenn Sie diese Informationen freiwillig mitteilen.

»Das Vermögen des Doch Alagn«, sagte Hulagh, »befindet sich hier, mit mir selbst, mit diesen überlebenden Junglingen. Ich werde nicht in Schande auf einem Menschenschiff zurückgeschickt werden. Wir werden verhandeln, Stavros.«

Ein Bündnis, Verehrung?

»Ein Bündnis, Bai Stavros. Handel. Austausch. Ideen. – Rache.«

Stavros begegnete den dunklen, glitzernden Augen. *Es gibt Gebiete,* sagte er, *die von Kesrith aus erforscht werden können.*

»Zuallererst ist es nötig«, meinte Hulagh, »Kesrith zu halten.«

Wie die Holn und die Mri es gehalten haben, sagte Stavros, *mit genutzten Ressourcen. Selbst die Dusei, selbst sie.*

Und er starrte wieder zum Fenster hinaus auf den aufgewühlten Himmel, die Ruine des Hafens und den Regen und dachte über die Ressourcen nach, mit denen sie zurechtkommen mußten; und zum erstenmal enthielten seine Hoffnungen einen Schimmer von Zweifel.

Sobald er die Augen schloß, sah er immer noch das Tier am Fenster, so irrational und unkontrollierbar wie die Elemente. Er haßte sie, vielleicht um so mehr, da sie ohne Vernunft waren, weil sie wie der Sturm zu den elementaren Kräften dieser Welt gehörten.

Die Dusei hegten eine Abneigung gegen alles, was Regul und Kiluwanisch war. Aber sie waren ein Teil Kesriths, der weder mißachtet noch vernichtet werden konnte.

Die Welt Kesrith war eine wahllose Verbindung von Elementen. Und Stavros sah voraus, daß sie sich hiernach nicht unter der Kontrolle von George Stavros befinden würde. Er konnte sie nicht mehr kontrollieren. Er teilte Kesrith mit Tieren und Regul.

Er bediente heftig die Kontrollen und lauschte wieder der FLOWER, hörte das Geschwätz aus Aufklärern, die ein weiteresmal auf ihrer andauernden Suche unterwegs waren und glaubten, irgendwo in dieser Wildnis, durch die wilde Dusei streiften und in der die Stürme das Land mit Gewalt heimsuchten, eine verlorene Seele zu finden.

Beinahe hätte er sie angewiesen, aufzugeben.

Aber er hatte der FLOWER bereits genug irrationale Befehle erteilt. Er tat den Zug nicht. Er sah, wie eines der Flugzeuge in der Ferne über den Ruinen des Edun kreiste und sich dann in westlicher Richtung bewegte, ein Fleck, der rasch im Dunst verschwand.

23

Melein war schließlich eingeschlafen. Niun wischte sich die Müdigkeit aus den Augen, legte sich das schwere Metallei in den Schoß und lehnte sich mit dem Rücken gegen die warme, atmende Flanke des Dus. Duncan lag ausgestreckt und bäuchlings im Sand, und seine zerfetzten und behelfsmäßigen Gewänder waren nicht dafür geeignet, ihn gegen Schrammen und Sandwunden zu schützen. Seine nackte Haut über den Stiefeln war durch Abschürfungen und Sonnenbrand verwundet. Seine Augen, die nicht vom Schleier geschützt wurden und nicht das Hilfsmittel einer Membrane besaßen, verströmten Tränen, die durch einen ständigen Staubüberzug streiften, wie bei einem Dus, das *Miuk* geworden war.

Duncan war im Moment zu erschöpft, um ihnen Schwierigkeiten machen zu können. Niun bemerkte, daß sich ein Jo am Felsen niedergelassen hatte, seine Luin-Tarnung ein bißchen zu dunkel für den roten Sandstein an der Stelle, an der es sich festklammerte, um während dieser heißen Tageszeit Schatten zu finden. Der Name Jo bedeutete Mimikry. Die Kreatur tat niemandem etwas. Sie wartete auf Schlangen, die ihre natürliche Nahrung darstellten. Der Jo war kein schlechter Lagergefährte.

Niun neigte sich über den Gegenstand seiner Wache und hielt die Arme darum geschlungen. Er stützte den Kopf auf und entspannte sich endlich genug, um eine Weile zu schlafen, jetzt, da Melein sich niedergelassen hatte. Sie war beinahe in Ohnmacht gefallen, bevor sie in diesem Versteck angehalten hatten, und war stärker beladen und verwundet gewesen, als sie zugeben wollte. Sie hatte sich von den beiden Männern entfernt und sich in die Abgeschiedenheit der Felsen zurückgezogen und dabei lange Stoffstreifen mitgenommen. »Ich denke, daß sie meiner Seite helfen werden«, sagte sie. Und da es keine Kath'en oder Kel'e'en gab, die sie pflegen konnte, pflegte sie sich selbst. Niun fürchtete sehr, daß ihre Rippen gebrochen waren oder zumindest angeknackst. Er machte sich Sorgen und empfand eine tiefe, kalte Furcht, die er nicht loswurde.

Aber sie war zurückgekommen, die Hand gegen die Seite gepreßt, hatte dünn gelächelt und bekanntgegeben, daß sie sich etwas besser fühlte und erwartete, schlafen zu können. Und die Spannung von Niuns Nerven ließ nach, als er sah, daß sie es wirklich konnte, daß ihre Schmerzen nachgelassen hatten.

Die Furcht verschwand nicht.

Er ertrug Duncans Gegenwart, und die Angst vor irgend etwas, das Duncan ihm antun konnte, war weit geringer als die Furcht um Melein, davor, sie zu verlieren, allein zu enden.

Der letzte Mir.

Er träumte vom Edun, dessen Türme im Feuer zerbröckelten, erwachte und klammerte die glatte Form des Pan'en an sich in der Furcht, daß auch er in die Dunkelheit fiel.

Aber er saß im Sand, das Dus reglos hinter sich. Der Jo stürzte sich mit einem geschickten Sprung auf eine Eidechse, trug sie zu seinem Kopf-nach-unten-Platz auf dem Felsen, umhüllte seine Mahlzeit mit seinen gefleckten Flügeln und verspeiste sie mit einer geschäftigen und zierlichen Bewegung, schluckte die Eidechse Stück für Stück hinunter.

Niun plazierte das Pan'en neben sich, so daß er es ständig an sich spüren konnte, und lehnte den Kopf an das Dus. Er fiel wieder in Schlummer und erwachte mit einem unangenehmen Hitzegefühl. Er blickte der voranrückenden Linie des Sonnenlichtes entgegen, die bis zu Duncan vorgedrungen war, und sah, daß sie diesen bis zur Taille bedeckte und auf die nackte Haut von Knie und Hand fiel. Der Mensch regte sich nicht.

»Duncan«, sagte Niun. Er erzielte keine Reaktion und bewegte sich zögernd selbst, beugte sich vor und schüttelte den Menschen. »Duncan!«

Braune Augen starrten zu ihm empor, verwirrt und von der Hitze verschleiert.

»Die Sonne, dummer Tsi'mri, die Sonne. In den Schatten!«

Duncan schob sich an eine andere Stelle und brach wieder zusammen, riß den Schleier weg und legte das nackte Gesicht in kühleren Sand. Die Augen blinzelten, und die Empfindsamkeit kehrte in sie zurück, als Niun seinen Platz wieder einnahm.

»Geht es weiter?« fragte der Mensch mit schwacher Stimme.

»Nein. Schlafe!«

Duncan hob den Kopf und richtete den Blick auf Melein, legte den Kopf wieder mit Blick auf Niun hin. »Irgendwo«, sagte er leise flüsternd, »wird mein Volk jetzt schon auf Kesrith gelandet sein. Sie braucht medizinische Hilfe. Du weißt das. Wenn wir sicher sein könnten, daß die da oben Menschen sind – könnten wir mit einem Flugzeug Verbindung aufnehmen. Hör zu: der Krieg ist vorbei. Ich glaube nicht, daß du uns gut genug kennst, um es zu glauben, aber wir pflegen nicht, Dinge darüber hinaus zu verfolgen. Keine Rache. Kein Krieg. Komm mit mir! Nimm mit meinem Volk Verbindung auf! Es würde Hilfe für sie geben. Und keine Vergeltung. Keine.«

Niun lauschte den Worten geduldig und glaubte zumindest, daß Duncan glaubte, was er sagte. »Vielleicht ist es sogar wahr«, antwortete er. »Aber sie würde das niemals akzeptieren.«

»Sie wird sterben. Aber wenn sie Hilfe . . .«

»Wir sind Mri. Wir nehmen keine Arzneimittel außer unseren eigenen. Sie hat getan, was entsprechend unserer eigenen Wege getan werden konnte. Sollen Fremde sie berühren? Nein. Wir leben oder wir sterben, wir heilen oder wir heilen nicht.« Er zuckte die Achseln. »Vielleicht ist unser Weg, mit Dingen umzugehen, nicht einmal weise. Ich dachte manchmal, daß er es nicht ist. Aber wir sind die letzten, und wir halten uns an das, was alle unsere Vorfahren beachtet haben. Alles andere hat jetzt keinen Nutzen mehr.«

Und er fing an, daran zu denken, was Melein geplant hatte, und daß sie diesen letzten kleinen Sieg über die Tsi'mri errungen hatten, daß sie die Heiligkeit und die Geschichte ihrer Art an sich gebracht hatten, und seine Finger glitten über die glatte Haut des Pan'en, das er an sich hielt.

»Ich habe mit zwei Traditionen gebrochen«, gab er letztendlich zu. »Ich habe dich gefangengenommen, und ich habe Lasten getragen. Aber in der Ehre der She'pan werde ich keinen Kompromiß eingehen. Nein. Ich glaube nicht an eure Ärzte. Und ich glaube nicht an euer Volk und eure Wege. Sie sind nicht für uns.«

Duncan betrachtete ihn lange und nüchtern. »Nicht einmal zum Überleben?«

»Nicht einmal zum Überleben.«

»Falls ich jemals zu meinem Volk zurückkehren sollte«, sagte Duncan schließlich, »werde ich sicherstellen, daß bekannt wird, was die Regul getan haben, was in jener Nacht am Hafen wirklich geschehen ist. Ich weiß nicht, ob dabei irgend etwas Gutes herauskommen wird; ich weiß, daß ich nichts zum Besseren ändern kann. Aber es sollte gesagt werden.«

Niun senkte den Kopf als Respekt vor dieser Geste. »Die Regul«, sagte er, »würden dich töten, bevor sie dich solche Dinge sagen ließen. Und wenn du hoffst, daß ich dir erlauben werde, unsere Gesellschaft zu verlassen und zu ihnen zu gehen, dann muß ich dir sagen, daß ich es nicht erlauben werde.«

»Du glaubst mir nicht.«

»Ich glaube dir jetzt nicht, was sie tun werden, weder deine Art noch die Regul.«

Daraufhin schwieg Duncan und starrte ins Leere. Er sah sehr mitgenommen aus. Er rieb sich an einer Linie getrockneten Blutes, die sich durch das unrasierte Gesicht zog, und war dann wieder still, schien aber nicht schlafen zu können.

»Lauf nicht wieder weg!« riet ihm Niun, denn ihm gefiel die Stimmung des Menschen nicht. »Versuche es nicht! Ich habe es dir zu leicht mit uns gemacht. Verlaß dich nicht darauf!«

Braune Augen, Tsi'mri und störend, zuckten in seine Richtung. Duncan raffte sich in eine sitzende Stellung auf und bewegte sich, als schmerze ihn jeder Muskel, rieb sich den Kopf und schnitt eine Grimasse des Unbehagens. »Ich möchte lieber am Leben bleiben«, sagte Duncan. »Wie du.«

Die Worte trafen. Sie waren zu dicht an der Wahrheit. »Es kommt nicht nur darauf an«, meinte Niun.

»Das weiß ich«, sagte Duncan. »Ein Waffenstillstand. Ein Waffenstillstand, der Friede zwischen uns vorsieht, zumindest bis du sie irgendwo in Sicherheit gebracht hast, bis sie wiederhergestellt ist. Ich weiß, daß du für sie töten würdest; ich weiß, daß du es unter anderen Umständen vielleicht nicht tätest. Ich verstehe, daß, was immer sie auch ist, sie etwas sehr Besonderes ist – für dich.«

»Eine She'pan«, sagte Niun, »ist die Mutter eines Hauses. Sie ist die letzte. Ein Kel'en ist nur das Instrument ihrer Entscheidungen. Ich kann keine Versprechungen machen, außer auf meine eigene Rechnung.«

»Könnte es keine weitere Generation geben?« fragte Duncan

plötzlich in seiner Unschuld, und Niun spürte Verlegenheit, war aber nicht beleidigt. »Kannst du nicht – wenn die Dinge anders lägen ...«

»Wir sind blutsverwandt, und die Angehörigen ihrer Kaste paaren sich nicht«, antwortete Niun sanft, dazu bewegt zu erklären, was Mri noch niemals Außenstehenden erklärt hatten. Aber dies war einfache Kel-Lehre, und es war nicht verboten, es auszusprechen. Es verlieh ihm Mut, wieder die Dinge zu bekräftigen, die schon immer festgelegt und wahr gewesen waren. »Eine Kath'en oder Kel'e'en könnte mir Kinder für sie tragen, aber es gibt keine mehr. Für uns gibt es keine andere Möglichkeit. Entweder überleben wir, wie wir waren, oder wir haben beim Überleben versagt. Wir sind Mri; und das ist mehr als der Name einer Art, Duncan. Es ist ein sehr alter Weg. Es ist unser Weg. Und wir werden ihn nicht ändern.«

»Ich werde nicht die Ursache dafür sein«, sagte Duncan, »daß die Arbeit der Regul vollendet wird. Ich werde bei euch bleiben. Ich habe meinen Versuch gemacht. Vielleicht mache ich ihn irgendwann wieder, vielleicht, aber nicht zu irgend jemandes Schaden, ihrem oder deinem. Ich habe Zeit. Ich habe alle Zeit der Welt.«

»Und wir haben sie nicht«, meinte Niun. Er dachte mit schmerzender Furcht, daß Duncan, in manchen Dingen weiser als er, denn Menschen-Kel'ein konnten Kastengrenzen überschreiten – daß Duncan vermutete, daß Melein nicht überleben würde, und eine Furcht in seinem eigenen Herzen sprach darauf an. Er sah zu ihr hin, um zu erkennen, wie sie ruhte, und sie schlief noch. Der Anblick ihres regelmäßigen Atems beruhigte ihn ziemlich.

»Mit Zeit und Ruhe«, sagte Duncan, »wird sie vielleicht wieder werden.«

»Ich nehme deinen Waffenstillstand an«, sagte Niun, und in großem Überdruß löste er seinen Schleier und schlang den *Mez* um die Schulter, entblößte sein Gesicht vor dem Menschen. Es war schwer und beschämend; nie zuvor hatte er sein Gesicht einem Tsi'mri gezeigt, aber diesen hatte er als Verbündeten angenommen, sei es auch nur für den Moment, und in der Richtigkeit der Dinge verdiente es Duncan, ihn zu sehen, wie er war.

Duncan betrachtete ihn ausführlich, bis die Verlegenheit zu stark wurde und Niun seinem Blick auswich.

»Der *Mez* ist in der Hitze und Trockenheit eine Notwendigkeit«, erklärte Niun. »Aber ich schäme mich nicht davor, dein Gesicht zu sehen. Zwischen uns ist der *Mez* gar nicht erforderlich.«

Er umschlang das Pan'en und drückte sich gegen die feste Weichheit des Dus und versuchte zu ruhen, sich so weit es ging zu entspannen, denn in der Kühle und dem Schatten des Abends würden sie weitergehen, zu einer Zeit, in der die Regul sicherlich darauf vertrauten, daß selbst ein Mri sich nicht an die Klippen wagen würde.

Ein Flugzeug wurde in der Ferne hörbar, eine Erinnerung an fremde Gegenwart in der Umgebung von Sil'athen. Niun hörte es, raffte sich auf und lauschte, um festzustellen, wie nah oder wie weit weg es war. Melein war wach und Duncan regte sich, suchte sofort in die Richtung, aus der das Geräusch kam.

Es war spät. Die Säulen waren rot geworden und brannten im Abendlicht. Durch sie hindurch konnte man Arain als unheilvolle rote Scheibe erkennen, die sich in der Hitze des Sandes kräuselte.

Melein versuchte aufzustehen. Niun bot ihr rasch die Hände an und half ihr, und sie war nicht mehr zu stolz dazu, diese Hilfe anzunehmen. Er blickte in ihr verzerrtes Gesicht und dachte an die Last, die er selbst tragen mußte. Seine Unfähigkeit, auch nur irgend etwas für sie tun zu können, überwältigte ihn.

»Wir müssen gehen«, sagte sie. »Wir müssen wieder runter nach Sil'athen. Von dieser Stelle aus kenne ich keinen anderen Ausgang. Aber das Flugzeug . . .« Ihr Gesicht zog sich zu einem Ausdruck des Zorns und der Enttäuschung zusammen. »Sie beobachten Sil'athen. Sie glauben, daß wir uns dort verbergen. Und wenn sie Männer zu Fuß haben . . .«

»Ich hoffe, daß sie zu Fuß sind«, sagte Niun. »Sie würden mir Befriedigung verschaffen.« Und dann erinnerte er sich an Duncan, und war glücklich, daß er in Hal'ari gesprochen hatte, das auch Melein ihm gegenüber benutzt hatte. Aber es sah danach aus, daß sie es mit Regul zu tun hatten, die nicht zu Fuß sein würden.

»Der Abstieg«, sagte Melein, »ich denke, daß es am besten wäre, im letzten Tageslicht zu gehen, so daß wir beim Klettern sehen können. Erst irgendwann später wird der Mond aufgehen. Das wird uns inzwischen etwas Dunkelheit verschaffen, um zu Beginn das offene Gelände zu überqueren.«

»Das wird das Beste sein«, stimmte er zu. »Wir werden essen und trinken, bevor wir aufbrechen. Vielleicht haben wir danach keine weitere Gelegenheit mehr, anzuhalten.«

Und was die Reise Melein kosten würde, das lag schwer auf seinem Geist.

»Duncan«, sagte er ruhig, während sie gemeinsam aßen, beide unverschleiert. »Ich werde nicht mehr tragen können, als ich muß. Beim Abstieg . . .«

»Ich werde ihr helfen«, sagte Duncan.

»Hinab ist es leichter«, meinte Melein und blickte Duncan mißtrauisch an, als entspräche die Absprache der beiden Männer keineswegs ihrem Geschmack.

Es war das letzte von den Nahrungsmitteln, die sie mitgenommen hatten. Hiernach würden sie jagen und schnell wieder Wasser finden müssen, an diesem Ort, an dem es nur wenig Luin gab. Niuns Geist eilte zu solchen Dingen voraus, zu Schwierigkeiten über Schwierigkeiten, aber solchen, die angenehmer waren als die unmittelbar anstehenden.

Dann machten sie sich wieder auf den Weg zu dem Pfad, den sie gekommen waren, und als sie schließlich diese große Kluft hinabblickten, die im nachlassenden Licht matt und unwirklich aussah und am Grunde völlig schwarz war, drückte Niun das Pan'en fest an sich und fürchtete den Abschied sogar um seinetwillen. Als er an Melein dachte, wurde ihm kalt.

Falls sie stürzt, wollte er Duncan warnen, aber es wäre nicht gut gewesen, die kleine Vertrauensbasis zwischen ihnen zu entehren, und er dachte, daß der Mensch seine Gedanken kennen mußte. Duncan erwiderte seinen Blick offen und nahm den Auftrag an, der ihm übertragen wurde.

»Geh zuerst!« befahl Niun, und der Mensch schlang den hinterherwehenden Schleier über das Gesicht und steckte ihn fest, wie auch Niun es mit seinem Schleier gemacht hatte. Dann setzte er die Füße auf den Abhang, stützte sich vorsichtig ab und streckte die Hand zu Melein empor.

»Niun«, sagte Melein mit einem Blick, der offenkundige Qual zeigte. Das war das einzige, vor dem sie Furcht gezeigt hatte, sich den Händen eines Menschen anzuvertrauen, wenn sie ohnehin bereits große Schmerzen hatte.

Dann, die Hand gegen die Seite gepreßt, streckte sie ihre Finger zu Duncans Hand aus, und setzte ganz, ganz vorsichtig die Füße auf den Abhang, begann den Abstieg mit Duncans Hand als Stütze, während er seinen Körper gegen jede erreichbare sichere Stelle stützte und den Arm ausgestreckt hielt, um ihr festen Halt zu verschaffen, sollte sie ausgleiten. Mit kleinen Schritten stiegen sie abwärts, und Niun stand da mit dem Pan'en als kaltes und wenig Trost spendendes Gewicht in den Armen und sah zu, wie Melein und Duncan zusammen in diesem Schatten verschwanden.

Hinter ihm warteten die Dusei und verlagerten ihre Gewichte nervös hin und her.

Und dann drang etwas von hinten an seine Ohren.

Ein Flugzeug, das über den Säulen entlangstrich.

Er packte die Tragestange des Pan'en, die einzige Möglichkeit, es während des Abstieges zu tragen, zischte den Dusei etwas zu und begann den Abstieg, fürchtete, daß er erlaubt hatte, gesehen zu werden, daß er jetzt ausglitte und auf Melein und Duncan stürzte.

Das Flugzeug flog direkt über ihm vorbei und gab ein mächtiges Brüllen von sich, das an den engen Wänden widerhallte, und Niun kauerte sich eng an den Felsen und zitterte vor Anstrengung, auf diesem Abhang sein Gleichgewicht zu behalten. Steinchen rutschten unter seinen Füßen weg. Als das Flugzeug aus dem Blickfeld verschwand, ergriff er die Gelegenheit und glitt einige Längen tiefer in den Schatten hinein, und die großen Körper der Dusei kamen hinterher, von derselben Furcht beseelt, vermittelten eine Angst an ihn zurück, die seinen Magen sich senken ließ. Er begann zu fürchten, daß er das Pan'en nicht würde festhalten können. Seine Finger fühlten sich an, als seien sie bis auf den Knochen durchschnitten. Und nachdem er eine weitere Strecke zurückgelegt hatte, konnte er nicht mehr viel Schmerz empfinden, nur eine zunehmende Taubheit und einen Verlust an Kontrolle über seine Finger. Er lehnte sich gegen einen Felsen und nahm das Pan'en in die andere Hand, kehrte seine gesamte Haltung an der Klippenseite um und wurde von oben mit Steinchen und Staub von den Klauen der Dusei überschüttet. Sie waren gerade an einer Stelle, an der sie nicht anhalten konnten, und Niun stürzte sich verzweifelt ins Rutschen, bis er tiefste Dunkelheit erreicht hatte.

Und an einem Halteplatz holte er Melein und Duncan ein, und Duncans Gesicht war ihm in dieser Dunkelheit zugewandt. Melein hielt immer noch Duncans Hand, für einen Moment gegen einen Felsbrocken gebeugt.

Dann kletterte sie schwach weiter und lehnte sich dabei viel an Duncan. Niun nahm den festen Platz ein, den sie vorher gehabt hatten, stemmte den Körper gegen das Gewicht, das er hielt, und wartete, um die Dusei anzuhalten, sie dort festzuhalten, so unangenehm es war, bis Melein sicher unten angelangt war. Sie kamen, berührten ihn mit den Schultern, und er hielt sie mit ruhigem Willen fest, mit einem starken Wollen, daß sie dablieben: Still! Halt! Sie waren geduldig, selbst in diesem unangenehmen Zustand, mit seinen Sinnen verbunden.

Wieder überflog ihn das Flugzeug, die Lichter blinkten vor dem matten Himmel. Niun blickte hinauf, zitterte vor Anspannung, hielt seine Position, hilflos, mit der schwachen Überzeugung, daß sie verloren waren.

Sicher hatte man sie erspäht, zur ungünstigsten Zeit am ungünstigsten Ort.

Wieder kam die Maschine.

Niun nahm das Pan'en wieder in die rechte Hand und setzte sich wieder nach unten in Bewegung, hoffte verzweifelt, daß Melein und Duncan genug Zeit gehabt hatten, denn es gab keine weiteren Stellen zum Ausruhen mehr, an die er sich erinnerte. Beim Abstieg rutschten seine Stiefel auf dem Pfad, brachte er sich immer wieder an dem einen oder anderen Felsen zum Halt, mit einer Kraft, die seine Muskeln vor Müdigkeit nicht mehr abbremsen konnten. Er gelangte immer tiefer, bis er seinen Abstieg kaum noch kontrollieren konnte, und fiel von der letzten Biegung in den Sand, durch den Fall auf die Knie gedrückt.

Die Dusei kamen hinterher, kletterten mit scharrenden Klauen und zerstreutem Sand herab und erreichten sicher den Grund.

Dort saß Melein wie ein blasses Gewirr von Gewändern im Schatten, und Duncan kniete neben ihr. Die eine Hand hatte sie gegen die Lippen gepreßt, die andere gegen die Seite, und ihre Gewänder waren blutbefleckt.

Mit dem Pan'en in den Armen fiel Niun neben ihr auf die Knie, und sie konnte den Hustenanfall nicht unterdrücken, den sie mit dem Schleier dämpfte. Blut strömte. Niun sah es, und die Membrane zuckte über sein Blickfeld und blendete ihn. Er zitterte, konnte einen Moment lang nicht sehen, bis sich seine Sicht wieder klärte.

»Es fing beim Klettern an«, sagte Duncan. »Ich denke, daß die Rippen nachgegeben haben.«

Und das Flugzeug überflog wieder die Kluft.

Niun warf einen Blick blinden Zorns hinauf.

»Geh weg!« befahl er Duncan und stand auf, ließ das Pan'en in den Sand fallen. Er blickte Melein ein letztesmal an; ihre Augen waren geschlossen, das Gesicht entspannt, ihr Körper lag in Duncans Armen. Und nicht einmal einen Sen'en gab es, der sich um sie kümmerte.

Niun rief scharf nach den Dusei und setzte sich rasch in Bewegung, in Richtung auf das Ende des kleinen Tales, in Richtung des Haupttales von Sil'athen.

»Niun!« rief Duncan hinter ihm her, aber er beachtete es nicht.

Er sah das Flugzeug über dem Ende des Tales schweben. Er langte nach den Schnüren an den Rändern der langen Ärmel des *Siga* und band sie an ihre Plätze an den Ehrengürteln um seine Schultern, befreite die Arme von dem hinderlichen Stoff. Und er belebte die Hände wieder, die verwundet und taub waren vom Tragen des Pan'en.

Duncan rannte jetzt und versuchte, ihn einzuholen. Er hörte das gequälte Husten des Menschen, den sofortigen Preis für solche Eile in Kesriths dünner Luft. Er sah das Flugzeug auf dem Sand und Regul, die herauskamen und auf der Rampe standen. Das Dus an seiner Seite stöhnte ein Drohbrüllen, und die beiden anderen verstreuten sich und bildeten die Flanken – Jagdtaktik der Dusei, wenn sie hetzten.

Er sah den Regul, der feuern wollte, die Waffe gehoben. Er befand sich nicht in der Schußlinie, als sie sich entlud; aber seine Augen waren klar und seine Hände ruhig, als er feuerte, und der Regul brach zusammen, eine Fleischmasse, die sich noch regte. Sie starben an Körpertreffern nicht leicht. Einen Moment später fuhr die Rampe ein und ließ den verwundeten Regul umfallen. Feigling, verfluchte Niun den Regul-Piloten.

Und er warf sich zwischen die Felsen und kroch in Deckung, als das Flugzeug wieder aufstieg, auf ihn zu drehte und wieder abschwenkte. Wieder war er im Freien, im Haupttal jetzt, und dort schwebten weitere Flugzeuge.

Sie würden ihn schließlich erwischen. Er rannte geduckt an den Felsen entlang, die die offene Sandfläche umgaben, wurde von den Flugzeugen mit Sensoren verfolgt, und schließlich hielt er in einer taktischen Verzweiflungsmaßnahme an und feuerte auf das nächstbefindliche – die ersten Schüsse erzielten keine Wirkung. Dann fing das Flugzeug an, Schwierigkeiten zu haben, und rutschte in einer großen Staubwolke inmitten des Tales davon.

Andere stießen herab. Der Himmel war von ihren Geräuschen erfüllt. Sie flogen tief und zogen hoch, gewarnt durch das Schicksal des anderen.

Niun rannte und hielt keuchend inne, und jetzt schon hatte die Luft den Kupfergeschmack zu großer Verausgabung, und er konnte nicht mehr klar genug sehen, um zurückzufeuern. Schüsse rissen die Felsen auf, wenn er sich dahinter verbarg, und er taumelte, als ein Brocken zersplitterte und sein Arm getroffen wurde. Warmes Blut strömte heraus.

Lichter spielten auf den Klippen und machten es unmöglich, verborgen zu bleiben. Es gab nur wenig Deckungsmöglichkeiten, alle wurden zerrissen durch Schüsse. Niun rannte und stürzte und raffte sich wieder auf und rannte zum nächsten Felsen. Er wußte nicht, was aus den Dusei geworden war. Das war nicht ihre Art zu kämpfen, dieser Zorn aus Feuer und Licht.

Das Tal wurde zertrümmert, Stelen und natürliche Gebilde wurden zu Geröll gesprengt. Das war die endgültige Rache der Regul an seiner Art, das letzte Heiligtum des Volkes zu zerstören und das Land zu verwüsten, wie sie alles zerstört hatten, was sie berührten. Ein Fehlschuß dicht an ihm vorbei warf ihn zu Boden, daß er weiterrollte, blind durch die Membrane, die seine Augen schützte, und er stand auf und rannte, zu sehr mitgenommen, als daß er noch hätte feuern können, rannte und rannte nur, bis er ein deutliches Ziel für sie war.

Ein Flugzeug trieb ihn, sank so tief herab, daß der Sog des Vorüberflugs Sand aufwirbelte. Und dann kam Niun ein Gedanke mit plötzlicher und deutlicher Befriedigung, und er warf sich nach links, auf das Ende des Tales zu, einen sehr alten Ort, unter den sichtlosen Augen von Eddan, Liran und Debas, seinen Lehrern. *Kämpfe mit dem Land, mach es zu deinem Verbündeten,* hatten sie ihm immer gesagt, und er hörte ihre Stimmen klar und ruhig durch das Brüllen der Flugzeuge.

Er fiel mit ausgestreckten Gliedern hin, und das Flugzeug schwebte weiter über ihm und warf Sand auf, und er lag still und regte sich nicht, als es aufsetzte und Scheinwerfer über den Sand schweifen ließ, wo er lag.

Es setzte auf – und die Erde explodierte. Eine große, blasse Form türmte sich auf, zog an dem Flugzeug, fing es in den konvulsivischen Zuckungen des Mantels. Gräber und Maschine, eingehüllt in eine Sandwolke, und die Erschütterungen ihres Kampfes ließen die Erde erbeben. Niun rollte sich weg und versuchte zu laufen, aber der Saum des Mantels oder eine Druckwelle streckte ihn nieder, und ein weiterer Hieb ließ die Welt ringsum in Feuer aufgehen, als das Flugzeug explodierte.

Und danach war es dunkel.

»Niun!«

Jemand rief ihn aus der Dunkelheit heraus, die nicht die Vertrautheit der Brüder besaß; trotzdem war es eine vertraute Stimme.

Licht entflammte über ihm. Er bewegte Glieder, die in Sand vergraben waren, und hörte das Geräusch von Maschinen.

»Niun!«

Er hob den Kopf und zog sich hoch, stand auf schwankenden Beinen, schirmte die Augen mit dem Arm vor dem Licht ab.

Wartete.

»Niun!« Es war Duncans Stimme, und sie kam von einer zerlumpten Silhouette vor den Lichtern. »Schieß nicht! Niun, wir haben Melein an Bord. Sie ist nicht tot, Niun.«

Er wurde leer unter diesem furchtbaren Schock, und sein Geist funktionierte nicht mehr, und er stürzte beinahe zu Boden. Und dann hallte das Gesetz des Kel in seinem Geist wider und erinnerte ihn daran, daß es eine She'pan gab, der er dienen mußte, und die er vor allem anderen nicht allein in der Hand von Fremden lassen konnte.

»Was willst du von mir?« schrie er mit vor Zorn brechender Stimme, mit Wut über Duncan, über Verrat und Ehrlosigkeit. »Duncan, vergiß nicht, was du geschworen hast . . .«

»Komm herein!« sagte Duncan. »Niun, komm zu uns herein! Sicheres Geleit. Ich schwöre es immer noch.«

Niun zögerte, und die Kraft verließ ihn, und er machte eine Geste der Unterwerfung und setzte sich langsam auf die Lichter zu in Marsch, auf die Silhouetten zu, die ihn erwarteten, groß und humanoid.

Zumindest besser als die Regul.

Und aus dem Augenwinkel heraus sah er eine gedrungene, dunkle Gestalt. Er sah sie, sah die Bewegung, erkannte den Verrat.

Er packte die *As'ei,* wirbelte und schleuderte sie; und das Feuer packte ihn, und den Sand spürte er nicht mehr.

»Hada Surag-gi ist tot«, sagte Galey. »Die Mri bleiben dran.«

Duncan wischte sich über das Gesicht, und mit derselben Handbewegung nahm er sich das Kopftuch ab und fuhr sich mit den Fingern durch das schweißdurchtränkte Haar. Er taumelte durch die engen Räumlichkeiten des Flugzeuges nach hinten und drehte dem Arzt die Schulter zu, der ihm bereits zweimal befohlen hatte, sitzenzubleiben.

Er setzte sich auf den Boden, da sich das Flugzeug unstetig bewegte, und betrachtete die beiden Mri, eingehüllt in Weiß, durch ein Gewirr röhrenförmiger und überwachender Verbindungen mit den Automed-Einheiten verbunden, die ihre Leben mit Mitteln aufrechterhielten, die die Mri für geschmacklos gehalten hätten, wären sie bei Bewußtsein gewesen.

Aber sie würden die Möglichkeit haben, es zu wissen.

»Sie werden durchkommen, beide«, sagte der Arzt. Und dann, stirnrunzelnd und mit einem Blick auf die von einem Tuch eingehüllte Gestalt weiter hinten: »Dieser Regul war ein Offizier des Nom, mit Verbindungen. Man wird einige Fragen stellen.«

»Man wird einige Fragen stellen«, sagte Duncan mit leiser Stimme und betrachtete die Mri, verbannte den Arzt aus seinem Geist. Er saß mit untergeschlagenen Beinen da, immer noch in den zerfetzten, behelfsmäßigen Gewändern, und mit seinen Gedanken anderswo. Und schließlich zog sich der Arzt zurück, um mit der Mannschaft zu sprechen. Nach der ersten Aufregung darüber, daß sie ihn lebend gerettet hatten, hatten sie nur wenig mit ihm gesprochen. Vielleicht wurden sie durch seinen Anblick davon abgehalten, durch die Fremdartigkeit eines Mannes, der lebendig aus der Wüste von Kesrith zurückgekehrt war, der sich in Gesellschaft von Mri befand und mit solcher Vehemenz darauf bestand, daß er einen Mri-Schatz besaß.

Er berührte Meleins Stirn, glättete das metallisch-bronzefarbene Haar, achtete auf die stetige Pulsanzeige der Monitoren, die ihm zeigte, daß beide weiterlebten. Meleins goldene Augen öffneten sich, die Membrane glitt langsam zurück, und sie schien den merkwürdigen Ort zu erforschen, den sie in den Intervallen ihres Wachseins gesehen hatte, entdeckte von neuem die Fremdartigkeit. Sie war seltsam ruhig, als hätte sie erwartet, hier zu sein. Duncan nahm ihre langen schlanken Finger in die Hand, und sie drückte sie schwach.

»Niun lebt«, berichtete er ihr. Er war sich nicht sicher, ob sie ihn verstand, denn ihre Augen blinzelten nicht. »Hier ist der Gegenstand, den du haben wolltest«, fügte er hinzu, aber sie sah nicht hin. Vielleicht lagen ihr all diese Dinge zu fern, denn beide Mri standen stark unter Drogen.

»Kel'en«, flüsterte sie.

»She'pan«, antwortete er. Vielleicht verwechselte sie ihn mit Niun.

»Wir werden ein Schiff bekommen«, sagte sie, »einen Weg fort von Kesrith.«

»Ihr werdet ein Schiff bekommen«, bestätigte er und rechnete damit, die Wahrheit gesagt zu haben.

Der Krieg war vorbei. Sie waren frei von den Regul. Ein Menschenschiff – das würde es geben – eine Möglichkeit für sie. Das war das Äußerste, was Mri jemals von Tsi'mri erbitten würden.

»Das wird der Fall sein«, sagte er. Daraufhin schloß sie wieder die Augen.

»Shon'ai«, sagte sie mit angespanntem, schwachem Lächeln. Er kannte das Wort nicht, dachte aber, daß es ihr Einverständnis zum Ausdruck brachte.

Die Maschine neigte sich. Sie setzten zur Landung an. Er sagte es ihr.